10/19

LA CASA ALEMANA

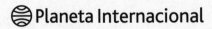
Planeta Internacional

ANNETTE HESS

LA CASA ALEMANA

Traducción de María José Díez Pérez

Obra editada en colaboración con Editorial Planeta – España

Título original: *Deutsches Haus*

Diseño de portada: Planeta Arte & Diseño
Fotografía de portada: © Alexia Felster - Arcangel y Ulrich Hässler - Ullstein bild
- Getty Images
Fotografía de la autora: © Silvia Medina

Annette Hess
© Ullstein Buchverlage GmbH, Berlín
Publicado en 2018 por Ullstein Verlag

© 2019, Traducción: María José Díez Pérez

© 2019, Editorial Planeta S.A. – Barcelona, España

Derechos reservados

© 2019, Editorial Planeta Mexicana, S.A. de C.V.
Bajo el sello editorial PLANETA M.R.
Avenida Presidente Masarik núm. 111, Piso 2
Colonia Polanco V Sección
Delegación Miguel Hidalgo
C.P. 11560, Ciudad de México
www.planetadelibros.com.mx

Primera edición impresa en España: abril de 2019
ISBN: 978-84-08-20676-7

Primera edición impresa en México: julio de 2019
ISBN: 978-607-07-5977-2

Canciones del interior:
Página 241: © *Can't Buy Me Love*, 2015 Calderstone Productions Limited, una
división de Universal Music Group, interpretada por The Beatles
Página 361: © *She Loves You*, 2018 Universe Mind, interpretada por The Beatles

Impreso en los talleres de Litográfica Ingramex, S.A. de C.V.
Centeno núm. 162-1, colonia Granjas Esmeralda, Ciudad de México
Impreso en México -*Printed in Mexico*

PRIMERA PARTE

Por la noche había vuelto a haber fuego. Lo olió de inmediato cuando salió, sin abrigo, a la calle, en la que reinaba la calma propia de un domingo y que estaba cubierta por una fina capa de nieve. Esta vez debía de haber sido muy cerca de su casa. El olor acre se distinguía con claridad en la habitual neblina invernal: goma carbonizada, tela quemada, metal derretido, pero también piel y pelo chamuscados. Y es que algunas madres protegían del frío a sus hijos recién nacidos con un pellejo de oveja. Eva se paró a pensar, no por primera vez, en quién podría hacer una cosa así, quién entraba en las casas del vecindario a través de los patios traseros por la noche y les prendía fuego a los cochecitos de los niños que la gente dejaba en los pasillos. «Un loco o los vándalos», opinaban muchos. Por suerte, el fuego no se había propagado aún a ninguna casa. Hasta la fecha nadie había sufrido daños. Salvo los económicos, claro está. Un cochecito de niño nuevo costaba ciento veinte marcos en Hertie, y eso no era poca cosa para las familias jóvenes.

◆

«Las familias jóvenes», resonaba en la cabeza de Eva, que iba de un lado a otro de la acera con nerviosismo. Hacía un frío que calaba pero, aunque sólo llevaba puesto su vestido nuevo de seda azul claro, no tenía frío, sino que sudaba debido a los nervios. Y es que estaba esperando nada menos que «su felicidad», como decía burlonamente su hermana. Estaba esperando a su futuro esposo, al que quería presentar a su familia por primera vez ese día, el tercer domingo de Adviento. Lo habían invitado a comer. Eva consultó su reloj: la una y tres minutos. Jürgen llegaba tarde.

◆

Por delante pasaba alguno que otro coche despacio. Domingueros. *Nevisqueaba.* La palabra se la había inventado su padre para describir ese fenómeno meteorológico: de las nubes caían pequeñas virutas de hielo. Como si ahí arriba alguien estuviese cepillando un enorme bloque de hielo. Alguien que lo decidía todo. Eva miró al cielo gris que se cernía sobre los tejados blanquecinos y se percató de que la observaban; en la ventana del primer piso, sobre el letrero en el que ponía LA CASA ALE-

MANA, encima de la primera «a» de «alemana» había un bulto marrón claro que la contemplaba: su madre. Parecía inmóvil, pero a Eva le dio la impresión de que se estaba despidiendo. Se volteó deprisa y tragó saliva. Lo que le faltaba: echarse a llorar en ese momento.

◆

La puerta del restaurante se abrió y salió su padre. Corpulento, inspirando confianza con su filipina blanca. Haciendo caso omiso de Eva, abrió la vitrina que había a la derecha de la puerta para colocar una carta supuestamente nueva, aunque Eva sabía que eso sólo sucedía en carnaval. En realidad, su padre estaba muy preocupado: se encontraba muy apegado a ella y, carcomido de celos, esperaba a ese desconocido que estaba por llegar. Oyó que cantaba en voz baja, con aparente cotidianidad, una de las canciones populares que le gustaba destrozar. Muy a su pesar, Ludwig Bruhns no tenía nada de oído: «Tarareamos ante el portal y estamos de muy buen humor. Bajo los tiiiiilos».

◆

En la ventana, junto a la madre de Eva, apareció una mujer más joven con el pelo rubio claro cardado. La saludó con un entusiasmo exagerado, pero incluso a esa distancia ella se dio cuenta de que estaba abatida. Sin

11

embargo, Eva no tenía nada que reprocharse. Ya había esperado bastante a que su hermana mayor se casara antes que ella. Pero cuando Annegret cumplió veintiocho años y, para colmo, empezó a engordar cada vez más, tras hablar en privado con sus padres, Eva decidió dejar a un lado los convencionalismos. A fin de cuentas, a ella también estaba a punto de quemársele el arroz. No había tenido muchos pretendientes, cosa que su familia no entendía, pues era una muchacha sana y femenina, con sus labios carnosos, su nariz fina y el pelo largo y rubio cobrizo, que ella misma se cortaba, peinaba y recogía en un artístico chongo. No obstante, a menudo tenía una mirada inquieta, como si contase con que fuese a acaecer una catástrofe. Eva albergaba la sospecha de que eso asustaba a los hombres.

◆

La una y cinco. Y ni rastro de Jürgen. Se abrió la puerta de la casa contigua al restaurante, a la izquierda. Eva vio que salía su hermano pequeño. Stefan iba sin abrigo, lo que hizo que arriba su madre, preocupada, empezase a dar golpecitos en la ventana y a gesticular. Sin embargo, Stefan, terco, mantenía la vista al frente, ya que, después de todo, se había puesto el gorro con pompón anaranjado y los guantes a juego. Jalaba un trineo, y a su alrededor bailoteaba *Purzel*, el teckel negro de la familia, un perro insidioso, pero al que todos querían con locura.

—Huele que apesta —comentó Stefan.

Eva lanzó un suspiro.

—Y ahora ustedes también. Esta familia es un fastidio.

Stefan empezó a arrastrar el trineo por la fina capa de nieve que recubría la acera. *Purzel* se puso a olisquear una farola y a dar vueltas como un loco y después hizo caca en la nieve. El montoncito humeaba. Los patines del trineo arañaban el asfalto, sonido al que se sumó el raspar de la pala con la que el padre retiraba la nieve que había en la puerta. Eva vio que se llevaba una mano a la espalda y apretaba los ojos. Su padre volvía a sufrir dolores, algo que nunca admitiría. Una mañana de octubre, después de que llevara algún tiempo con los riñones dándole «una guerra infernal», como decía él, no pudo aguantar más. Eva llamó a la ambulancia, y en el hospital le hicieron una radiografía y le diagnosticaron una hernia discal. Lo operaron, y el médico le aconsejó que dejara el restaurante, pero Ludwig Bruhns repuso que tenía que dar de comer a su familia. Y ¿cómo iba a hacerlo con la pequeña pensión que le quedaría? Entonces intentaron convencerlo de que contratara a un cocinero, para que no tuviese que estar de pie en la cocina él, pero Ludwig se negó a permitir que un desconocido entrase en su reino. La solución, pues, fue dejar de abrir a mediodía. Desde otoño, sólo daban cenas. Desde entonces el negocio se había visto reducido casi a la mitad, pero Ludwig se encontraba mejor de la espalda. Aun así, Eva sabía que el mayor deseo de su padre era poder volver a abrir a mediodía en primavera. A Ludwig Bruhns le encantaba su oficio, le encantaba que sus clientes pasaran un rato agradable juntos, que les gustase la comida y que se fueran a casa satisfechos, llenos y achispados. «Las personas no viven del aire», le gustaba decir. Y la madre de Eva respondía burlona: «El que sabe sabe y el que no, es cocinero». Ahora Eva estaba muerta de frío. Con los brazos cruzados, temblaba. Esperaba con toda su alma que Jürgen fuese respetuoso con sus padres. Ya lo había visto algunas veces tratar mal, con condescendencia, a meseros o dependientas.

◆

«¡La policía!», exclamó Stefan.

Se aproximaba un coche blanco y negro con una sirena en el techo. Lo ocupaban dos hombres con sendos uniformes azules oscuros. Stefan se les quedó mirando con profundo respeto. Eva pensó que sin duda los agentes irían a examinar el cochecito que habían quemado, para buscar huellas y preguntar a los vecinos si habían visto algo sospechoso por la noche. El coche pasó por delante casi sin hacer ruido. Los dos agentes saludaron primero a Ludwig y luego a Eva con un breve movimiento de cabeza. En el barrio se conocían todos. Después, la patrulla se metió por la calle Königstrasse. «Sí. Probablemente el incendio se haya producido en la colonia. En el edificio nuevo rosa. En él viven algunas familias. Familias jóvenes.»

◆

La una y doce minutos. «No va a venir. Ha cambiado de idea. Me llamará mañana y me dirá que no estamos hechos el uno para el otro: "Las diferencias sociales de nuestras familias, querida Eva, son insalvables".» ¡Paf! Stefan le tiró una bola de nieve. Le dio justo en el pecho, y la heladora nieve le resbaló por el escote. Eva agarró a su hermano del suéter y lo jaló. «¡¿Es que te has vuelto loco?! ¡Este vestido es nuevo!». Stefan le enseñó los incisivos, su forma de expresar que se sentía culpable. Eva se disponía a regañarlo más, pero en ese momento apareció el coche amarillo de Jürgen al final de la calle. El corazón empezó a latirle desbocado, como un ternero presa del pánico. Eva maldijo su delicado tejido nervioso, que incluso la había obligado a ir al médico. Respirar despacio, cosa que no consiguió. Y es que, de pronto, mientras se acercaba el coche de Jürgen, supo que sus padres no estarían nada convencidos de que ese hombre pudiera hacer feliz a su hija. Ni siquiera con el dinero que tenía. Ahora Eva distinguía su rostro a través del parabrisas. Parecía cansado. Y serio. Ni siquiera la veía. Durante un instante terrible, a ella le pasó por la cabeza que aceleraría y pasaría de largo. Pero entonces pisó el freno, y Stefan soltó: «Pero si tiene el pelo negro. ¡Como un gitano!».

15

◆

Jürgen se acercó demasiado a la acera y los neumáticos chirriaron contra el borde. Stefan tomó de la mano a Eva, que notaba cómo se le derretía la nieve en el escote. Jürgen apagó el motor y se quedó un instante sentado en el coche. Nunca olvidaría la imagen: las dos mujeres, una gorda y una bajita, asomadas a la ventana sobre la palabra «Casa», pensando erróneamente que no se les veía; el niño con el trineo que lo observaba fijamente; el fornido padre quitando la nieve con la pala, dispuesto a todo a la puerta del restaurante. Lo miraban como se mira al acusado que entra por primera vez en la sala y toma asiento en el banquillo. Todos salvo Eva, cuya mirada rebosaba de amor y miedo.

◆

Jürgen tragó saliva, se puso el sombrero y tomó un ramo de flores envuelto en papel de seda del asiento del acompañante. Se bajó y fue hacia Eva. Quería sonreír, pero de repente algo lo mordió breve pero dolorosamente en la pantorrilla. Un teckel. «*¡Purzel!* ¡Fuera, fuera! —exclamó Eva—. Stefan, llévalo dentro. Métalo en la habitación.» Stefan refunfuñó, pero tomó al perro, que movía las patas, y lo metió en la casa.

Eva y Jürgen se miraron cohibidos. No sabían muy bien cómo debían saludarse, teniendo en cuenta que los observaba la familia de Eva. Al final se dieron la mano y dijeron a la vez:

—Lo siento, son muy curiosos.

—Menudo comité de bienvenida. ¿A qué debo este honor?

Cuando Jürgen le soltó la mano, el padre, la madre y la hermana desaparecieron como conejos en sus madrigueras. Eva y Jürgen se quedaron a solas. En la calle soplaba un viento glacial.

Ella preguntó:

—¿Se te antoja comer ganso?

—Hace días que no pienso en otra cosa.

—Lo único que tienes que hacer es llevarte bien con mi hermano pequeño. Si lo consigues, te los ganarás a todos.

Se rieron los dos, sin saber por qué. Jürgen fue hacia la puerta del restaurante, pero Eva lo llevó hacia la izquierda, a la casa. No quería hacerlo pasar por el comedor en penumbra, que olía a cerveza derramada y a ceniza húmeda, de modo que subieron por la encerada escalera, con el pasamanos negro, a la casa, que estaba justo encima del restaurante. El edificio, de dos plantas, lo habían reconstruido cuando terminó la guerra, después de que un ataque aéreo destruyera la ciudad casi por completo. La mañana que siguió al infierno, en pie sólo quedaba la larga barra, a la intemperie, expuesta a las inclemencias del tiempo.

◆

Arriba, a la puerta, esperaba la madre de Eva, que esbozó la sonrisa que por lo general reservaba a los clientes fijos del restaurante. Su «cara de azúcar», como decía Stefan. Edith Bruhns se había puesto su collar de granates de dos vueltas, además de los pendientes chapados en oro de los que colgaban sendas perlas de cultivo y su broche de oro con forma de trébol. Lucía todas sus joyas, cosa que Eva no había visto en su vida. No pudo por menos de recordar el cuento del abeto que le había leído a Stefan. El abeto que después de la Navidad acababa en el desván para terminar ardiendo en la hoguera del patio en primavera. Y de sus ramas secas aún pendían restos olvidados de la Nochebuena.

«Por lo menos resultan adecuadas para el tercer domingo de Adviento», pensó Eva.

—Señor Schorrmann, menudo tiempecito nos ha traído. ¡¿Rosas en diciembre?! ¿Se puede saber de dónde las ha sacado, señor Schorrmann?

—Es Schoormann, mamá. Con dos oes.

—Deme el sombrero, señor Schooormann.

◆

En la sala de estar, que los domingos también hacía las veces de comedor, Ludwig Bruhns fue hacia Jürgen con un trinchante y unas tijeras para aves y le ofreció la muñeca derecha a modo de saludo. Éste se disculpó: la nieve. «No se preocupe. Está todo controlado. Es un ganso

18

grande, pesa más de siete kilos. Necesita su tiempo.»
Annegret se acercó a Jürgen por detrás. Se había dibuja-
do una raya demasiado negra en los ojos y se había pintado los labios de un color demasiado anaranjado. Le
dio la mano y le dirigió una sonrisa cómplice.

—Lo felicito. Es de primera.

Jürgen se preguntó si se refería al ganso o a Eva.

◆

Poco después estaban todos sentados a la mesa, mirando la humeante ave. A su lado, en un florero de cristal,
las rosas amarillas que había llevado Jürgen, como una
ofrenda funeraria. De la radio, a un volumen bajo, salía
una música de domingo irreconocible. En el aparador,
tres velas titilantes hacían girar una pirámide de Navidad. La cuarta aún estaba intacta. En el centro de la pirámide se veía a María y a José y el pesebre con el recién
nacido ante el establo. Alrededor de la familia, ovejas,
pastores y los tres Reyes Magos con sus camellos daban
vueltas sin parar. No llegarían nunca hasta la familia, no
podrían dar nunca al Niño Jesús sus presentes. De pequeña, eso entristecía a Eva. Al final, le quitó al rey negro el regalo que llevaba y lo dejó ante el pesebre. La
Navidad siguiente, el paquetito de madera rojo desapareció, y desde entonces el rey negro daba vueltas con las
manos vacías. El regalo que llevaba no volvió a aparecer.
La madre de Eva contaba esa historia todos los años an-

tes de Navidad, cuando rescataba la pirámide del desván. Por aquel entonces Eva tenía cinco años, pero no se acordaba de aquello.

◆

El padre de Eva abrió el ganso con las tijeras a lo largo, por el esternón.

—¿Estaba vivo, el ganso? —Stefan miró a su padre con cara de interrogación, y éste le guiñó un ojo a Jürgen y repuso:

—No, éste es un ganso de mentira. Sólo para comer.

—Pues entonces quiero pechuga. —Stefan le tendió el plato a su padre.

—Primero el invitado, tesoro.

La madre de Eva tomó el plato de Jürgen, la vajilla de porcelana de Dresde con los caprichosos zarcillos verdes, y se lo pasó a su esposo. Eva se dio cuenta de que Jürgen lo miraba todo discretamente: reparó en el deformado sofá con el tapete de cuadros amarillos con el que su madre había tapado una parte desgastada. Para el descansabrazos izquierdo había hecho otro tapetito de ganchillo. Ahí era donde se sentaba su padre después de medianoche, cuando volvía de la cocina y apoyaba los pies en el banco bajo tapizado, como le había recomendado el médico. En la mesita estaba el semanario *Der Hausfreund*, abierto en el crucigrama, la cuarta parte rellena. Un tapete más de ganchillo protegía el preciado televisor.

Jürgen tomó aire por la nariz y dio las gracias con educación por el generoso plato que la madre de Eva le había puesto delante. Le dio la vuelta para disponerlo de forma que pareciese especialmente apetitoso, y al hacerlo los pendientes se tambalearon. El padre, que había sustituido la filipina blanca por el saco de los domingos, se sentó junto a Eva. Tenía una manchita verde en la mejilla. Perejil, con toda probabilidad. Ella se apresuró a quitársela del flácido rostro. Su padre le tomó la mano y se la apretó un instante, sin mirar a Eva, que tragó saliva. Estaba enfadada con Jürgen por su forma de observarlo todo. De acuerdo, estaba acostumbrado a otras cosas, pero debería darse cuenta de lo solícitos que eran sus padres, lo honrados, lo encantadores.

◆

Después comieron en silencio. Annegret, como siempre que había gente, se mostraba reservada y comía con aparente desgana. Después, en la cocina, engulliría lo que quedara en los platos, y por la noche atacaría el ganso frío en la despensa. Le pasó a Jürgen el carrusel de especias y le guiñó un ojo.

—¿Quiere un poco de pimienta, señor Schoooormann? ¿Sal?

Jürgen rehusó dando las gracias, de lo que el padre de Eva se percató sin necesidad de levantar la vista.

—Mis platos no hace falta sazonarlos.

—Eva me ha dicho que es usted enfermera, en el hospital de aquí, ¿no? —preguntó Jürgen a Annegret, que le resultaba enigmática.

La aludida se encogió de hombros, como si no valiera la pena hablar del tema.

—¿En qué unidad?

—Lactantes.

Se hizo una pausa en la que de repente todo el mundo entendió lo que decía el locutor de la radio: «Desde la ciudad de Gera, en este tercer domingo de Adviento, la abuela Hildegard saluda a su familia en Wiesbaden y, en particular, a Heiner, su nieto de ocho años». Se oyó música.

Edith sonrió a Jürgen.

—Y, dígame, ¿a qué se dedica usted, señor Schoooormann?

—Estudié Teología, pero ahora trabajo en la empresa de mi padre. En la dirección.

—Venta por catálogo, ¿no es así? Su familia se dedica a la venta por catálogo, ¿no? —quiso saber Ludwig.

Eva le dio con el codo.

—¡Papá! No se hagan los tontos.

Tras un breve silencio, todos rompieron a reír, incluido Stefan, aunque no entendía la razón. Eva se relajó, y ella y Jürgen se miraron: «Quizá funcione». La madre de Eva comentó:

—Nosotros también tenemos el catálogo Schoormann, desde luego.

Stefan cantó en falsete el eslogan publicitario:

—«Schoormann lo tiene, Schoormann lo trae. ¡Ding, dong! ¡Dong, ding!»

Jürgen preguntó entonces con fingida seriedad:

—¿Ha pedido usted algo? Ésta es la pregunta decisiva.

Y Edith contestó diligentemente:

—Pues claro. Una secadora de pelo y un impermeable. Y quedamos muy satisfechos. Pero también deberían ofrecer lavadoras automáticas. Para compras grandes como ésa, voy a los grandes almacenes Hertie, pero no me gusta. Ahí siempre lo engatusan a uno. Y con un catálogo se pueden pensar las cosas en casa cómodamente.

Jürgen asintió con jovialidad.

—Sí, tiene razón, señora Bruhns. En cualquier caso, tengo pensado efectuar algunos cambios en la empresa.

Eva lo miró para animarlo a continuar. Jürgen carraspeó.

—Mi padre está enfermo, no podrá dirigir la casa durante mucho más tiempo.

—Me entristece oír eso —aseguró la madre.

—Y ¿qué le ocurre? —El padre le pasó la salsera a Jürgen, pero éste no estaba dispuesto a facilitar más información. Le echó salsa a la carne.

—Está riquísima.

—Me alegro.

Eva sabía que el padre de Jürgen padecía una esclerosis que iba a más. Jürgen sólo le había hablado de ello en una ocasión. Había días buenos y días malos, pero la imprevisibilidad iba en aumento. Eva todavía no conocía al

23

padre de Jürgen y a su segunda esposa. A fin de cuentas, lo primero era que el novio fuese a ver a los padres de la novia. Eva había discutido con Jürgen sobre si éste debía pedir su mano en ese primer encuentro. Él se oponía, ya que los padres de Eva lo considerarían poco serio si iba tan directamente al grano. O, peor todavía, pensarían que su hija estaba embarazada. No llegaron a ponerse de acuerdo. Eva intentó adivinar, por la expresión de su cara, si Jürgen se proponía plantearle la pregunta a su padre, pero su mirada no le dijo nada. Observó sus manos, que sostenían los cubiertos con más tensión de lo habitual. Eva todavía no había tenido con Jürgen «relaciones íntimas», como las llamaba el doctor Gorf. Y eso que estaba lista, tanto más cuanto que ya había perdido su inocencia hacía dos años. Pero Jürgen tenía una cosa clara: nada de cohabitar antes de estar casados. Era un hombre conservador. La mujer debía subordinarse al hombre, que era quien llevaba las riendas. Ya cuando se conocieron, Jürgen adivinó los pensamientos de Eva como si leyera en su interior, como si supiese mejor que ella misma lo que le convenía. Y Eva, que con frecuencia ni sabía lo que quería, no se oponía a dejarse guiar. Ni en el baile ni en la vida. Además, con esa boda ascendería en la escala social. De hija del propietario de un restaurante a esposa de un distinguido empresario. Sólo pensarlo le producía vértigo. Pero era un vértigo agradable.

◆

Después de comer, Eva y su madre fueron a la espaciosa cocina a preparar el café. Annegret se había despedido ya: debía ir al hospital, tenía turno de tarde, para darles el biberón a sus lactantes. Y de todas formas no le gustaban los pays de crema de mantequilla.

Eva partió el pay corona de Frankfurt en gruesas porciones, su madre molió café en un pequeño molinillo eléctrico. Edith Bruhns miraba el ruidoso aparato. Cuando hubo enmudecido, dijo:

—No creo que sea tu tipo, Evchen. Me refiero a que si pienso en Peter Kraus, ése sí que estaba loco por ti...

—¿Sólo porque Jürgen no es rubio?

Eva se estremeció, ya que era evidente que a su madre no le caía bien Jürgen. Y ella apreciaba mucho el olfato que tenía su madre para las personas. Al regentar un restaurante, Edith Bruhns había conocido a infinidad de gente, y sabía distinguir de un vistazo quién era bueno y quién no.

—Esos ojos negros...

—Mamá, pero si tiene los ojos verde oscuro. A ver si miras bien.

—Bueno, tú sabrás. A la familia no se le puede poner ningún pero. Pero te voy a ser sincera, no lo puedo evitar, hija: ese hombre no te hará feliz.

—Primero tendrás que conocerlo.

La madre de Eva vertió agua caliente en el filtro del café. Por el olor, parecía del caro.

—Es demasiado reservado. Eva, me resulta inquietante.

—Es pensativo. No olvides que Jürgen quería ser cura...

—Dios nos libre.

—Estudió ocho semestres de Teología, pero luego me conoció a mí y supo que no podría soportar el celibato.

Eva se rio, pero su madre siguió seria.

—Seguro que dejó los estudios por lo de su padre. Porque tiene que hacerse cargo de la empresa.

—Sí. —Eva exhaló un suspiro, su madre no estaba para bromas. Las dos se quedaron mirando cómo rezumaba la burbujeante agua por el filtro.

◆

En la sala de estar, el inquietante Jürgen y el padre de Eva estaban sentados tomando un coñac. La radio continuaba sonando, infatigable. Jürgen fumaba un cigarro mientras contemplaba el gran óleo que había sobre el aparador. Era de una marisma bajo un encendido arrebol crepuscular, tras un dique. Algunas vacas pastaban en una pradera verde. Junto a una cabaña, una mujer tendía la ropa limpia, y a cierta distancia de ella, en el borde derecho, se veía otra figura. Estaba pintada de manera imprecisa, como si se tratase de un esbozo añadido con posterioridad. No se sabía si era el vaquero, el esposo o un desconocido.

Stefan, arrodillado en la alfombra, disponía para la lucha a su ejército de plástico. Habían dejado salir del dormitorio a *Purzel*, que estaba tumbado, observando a los soldados que tenía delante del hocico. Stefan formaba largas hileras. También tenía un carro de combate de hojalata que se podía abrir, pero éste seguía en su caja, intacto.

◆

Entretanto, el padre de Eva resumía a grandes rasgos la historia de la familia a su futuro yerno.

—Sí, soy isleño, de Juist, para más señas, y se me nota. Mis padres tenían una tienda que abastecía a la isla entera. Café, azúcar y galletitas. En nuestra tienda había de todo. Como en la suya, a decir verdad, señor Schoormann. Mi madre tuvo una muerte prematura, y mi padre nunca lo superó del todo. Él también falleció, hace quince años. A Edith, mi mujer, la conocí en la escuela de hostelería de Hamburgo. Corría el año 34, ya llovió desde entonces. Mi mujer viene de una familia de artistas, cuesta creerlo. Sus padres eran músicos los dos, en la filarmónica. Él, primer violín; ella, segundo. En el matrimonio, las cosas eran justo al revés. La madre de mi mujer vive aún, en Hamburgo. Mi esposa también iba para violinista, pero tenía los dedos demasiado cortos, así que quiso ser actriz, pero se lo prohibieron estrictamente. Entonces decidió que quería ver mundo, al menos, y la enviaron a la escuela de hostelería.

—Y ¿cómo acabó aquí? —le preguntó Jürgen con cordial interés. El ganso asado le había gustado. Y le caía bien

Ludwig Bruhns, que le hablaba con tanto entusiasmo de su familia. Eva había heredado la sensual boca de su padre.

—El restaurante, La casa alemana, era de un primo de mi mujer, y lo quería vender. Nos vino como anillo al dedo. Disculpe la expresión. Aprovechamos la situación y lo reabrimos en el 49. Y a día de hoy no lo hemos lamentado nunca.

—Sí, la calle Berger es rentable...

—El tercio alto, la parte decente, me gustaría recalcar, señor Schoormann.

Jürgen sonrió en tono conciliador.

—Bueno, desde que me pasó lo de la espalda, porque el médico me dijo que cerrara. Tendría que haber visto la pensión que me iba a quedar antes. Ahora sólo abrimos a partir de las cinco, pero en primavera diré adiós a esta vida licenciosa.

Guardaron silencio. Jürgen se dio cuenta de que Ludwig quería añadir algo. Permaneció a la espera. Ludwig se aclaró la garganta y dijo sin mirarlo:

—Sí, lo de la espalda me empezó durante la guerra.

—¿Lo hirieron? —preguntó cortésmente Jürgen.

—Trabajaba en la cocina. En el frente occidental. Sólo para que lo sepa usted.

El padre de Eva apuró el coñac, y Jürgen se quedó un tanto sorprendido. No se dio cuenta de que Ludwig Bruhns acababa de mentirle.

◆

28

¡Pum! ¡Pum! ¡Pum! Stefan había sacado el carro de combate, que luchaba haciendo un ruido infernal por la alfombra, como si avanzase por un terreno pantanoso del este. Iba arrollando a un soldadito tras otro.

—Hijo, ve a hacer eso al pasillo.

Pero Stefan sólo miraba a Jürgen, que temía lo directos que podían ser los niños. Sin embargo, recordó lo que le había dicho Eva, que se ganara a su hermano.

—¿Me enseñas el carro de combate, Stefan?

Éste se levantó y le ofreció el juguete de hojalata.

—Es casi el doble de grande que el de Thomas Preisgau.

—Thomas es su mejor amigo —aclaró Ludwig, que sirvió más coñac.

Mientras Jürgen admiraba debidamente el carro, Stefan tomó un soldadito de la alfombra.

—Mira, lo pinté yo. Es un americano, negro.

Jürgen observó la figurita de plástico con la cara pintada que le ofrecía Stefan. Era de un rojo sangre. Cerró los ojos, pero la imagen tardó en desvanecerse.

—Y Santa Claus me va a traer una escopeta de aire comprimido.

—Una escopeta de aire comprimido —repitió Jürgen con expresión ausente. Acto seguido bebió un trago largo de su copa. El recuerdo no tardaría en desaparecer.

Ludwig abrazó a Stefan.

—Eso tú no lo sabes, renacuajo.

Pero el niño se zafó.

—Siempre me trae lo que quiero.

Ludwig miró a Jürgen con cara de disculpa.

—Por desgracia, es verdad. Este niño no podría estar más mimado. Al fin y al cabo, ya ni siquiera contábamos con que fuera a llegar, mi mujer y yo, después de las niñas.

◆

En ese momento sonó el teléfono en el pasillo. Stefan fue el primero en llegar hasta él, y respondió con voz ronca:

—Al habla Stefan Bruhns, ésta es la casa de la familia Bruhns. ¿Quién es usted? —Stefan escuchó y luego gritó—: ¡Eva, el señor Körting! Es para ti.

Ella salió de la cocina, se secó las manos en el delantal y contestó el teléfono.

—¿Señor Körting? ¿Cuándo? ¿Ahora mismo? Es que estamos... —No la dejó terminar, y, mientras escuchaba, Eva vio por la puerta abierta a los dos hombres, sentados a la mesa. Le pareció que tenían pinta de llevarse bien. Después dijo al teléfono—: Bien, sí, ahora mismo voy. —Y colgó.

—Lo siento mucho, Jürgen, pero era mi jefe. Tengo trabajo.

Su madre salió de la cocina con la bandeja del café.

—¿Un domingo de Adviento?

—Por lo visto, es urgente. Hay una vista la semana que viene.

—Primero la obligación y después la devoción, como yo digo siempre. —Ludwig se levantó, al igual que Jürgen—. Pero usted se queda. Tiene que probar el pay.

—Está hecho con mantequilla de verdad. ¡Casi medio kilo! —añadió Edith.

—Y todavía no has visto mi habitación.

◆

Jürgen acompañó a Eva al pasillo. Ésta se había cambiado de ropa, y ahora llevaba el sencillo traje con el que iba a trabajar. Jürgen la ayudó a ponerse el abrigo de lana de cuadros claros y dijo con sorna, fingiendo estar un tanto desesperado:

—Esto es cosa tuya, una prueba, ¿no? Quieres dejarme solo con tu familia para ver cómo me las arreglo.

—No te comerán.

—Pues tu padre ya tiene los ojos inyectados en sangre.

—Es por los calmantes. Volveré dentro de una hora. Seguro que es por esa indemnización por daños y perjuicios. Las piezas de maquinaria de Polonia que no funcionan.

—¿Quieres que te lleve en coche?

—Vienen a buscarme.

—Te acompañaré. Después estarás más comprometida aún.

Eva se puso los guantes de cabritilla, regalo de Santa Claus de Jürgen.

—El único cliente con el que me he comprometido eres tú.

Ambos se miraron. Jürgen quería besar a Eva, de manera que la estrechó contra sí en el rincón del pasillo que había junto al perchero, donde sus padres no podían verlos. Se abrazaron, se sonrieron, se besaron. Eva notó la excitación de Jürgen, vio en sus ojos que la deseaba. ¿La amaba? Se separó de él.

—Pregúntaselo hoy, ¿de acuerdo?

Jürgen no le contestó.

◆

Eva salió de casa, y Jürgen volvió a la sala de estar. Allí lo esperaban los señores Bruhns, sentados a la mesa del café como actores en un escenario a la espera de que les diesen la entrada.

—No somos peligrosos, señor Schoormann.

—De lo más inofensivos, señor Schooormann.

—*Purzel* es el único que muerde a veces —añadió Stefan desde la alfombra.

—Bien, pues vamos a probar ese pay.

Jürgen volvió a la calidez de la sala de los Bruhns.

◆

Eva salió a la calle. Empezaba a oscurecer. La capa de nieve desprendía una tenue luz azulada. Bajo las farolas se veían círculos de un amarillo naranja. En la carretera aguardaba un coche grande con el motor en marcha. El conductor, un hombre joven, llamó a Eva con la mano, el gesto impaciente. Ella se acomodó en el asiento del copiloto. El coche olía a tabaco y a caramelos de menta. El joven estaba mascando chicle. No llevaba sombrero, y no le tendió la mano a Eva. Se limitó a hacer un breve movimiento afirmativo con la cabeza:

—David Miller.

Después pisó el acelerador. No conducía bien, iba demasiado deprisa y cambiaba de marcha demasiado pronto o demasiado tarde. Eva no tenía licencia de conducir, pero se dio cuenta de que el joven no estaba muy familiarizado con el coche. Aunque lo estuviera, conducía mal. El vehículo patinó en más de una ocasión. Eva escudriñó al joven con el rabillo del ojo. Tenía el cabello abundante, rojizo, un poco demasiado largo en la nuca, pecas, pestañas claras y finas y unas manos pequeñas que parecían singularmente inocentes.

Al parecer, el señor Miller no tenía el más mínimo interés en entablar conversación. Fueron en silencio hacia el centro, la luz de los letreros luminosos más viva y multicolor. Y, sobre todo, cada vez más roja. En la parte baja de la calle Berger había algunos locales de dudosa reputación. Bei Susi y el Mokka-Bar. Eva pensó en Jürgen, que se sentaría de nuevo a la mesa y comería el pay de crema de mantequilla que había hecho ella, pero apenas le sabría a nada. Pues sin duda estaría nervioso sopesando si podría presentar en sociedad a las dos familias y si quería pasarse el resto de su vida con ella.

◆

El despacho de la fiscalía se hallaba en un edificio de oficinas de cuatro pisos en una de las calles principales de la ciudad. David Miller subió con Eva en un pequeño ascensor. Las puertas se cerraron automáticamente, dos veces. Era una puerta de dos hojas. David pulsó el número 8 y después se puso a mirar el techo, como si esperase algo. Eva también miró hacia arriba, una trampilla atornillada que tenía infinidad de pequeños orificios. Una rejilla de ventilación. De pronto, se sintió oprimida. El corazón le latía más deprisa, tenía la boca seca. David la observó. Desde arriba, aunque no era mucho más alto que ella, y demasiado cerca, algo que no le agradaba. La contemplaba con curiosidad.

—¿Cómo se llama usted?

—Eva Bruhns.

El ascensor se detuvo con una sacudida, y durante un breve instante Eva temió que se hubiesen quedado atrapados. Pero las puertas se abrieron. Bajaron, fueron hacia la izquierda y tocaron el timbre de una gruesa puerta de cristal. Una mujer vestida de verde acudió desde el otro lado y les abrió. Eva y ella se miraron un momento. Misma edad, figura similar. La mujer tenía el pelo oscuro y la piel con impurezas, pero los ojos de un gris claro.

34

Eva y David la siguieron por un pasillo largo, y mientras tanto Eva tuvo ocasión de ver el ceñido traje que llevaba, que se le arrugaba en el trasero con cada paso que daba. Los zapatos, negros, tenían un tacón altísimo. Probablemente se los había comprado en los almacenes Hertie, en la calle principal. Un sonido parecido a un sollozo salía de una habitación situada en un extremo del pasillo. Pero cuanto más se acercaban a ella, más quedo era. Cuando finalmente estuvieron delante de la puerta no se oía nada. Quizá lo del llanto hubieran sido imaginaciones de Eva.

◆

La mujer llamó a la puerta y abrió; a la vista quedó un despacho sumamente angosto. En él aguardaban tres hombres rodeados de humo de tabaco y numerosos archivadores que se amontonaban en mesas, en estantes y en el suelo.

Uno de ellos, un caballero de escasa estatura y cierta edad, estaba sentado como una vela en una silla en el centro de la habitación, como si el cuarto entero, la casa entera se hubiese construido a su alrededor. Quizá incluso la ciudad entera. Un hombre más joven, de cabello rubio claro y con unos lentes con una exquisita montura dorada, se hallaba tras un escritorio abarrotado de documentos. Había conseguido despejar un pequeño sitio, en el que estaba escribiendo. Fumaba un cigarro y había olvidado sacudir la ceniza. Justo cuando lo miró Eva, le cayó una buena cantidad en las anotaciones que estaba efectuando. Tiró la ceniza mecánicamente al suelo. Ninguno de los dos hombres se levantó, cosa que a Eva le pareció un tanto de mala educación.

El tercero, una figura robusta, incluso le dio la espalda. Estaba junto a la ventana, mirando a la oscuridad. Eva no pudo por menos de pensar en una película sobre Napoleón que había visto con Jürgen. El general estaba en esa misma postura junto a la ventana de un palacio. Asaltado por las dudas sobre la campaña que pretendía iniciar, se ponía a contemplar las vistas. Y se notaba que el paisaje que había delante de la ventana era de cartón piedra pintado.

◆

Tras el escritorio, el rubio saludó a Eva con una inclinación de cabeza y a continuación señaló al caballero de la silla:

—Es el señor Josef Gabor, de Varsovia. Debería acompañarlo el intérprete polaco, pero tuvo problemas para salir del país. Lo retuvieron en el aeropuerto. Por favor.

Dado que ninguno de los caballeros hacía ademán de ir a ayudarla, Eva se quitó el abrigo sola y lo colgó en un perchero que había detrás de la puerta. El rubio indicó una mesa pegada a la pared. En ella se veían tazas de café que habían sido utilizadas y un plato con algunas galletas que habían sobrado. A Eva le encantaban esas galletitas, llamadas Spekulatius, pero se contuvo. A lo largo de las semanas pasadas había engordado dos kilos. Se sentó a la mesa de forma que pudiera verle la cara al señor Gabor y sacó los dos diccionarios del bolso: uno general y otro especializado, de economía. Apartó el plato de galletas y dejó los diccionarios en el sitio que quedaba libre. Después sacó su libreta y un lapicero. La mujer de verde se había sentado en el otro extremo de la mesa, donde había un estenógrafo. Introdujo con gran estrépito una tira de papel, sin perder de vista al rubio. Le interesaba, pero ella a él no, cosa de la que se dio cuenta deprisa Eva. David Miller también se quitó el abrigo y se instaló en una silla en la pared de enfrente, con el abrigo en las rodillas, como si aquello le fuera indiferente.

Todos esperaban a que se oyese una suerte de disparo de salida. Eva miraba las galletas; el hombre robusto que estaba junto a la ventana se dio la vuelta y se dirigió al que ocupaba la silla.

—Señor Gabor, se lo ruego, vuelva a contarnos con exactitud lo que sucedió el 23 de septiembre de 1941.

Eva tradujo la pregunta, extrañada con la fecha. De eso hacía más de veinte años. De manera que se trataba de un delito punible (pero debía de haber prescrito ya, ¿no?), y no de un acuerdo. El hombre de la silla miró a Eva directamente a la cara, a todas luces aliviado de conocer por fin a alguien en ese país que lo entendiera. Empezó a hablar. Su voz contradecía lo recto de su postura. Era como si estuviese leyendo una carta descolorida, como si no pudiese ver bien de inmediato todas las palabras. Además, hablaba un dialecto rural que daba algunos problemas a Eva. Tradujo a tropiezos.

◆

—«Ese día, que era caluroso, casi hacía bochorno, teníamos que decorar todas las ventanas. Todas las ventanas del albergue número once. Las decoramos con sacos de arena y rellenamos todas las grietas con paja y tierra. Nos esforzamos al máximo, pues no podíamos cometer ningún error. Terminamos nuestro trabajo ya por la tarde. Después hicieron bajar a los ochocientos cincuenta invitados soviéticos al sótano del albergue. Esperaron hasta que se hizo la oscuridad, para que se viese mejor la luz, supongo. Después arrojaron la luz al sótano, por los conductos de ventilación, y cerraron las puertas. A la mañana siguiente abrieron las puertas. Nos obligaron a entrar a nosotros primero. Casi todos los invitados estaban iluminados.»

Los hombres en la habitación miraron a Eva, que se sintió ligeramente mal. Algo no cuadraba, aunque la mujer continuaba transcribiendo sin inmutarse. Sin embargo, el rubio preguntó a Eva:

—¿Está usted segura de que ha entendido bien?

Eva se puso a hojear el diccionario especializado.

—Disculpe. Por lo general traduzco contratos, es decir, cuestiones de índole económica y negociaciones de indemnizaciones...

Los hombres se miraron. El rubio sacudió la cabeza con impaciencia, pero el robusto que estaba junto a la ventana le hizo un gesto apaciguador. David Miller miró a Eva desde el otro lado de la habitación con expresión despectiva.

Ella echó mano del diccionario general, que pesaba como un ladrillo. Lo abrió y descubrió que los invitados en realidad eran prisioneros. Y que, de albergue, nada: se trataba de un bloque. Y la luz no era tal. Ni la iluminación. Eva miró al hombre que ocupaba la silla, que la miró a su vez como si se hubiese desmayado por dentro.

Eva dijo:

—Lo siento, he traducido algunas cosas mal. Lo que en realidad dice es: «Encontramos a casi todos los prisioneros asfixiados por el gas».

En la habitación se hizo el silencio. David Miller quería prender un cigarro, pero el encendedor no servía. Rrst, rrst, rrst. Acto seguido, el rubio tosió y echó un vistazo al robusto:

—Podemos conformarnos de que hayamos encontrado una sustituta. Con tan poco tiempo. Es mejor que nada.

A lo que el otro repuso:

—Sigamos. ¿Qué remedio nos queda?

El rubio se dirigió a Eva:

—Pero si no está segura de algo, consúltelo enseguida.

Ella asintió. Traducía despacio, y la mujer transcribía con la misma parsimonia.

—«Cuando abrimos las puertas, una parte de los prisioneros seguía con vida. Aproximadamente una tercera parte. Se habían quedado cortos con el gas. Se repitió el procedimiento doblando la cantidad, y esta vez esperamos dos días hasta abrir las puertas. La operación fue un éxito.»

El rubio se levantó tras su escritorio.

—¿Quién dio la orden? —Apartó las tazas de café y fue poniendo en la mesa veintiún fotografías.

Eva observaba los rostros de soslayo. Hombres delante de paredes blancas encaladas con números bajo el mentón. Pero algunos también en jardines soleados, jugando con perros grandes. Un hombre tenía cara de chimpancé. Josef Gabor se levantó y se acercó. Estuvo un rato mirando las fotografías y señaló una, tan de repente que Eva se estremeció. En la imagen, un hombre más joven tenía un conejo gordo agarrado por el pescuezo que enseñaba a la cámara con una sonrisa orgullosa. En la habitación, los hombres intercambiaron miradas satisfechas y asintieron. Su padre también criaba conejos, pensó Eva, en el huertecito comunitario a las afueras de la ciudad, donde además cultivaba las hortalizas con las que cocinaba. En los pequeños cobertizos había algunos animales, que no paraban de comer. Pero cuando un día Stefan se enteró de que no sólo acariciaba a los sedosos animalitos y les daba de comer dientes de león, sino que también se los comía, se puso a chillar como un loco, y su padre acabó deshaciéndose de los conejos.

◆

Después Eva tuvo que firmar la traducción de la declaración. Su nombre parecía distinto que de costumbre. Como si lo hubiese escrito un niño, las letras torpes y redondas. El rubio le hizo una señal afirmativa con la cabeza, con aire ausente.

—Gracias. ¿La liquidación la efectuamos a través de su agencia?

David Miller se levantó de la silla que ocupaba contra la pared y ordenó con aspereza:

—Espere fuera. Dos minutos.

Eva se puso el abrigo y se dirigió al pasillo mientras David hablaba con el rubio. Eva entendió: «Inepta. Absolutamente inepta». El rubio asintió, tomó un teléfono y marcó un número. El fiscal general se dejó caer con pesadez en una silla.

◆

Eva se acercó a una de las altas ventanas del pasillo y miró al oscuro patio trasero. Había empezado a nevar.

Caían copos gruesos, compactos. En el edificio de enfrente, un sinfín de ventanas negras le devolvieron la mirada, vacías y mudas. Eva pensó: «Ahí no vive ni un alma. Sólo hay oficinas». Sobre el radiador que había bajo la ventana alguien había puesto a secar tres guantes de lana oscuros. Se preguntó: «¿De quién serán? ¿De quién será ese guante desparejado?».

Josef Gabor apareció a su lado. Hizo una pequeña reverencia y le dio las gracias educadamente. Eva inclinó la cabeza a modo de respuesta. Por la puerta abierta del despacho vio que el hombre robusto la observaba desde su silla junto a la ventana. David Miller salió al pasillo mientras se ponía el abrigo.

—La llevaré a su casa.

Era evidente que no le hacía gracia.

En el coche guardaron silencio de nuevo. Los limpiaparabrisas se movían inquietos, ahuyentando del cristal la infinidad de copos. David estaba furioso, Eva se daba perfecta cuenta.

—Lo siento, pero sólo soy una sustituta. Por lo general, sólo trabajo con contratos... Ha sido espantoso, lo que ese señor ha...

El coche pasó casi rozando una farola, y David soltó una imprecación en voz baja.

—¿De qué estaba hablando? ¿Algo que sucedió en la guerra?

Sin mirarla, David espetó:

—Son todos unos ignorantes.

—¿Disculpe?

—Para ustedes, los hombrecitos vestidos de marrón llegaron en una nave espacial y aterrizaron en Alemania en el 33, ¿verdad? Y en el 45 se marcharon, después de imponerles el fascismo a ustedes, pobres alemanes.

Sólo después de oírlo hablar más, Eva se percató de que no era alemán. Tenía un ligero acento, quizá estadounidense. Y utilizaba las palabras con suma precisión. Como si se hubiese aprendido de memoria todo cuanto decía.

—Déjeme bajar, por favor.

—Es usted una de esos millones de muchachas bobas. Lo vi en cuanto se subió al coche. Inculta e ignorante. ¡¿Acaso sabe lo que hicieron ustedes, los alemanes?! ¡¿Sabe lo que hicieron?!

—¡Pare inmediatamente!

David pisó el freno, y Eva agarró la manija de la puerta, abrió y se bajó del vehículo.

—Eso, váyase. Espero que disfrute de esa comodidad tan alemana en la que...

Ella cerró de un portazo y echó a andar bajo la nieve. De pronto reinaba la calma, el furor había cesado. El pesado coche se alejó, y Eva pensó: «Ese chofer, o lo que quiera que sea, no está bien de la cabeza».

◆

El coche de Jürgen no estaba delante de La casa alemana. El sitio que ocupaba se hallaba cubierto de nieve, como si Jürgen no hubiese estado nunca allí. Tras las ventanas del restaurante se veía una luz cálida. La algarabía se oía hasta en la calle. Cenas de empresa navideñas, lo que equivalía a ganar un buen dinero cada año. Eva contempló los bultos desdibujados que se movían al otro lado de los cristales. Distinguió a su madre, cargada de platos, que se acercaba a una mesa y servía con rapidez y destreza. Chuleta. Escalope. Ganso con lombarda y el sinfín de albóndigas a las que su padre, como si fuese un mago, daba forma con sus hábiles y flácidas manos y luego dejaba caer en agua hirviendo con sal.

Eva se disponía a entrar, pero vaciló. Durante un instante, ese lugar se le antojó un abismo que podía engullirla. Después se controló. El señor Gabor había vivido cosas terribles, pero la pregunta del millón era: ¿habría pedido su mano Jürgen?

Cuando entró en el comedor, al calor de las personas, al olor a grasa de ganso, a esa habitación llena de cuerpos, todos achispados y alegres, su madre se le acercó, sosteniendo en equilibrio platos llenos. Edith Bruhns ahora llevaba su ropa de trabajo: una falda negra, una blusa blanca con un delantal blanco encima y sus cómodos zapatos beige. Susurró preocupada:

—¿Qué te pasó? ¿Te caíste?

Eva sacudió la cabeza de malhumor.

—¿Pidió mi mano?

—Habla con tu padre.

Edith se volteó y siguió atendiendo las mesas.

Eva fue a la cocina, donde su padre trabajaba con dos pinches. Su padre, con su filipina blanca, los pantalones oscuros, el gorro de cocinero en la cabeza, la barriga siempre un poco abultada, lo que le confería un aspecto cómico. Eva musitó:

—¿Pidió mi mano?

Ludwig abrió un horno y en la cara le dio una gran nube de vapor, que al parecer ni notó. Sacó una enorme bandeja con dos gansos dorados enteros, sin mirar a su hija.

—Un joven agradable. Cabal.

Eva lanzó un suspiro, decepcionada. Tuvo que hacer un esfuerzo para no echarse a llorar. Su padre se le acercó:

—Me la pedirá, Eva, hija. Pero si no te hace feliz, que Dios se apiade de él.

◆

Por la noche, Eva estaba en su cama, mirando al techo. La farola que había delante de la casa proyectaba en él una sombra que parecía un hombre a caballo. Un hombre alto con una lanza. Un don Quijote. Eva lo contemplaba todas las noches, lo veía suspendido sobre ella y se preguntaba: «¿Contra qué lucho en vano?». Le pasó por la cabeza Jürgen y maldijo el miedo que tenía de que pudiera dejarla plantada en el último minuto. Quizá no le interesaran las mujeres. Porque ¿quién quiere ser cura por libre decisión? ¿Por qué no la había tocado aún? Se incorporó, encendió la lamparita de la mesilla de noche, abrió un cajón y sacó una carta. La única carta de Jürgen en la que había escrito «te quiero». Sin embargo, justo antes ponía: «Si tuviese que optar por un sentimiento, podría decir sin lugar a dudas:». Conque sí. Con lo rebuscado que era Jürgen en materia de sentimientos, ésa era una declaración de amor en toda regla. Eva profirió un suspiro, volvió a guardar la carta en el cajón y apagó la luz. Después cerró los ojos. Vio revolotear copos de nieve, una fachada oscura con ventanas negras. Empezó a contar las ventanas y acabó quedándose dormida. No soñó con Jürgen. Soñó con un albergue lejano, en el este. Un albergue con las grietas llenas de flores y hierbas, protegido elegantemente del viento y el frío, al que llegaban numerosos invitados. Mientras Eva los atendía con sus padres, los invitados se abandonaban alegremente a la celebración hasta la madrugada. Hasta que todos dejaban de respirar.

◆

Lunes. La ciudad se hallaba cubierta por una gruesa capa de nieve. En Tráfico se desayunaba de pie; se realizaban las primeras llamadas telefónicas para informar de la precaria situación y después se sufría durante todo el día, en unos despachos donde la calefacción era excesiva, el bombardeo de quejas sobre calles en las que no habían retirado la nieve y partes de daños en las carrocerías.

En el restaurante La casa alemana, lunes era sinónimo de descanso. Ludwig Bruhns dormía hasta las nueve «su reparador descanso semanal». Annegret, que había vuelto a casa del trabajo de madrugada, tampoco se había dejado ver aún. Los demás miembros de la familia desayunaban en la grande y luminosa cocina, que daba al patio trasero. El alto abeto que crecía en él estaba nevado; en sus ramas descansaban, inmóviles, dos cornejas, como si la nieve les resultase algo inconcebible. Stefan se había quedado en casa, porque al parecer tenía un dolor de garganta «bestial». Edith Bruhns había dicho, por lo visto sin la menor compasión: «Claro, el que sale a la nieve sin ponerse el abrigo...». Pero después le dio friegas en el pecho a su hijo con pomada de eucalipto, a lo que ahora olía ligeramente la cocina entera. Después le puso una bufanda, y le estaba untando la tercera rebanada de pan con miel, ya que ésta era buena para combatir el dolor de garganta. Mientras tanto, Edith consolaba a Eva, que hojeaba el diario con cara de tristeza.

—Son dos mundos demasiado distintos. Y que conste que entiendo el atractivo que tiene, hija. Pero en él te morirás. Sólo de pensar en esa propiedad... Sé cómo son esos sitios, ahí arriba, en la montaña, ésa es la zona, ahí las fincas son como diez campos de futbol...

—Entonces ¡¿podré jugar allí futbol?! —preguntó Stefan con la boca llena.

—Cuando haya pasado el primer enamoramiento —siguió diciendo Edith—, tendrás que aparentar. Y tendrás que sonreír siempre y ser fuerte. Y que nadie piense que tu esposo te da muchas cosas. Tendrá un cargo tan importante que ni le verás el pelo. Estarás sola. Y ésa no es vida para ti, Eva. Enfermarás. Tu tejido nervioso siempre ha sido delicado...

«Tejido nervioso.» Esas dos palabras siempre sacaban de quicio a Eva. ¿Acaso era algo con lo que podía vestirse uno? Porque si el suyo era un tejido delicado, se había equivocado de tela. Le vino a la cabeza Brommer, el establecimiento de alquiler de disfraces que había junto a la estación, un lugar tan maloliente como mágico; oscuro, peligroso e impenetrable como una selva virgen. Desde que era pequeña, todos los años, por carnaval, entraba en él encantada. Se imaginó que de una de las perchas, entre vestidos de princesa con holanes, colgaba un disfraz con un tejido nervioso fuerte. Un abrigo tejido y anudado de gruesos cordones de color carne. Inextricable, irrompible, una protección contra todos los dolores.

—Mamá, eso se puede aprender. Mira a Grace Kelly. Primero actriz y ahora princesa...

—Para eso hay que valer.

—Y, dime, ¿se puede saber para qué valgo yo?

—Tú eres una mujer joven normal, que necesita un marido normal. Puede que un obrero. Los techadores ganan un buen dinero.

Eva resopló indignada; no quería hablar mal de esos trabajadores, pero entonces su mirada descansó en una pequeña fotografía en blanco y negro que aparecía en el periódico: eran dos de los hombres con los que el día anterior había pasado una hora entera en una habitación cargada de humo: el más joven, rubio claro, y el de más edad, con el curioso cabello de punta. Conversaban con gravedad. El pie de foto rezaba: «El fiscal jefe y el fiscal general sosteniendo una conversación antes de que dé comienzo el proceso». Eva se puso a leer la columna. A todas luces, esa misma semana en la ciudad se abriría un proceso contra antiguos miembros de las SS.

—¿Eva? ¿Me estás escuchando? ¡Estoy hablando contigo! ¿Qué hay de Peter Rangkötter? Lleva un montón de tiempo cortejándote. A los soldadores nunca les falta trabajo.

—Mamá, ¿de verdad crees que quiero ser la señora Rangkötter?

Stefan soltó una risita y repitió encantado, con la pequeña barbilla llena de miel:

—¡Señora Rangkötter! ¡Señora Rangkötter!

Sin hacer el menor caso a su hermano, Eva señaló el artículo y miró a su madre.

—¿Sabías lo de este proceso? Para esto fue para lo que tuve que ir ayer.

Edith tomó el diario, echó un vistazo a la fotografía y leyó por encima el artículo.

—Todo lo que pasó en la guerra fue terrible, pero no

creo que nadie quiera saber nada más. Y ¿por qué ha de ser precisamente en nuestra ciudad?

Edith Bruhns dobló el periódico, y Eva la miró sorprendida. Era como si le concerniese de alguna manera.

—Y ¿por qué no?

Su madre no respondió. Se levantó y se puso a recoger los platos sucios. Con cara de pocos amigos, la «cara de limón», como decía Stefan. Encendió el calentador, sobre el fregadero, para tener agua caliente.

—¿Puedes echar una mano hoy abajo, Eva? ¿O tienes trabajo?

—Puedo, sí. Antes de Navidad la cosa anda floja. Y el jefe siempre pregunta primero a Karin Melzer, porque lleva esos sostenes tan puntiagudos.

—¡Shhh! —exclamó Edith mirando a Stefan, que se limitó a sonreír con picardía.

—Como si no *sabiera* lo que es un sostén.

—Como si no supiera —lo corrigió Edith. El agua empezó a hervir en el calentador, y Edith amontonó los platos en la pila.

Eva abrió de nuevo el periódico y leyó el artículo hasta el final: había veintiún acusados, todos los cuales habían estado en un campo de concentración de Polonia. El proceso había sufrido varios aplazamientos. El acusado principal, el último comandante del campo, incluso había muerto en el ínterin. Ahora ocupaba su lugar en el banquillo su adjunto, un comerciante hamburgués que gozaba de una reputación impecable. En el proceso se oiría el testimonio de 274 testigos. Al parecer, en el campo, centenares de miles de personas...

—¡Buh! —dijo de repente Stefan, golpeando desde abajo el periódico, una de sus bromas preferidas. Y, como siempre que se la hacía, Eva se llevó un buen susto, dejó el diario a un lado y se levantó de un salto.

—Vas a ver lo que es bueno.

Stefan salió corriendo de la cocina, y Eva fue tras él. Persiguió a su hermano pequeño por toda la casa y al final lo atrapó en la sala de estar; lo agarró con fuerza y lo amenazó con aplastarlo sin compasión como a un piojo molesto. Y Stefan gritó encantado, unos chillidos estridentes que hicieron temblar las copas de cristal del aparador.

En la cocina, Edith seguía delante del fregadero, los ojos fijos en el calentador. Ahora el agua hervía ruidosa e inquietantemente. Los platos sucios esperaban en la pila, pero Edith no se movía. Miraba inmóvil las grandes, calientes burbujas que bailoteaban detrás del cristal.

◆

A esa misma hora, en las oficinas de la fiscalía reinaba un ambiente similar al que se respira en un teatro poco antes de un estreno. David Miller intentó adoptar un aire tranquilo y profesional cuando entró en el pasillo, pero no tardó en ser arrollado por la febril oleada: las puertas de todos los despachos estaban abiertas, los teléfonos sonaban, señoritas vestidas con tonos pastel llevaban montañas de declaraciones en equilibrio o empujaban documentos en carritos con ruedas que rechinaban por el linóleo. A lo largo de todo el pasillo había clasificadores, de color granate y negro, que parecían fichas de dominó derribadas. De las habitaciones salían nubes de humo de tabaco, que a David le recordaron a galgos que avanzaban como en cámara lenta suspendidos sobre el nerviosismo y el caos y que se desvanecían antes de poder ir en pos de la liebre falsa. David estuvo a punto de echarse a reír. Le resultaba desagradable, le resultaba cínico, pero se alegraba. Formaba parte de eso. De cuarenta y nueve candidatos a la pasantía sólo habían escogido a ocho, entre ellos, a él, aunque había aprobado la oposición hacía tan sólo un año, en Boston. David llamó a la puerta abierta del despacho del fiscal jefe, que estaba ante su mesa con el teléfono en la mano, un cigarro encendido entre los dedos, hablando. Por la empañada ventana se veía la silueta de una grúa que descollaba en el patio. El rubio lo saludó con un leve gesto de asentimiento y, como de costumbre, dio la impresión de que tenía que hacer un esfuerzo supremo para recordar quién era. David entró.

—La duración del proceso dependerá del magistrado presidente —decía por teléfono el del cabello rubio claro—, y no sabría decir cómo es ese hombre. Si sigue el criterio de la opinión general, todo se encubrirá y se relativizará, y habremos terminado en cuatro semanas.

Pero la fiscalía insistirá en que se lleve a cabo una práctica de la prueba concienzuda. Así que, personalmente, yo más bien hablaría de cuatro meses. Sí, se lo regalo. Lo puede escribir.

El rubio colgó y encendió un cigarro con la colilla del anterior, el pulso firme. David no perdió el tiempo saludándolo:

—¿Ya llamó?

—¿Quién?

—La Bestia.

—No, y, señor Miller, preferiría que se abstuviera de emplear semejantes calificativos. Eso se lo dejamos a la opinión pública.

Sin embargo, David le restó importancia a la reprimenda con un movimiento de la mano. No podía entender que el fiscal estuviese tan tranquilo. Hacía tres meses uno de los acusados principales se había librado de la prisión preventiva por motivos de salud, y ahora, desde hacía cinco días, no podían localizarlo en la dirección que había facilitado. Y el viernes por la mañana daría comienzo la vista.

—Pero entonces habrá que dar parte a la policía para que intervenga. Tendrán que iniciar la búsqueda.

—Por desgracia, carecemos de base jurídica. El proceso no ha empezado aún.

—Por favor, ¡ese hombre huirá! Como todos los demás, a Argentina, y...

—Necesitamos a la señorita. A la de ayer. ¿Cómo se

llama? —lo interrumpió el rubio. David se encogió de hombros de mala gana, aunque sabía a quién se refería. El otro no esperó a que le contestara—. No dejan salir del país a Dombreitzki.

—Dommitzki.

—Eso. Aunque su caso se verá, ahora mismo está detenido. En una cárcel polaca. Llegar a un acuerdo podría ser cuestión de meses.

—No creo que precisamente una señorita alemana sea adecuada para ocupar un puesto de tanta responsabilidad. Señor —insistió David—, como bien sabrá, dependemos por completo de los traductores. A fin de cuentas, pueden contarnos...

—Prestará juramento. Y también se puede ver de esta manera: una mujer podría tener un efecto tranquilizador en los testigos. Y eso es lo que necesitamos: testigos que se sientan seguros. Queremos que nos lo cuenten todo, es preciso que nos lo cuenten todo, y para ello es preciso que se mantengan firmes, que no pierdan los nervios. Así que vaya ahora mismo a buscarla. ¿Recuerda la dirección?

David asintió con aire vacilante y salió despacio.

El rubio se sentó de nuevo. Ese Miller era demasiado vehemente, demasiado obstinado. Había oído el rumor de que su hermano había muerto en el campo de concentración. Si había algo de cierto en ello, la cosa no pintaba bien, ya que, en ese caso, tendrían que sustituirlo por presunta parcialidad. Por otra parte, necesitaban a jóvenes comprometidos como él, que estuviesen día y noche estudiando los miles de documentos, comparando datos, nombres y acontecimientos, que contribuyesen a mantener el orden en ese inmenso mar de voces. El rubio dio una calada con fuerza al cigarro, aguantó el humo un instante y se volvió hacia la ventana. En el patio, la espectral grúa giraba.

◆

En el comedor en penumbra, de techos altos, de La casa alemana, Eva fregaba el suelo. Su padre, que para entonces ya se había levantado de su descanso reparador, le sacaba brillo a la cocina. Tenía la radio encendida. Sonaba una canción de moda, que Eva ya había bailado con Jürgen. Peter Alexander cantaba: «Vente conmigo a Italia». Jürgen bailaba bien. Y olía estupendamente, a resina y a aire de mar. La agarraba con firmeza cuando bailaban. Siempre sabía lo que estaba bien y lo que estaba mal. Eva tragó saliva. Mentalmente lo rechazaba, enfadada y decepcionada. Jürgen, que desde hacía seis meses le llamaba todas las mañanas a las once desde su despacho, ese día, por vez primera, no daba señales de vida. Eva estampaba la rodilla mojada contra la madera del suelo. Decidió no volver a ver a Jürgen si no llamaba antes de las dos. Además, le devolvería las cartas, la pulsera de oro blanco, los guantes de cabritilla, la ropa interior de angora (en noviembre agarró una pulmonía uni-

55

lateral y Jürgen estuvo muy preocupado), el volumen de poemas de Hesse y... ¡Pam, pam, pam! Alguien llamaba a la puerta, que estaba cerrada. Eva se volteó: era un hombre, un hombre joven. Jürgen, que de manera absolutamente excepcional, dominado por lo que sentía por ella, había salido del despacho para pedir su mano ese mismo día. De rodillas. Eva dejó a un lado la escoba, se quitó deprisa y corriendo el delantal y fue hacia la puerta. Todo iba bien. Sin embargo, a través del cristal vio que se trataba del desagradable hombre del día anterior. David Miller. Abrió desconcertada.

—Hoy está cerrado.

David se encogió de hombros y la miró sin inmutarse.

—Vengo de parte de...

Sorprendida, Eva constató que David no había dejado ninguna huella en la nieve, como si hubiese llegado hasta la puerta volando. Qué extraño.

—Me envía el fiscal jefe.

Ella lo invitó a pasar con aire vacilante, y David entró. Se detuvieron delante de la barra, ahora en la cocina un tenor italiano dejaba oír su melodiosa voz. Eva podría haberse sumado a él: «Siete días a la semana quiero estar a tu lado».

—El intérprete no puede entrar en el país, al menos por el momento. No es digno de confianza desde el punto de vista político y ha de aclarar una serie de cuestiones. Y nosotros necesitamos un sustituto. El viernes dará comienzo la vista.

A Eva la tomó por sorpresa.

—¿Quiere decir usted que tendré que traducir?

—Yo no, yo sólo vine de parte del fiscal.

—Ya... Y ¿cuánto durará? ¿Una semana?

David miró a Eva casi como si la compadeciese. Tenía los ojos azules claros, y la pupila izquierda era más grande que la derecha. Quizá fuera por cómo le daba la luz, o tal vez se tratase de un defecto congénito. Le confería una expresión inquieta, inquisitiva. «Y nunca se encontrará a sí mismo», pensó ella sin querer, sin que viese ningún sentido a ese pensamiento.

—¿Ha hablado ya con mi agencia? ¿Con mi jefe, el señor Körting?

Sin embargo, dio la impresión de que David no había oído la pregunta. Retrocedió como si Eva le hubiese propinado un puñetazo y se apoyó en la barra.

—¿Se encuentra bien?

—No he desayunado, se me olvidó. Se me pasa ahora mismo.

Mientras David respiraba hondo, Eva fue tras la barra y llenó un vaso de agua del grifo. Se lo ofreció y él bebió un sorbo. Entretanto, clavó la mirada en la pared de enfrente, en la que colgaban numerosos retratos en blanco y negro firmados. Hombres y mujeres, en su mayor parte celebridades del lugar, supuso. Actores, futbolistas, políticos que habían visitado La casa alemana. Sonreían a David y le mostraban su mejor cara. Él no conocía ni a uno solo de ellos. Se irguió y dejó en la barra el vaso medio vacío.

—Llame a este número. —David le ofreció a Eva una tarjeta de visita en la que figuraban el nombre del fiscal general del Estado, una dirección y un número de teléfono—. Y, si decide aceptar, haga el favor de aprenderse el vocabulario necesario.

—¿A qué se refiere usted? ¿A términos militares?

—A todas las palabras imaginables que designan las maneras de matar a una persona.

David se dio media vuelta con brusquedad y salió del restaurante. Eva cerró la puerta despacio.

Para entonces, su padre había salido de la cocina con la filipina blanca, los pantalones oscuros y el gorro de cocinero en la cabeza. Llevaba un paño de cuadros rojos al hombro.

«Es como un payaso al que acabaran de disparar a la cara un cañonazo de espaguetis con salsa de tomate», pensó Eva.

—¿Quién era ése? ¿Qué quería? No será otro pretendiente de mi querida hija, ¿no?

Ludwig le guiñó un ojo y después se situó delante de la barra, se puso de rodillas y empezó a pulir con el paño el embellecedor de hojalata que protegía la madera de la barra de puntapiés. Eva sacudió la cabeza con impaciencia.

—Papá, hay que ver, sólo tienen una cosa en la cabeza. Me propusieron trabajar de intérprete en el tribunal.

—Vaya, parece importante.

—Se trata de un proceso contra oficiales de las SS que trabajaron en un campo de concentración.

—¿Qué campo?

—Auschwitz.

El padre siguió bruñendo el metal como si no la hubiese oído, y durante un instante Eva se quedó mirando su nuca, que cada vez tenía menos pelo. Se lo cortaba ella misma cada ocho semanas en la cocina. Su padre era incapaz de permanecer quieto mucho tiempo, y se movía como si fuera un niño pequeño. Siempre era un proceso laborioso, pero Ludwig no quería ir al peluquero. También Eva sentía auténtica animadversión hacia las peluquerías. Tenía miedo, como si fuese una niña pequeña, de que el corte de pelo pudiera dolerle. «Manía nerviosa», era como denominaba Annegret el temor de Eva. Ésta volvió a tomar la escoba y la rodilla, metió el trapo en la cubeta y lo exprimió con las manos. El agua ya sólo estaba templada.

◆

Por la noche, los padres estaban sentados en la sala de estar. Ludwig a la izquierda, en su rincón raído del sofá; Edith en su silloncito amarillo, cuyo terciopelo en un principio era dorado; *Purzel*, aovillado en su cestita. A veces ladraba débilmente, soñaba dormido. En la televisión estaban pasando el noticiario, un presentador leía las noticias, a las que se incorporaban pequeñas imágenes. Como de costumbre, Ludwig comentaba cada una de ellas. Edith había sacado la labor. Cosía un agujero en uno de los guantes anaranjados de Stefan, al parecer, *Purzel* lo había vuelto a morder. El presentador hablaba del mayor proyecto para la construcción de un dique de la República Federal. Después de sólo cuatro meses de construcción se había cerrado la última celda del dique protector de tres kilómetros de longitud en la marisma de Rüstersiel. Una imagen mostraba multitud de arena.

—Rüstersiel —repitió Ludwig con un dejo de nostalgia en la voz—. ¿Sabes que en su día comíamos solla de ahí?

Sin levantar la vista, Edith dijo:

—Ajá.

«En Detroit, veinticinco cuadros del pintor español Pablo Picasso han sido pasto de las llamas en el incendio que se ha declarado en una galería de arte. Los daños ascienden a unos dos millones de marcos», leía el locutor. Tras él se veía un lienzo cubista, que en la pequeña televisión en blanco y negro no decía nada.

—Eso son casi sesenta mil marcos por cuadro. Sólo Dios sabe por qué son tan caros esos cuadros.

Edith contestó:

—Tú de eso no entiendes, Ludwig.

—Pues no, y casi es mejor así.

«Por decreto del ministro del Interior, Hermann Höcherl, el antiguo capitán de las SS Erich Wenger será trasladado de la Oficina Federal de Protección de la Constitución a la administración de Colonia.» Detrás del locutor, la pared permaneció gris. No se llegó a saber qué aspecto tenía Erich Wenger. Los padres guardaban silencio, respirando al mismo ritmo. A esa noticia siguió el informe meteorológico, con un mapa de Alemania lleno de estrellas blancas: seguiría nevando.

—Será mejor que se case pronto con Schoormann —dijo Ludwig, en dialecto.

Edith titubeó, pero después contestó:

—Sí. Probablemente sea lo mejor.

◆

En la villa de los Schoormann, Jürgen estaba sentado con su padre y la segunda esposa de éste, cenando. Como cada noche, no cenaban hasta las ocho y media, era lo que tenía la venta por catálogo. Jürgen había estado trabajando hasta tarde con sus empleados en el nuevo catálogo y ahora observaba a su padre, que, sentado frente a él, diseccionaba con recelo su pan con queso. Su padre cada vez era más poca cosa; si siempre había sido un hombre corpulento, ahora estaba apergaminado y era un hombrecillo. «Como una uva, que, con el sol, se convierte en pasa», pensó Jürgen. Brigitte, pegada a su padre, le acariciaba la mejilla y volvía a ponerle el queso en el pan.

—Es queso suizo, Walli, del que te gusta.

61

—Suiza al menos es neutral.

Walther Schoormann mordió con cautela el pan y comenzó a masticarlo. A veces se olvidaba de tragar. Acto seguido, Brigitte le hizo una señal con la cabeza para animarlo.

«Esta mujer es una bendición», pensó Jürgen. Estaba seguro de que hasta su madre se habría entendido con ella. La primera señora Schoormann, cuyo delicado y difuso rostro mostraba una fotografía en el aparador, perdió la vida en marzo del 44, en un ataque aéreo que lanzaron contra la ciudad. Por esa época, a Jürgen, que tenía diez años, lo enviaron al campo, a Algovia, para que se quedara en una granja con unos campesinos. El hijo del campesino le dijo que su madre había ardido, que había ido corriendo por las calles como una antorcha. Gritando. Jürgen supo que el muchacho quería atormentarlo, pero no fue capaz de olvidar esa imagen. Y empezó a odiarlo todo. Hasta a Dios. Y a punto estuvo de perderse por el camino. Por esa misma época, su padre se encontraba en la cárcel, la Gestapo había ido en su busca en el verano del 41 por ser miembro del partido comunista. Dos meses después de que terminara la guerra, un día, de madrugada, se presentó en la granja de Algovia para recoger a su hijo. Jürgen salió disparado de la casa, se abrazó a su padre, al que se negó a soltar, y lloró tanto y con tanta vehemencia que incluso acabó dándole pena al hijo del campesino. En aquel entonces Walther Schoormann no contó nada, y ni siquiera ahora hablaba del tiempo que había pasado en la cárcel. Pero desde que había enfermado, solía permanecer horas en el pequeño cobertizo del jardín, sentado en una banca y mirando la ventana enrejada, como si fuera un prisionero que hubiese abandonado toda esperanza. Y cuando Brigitte o Jürgen lo tomaban del brazo e intentaban sacarlo de allí, se resistía. Para Jürgen eso constituía un enigma, pero Brigitte dijo que quizá su padre quisiera zanjar algo que había vivido. Walther Schoormann tragó saliva y comió un poco más, con aire pensativo. El pan con queso le gustaba. Como antiguo comunista y posterior gran empresario, era un hombre único, digno de admiración. Sin embargo, él siempre había recalcado que había tenido éxito después de la guerra precisamente por su orientación socialista: quería ayudar con artículos económicos a las personas que lo habían perdido todo. Y eran económicos precisamente porque eludía al comerciante, ahorraba en la distribución, en el alquiler y en los empleados y suministraba de forma directa a los hogares. En el plazo de diez años, la venta por catálogo de Schoormann se convirtió en una empresa con seiscientos cincuenta empleados, cuyo trato justo y cotización a la seguridad social siempre tenía presentes Walther Schoormann. A mediados de los años cincuenta se construyó una casa en la ladera del monte Taunus, que acabó siendo demasiado grande. Las numerosas habitaciones no se utilizaban para nada, la piscina sólo se llenó de agua el primer año. Luego, ese espacio revestido de azulejos azules se quedó vacío, sin que nadie lo usara. Hasta hacía cinco años, cuando Walther Schoormann se había casado por segunda vez con una de las maniquíes que presentaban la ropa interior en el catálogo Schoormann, treinta años más joven, con mundo y siempre optimista, y por lo menos una persona en la casa había disfrutado del lujo. La piscina volvió a llenarse de agua, Brigitte nadaba diario. Y la casa entera volvía a oler ligeramente a cloro. «Eva también vivirá aquí, y quizá nade», pensó Jürgen. Eva. Sabía que esperaba su llamada. Pero algo que no podía, o no quería, entender le impedía llamarle. Jürgen deseaba ser cura desde pequeño. Los rituales pegadizos, el embriagador aroma del incienso, las suntuosas ropas y esas naves de las iglesias cuya altura parecía infinita le fascinaban. Y no cabía la menor duda de que Dios existía. Su madre, que era creyente, apoyaba su vocación y jugaba a celebrar misa con él cuando tenía cinco años. Le confeccionó una sotana de color lila, y cuando Jürgen se ponía ante el escritorio de su habitación y decía: «Cordero de Dios...», ella, en representación de la congregación entera, respondía humildemente: «Te rogamos, escúchanos». Lo único que no le permitía era andar con velas encendidas y varitas de incienso. El padre, ateo convencido, se burlaba siempre del espectáculo, y poco antes de terminar el bachillerato, cuando Jürgen manifestó su deseo de estudiar Teología, padre e hijo se enzarzaron en considerables discusiones. Sin embargo, en último término Walther Schoormann cedió al deseo de su difunta esposa y permitió que Jürgen iniciara sus estudios. Ahora, desde hacía dos años, todo había cambiado. Ya no se podía dejar solo al padre, la empresa había sufrido extraordinariamente con algunos de los nuevos encargados, y Jürgen había renunciado a sus planes por la obra a la que había consagrado la vida su padre. No obstante, si era sincero, también la idea de vivir en celibato cada vez le producía más inseguridad. Eva. Había traducido en algunas ocasiones la correspondencia con los proveedores polacos en su empresa. Primero le llamó la atención su cabello, que llevaba recogido en un chongo, en contra de la moda que imperaba en aquel entonces. Y además le parecía conmovedoramente anticuada e ingenua. Se dejaría guiar, se sometería al esposo. Jürgen quería tener hijos con ella. Sólo que no sabía qué pasaría cuando le confesara a su padre que la familia de Eva regentaba un restaurante justo en la calle Berger. El hecho de que los Bruhns fuesen protestantes constituía un punto a favor, pero ¿un restaurante en la «aldea alegre»? Por muy inocente que fuese Eva, por mucho que recalcara Jürgen que el restaurante se hallaba en la parte decente de la calle. Ya estuviera arriba o abajo, sólo podía tratarse de un local de alterne. Y Walther Schoormann no era sólo un empresario socialista, sino también uno de los raros ejemplares de comunista mojigato.

—Jürgen, ¿se puede saber qué tiene tanta gracia? A ver si me río yo también. —El padre lo miraba, de forma clara y directa, como si de pronto se le hubiese vuelto a encender una luz en el cerebro.

Jürgen apartó los cubiertos.

—¿Sabes lo que quería añadir al catálogo Schurick? Un perforador de huevos eléctrico. Al parecer, es el último grito en América.

El padre sonrió, pero Brigitte se encogió de hombros.

—Pues yo lo compraría.

—Porque lo compras todo.

Walther Schoormann le tomó la mano a Brigitte y le dio un beso fugaz pero cariñoso. Después, en lugar de soltársela, la retuvo con firmeza. Jürgen se puso a contemplar el nevado jardín, que en realidad parecía un parque. Las luces de exterior tenían un copete de nieve. Los arbustos no se movían. Debía llamar a Eva.

◆

Eva estaba sentada a su mesa, un mueble de suma utilidad, intentando escribir una carta a Jürgen. En ella expresaba ira, decepción y chantaje, y al mismo tiempo trataba de provocar en él deseo y amor a ella, a su cuerpo y a su virginidad (de la que, a fin de cuentas, él no sabía que era inexistente). Fue en vano. Volvió a arrugar el papel, permaneció sentada un instante, confundida, y después se sacó del bolsillo de la falda la tarjeta de visita que le había dado David. Se puso a darle vueltas en la mano, sin saber qué hacer. Entonces llamaron a la puerta y Annegret entró. Llevaba puesta la bata rosa clara, e iba sin maquillar y sin peinar. Eva agradeció la interrupción. Dejó la tarjeta en la mesa.

—¿No tienes que ir a trabajar?

—Tengo el día libre. Ayer hice turno doble. —Annegret se dejó caer pesadamente en la cama de Eva y apoyó la espalda en uno de los postes. Llevaba una bolsita de palitos salados que había encontrado en la despensa, que siempre tomaba y que comía de doce en doce—. Hay un recién nacido, un niño, tiene dos semanas, y estuvo a punto de morir de deshidratación.

—¿Otra vez?

—Pues sí, y empieza a no tener gracia. Deben de ser los gérmenes. Los médicos no se preocupan mucho por la higiene, pero a ésos no se les puede decir nada. Pasé ocho horas con la criatura, dándole agua con azúcar. Gota a gota. Al final se puso bien. —Reparó en los papeles arrugados—. ¿Todavía no ha llamado?

Eva no dijo nada, y Annegret vaciló. Sacó una baraja del bolsillo de la bata y la movió ante su hermana a modo de reclamo. Eva se sentó frente a ella en la cama, y Annegret barajó las cartas deprisa y bien con sus dedos gruesos pero ágiles. Resopló algo y después puso la baraja en la colcha entre ambas.

—Haz una pregunta y corta.

—¿Se casará Jürgen conmigo?

Eva cortó concentrada, y Annegret tomó el montón de cartas y las dispuso siguiendo un patrón determinado. Se veía que sabía lo que hacía. Eva se dio cuenta de que su hermana olía un poco a sudor, y eso que era extraordinariamente limpia. Sus padres lo consideraban un derroche de agua, pero Annegret se bañaba a diario. Sin embargo, no conseguía desprenderse de un leve olor a cazuela de guisantes que se queda al sol. Eva la observó con suma ternura, fijándose en la seriedad con que colocaba las cartas para ella. «Te quiero», quiso decirle, pero entre ellas no se decían esas cosas. Y habría parecido que le daba pena, que era condescendiente. De manera que lo olvidó. Annegret sacó otro puñado de crujientes palitos salados de la bolsa y se los comió. Mientras masticaba, observaba las cartas:

—La reina de corazones arriba a la izquierda. Serás una reina, la esposa de un millonario. Si no lo arruinas. Aquí está el siete de picas, lo que significa que puedes echarlo a perder todo.

—Me es de mucha ayuda en este momento, Ännchen. ¿Dónde está Jürgen? ¿Qué piensa? ¿Me quiere?

Annegret recogió las cartas.

—Ahora baraja tú y corta. La duodécima carta es Jürgen.

Eva barajó como si le fuese la vida en ello, un par de cartas salieron volando. No pudo por menos de reírse, pero Annegret no perdió la seriedad. Luego cortó y fue contando hasta doce en voz baja.

—¿Por qué cuentas en polaco?

—¿No vale?

—Sí, pero me resulta extraño.

Eva vaciló antes de darle la vuelta a la duodécima carta. Miró a su hermana.

—¿Sabes lo que de verdad es extraño?

—¿La vida entera en toda su magnitud?

—Siempre he sabido contar en polaco. Me refiero a antes de ir a la escuela de traductores. Quizá fuese polaca en otra vida.

—¿A quién le interesa tu otra vida, Eva? Enséñame a tu Jürgen. Vamos, confía en ti misma.

Eva le dio la vuelta a la carta: el ocho de corazones. Se le quedó mirando desconcertada, pero Annegret sonrió.

—Bueno, hermanita linda, puedes seguir con tus manías, porque ese hombre ya no podrá librarse de ti.

—Y ¡¿podrías decirme por qué...?!

—El palo es de corazones, y el ocho es el símbolo de lo eterno.

—También podrían ser unos grilletes —aventuró Eva.

Annegret sonrió y repuso:

—De un modo u otro, tus días aquí están contados.

Tomó las cartas con la mirada baja. De repente parecía sumamente triste. Eva le acarició la mejilla.

—¿Me das un palito?

Su hermana levantó la cabeza y esbozó una sonrisa torcida.

◆

Después las hermanas se quedaron tumbadas juntas en la penumbra, dando buena cuenta de los últimos palitos salados y contemplando a don Quijote, que titilaba con suavidad en el techo.

—¿Te acuerdas de cuando fuimos a ver la película al cine? —preguntó Eva—. El anciano que atacaba a los molinos con su lanza y se quedó atrapado en el aspa. Y lo arrastró y se puso a dar vueltas con el molino y a pegar gritos. Me pareció tan espantoso que me puse mala.

—Los niños siempre se asustan cuando los adultos pierden el control.

—Annegret, ¿acepto el trabajo? Me refiero a lo de traducir en ese proceso. Es...

—Sé lo que es. Yo no lo haría. ¿O es que quieres ayudar a difundir esas supuestas atrocidades?

—¿Qué atrocidades? ¿A qué te refieres?

Annegret se levantó, fría y muda, y se fue sin decir nada. Eva se conocía la cantinela: su hermana iría a la cocina a atiborrarse. En el pasillo sonó el teléfono, y Eva miró el reloj: las diez y media. El corazón empezó a latirle con fuerza. Salió disparada de la habitación y llegó al aparato antes que su madre. Y, en efecto, era Jürgen.

—Buenas noches, Eva.

Ésta hizo un esfuerzo por parecer fría e indiferente.

—Buenas noches. Es un poco tarde para llamar.

Pero la voz le salió ronca.

—¿Te encuentras bien, Eva?

Ella no dijo nada.

—Perdóname. Lo siento. Pero es que estamos hablando del resto de nuestra vida.

—Lo sé.

Ambos guardaron silencio hasta que Jürgen preguntó:

—¿Vamos al cine mañana por la tarde?

—No tengo tiempo. Debo prepararme para el nuevo trabajo.

—¿Qué trabajo?

—Un compromiso más largo. Necesito ser autosuficiente, no puedo vivir eternamente a costa de mis padres. Debo ganar dinero.

—Pasaré a buscarte mañana a las siete, Eva.

Le pareció severo. Eva colgó. De la cocina salió Annegret, masticando algo, con una mancha oscura reciente en la bata de color claro. Miró a Eva con aire inquisitivo. Ella se encogió de hombros fingiendo desesperación, pero sonreía.

—¿Lo ves? Las cartas no mienten.

◆

A la mañana siguiente, sin que se lo indicara la fiscalía, sin la autorización oficial de ésta, David Miller se dirigió al sur en un coche de alquiler por el que pagó la mitad del sueldo del mes. Su destino: Hemmingen, Stuttgart. Según la policía administrativa, allí se había dirigido uno de los acusados principales, el jefe del departamento político del campo de concentración, la Bestia. David había leído todas las actas de las conversaciones y las acusaciones que pesaban sobre este acusado, el número cuatro, y las había analizado para la acusación. Con que fuese verdad una mínima parte, ese administrativo era incapaz de albergar sentimientos humanos. Desde hacía días la fiscalía intentaba hablar por teléfono con él, pero era inútil. Y eso cuando faltaba tan poco para que diera comienzo el proceso. Mientras atravesaba los invernales paisajes del sur de Alemania, David sintió que estaba en lo cierto al sospechar que el acusado había huido. Iba por el carril de alta velocidad, demasiado deprisa. El paisaje, las laderas, los bosques y alguna que otra granja a izquierda y a derecha de la autopista se deslizaban a toda velocidad y parecían de juguete en comparación con su Canadá natal. David patinó en una ocasión, cuando tuvo que frenar de repente, así que se obligó a moderar la velocidad. «Si muriese en una autopista construida por Hitler, ciertamente sería una ironía...», pensó, y sonrió.

David quería rodear Heidelberg, pero acabó justo en el centro de la ciudad y se vio atrapado en la red de calles. Cruzó tres veces el mismo puente y, como si de una pesadilla se tratara, cuando creía que iba bien, veía aparecer ante sí una y otra vez el imponente castillo. Soltó una imprecación. No encontró ningún plano de la ciudad en el mapa de carreteras que llevaba, y cuando estaba dispuesto a rendirse ante esa ciudad alemana, parado delante de un semáforo vio un coche con placa francesa. David lo siguió con la esperanza de que lo sacara de la ciudad. Su plan, en efecto, funcionó, y después de pasarse una hora dando vueltas sin ton ni son, volvió a verse rodeado de bosques y campos.

En Hemmingen, una pequeña ciudad adormecida, bajó la ventanilla y preguntó a una persona que avanzaba con cautela por la nieve. Poco después David se detuvo ante el número doce de Tannenweg. La casa estaba cuidada, era la clásica vivienda unifamiliar en un barrio obrero, construida antes de la guerra, supuso. Al igual que las demás del vecindario, estaba pintada de blanco, era modesta y la recorría un balcón oscuro con macetas peladas. Delante del garaje no había ningún coche. David se bajó, atravesó el nevado jardín delantero y llamó al timbre. No vio ninguna placa donde figurase el nombre. Permaneció a la espera. Al otro lado de la mirilla enrejada de la puerta no se oía ningún ruido. Llamó una vez más, dos, miró a su alrededor. En el jardincito, los arbustos estaban desnudos. Algunos rosales tapados con sacos viejos parecían figuras huesudas, mudas, a la espera de abalanzarse sobre él en cuanto se despistara un instante. David oyó que en la casa se cerraba una puerta. Volvió a llamar, esta vez sin levantar el dedo del timbre, y la puerta se abrió despacio, muy poco, pues por dentro tenía puesta una cadena de seguridad.

—Mi marido no está.

David vio el atractivo rostro de una señora de cabello

oscuro que rondaría los sesenta y lo miraba con unos ojos almendrados, un tanto apagados. «Una belleza marchita», pensó.

—¿Podría decirme dónde está?

—¿Quién es usted? —La mujer lo observó con recelo.

—Se trata del proceso. No podemos dar con su esposo...

—¿Es usted extranjero?

David perdió el hilo un instante.

—Me llamo David Miller y trabajo de pasante para la fiscalía del Estado.

—Ah, entonces ya sé cuáles son sus convicciones. Escúcheme bien, don David —espetó la mujer indignada a través de la rendija—. Lo que hacen ustedes no está nada bien. Esas mentiras atroces que inventan sobre mi esposo. Ojalá supieran lo mucho que ha trabajado siempre, la clase de persona que es. Es el mejor padre y el mejor marido que podría desear. Si conocieran a mi esposo...

Mientras la mujer seguía enumerando las bondades de su marido, a David le vino a la memoria la declaración que había efectuado una testigo, que habían hecho constar en acta para la acusación. La mujer, que había sido obligada a trabajar de secretaria del acusado en el campo de concentración, habló de un prisionero joven al que el acusado número cuatro interrogó durante horas en su despacho del departamento político. «Al final, cuando hubo terminado con él, ya no era un ser humano. Tan sólo un saco. Un saco sanguinolento.»

—Si no me dice cuál es su paradero, tendré que dar parte a la policía. Y supongo que no querrá usted que venga a buscarlo la policía, ¿no? Como si fuese un delincuente, lo cual no es, según usted.

—Él no es culpable de nada.

—¿Dónde está?

La mujer titubeó y repuso malhumorada:

—Salió de caza.

◆

Dos hombres cabalgan despacio por una zona montañosa escarpada. El sol brilla, las cataratas se precipitan desde las alturas, aves rapaces se elevan en el cielo. Chillando. Uno de los hombres lleva un traje de ante con flecos; el otro, un disfraz de indio. Son Old Shatterhand y Winnetou, su hermano de sangre. Cabalgan en silencio, alertas, observando atentamente todo cuanto sucede a su alrededor. Y es que arriba, en alguna parte entre esos peñascos, acechan sus enemigos, que quieren matarlos de un disparo de rifle certero.

◆

Eva y Jürgen estaban en la segunda fila del cine Gloria, la cabeza echada hacia atrás. No habían podido conseguir un asiento mejor, ya que el cine estaba completamente lleno. *Furia apache* acababa de estrenarse en las salas, y después de la proyección Ralf Wolter firmaría autógrafos. Hacía de Sam Hawkens y era uno de los preferidos del público. En el rostro de Eva y de Jürgen se reflejaban las coloridas sombras de la pantalla. Un águila volvió a chillar. ¿O era un buitre? Eva no sabía mucho de aves rapaces. Entonces, de golpe, se oyó el primer disparo. Eva se asustó y pensó, encantada: «Los disparos nunca suenan tan bien como en las películas de Winnetou».

La música cobró vida y dio comienzo la lucha...

◆

Al final salió vencedor el bien, y Eva y Jürgen paseaban por el iluminado mercado navideño. El cielo era negro y el aire, glacial. Cuando hablaban, ante sus rostros se formaban nubes de aliento. Se sentían muy lejos del calor de la pradera yugoslava. Eva había desistido de conseguir un autógrafo de Ralf Wolter; de todas formas Jürgen habría preferido ver la nueva película de Hitchcock, *Los pájaros*. Tomada de su brazo, Eva le hablaba de la primera vez que fue al cine: *Don Quijote de La Mancha*. De cómo gritaba el anciano cuando estaba suspendido del aspa del molino de viento. Sintió miedo, y su padre la reconfortó en voz baja: esos locos eran casos contados. Eva dijo que su padre siempre era capaz de tranquilizarla, pero Jürgen no la oía bien. Estaba comprando dos vasos de vino caliente especiado en un puesto. Cuando estuvieron frente a frente, quiso que le contara más del nuevo trabajo, y ella lo complació. Sin embargo, mintió, pues afirmó que ya lo había aceptado.

—Eva, ese proceso puede durar una eternidad.

—Tanto mejor. Me pagarán por semanas.

Con medio vaso de vino en el cuerpo, Eva ya estaba algo achispada. Jürgen no perdió la seriedad.

—Y no quiero que mi esposa trabaje. Nuestra familia es conocida en la ciudad, y eso se acabaría sabiendo...

Ella lo miró con expresión provocadora.

—¿De qué esposa hablas? Pensaba que esos planes se habían suspendido el domingo pasado.

—No deberías beber más vino, Eva.

—Mi familia no es lo bastante buena para ti. Admítelo.

—Te lo ruego, Eva, no empieces otra vez con eso. Tus padres me caen bien. Le pediré tu mano a tu padre.

—Además, no sé si me gusta lo de no trabajar más. Soy una mujer moderna.

Sin embargo, Jürgen continuó hablando:

—Con una condición: que renuncies a ese trabajo para la fiscalía.

Miró a Eva con esos ojos oscuros que a ella tanto le gustaban. Su mirada era serena y segura. Ahora sonreía. Ella le tomó la mano, cuyo calor, sin embargo, no sintió, ya que ambos llevaban puestos guantes.

No muy lejos de ellos empezó a tocar una charanga: *Es ist für uns eine Zeit angekommen*, Nos ha llegado el momento. Las personas que se encontraban en el mercado se pararon a escuchar con solemnidad, pero los ancianitos hacían tanto ruido y tocaban tan mal que Eva y Jürgen no pudieron evitar reírse. Intentaron contener la risa, pero una vez que empezaron, ya no pudieron parar. Cada vez que oían otro tono disonante, comenzaba de nuevo uno de ellos y contagiaba al otro. Al final tenían lágrimas en los ojos, aunque era el villancico preferido de Eva.

Más tarde, cuando volvían a casa, a pie, se la cantó en voz baja a Jürgen: «Han llegado para nosotros unos días de gran felicidad. Caminamos por el nevado campo, caminamos por el vasto, blanco mundo. El riachuelo y el lago duermen bajo el hielo, el bosque sueña un sueño profundo. Bajo la nieve, que cae con suavidad, caminamos, caminamos por el vasto, blanco mundo. De lo alto del cielo una calma luminosa colma de dicha los corazones. Bajo el estrellado firmamento caminamos, caminamos por el vasto, blanco mundo».

Jürgen disfrutó del modo en que Eva se acurrucaba contra él y se agarraba con fuerza. Si tuviese que dar nombre a lo que sentía por ella en ese momento, pensó, podría decir: «La amo».

◆

El coche de David avanzaba dando sacudidas por un camino forestal, derrapaba, una llanta trasera se metió en un bache. El Ford no se movía, y David apagó el motor y se bajó. No corría el viento, y en el cielo no había estrellas. Sólo la luna, llena, brillaba con una luz fría. David echó un vistazo a su alrededor y distinguió una lucecita a lo lejos. Se subió el cuello del abrigo y echó a andar hacia ella. La nieve se le metía en los zapatos y se derretía. No tardó en tener los calcetines completamente empapados. Siguió andando hasta llegar a una sencilla cabaña, las ventanas cerradas con postigos. Por las grietas salía algo de luz. No oía nada, tan sólo un leve murmullo entre las copas de los árboles. Vaciló y finalmente abrió la puerta sin llamar. Vio a tres hombres vestidos de verde alrededor de un animal suspendido de un gancho. Los tres miraron hacia la puerta, ninguno parecía asustado. Dos de ellos bebían cerveza de sendos botellines. El tercero, enjuto, con cara de chimpancé viejo, tenía un cuchillo largo en la mano. David lo reconoció: era el acusado número cuatro. Estaba a punto de destripar un ciervo. O lo que quiera que fuese lo que colgaba del gancho del techo. También podía ser una persona. En cualquier caso, parecía un saco ensangrentado.

El acusado miró a David con cara de interrogación, pero con afabilidad.

—¿Qué desea?

—Me llamo David Miller. Trabajo para el fiscal general.

El hombre asintió, como si se lo esperase. En cambio, uno de sus compañeros cazadores, un hombre de rostro rubicundo que ya estaba ebrio, fue hacia David con ademán amenazador, pero el chimpancé lo contuvo.

—¿Qué anda haciendo por aquí a estas horas? El proceso no empieza hasta el viernes.

—Llevamos días intentando hablar con usted.

—Largo de aquí, hijo —exclamó el otro compañero.

David clavó la vista en el acusado.

—Me gustaría que viniera conmigo, que me acompañase a la ciudad.

—No creo que eso entre dentro de sus atribuciones. O ¡¿acaso tiene algo que demuestre lo contrario?!

David no sabía qué decir. Entonces el acusado dejó el cuchillo y se limpió las manos en un trapo deshilachado que colgaba de un gancho de la pared. Después se acercó despacio a David, que retrocedió sin querer.

—Sé que no tengo nada que temer. Me presentaré a su debido tiempo. Tiene usted mi palabra de honor.

El hombre le tendió la mano derecha, y David la miró: una mano humana como cualquier otra.

◆

Algo más tarde, David se vio plantado delante de la cabaña, en el bosque iluminado por la luna. Tenía los pies fríos y mojados. No sabía dónde estaba el coche. Echó a andar, estuvo un rato dando tumbos por la nieve y se detuvo. No encontraba el coche, y ahora también había desaparecido la cabaña. David se hallaba bajo frondosos abetos en alguna parte de Alemania. El viento empezó a soplar entre las copas de los árboles, un leve murmullo. David miró hacia arriba, hacia las copas. Aquí y allá caía un poco de nieve de las ramas. De pronto se sintió abrumado por la cantidad de delitos que saldrían a la luz dentro de tres días. Durante un instante se formó una idea del número de personas a las que tendrían que hacer justicia. Tantas como las agujas que tenía sobre su cabeza. Cada una de ellas representaba a una de las personas que habían sido perseguidas, torturadas, asesinadas. A David le flaquearon las piernas, empezaron a temblarle y finalmente le fallaron. Cayó de rodillas, entrelazó las manos y las alzó por encima de la cabeza: «Dios mío, haz que se haga justicia».

Media hora después encontró el coche y logró sacarlo a duras penas del bache. Salió del camino forestal a la carretera principal, que ya estaba despejada. David aceleró y se avergonzó por haber caído de rodillas. Por suerte, no lo había visto nadie.

◆

Un nuevo día trajo consigo un nuevo récord de helada y cielo azul. Descansada y enamorada, Eva echó a andar calle arriba hasta el quiosco. Su padre quería su publicación mensual de gastronomía, *Der gute Gaumen*. La señorita Drawitz, una mujer entrada en años, desapareció en las profundidades de su puesto para buscarla, sorprendida una vez más, como cada semana. Entretanto, Eva echó un vistazo a los diarios que había expuestos. Ese día todos hablaban en la primera página del inminente proceso. Un titular especialmente pesimista rezaba: EL 70 POR CIENTO DE LOS ALEMANES NO DESEA ESTE PROCESO. A Eva le remordió la conciencia: no había llamado a las oficinas de la fiscalía. Compró ese periódico y unos cuantos más.

◆

Eva tenía la casa entera para ella sola. Como cada jueves por la mañana, su padre había ido al mercado central; su madre estaba en el centro, realizando las compras navideñas; Stefan se quemaba las pestañas en la escuela, y Annegret cuidaba de sus lactantes en el hospital. Eva se sentó a la mesa de la cocina, abrió los periódicos y se puso a leer. Sobre todo, decían, era preciso hacer borrón y cuenta nueva de una vez. Los veintiún acusados eran padres de familia inofensivos, abuelos y ciudadanos honrados y trabajadores, todos los cuales habían pasado ya por los procesos de desnazificación sin que se descubriese ninguna anomalía. En el futuro, el dinero de los contribuyentes debería ser invertido de manera más sensata. Incluso las potencias vencedoras habían cerrado ese capítulo. «Cuando se consigue echar tierra sobre un asunto, siempre viene algún bobo a desenterrarlo.» En este caso, el bobo en cuestión era el fiscal general. Por el periódico de Hamburgo Eva supo que David Miller era el joven abogado oriundo de Canadá que había localizado al testigo polaco Josef Gabor justo antes de que empezara el proceso para que testificara sobre la primera vez que se utilizó el Zyklon B, el gas con el que al parecer mataron a más de un millón de personas en el campo de concentración. Eva estaba segura de que el número era una errata. Al dorso, en una página entera, había retratos de los acusados. Eva ya había visto algunas de las fotos en las oficinas de la fiscalía, pero ahora podía observar atenta y detenidamente a los hombres. Tomó la lupa de su madre del costurero y fue mirando rostro tras rostro. Uno era gordo, el otro delgado, la piel tersa o con arrugas. Un hombre sonreía como el viejo chimpancé albino del zoológico, casi todos usaban lentes, algunos acusados tenían entradas. Uno era corpulento, con las orejas grandes y la nariz aplastada; otro tenía unos rasgos delicados. No había similitudes ni diferencias. Y cuantas más cosas quería descubrir Eva, cuanto más se pegaba a las fotos, tanto más se desvanecían los rostros en recuadros negros, grises y blancos.

Se oyó la puerta de fuera, y la madre entró en la cocina con Stefan, al que había ido a buscar a la escuela. El niño lloraba a moco tendido porque se había caído en la calle y se había raspado la rodilla. La madre dejó en la mesa la cesta de la compra y lo regañó:

—Ya te dije que no patinaras.

Stefan se refugió en el regazo de Eva, que le examinó

la rodilla. Se había roto el pantalón de cuadros y se había raspado un poco la piel. Eva le sopló en la heridita, y Stefan reparó en las imágenes de los acusados.

—¿Quiénes son? ¿Un equipo?

La madre, que también se había acercado a la mesa, se paró a mirar un instante los numerosos periódicos, sorprendida. Cuando entendió lo que le interesaba a Eva de ellos, tomó todos los diarios de una pasada, abrió la puerta de la estufa, junto al hogar, y los echó dentro.

—¡Mamá! ¡¿Se puede saber qué haces?!

Los rostros se prendieron, se tornaron negros, por la habitación salieron volando cenizas. Edith cerró la puerta y a continuación se tapó la boca con la mano y salió deprisa de la cocina para ir al baño. Eva se levantó y fue tras ella. Su madre estaba arrodillada frente al retrete, vomitando. Eva la observó desconcertada. Stefan apareció a su lado.

—Mami, ¿qué te pasa?

Ésta se irguió y se enjuagó la boca en el lavabo. Eva le dijo a Stefan:

—Ya sabes que a mamá a veces se le revuelve el estómago cuando huele a quemado.

Sin embargo, eso no explicaba por qué había arrojado los periódicos al fuego. Eva la miró. Tras secarse la cara con una toalla, Edith dijo:

—Deja el pasado en el pasado, Eva. Será lo mejor, créeme.

Y volvió a la cocina con Stefan. Eva se quedó parada

en la puerta del baño. En el espejo que había sobre el lavabo vio su cara de interrogación.

◆

Por la tarde, Eva y Annegret fueron al centro. Su padre les había dado un sobre con quinientos marcos tras lanzar misteriosas indirectas y hacer gestos incomprensibles con las manos, aunque su madre no estaba en la habitación y aunque ya habían decidido hacía semanas que las hermanas le comprarían una lavadora de su parte. Un regalo de Navidad que Edith deseaba desde hacía tiempo. En los almacenes Hertie les enseñaron un modelo nuevo, una lavadora automática de carga superior con prelavado y lavado principal. El vendedor levantó la puerta y la volvió a cerrar, sacó y metió el compartimento del detergente. Aclaró con gravedad cuánta ropa se podía lavar de una vez (5.5 kilos), lo que tardaba en hacerlo (dos horas) y lo limpia que quedaba la ropa (como nueva). Annegret y Eva se miraron divertidas: a las dos les resultaba ridículo todo lo que sabía ese hombre de lavar la ropa. Así y todo, encargaron al señor Hagenkamp, pues así era cómo se llamaba, según la identificación que lucía, el último modelo, no sin que antes éste les prometiera que enviarían e instalarían el aparato antes de Nochebuena. Cuando salieron del establecimiento, Eva observó que de todas formas su madre no lavaría hasta después de Reyes. Annegret contestó que, a fin de cuentas, eso sólo afectaba a la ropa blanca, porque los espíritus robaban las sábanas y las devolvían a lo largo del año convertidas en sudarios. Pasaron por el mercado navideño. Anochecía. Annegret quería comer una salchicha, y Eva también tenía hambre. Fueron al puesto de salchichas Schipper, aunque su padre les había prohibido comprar allí: «Schipper echa aserrín a las salchichas, sobre todo en el mercado de Navidad, ¡estoy seguro! De lo contrario, ¿cómo se puede permitir una casa en la ladera del Taunus?». Pero a las hermanas las salchichas que más les gustaban eran las de Schipper. Quizá fuese lo prohibido lo que hacía que fuesen tan ricas. Eva y Annegret disfrutaban de la comida, la una frente a la otra, mientras Annegret decía que después quería comprar el regalo de Stefan: un libro de Astrid Lindgren que a ella le encantaba. Annegret opinaba que Stefan ya no tenía edad para los cuentos tan poco realistas que Eva le leía siempre. Le habló del detective que protagonizaba el libro: un muchacho que no era mucho mayor que Stefan. Se producía un crimen real. Su hermano ya era lo bastante maduro para leer esas cosas. Sin embargo, Eva no escuchaba. Le llamó la atención un hombre entrado en años, con barba, que avanzaba despacio por el mercado, como si tuviera miedo de resbalar en la nieve. Llevaba un abrigo de paño fino y un sombrero alto, muy negro, de ala estrecha. En la mano, una maletita. Se acercó a un puesto que vendía frutas del sur, en cuya pared del fondo colgaba un gran paño en el que había pintado un sol naciente. El hombre le dijo algo a la mujer del puesto, que a todas luces no le entendió. El hombre sacó un papel de la maleta y se lo enseñó a la mujer, que se encogió de hombros. El hombre insistió, señalando de nuevo el papel, el puesto. La mujer le gritó: «¡Que no le entiendo! ¿Es que no se le mete en la cabeza? *¡Nix verstaan! ¡Nix capito!*». E hizo un movimiento con la mano para espantarlo, pero el hombre no se fue. Entonces apareció el dueño del puesto junto a su mujer. «¡Vuelve a Israel! ¡Largo de aquí!» Eva no estaba segura de haber oído «Israel», pero dejó a Annegret, que no se había enterado de lo que había pasado y la miró con cara de sorpresa, y se acercó al puesto.

Se situó junto al señor del sombrero.

—¿Puedo ayudarlo? *Can I help you?*

Le repitió la pregunta en polaco. El hombre la miró de mala gana, y ella echó un vistazo al papel que llevaba en la mano: el folleto de una pensión, Zur Sonne. Eva vio que el emblema de la pensión era un sol naciente. Se volteó hacia el dueño del puesto y le dijo:

—Este señor está buscando su pensión, Zur Sonne, probablemente haya pensado que como usted también tiene ahí un sol...

Sin embargo, a ninguno de los dos le interesaba lo que pensaba el hombre. El dueño del puesto se puso tieso:

—¿Piensa comprar algo? Porque, si no es así, no quiero que siga rondando mi puesto. Que se regrese a Israel.

A Eva le dieron ganas de decir algo, pero sacudió la cabeza y se dirigió al anciano.

—Venga conmigo, sé dónde está la pensión.

Se dio cuenta de que el hombre le respondía en húngaro, pero no entendió gran cosa. Sólo que acababa de llegar a la estación de trenes y estaba buscando la pensión. Eva dejó al hombre solo un momento y fue con Annegret.

—Voy a acompañar a este señor a su pensión.

—¿Por qué? ¿Acaso es algo tuyo?

—Ännchen, está completamente perdido.

Annegret miró un instante al hombre y volvió a centrarse en su hermana.

—Muy bien, tú ponte a salvar vagabundos. Yo me voy a comprar el libro.

Eva volvió con el anciano barbado, que la esperaba sin moverse y parecía que estaba conteniendo la respiración. Quiso llevarle la maleta, pero el hombre no se lo permitió. Lo agarró del brazo y echó a andar con él hacia la pensión. El hombre caminaba despacio, como si algo lo frenara por dentro. Eva se percató de que olía un poco a leche quemada. El abrigo tenía manchas, llevaba unos zapatos desgastados, finos, con los que resbalaba una y otra vez, y Eva tuvo que sujetarlo.

◆

La pensión se hallaba en una esquina. En el pequeño mostrador de recepción, Eva habló con el dueño del lugar, un hombre fofo que a todas luces acababa de cenar y ahora, sin cohibirse, se escarbaba los dientes con un palillo para retirar los restos de comida. Sí, había un cuarto reservado para un tal Otto Cohn, de Budapest. El dueño de la pensión escudriñó al señor barbado con expresión desfavorable, y éste sacó una cartera, en la que se veían algunos billetes de cien marcos nuevecitos, y le enseñó su identificación. El dueño, tras dejar el palillo, pidió que pagara una semana por adelantado. El anciano dejó uno de los billetes en el mostrador y recibió a cambio una pesada llave que correspondía a la habitación número ocho.

◆

Después se fue por donde le indicó el dueño de la pensión. Dio la impresión de que se había olvidado de Eva, que vio cómo se quedaba parado delante del ascensor y sacudía la cabeza. «Está en Babia», pensó. Impaciente, resopló y fue hacia el desvalido anciano, lo tomó nuevamente del brazo y subió con él la escalera. Después abrió la puerta de la habitación número ocho y ambos entraron en un cuartito en el que había una cama sencilla, un armario sencillo de laminado de roble y unas cortinas anaranjadas, luminosas como el fuego. Eva se quedó parada, sin saber qué hacer. El hombre dejó la maleta en la cama y la abrió, como si ella no estuviese. Encima de todo había una fotografía en blanco y negro, como la mitad del tamaño de una postal. Eva distinguió las sombras unidas de varias personas. Se aclaró la garganta.

—Bueno, pues hasta la vista.

El del sombrero no dijo nada.

—Un «gracias» no estaría de más.

Cuando Eva se disponía a marcharse, el anciano se volteó hacia ella y le dijo, en un alemán balbuceando:

—Le pido disculpas. No puedo darle las gracias.

Ambos se miraron, y en los ojos claros del hombre Eva vio un dolor inconmensurable, que no había visto nunca en nadie. De repente se avergonzó y asintió. Acto seguido, se fue discretamente.

Otto Cohn volvió a centrarse de nuevo en su maleta. Tomó la fotografía en la mano y se quedó observándola. Después dijo en húngaro:

—Aquí estoy, como les prometí.

◆

El viernes Eva tuvo que ayudar a su padre en la cocina temprano. Ludwig Bruhns contaba con que en el cuarto fin de semana de Adviento salieran el triple de platos que de costumbre. Además, ya con el desayuno se había tomado dos analgésicos, porque los riñones «le estaban dando lata». El frío se le metía en los huesos, y no se sentía en plena forma. Ese día ni siquiera había puesto la radio. Se le veía pálido mientras destripaba un ganso tras otro e introducía las vísceras, a excepción del hígado, en una cacerola para preparar la salsa. La señora Lenze, una pinche de cierta edad cuyo marido era un inválido de guerra y se veía obligada a aportar algún dinero, limpiaba en silencio hortalizas para hacer sopa. Eva picó tantas lombardas que el brazo derecho le dolía. Su padre dispuso las coles con clavos de olor y manteca de cerdo en una cacerola negra esmaltada gigantesca, que nadie salvo él era capaz de levantar. Se encendieron los fogones, y la cocina empezó a oler a comida. Eva separó las yemas de los huevos de las claras y batió estas últimas a punto de nieve. Preparó dos clases de mezcla para hacer flan: de chocolate y vainilla. Además, servirían compota de ruibarbo, que su madre había elaborado en verano. Los tres sudaban, el aire era denso a más no poder. Y, después, cuando troceaba cebolla en daditos, la señora Lenze se hizo un corte profundo en un dedo. Se puso blanca. La sangre cayó en los azulejos del suelo, y el agua que dejó correr sobre el dedo se tiñó de rojo. Sin embargo, al final consiguieron detener la hemorragia, y Eva le puso un curita; de paso, consultó el reloj: dentro de tres cuartos de hora daría comienzo el proceso. Eva se hizo cargo de las cebollas de la señora Lenze, que se quitó el delantal pesarosa. Ludwig la miró e hizo un gesto de asentimiento: «Cobrará como si hubiese trabajado hasta las tres». Y la aludida se fue a su casa aliviada, con el dedo índice dolorido.

◆

La gran sala de la casa señorial irradiaba cierto aire de salón multiusos. Un laminado claro revestía las paredes; el suelo era de sufrido linóleo beige. En el muro exterior izquierdo, en lugar de las habituales ventanas, se habían incorporado grandes ladrillos de vidrio lisos que llegaban hasta el techo. El patio que se abría al otro lado, cubierto de árboles, era un espacio desdibujado de manchas titilantes y sombras, con lo que uno podía tener la sensación de estar borracho. Por regla general, en la sala se celebraban fiestas de carnaval, bailes de clubes deportivos u obras de cómicos de la legua. La semana previa, sin ir más lejos, los comediantes de Brunswick habían representado *El pantalón del general*, una obra que giraba en torno a la vista de una causa en la que se trataba un incidente bastante picante. El público rio agradeciendo todos los dobles sentidos y tributó un aplauso cerrado. Sin embargo, en esa sala nunca se había celebrado un proceso real. Pero como la sala del tribunal de la ciudad no podía dar cabida a tantas personas, se optó por ese lugar tan ventajoso. Desde hacía ya días, los trabajadores martilleaban, atornillaban y construían para transformar la profana sala en unas dependencias judiciales medianamente dignas. La zona destinada al público asistente estaba separada del resto por un barandal, para dejar claro que el proceso no tendría por objeto el esparcimiento. En el estrado en sí habían colocado unas gruesas colgaduras de tela azul celeste, ante las cuales ahora se veía la larga y maciza mesa de los jueces. En la parte derecha de la sala se sentaría la fiscalía. Frente a ésta, delante de la pared de cristal, había dispuestas mesas individuales con sillas en tres filas: los lugares de los inculpados. En la superficie que quedaba libre entre acusadores y acusados se alzaba, algo perdida, una única mesa. A ella se sentarían y hablarían los testigos y los intérpretes. Cada uno de los sitios estaba provisto de un pequeño micrófono negro, pero cuando tan sólo faltaba media hora para que comenzara el proceso, no todos funcionaban aún. Los técnicos hacían empalmes y pegaban los últimos cables con frenesí. Colaboradores de la fiscalía empujaban carritos con las valiosas actas, que distribuían en la mesa de la fiscalía y en la de los jueces. Dos ujieres introdujeron un lienzo enrollado de un metro de longitud y comenzaron a afianzarlo a un portamapas situado tras la mesa de los jueces.

Un hombre joven de cabello pelirrojo iba poniendo cartoncillos con números en las mesas de los inculpados. Era David Miller, tan absorto y concentrado como si estuviese llevando a cabo una labor sagrada. Leía en un papel cuál debía ser la colocación. La disposición de los asientos había sido el resultado de una larga discusión. Ahora, en primera fila se sentarían los inculpados sobre los que pesaban las acusaciones más graves. Tras ellos, los casos más inofensivos. «Eso si es que se puede hablar de inofensivo. Alguien que mata a diez personas, ¿es más inofensivo que otro que mata a cincuenta?», pensó David. Consultó el reloj: las diez menos cinco. En ese momento, ocho de los acusados se estarían subiendo a un microbús que aguardaba ante la cárcel. Trece se hallaban en libertad, algunos bajo fianza, como el adinerado acusado principal, el oficial adjunto del comandante del campo. O habían sido excarcelados por motivos de salud, como el inculpado número cuatro, que había dado su palabra a David de que se presentaría. Entretanto, los ujieres levantaban el portamapas y desenrollaban el lienzo. Al hacerlo, un olor a pintura al óleo reciente inundó la sala entera.

◆

—¡Déjenos entrar de una vez, señor guardia!

—¡Llevamos aquí desde las ocho!

Fuera, ante la puerta de dos hojas, se agolpaban los asistentes, que empezaban a impacientarse y querían hacerse de un sitio en primera fila. Alguaciles vestidos con uniforme azul marino les impedían el acceso a la sala. Ahora se hacía patente que no habría suficientes asientos para los asistentes. Los ujieres añadieron sillas apilables cromadas, tres de cada vez. Dos hombres ataviados con sendas togas negras entraron en la sala por una puerta lateral. Uno de ellos era el de cabello rubio claro. Parecía listo para la lucha, como si fuese a tomar parte en una batalla; el saco que llevaba bajo la toga lo hacía gordo, y confería a esta prenda la apariencia de una armadura. El segundo hombre era mayor y más grueso, la toga grande y deforme en el cuerpo. Estaba medio calvo y tenía la cara sumamente redonda y blanquecina, los lentes negros de concha marcando un fuerte contraste. Tropezó con uno de los cables, pero recuperó la compostura deprisa. Era el magistrado presidente, el hombre que dirigiría el proceso. El hombre que pronunciaría el veredicto. Ambos hombres conversaban en voz baja. El rubio explicó que seguían esperando al intérprete polaco, pero les habían notificado que no podría salir del país hasta la semana siguiente. Hasta entonces los ayudaría con las preguntas el intérprete checo. Sin embargo, éste no quería ni podía traducir las declaraciones de los testigos, razón por la cual habían dejado para el final las declaraciones de los testigos polacos. Mientras tanto, David había distribuido todos los números en las mesas. A continuación fue hacia el magistrado presidente con idea de presentarse. Levantó la mano, pero cuando estuvo más cerca, el rubio le dio la espalda, como si no lo conociera, y le cerró el paso. David bajó la mano. Por su parte, el rubio detuvo a uno de los ujieres y le dijo algo, después de lo cual el hombre separó más aún la mesa de los testigos del banquillo de los acusados. Al hacerlo, el cable del micrófono se tensó, y un técnico salió disparado refunfuñando:

—Oye, no puedes jalar esto así, por las buenas. ¡¿Tienes idea de lo que tardé en montarlo?!

Y encendió el micrófono de la mesa y dio unos golpecitos con el nudillo del dedo índice. Por los altavoces se

95

oyó un pom-pom-pom ensordecedor, y todos se sobre-
saltaron un instante, se miraron asustados, y alguien
dijo:

—Ahora sí estamos todos despiertos.

El equipo de sonido funcionaba, de eso no cabía la
menor duda. Al final acabaron riendo todos.

◆

En ese momento, entre las personas que se apiñaban a la
puerta de la sala apareció un hombre enjuto, con un traje azul marino de impecable factura. Le enseñó la identificación a uno de los alguaciles y un documento oficial. El alguacil se cuadró rápidamente y entrechocó los
tacones. Al mirar hacia él, David reconoció al hombre,
y una sensación de odio y de triunfo —si es que existía
esa combinación— le recorrió el cuerpo. El hombre entró en la sala sin que el público lo reconociera y, por tanto, sin que nadie lo molestase, y se orientó. Se dirigió hacia el banquillo de los acusados y se sentó en su sitio: era
el acusado número cuatro. La Bestia. Tras sacar algunos
clasificadores y apuntes del maletín que llevaba y dispo-
nerlos con precisión en la mesa, levantó la vista. Se percató de que David lo observaba, y lo saludó con la cabeza. Él desvió la mirada deprisa, pero se topó con la del
rubio, al que no pasó por alto el saludo. Se acercó con
brío a David y le preguntó en voz baja:

—¿Se conocen?

David vaciló un instante y admitió que había ido a Hemmingen.

—Pensé que debíamos ir sobre seguro.

—Ya hablaremos de esto más tarde.

El rubio se volteó malhumorado y se acercó al hombre enjuto, que se puso de pie con educación. El rubio le aclaró que los acusados se reunirían con sus abogados en una habitación aparte y después entrarían en la sala juntos. El inculpado número cuatro replicó únicamente:

—No necesito abogado.

Pero sí recogió la documentación que llevaba y siguió al rubio, que salió por la puerta lateral. David se quedó solo un instante en medio de la sala. Miró el lienzo: era un plano general que la fiscalía había encargado a un pintor. El artista había realizado un cuadro preciso, que parecía tridimensional, tomando como modelo planos y fotografías. Incluso la inscripción que figuraba en el portón de entrada del campo de prisioneros era fidedigna: la «a» de la palabra «trabajo» estaba invertida. Uno de los testigos les había contado que se trataba de un gesto de muda protesta del cerrajero que tuvo que realizar la inscripción para las SS.

◆

En el vestíbulo amplio, inundado de luz, que parecía recién inaugurado y en cuyo suelo de piedra clara las suelas de goma rechinaban, cada vez eran más las personas que entraban y se dirigían hacia las puertas de la sala; se oían voces en inglés, húngaro y polaco. En una barra se podían comprar bebidas y bocadillos. Olía un poco a café y a salami. Un grupo de periodistas se había reunido alrededor de la figura robusta del fiscal general. Algunos lo apuntaban con grandes micrófonos, otros tomaban notas en libretitas. Un hombre joven preguntó:

—Después de cuatro años de preparativos...

—Podemos hablar con tranquilidad de diez años...

—Después de diez años de preparativos ha logrado que se tramite este proceso que va en contra de los intereses públicos. Señor fiscal general, ¿supone esto un triunfo personal para usted?

—Si mira a su alrededor, señor mío, verá que difícilmente se puede hablar de falta de interés.

Otro reportero le daba la espalda al grupo y hablaba a una cámara del informativo semanal «Wochenschau»: «Veintiún inculpados, tres jueces, seis jurados, dos jueces sustitutos y tres jurados suplentes, además de cuatro fiscales, tres acusadores particulares, diecinueve abogados defensores. Y el contribuyente se pregunta: ¿hay algo que justifique este despliegue y los costos?».

◆

En la cocina llena de vaho de La casa alemana, Eva volvió a mirar el reloj: las diez y diez. Si salía corriendo a toda velocidad, si tomaba el tranvía, conseguiría llegar a tiempo. Se lavó bien las manos para quitarse el olor a cebolla.

—Papá, lo más pesado está hecho.

Ludwig Bruhns estaba secando por dentro con papel crepé el último ganso.

—Falta el relleno de los gansos..., alguien tiene que pelar las castañas, Eva.

—Es que tengo que... ir al centro. Ahora.

Ludwig Bruhns se volteó hacia su hija.

—¿Se puede saber a qué vienen tantas prisas?

—No lo puedo posponer —contestó Eva, evitando la pregunta.

Ludwig la miró con expresión inquisitiva, pero ella no dijo nada.

—Regalos, ¿no? Qué preguntas más tontas hago, ¿eh?

—Eso es, papá, a fin de cuentas, la Navidad está a la vuelta de la esquina.

—Está bien, tú abandona a tu pobre padre, viejo y enfermo. Hija cruel.

Eva le dio un beso fugaz en la sudada mejilla y salió disparada. Ludwig se quedó solo. Únicamente la lombarda burbujeaba con suavidad. Notó que se mareaba: miedo. Y no supo por qué. Contempló el ave muerta que tenía en las manos, ya limpia y seca. Debían de ser las malditas pastillas que se estaba tomando. Era posible que le hicieran daño en el estómago.

◆

Poco después, Eva salía por la puerta del restaurante. Se echó por los hombros el abrigo de cuadros sin detenerse, resbaló en la nieve, logró recobrar el equilibrio, siguió corriendo. No sabía qué la impelía, pero tenía que estar presente cuando se llevara a cabo la lectura de cargos. Se lo debía. Pero ¿a quién? No se le ocurría nadie.

◆

A excepción de unos cuantos ujieres, el amplio vestíbulo estaba desierto. Eva entró con el chongo ladeado y sin aliento. El pecho le dolía. Un gong electrónico sonó tres veces seguidas. Eva vio que en ese momento se cerrarían las puertas de la sala. Algunas personas no habían conseguido pasar y seguían apiñadas a la entrada. Dos alguaciles las hacían retroceder.

—Por favor, sean razonables. Ya no hay sitio. Apártense de la puerta.

Eva se acercó, se abrió paso entre los que se habían quedado fuera y se coló, aunque no era nada propio de ella.

—Por favor, me gustaría..., ¿puedo pasar?

El alguacil sacudió la cabeza con pesar.

—Lo siento, señorita, no hay ni un solo sitio libre.

—Es importante. Debo entrar.

—Sí, eso mismo dicen muchos otros...

—Oiga usted, jovencita. Nosotros llevamos aquí más tiempo.

Palabras acusadoras revoloteaban alrededor de la cabeza de Eva, que ahora estaba justo en el umbral. Sin embargo, el alguacil cerraba poco a poco las puertas hacia dentro. Entonces Eva vio al fiscal general, que conversaba con dos caballeros no muy lejos de allí. Eva lo saludó con la mano:

—¡Hola! Señor fiscal... Hola, me conoce usted...

Pero el hombre robusto no la oyó.

—Échese hacia atrás o la lastimaré con la puerta.

El alguacil tomó a Eva por un hombro y la empujó hacia atrás. Pero ella se agachó deprisa, pasó por debajo del brazo del hombre y logró entrar en la sala. Se acercó al fiscal general.

—Discúlpeme, pero me gustaría escuchar las alegaciones. Estuve este domingo en su despacho, traduciendo...

El fiscal escudriñó a Eva y dio la impresión de que la recordaba. Le hizo una señal al alguacil que guardaba la puerta.

—Está bien.

Las demás personas que esperaban a la entrada espetaron enfadadas:

—¿Por qué ella sí y nosotros no?

—¿Porque es guapa?

—¡Yo vine expresamente desde Hamburgo!

—¡Y nosotros desde Berlín Oeste!

Las puertas se cerraron. Eva le dio las gracias al fiscal general, que al parecer ya se había olvidado de ella. Un ujier le señaló un sitio en un lateral de la zona destinada al público, del que retiró un papel en el que decía: RESERVADO PRENSA. Eva se sentó, tomó aliento y echó un vistazo a su alrededor. Conocía la sala, había ido con su madre a ver algunas obras de teatro, la última, *El pantalón del general*, una obrita tonta con la que, sin embargo, no pudieron evitar reírse. Edith Bruhns criticó a las actrices, tildándolas de poco creíbles y afectadas, y Eva supo lo mucho que le habría gustado estar en ese escenario. Por su parte, no le interesaba el teatro, para su gusto los actores hablaban y actuaban de manera demasiado exagerada. Como si quisieran decirle algo a la fuerza. Trató de orientarse. ¿Dónde estaba sentado el juez? ¿Dónde los acusados? Sólo veía cabezas oscuras, grises, calvas; trajes negros, negros azulados o azules marinos; corbatas de colores apagados. Se oían cuchicheos, toses y estornudos. El aire parecía viciado antes incluso de empezar. Olía ligeramente a abrigos húmedos, a cuero mojado y goma, a tabaco frío, a caballeros recién afeitados, agua de colonia y jabón duro. A esos olores se sumaba un tufillo a trementina o pintura fresca. Eva escudriñó a la mujer que tenía al lado, una señora tensa, que andaría en los sesenta, con un sombrerito de fieltro y un rostro afilado. La mujer estrujaba el bolso de mano marrón, y al hacerlo se le cayeron al suelo los guantes. Eva se inclinó para levantárselos. La señora le dio las gracias con un gesto grave de asentimiento, abrió el bolso y metió los guantes. Después cerró el bolso, con un clic.

En ese momento, un ujier anunció la entrada del tribunal. Todo el mundo se levantó ruidosamente y observó a los tres hombres ataviados con sendas togas: el magistrado presidente y sus jueces sustitutos, que entraron en la sala por la puerta lateral como un sacerdote con sus monaguillos. «Sólo falta el incienso», pensó Eva. El magistrado presidente, el rostro todavía más blanco y redondo, los lentes negros marcando un contraste mayor incluso que antes, fue hacia su sitio, en el centro de la mesa de los jueces, y habló con una voz que salió por los altavoces. Clara y baja, como cabría esperar de un hombre de su importancia. Dijo: «Se declara abierta la causa penal contra Mulka y otros».

Se sentó, y el resto de la sala tomó asiento haciendo ruido. Se tardó un tanto en que todo el mundo guardara silencio, en que cesaran el arrastrar de sillas, los susurros y los cuchicheos. El magistrado presidente esperaba. Eva vio al hombre de cabello rubio claro entre otros hombres con toga negra, sentado a una mesa en el lado derecho. El fiscal general no estaba allí. Eva buscó a David Miller y creyó reconocer su perfil en la mesa de detrás de los fiscales. El magistrado presidente alzó la voz:

—A continuación se procederá a la lectura de los alegatos iniciales.

El juez sustituto, junto al magistrado presidente, se puso de pie. Era joven, muy delgado bajo la toga, y parecía nervioso. Sostenía unos papeles en la mano y tenía otros delante, en la mesa. Dispuso debidamente las hojas, se aclaró la garganta con profusión y bebió un sorbo de agua. Eva conocía la desagradable sensación de querer pronunciar un discurso y tener que manejar un montón de papeles: uno creía poder morir de aburrimiento. Sin embargo, ahora su temor era otro. De pronto no pudo evitar pensar en el cuento en el que el hermanito quiere beber de un manantial encantado: «El que beba de mí se convertirá en un tigre». El joven juez parecía absorto preparando los papeles. Por la izquierda se oyó una risita burlona. ¿Era el banquillo de los acusados? ¿Eran ésos los inculpados? A primera vista, esos hombres, tan afeitados, pulcros y civilizados, no parecían distintos de los que ocupaban las sillas de los asistentes. Sin embargo, algunos llevaban lentes oscuros, como los que se utilizaban para practicar deportes de invierno. Y, ante ellos, en las mesas, había soportes con números claramente legibles. Eva reconoció también al hombre medio calvo que en la fotografía sostenía el conejo. En su cartoncillo se veía el número catorce. Se rascaba la rolliza nuca e hizo un breve gesto de asentimiento a un hombre menudo de lentes oscuros que estaba en su misma fila. El número diecisiete le devolvió el saludo. El joven juez empezó a hablar tan de repente que Eva y otros asistentes se estremecieron. Leía con claridad y concentración el papel, y el pequeño micrófono negro que tenía delante en la mesa amplificaba su voz, que se oyó en todos los rincones de la sala. Eva entendió sin problema todas y cada una de las palabras que pronunció. Prestó atención e intentó comprender lo que leía el joven juez. Allí delante, a la izquierda, se hallaban sentados un exportador, un cajero jefe de la caja de ahorros, dos administrativos, un ingeniero, un comerciante, un agricultor, un conserje, un fogonero, un enfermero, un obrero, un jubilado, un médico especialista en enfermedades de la mujer, dos dentistas, un boticario, un carpintero, un carnicero, un ordenanza, un tejedor y un fabricante de pianos. Al parecer, esos hombres eran responsables de la muerte de cientos de miles de personas inocentes.

◆

Eva entrelazó las manos como en la iglesia, pero las soltó en el acto. Las apoyó en los muslos y bajó los ojos, pero de repente le dio la impresión de que ella también era uno de los acusados. Miró arriba, al techo, del que colgaban lámparas de cristal redondas. De ese modo quizá pudiese pasar inadvertida. Dejó vagar la vista despacio. A su lado, la señora con cara de ratón estaba sentada muy tiesa, con el bolso en las rodillas. Le daba vueltas sin cesar a la alianza de oro, que el trabajo había desgastado. El hombre de la fila de delante tenía el cuello ancho, lleno de granitos rojos. La mujer que se sentaba a su izquierda estaba abatida, como si la vida se le hubiese ido del cuerpo. El joven agente de policía que custodiaba la puerta respiraba por la boca, quizá estu-

105

viese resfriado. O tuviera pólipos, como Stefan. Eva miró el plano, que estaba detrás de la mesa de los jueces; ante él, el rostro del magistrado presidente parecía una luna naciente. Visto desde arriba, parecía un cementerio. En una superficie de hierba verde clara se distinguían varias lápidas de un rojo grisáceo dispuestas en una cuadrícula. Desde la distancia a la que se encontraba, Eva no veía lo que decía en los rótulos. Su mirada continuó desplazándose hacia la izquierda, hasta la pared de pavés. Una silueta negra se mecía ante el edificio, como un gigante borracho, y de pronto se desvaneció, como si fuese de humo, mientras la voz del joven juez inundaba de palabras la sala. Eva tomó la muñeca: debía agarrarse a alguna parte. «No puede ser verdad.» Le entraron ganas de ponerse de pie y desmentir las palabras, protestar. O irse, mejor aún, salir corriendo. Pero permaneció sentada como todos los demás, escuchando. Ahora el joven juez leía detalladamente las acusaciones que pesaban sobre el inculpado número cuatro, que parecían no tener fin. El administrativo, por lo visto, había seleccionado, pegado, maltratado, torturado, matado a palos, disparado, golpeado con una madera, golpeado con un bastón, golpeado con la culata de un arma, dado una paliza, matado a pisotones, dado patadas, aplastado y gaseado. En los barracones; en la calle central del campo de concentración; en la plaza en la que se realizaba el recuento; ante el paredón de fusilamiento, la denominada pared negra; en su despacho; en la enfermería. En los lavabos de las celdas de arresto del bloque once, al parecer había matado de dos disparos de pistola a Lilly Toffler, la joven secretaria prisionera, después de que varios días antes hubiese ido a buscarla para fingir su ejecución, hasta que la quinta vez la joven le suplicó de rodillas que le disparase de una vez. Eva buscó al acusado número cuatro. Le recordó al señor Wodtke, un cliente habitual de La casa alemana que acudía los domingos con su familia y antes que nada se preocupaba de que su mujer y sus hijos estuviesen satisfechos con lo que habían pedido. A los educados niños siempre les permitía pedir helado de postre, y dejaba una buena propina, a veces incluso excesiva. Eva se negaba a creer que ese hombre enjuto con cara de chimpancé viejo hubiese hecho todas esas cosas. Escuchó los cargos de que se le acusaba sin que reaccionase de manera perceptible, las comisuras de la boca curvadas hacia arriba. Al igual que los inculpados anteriores, daba la impresión de que se veía obligado a seguir una exposición prolija de un tema que no le interesaba lo más mínimo. Aburrido, impaciente, irritado, pero demasiado educado para marcharse sin más. Eva observó que en el banquillo de los acusados nadie prestaba atención a los cargos. Sólo de vez en cuando uno de los hombres cruzaba los brazos, se echaba hacia atrás, se volvía hacia su abogado y le susurraba algo o anotaba algo en sus papeles. El enfermero, el número diez, escribía con especial celo en un pequeño y grueso bloc. Y antes de efectuar cada una de las anotaciones se pasaba la punta del lápiz por la lengua.

◆

Dos horas y media después, el joven juez terminó de leer la última hoja. Tenía el rostro blanco como la pared, en fuerte contraste con la negrísima toga.

«Sobre los inculpados pesa la fundada sospecha de haber cometido estos delitos. Por consiguiente, la fiscalía solicita la apertura de la vista oral contra ellos ante el tribunal de jurados.»

El joven juez se sentó. La repentina interrupción de su voz fue inesperada, y a ella siguió un silencio absoluto. Nadie carraspeó, nadie tosía ya. Todos estaban sentados como si allí y entonces pudiera acabar toda la vida. Sólo era preciso que alguien apagara las luces. Eva notó que una gota de sudor le corría por la espalda y le bajaba hasta el trasero. Pensó que no podría volver a hablar, a respirar. Pero el instante fue breve. Después se oyó un murmullo generalizado. El magistrado presidente se inclinó hacia uno de los jueces sustitutos y habló con él en voz queda. Los fiscales conversaban por lo bajo. Los abogados respondían asimismo en susurros preguntas de sus clientes. Los radiadores silbaban y cantaban. En una de las filas delanteras un hombre lloraba; el llanto no se oía, pero los hombros se le movían arriba y abajo. Por detrás parecía el húngaro de barba. Sólo que no lle-

108

vaba el sombrero. «Puede que lo tenga en el regazo», pensó Eva. Pero cuando sacó un pañuelo del bolsillo del pantalón y volteó un tanto la cara, de forma que ella lo vio de perfil, se dio cuenta de que se trataba de otra persona.

El magistrado presidente habló por su micrófono.

—Los inculpados han escuchado los cargos de que se les acusa. ¿Cómo se declaran?

Los asistentes se inclinaron un tanto hacia delante. Algunos miraron hacia un lado, otros abrieron la boca para escuchar. David Miller vio que el acusado principal, el acusado número uno, un respetado comerciante hamburgués vestido con un traje gris marengo y una elegante corbata, que después del comandante había sido el hombre más importante del campo de concentración, se levantaba despacio. David sabía que ese hombre con cara de ave rapaz se hospedaba en el hotel Steigenberger. En una suite en la que, sin lugar a dudas, se habría dado un baño de espuma caliente por la mañana. El pulcro acusado fijó su atención en el magistrado presidente y dijo:

—No culpable.

Al mismo tiempo, junto a Eva, alguien susurró, de forma que sólo lo oyó ella: «¡No culpable!». Eva se volteó deprisa hacia la mujer que estaba a su lado. La señora del sombrerito tenía la cara roja. Había dejado de darle vueltas al anillo. Olía ligeramente a sudor y también a rosas. De pronto, Eva pensó: «Yo conozco a esta señora». Pero era imposible. Debía de estar nerviosa. Y no era de extrañar, después de las atrocidades que había oído. Después de lo que al parecer eran culpables esos veintiún hombres que estaban sentados delante, a la izquierda, y que parecían indiferentes. Aunque ahora se levantaran y afirmasen: «No culpable». Uno tras otro. El acusado número diez, el enfermero, el único que —en opinión de Eva— tenía cara de asesino, con esa nariz aplastada y esos ojos tan juntos, se puso de pie y dijo alzando la voz hacia los espectadores:

—Mis pacientes me aprecian. Me llaman «papá». Pregúntenles. Estos cargos se fundamentan en errores y en mentiras.

Se sentó, y algunos de los acusados le aplaudieron dando con los nudillos en la mesa. El magistrado presidente ordenó con firmeza que guardaran silencio y a continuación hizo una seña a uno de los ujieres. Éste se acercó a la pared de bloques de cristal. Algunas secciones que hacían las veces de ventanas contaban con un dispositivo que les permitía vascular. El ujier los accionó y un aire frío entró en la sala de altos techos mientras los demás acusados se iban levantando uno por uno.

—No culpable.

—No culpable.

—No culpable de los cargos que se imputan.

También el más joven de ellos, que según la fiscalía había matado a algunas personas con sus propias manos, ratificó su inocencia, si bien se puso rojo al hacerlo.

Y, cuando se sentó de nuevo, se inclinó mucho hacia delante, como si quisiera comerse el micrófono que tenía en la mesa, y pronunció una frase breve en voz baja. Se oyó un crepitar por todos los altavoces, apenas comprensible.

—Me avergüenzo.

Algunos de los acusados sacudieron la cabeza con desdén. Y el siguiente, el penúltimo que se levantó, aseveró con un vozarrón un tanto más resuelto:

—Yo no soy culpable de nada.

Entonces, una de las mujeres asistentes prorrumpió en sonoros sollozos. Se levantó, pasó por delante de las personas que estaban sentadas y salió de la sala dando traspiés. Eva oyó unas voces que cobraban cada vez más fuerza. En polaco:

—*Kłamiecie! Wszyscy kłamiecie!*

Mienten. Todos ustedes mienten.

—*Tchórze!*

Cobardes.

—*Oprawca!*

Asesinos.

El magistrado presidente dio con el mazo en la mesa y exclamó:

—¡¡Silencio!! Silencio en la sala o me veré obligado a desalojar.

Todo el mundo enmudeció. El último acusado, el boticario, se puso de pie y se dirigió al tribunal, pero de repente, antes de que pudiera decir nada en medio del silencio que reinaba, sonó un timbre, un sonido sumamente estridente y prolongado. Fuera. Acto seguido se oyeron voces entusiasmadas y agudas, que soltaban gallos, gritos, chillidos. Eva recordó que detrás de la casa había una escuela primaria. Miró el reloj: era probable que fuese la hora del segundo recreo. Eran niños que jugaban.

—No culpable —dijo asimismo el boticario, que lucía un traje caro, y se sentó.

◆

En el puesto de control del hospital, Annegret se tomaba un café en el segundo descanso del turno de la mañana. Estaba sentada a una mesa blanca de fórmica, bebiéndose el café solo mientras hojeaba una revista de moda. La revista estaba gastada, llevaba ya más de un año sirviendo de entretenimiento a las enfermeras durante los descansos. «Esta moda ya está pasada de moda», pensó. Y, de todas formas, con el cuerpo que ella tenía, esos vestidos y sacos entallados le quedarían ridículos. Cuando no trabajaba, Annegret llevaba pantalones abotinados y suéteres largos, informes, y con eso andaba conforme. En el trabajo, el delantal de enfermera azul y blanco se le tensaba en la cadera; la cofia blanca parecía diminuta en su cabeza grande, redonda. Pero tenía un aspecto pulcro. Mientras se tomaba el café a sorbitos, que, como de costumbre, le resultaba amargo y poco

112

agradable, un pequeño aparato de radio portátil situado sobre el armario metálico donde se guardaban los pañales difundía estridentemente las noticias. Un hombre hablaba de un día importante para los alemanes. Del proceso del siglo. De un período de transición. Annegret no lo escuchaba. Siguió pasando hojas de la revista y empezó a leer el folleto del mes de junio, aunque se lo sabía de memoria. Una secretaria fea que llevaba unos lentes desproporcionados y unos vestidos como un saco estaba enamorada de su jefe, un solterón empedernido. En el centro se topaba con una amiga de la escuela que siempre había tenido estilo y se iba con ella de compras, a la peluquería y, por último, a una óptica. La secretaria dejaba de ser el patito feo para convertirse en un bello cisne. Sin embargo, la gracia estaba en que al día siguiente su jefe no la reconocía, pero sí el mensajero que llevaba a diario el correo de la empresa. Un hombre joven y bondadoso que le ofreció consuelo cuando la vio llorando en un rincón del pasillo. Annegret no sabía a quién despreciar más de esa historia. Si a la secretaria boba, que no sabía vestirse sola; a la presuntuosa amiga de la escuela, con el peinado perfecto; al solterón empedernido del jefe, que no se enteraba de nada, o al mensajero memo, que sólo se atrevía a hablar con una mujer cuando la veía llorando. A Annegret le pasó por la cabeza su hermana y el ricachón arrogante. Estaba segura de que todavía no habían tenido relaciones, cosa que, en su opinión, era un error. En el acto carnal se averiguaba todo sobre el otro. Aunque Annegret estaba gordita y era una persona un poco difícil, había tenido algunos encuentros sexuales. Todos ellos con hombres casados. La enfermera Heide apareció en la puerta, una compañera mayor que ella, reservada, que a veces metía en el cuarto de la limpieza a bebés que berreaban y los dejaba allí hasta que se quedaban dormidos de puro agotamiento.

—Ésta es. Ésta es la enfermera Annegret.

Junto a la enfermera Heide, en el puesto de control apareció una mujer más joven que llevaba un abrigo de invierno. Tenía una sonrisa ancha en la cara, y dio un gran paso hacia Annegret. En el pasillo había un cochecito de niño azul marino que se mecía levemente y del que salía un balbuceo satisfecho.

—Quería darle las gracias.

Al comprender la situación, Annegret se levantó.

—¿Se lleva hoy a Christian a casa?

La joven madre asintió con cara de felicidad y le entregó un paquetito plano, envuelto en papel de seda rojizo.

—Sé que no es nada en comparación con lo que ha hecho usted.

Bombones, probablemente. O chocolate relleno de brandi. A veces también agradecían los buenos cuidados prodigados con medio kilo de café o embutido ahumado. De todas las enfermeras, la que más regalos recibía, con diferencia, era Annegret. Claro que también era la

114

única que se sacrificaba siempre que surgía algún problema, se olvidaba de su horario y no dormía hasta que veía que el lactante mejoraba. En el transcurso de los cinco años que llevaba trabajando en esa unidad, sólo se le habían muerto cuatro niños. Y en esos casos incluso había estado bien que sucediese eso, a su juicio, ya que los pacientes habrían tenido que llevar una triste vida de lisiados o idiotas, o ambas cosas, tras el provisional restablecimiento.

Annegret le estrechó la mano a la joven madre y después salió al pasillo, donde estaba el cochecito, para ver esa carita ahora nuevamente regordeta.

—Que te vaya bien, Christian.

A modo de despedida, le puso la mano en el pequeño pecho, y Christian comenzó a mover las piernas y a hacer trompetillas de alegría.

—Me han dicho que pasó dos noches en vela con él. Mi marido y yo no lo olvidaremos nunca.

Annegret esbozó una sonrisa pequeña pero dichosa.

—Sólo cumplí con mi obligación.

Luego siguió con la mirada a la joven madre, que empujaba el flamante cochecito por el pasillo y franqueaba la puerta de cristal esmerilado. El doctor Küssner se acercó a ella, un hombre alto, sobrio, sin arrugas en el rostro y con una incipiente calvicie prematura y una alianza que irradiaba un brillo intenso. Parecía sumamente preocupado: tenían que conseguir controlar esos casos de colibacilos. Annegret le aseguró que se encargaría de que los cuidados en cuestión de higiene fuesen excepcionales en todo momento. El doctor Küssner le restó importancia con un gesto: «No me refiero a usted, como es natural. Pero los asistentes médicos van al baño y después no se lavan las manos y exploran a los recién nacidos. Lo mencionaré mañana, antes de empezar la ronda de visitas». Annegret fue a la primera sala, en la que catorce lactantes descansaban en sus cunitas. Les tomó la temperatura a todos, poniéndoles la mano en la mejilla. La mayoría dormía. Una niñita estaba despierta y berreaba de un modo conmovedor. Annegret la tomó en brazos y la meció con suavidad mientras le cantaba una canción que se había inventado ella misma. Había heredado el mal oído de su padre.

◆

Dos horas después, Eva se dirigía hacia su casa. No se le ocurrió tomar el tranvía, sino que fue a pie. Caminaba deprisa y con furia por la nieve medio derretida, como si no quisiera pararse nunca más. Cristales de sal y piedritas crujían bajo sus tacones o saltaban y salían despedidos. Estaba que echaba pestes. Después de que el magistrado presidente fijara la vista para el martes siguiente, Eva vio, sin dar crédito, que la mayoría de los acusados salían por la puerta sin que nadie los molestara y con la mayor naturalidad del mundo. La señora del sombrerito que estaba sentada a su lado se tomó del brazo del inculpado principal en el vestíbulo, que la miró con su cara de ave rapaz, y salieron los dos a la calle como si fuesen un matrimonio distinguido, de lo más normal. Luego Eva vio al rubio en uno de los pasillos y se acercó a él un tanto aturdida. Olvidando sus modales, pasó por alto que estaba sumido en una conversación y le preguntó indignada como un niño pequeño ante una injusticia: «¡¿Cómo es que andan por ahí con total libertad?!». Pero el rubio no la reconoció, y le dio la espalda sin contestarle. También David Miller pasó por delante de ella sin dignarse mirarla. Los caballeros se marcharon, absortos en la importante conversación que mantenían. Y ella se quedó en el pasillo como si fuese alguien completamente insignificante, sola, con demasiadas preguntas, de las que intuía que la mayoría eran ingenuas. Ahora, cuando iba por la calle, en medio del ruido del tráfico con un sinfín de coches, camiones y ciclomotores que la adelantaban a toda velocidad petardeando, entre pitidos y tufo a gasolina, lamentaba haber escuchado esos alegatos iniciales. ¿Qué tenía ella que ver con ese proceso, con ese mundo que pertenecía al pasado? En él se sentía fuera de lugar. Y el tal Miller y los otros se lo habían hecho notar bien clarito. Y eso que ni siquiera ellos podían encargarse de que esos criminales no anduvieran sueltos por la ciudad. «¡Entre nosotros!», dijo Eva enfurecida. No recordaba haber estado así de enfadada en toda su vida. Ni siquiera con Annegret, que con su testarudez y su ironía era la persona que más podía sacarla de quicio. Eva se desabrochó el abrigo de lana, y cuando un conductor estuvo a punto de atropellarla, le dijo a voz en grito: «¡Idiota!». Nunca había hecho una cosa así. Lo de pegar gritos en la calle sólo lo hacían las prostitutas. Menos mal que no lo había oído Jürgen, pues habría visto confirmados sus peores temores: la calle Berger. Hija de un tabernero. Casa paterna de mala reputación. Notó que le subía por la garganta algo similar a una comida en mal estado que era preciso vomitar y después uno se sentía mejor en el acto. Notó que tenía un poco de reflujo, pero hizo un esfuerzo y se lo tragó. No quería que la gente la viese así, de manera que tomó un atajo. El camino la llevó por un bonito parque nevado. Sin embargo, al mirar bien vio que la nieve estaba gris, tenía partículas de hollín. Los árboles se alzaban pelados y desvalidos. Aflojó el paso, respirando hondo. En un pedestal había un hombre de uniforme, con un gorro de lana ladeado. Miraba a Eva con cara compasiva. Una ardilla pasó por delante a toda velocidad y subió por el camino zigzagueando, como si la animara alegremente a seguirla. «Lilly Toffler —le pasó de pronto a Eva por la cabeza—. Su nombre suena tan despreocupado... Me hubiese caído bien.» La ardilla subió por uno de los altos troncos a una velocidad impresionante. Desde allí arriba el animal parecía reírse de ella, que caminaba tan pesada y lentamente, tan torpe como todas las personas. Eva se detuvo. Pensó en el hombre cuya mirada notó cuando se quedó sola del todo en el pasillo, ante la sala. Era el húngaro de la pensión Zur Sonne, el señor Cohn, que formaba parte del público asistente. La observó por debajo del sombrero negro y le hizo un gesto casi imperceptible con la cabeza. ¿O acaso era eso lo que a ella le habría gustado? ¿Que la reconociera y la saludara? Sí. Y de pronto Eva supo lo que haría. Salió a toda prisa del parquecito, pero no fue a casa. Se subió a la línea número cuatro del tranvía y fue hasta el edificio de oficinas en el que había entrado por primera vez en su vida el domingo anterior.

◆

Ese día, Jürgen salió de su despacho en la villa de los Schoormann media hora antes para comprar un anillo de compromiso. Fue al centro en coche, o, mejor dicho, se sumó a una serpiente de chapa que expulsaba humo sin cesar y avanzaba a paso de tortuga. No hacía mucho, el periódico *Allgemeine Zeitung* había denominado «rush hour» al tráfico que se generaba al término de la jornada laboral, un fenómeno que hasta entonces sólo se conocía en grandes ciudades estadounidenses. Frankfurt era la ciudad de Alemania Occidental que tenía más automóviles, eso era algo evidente. A Jürgen le gustaba su Lloyd; sin embargo, le parecía absurdo que todos esos caballeros con sombrero se pegaran al volante para ir camino a su casa, con «mamá». El fin de semana. ¿A partir de cuándo empezaban los esposos a llamarse «mamá» y «papá»? Justo cuando acababa la relación erótica. ¿Cuándo terminaría la relación erótica con Eva? Jürgen sacudió la cabeza: menuda preguntita, cuando esa relación ni siquiera había comenzado aún. Al detenerse delante de un semáforo en rojo, reparó en un Santa Claus que estaba sentado en un sillón enorme en un escaparate. Era un muñeco de tamaño natural dotado de un mecanismo motorizado. El Santa Claus asentía benévolo e incansable, y a su alrededor tenía amontonados regalos de distintos tamaños. Ante el escaparate había algunos niños: los pequeños, con miradas reverentes; los mayores, con sonrisas sarcásticas. «Pero si es de mentira.» Jürgen no recordaba haber creído nunca en Santa Claus. Su madre sólo le hablaba del Niño Jesús. Cuando en invierno el cielo se teñía de un naranja rosado al ponerse el sol, decía: «¿Ves, Jürgen?, el Niño Jesús está haciendo galletitas». Su padre rechazaba la Navidad, la consideraba folclore, aunque todos los años ganaba una barbaridad de dinero con ella. Al igual que en las demás fiestas, él y Brigitte se irían a la casa que tenían en la isla más septentrional del mar del Norte. Jürgen pasaría solo la Nochebuena, cosa que no le importaba lo más mínimo. Al contrario, le gustaba vivir solo el milagro de la Navidad. Iría a la misa de gallo y se dejaría llevar por los solemnes actos. Aunque no se le notara, era capaz de abandonarse a esa alegría que se cantaba por todas partes. Jürgen pensaba, sobre todo, que ésas serían las últimas Navidades que pasaría solo.

El año siguiente estaría casado, y Eva probablemente embarazada. Jürgen se la imaginó con una barriga enorme. También le crecerían los pechos. Sería una buena madre. El semáforo se puso en verde, pero Jürgen sólo pisó el acelerador cuando detrás de él oyó unos pitidos impacientes. Tras el semáforo, se situó a la derecha y se estacionó en doble fila ante la joyería Krohmer. Los demás conductores, que se vieron obligados a adelantarlo, se llevaron un dedo a la sien para darle a entender que estaba loco.

◆

A media tarde, cuando entró en la vivienda situada sobre La casa alemana, Eva estaba nerviosa, ya que había visto estacionado en la calle el coche de Jürgen. Colgó el abrigo en el pasillo y aguzó el oído. De la sala de estar le llegaron voces animadas, risas, imprecaciones. Eva entró. Jürgen y su padre estaban colocando un abeto entre ayes y bromas. Haciendo un gran esfuerzo, introdujeron el tronco en el pie de hierro fundido, que ya era de los padres de Ludwig. Stefan también estaba arrimando el hombro. Llevaba puestos unos guantes de cuero que le quedaban grandes. Eran de Jürgen, que se los había prestado porque las agujas del abeto picaban de un modo «bestial». Ludwig se puso de rodillas y comenzó a apretar los tornillos fijadores. Poco a poco, el árbol empezó a inclinarse hacia la izquierda. Edith, que también estaba allí, se reía de su marido, tan hábil en la cocina pero tan poco competente en todo lo demás.

—¡Tienes malas manos! —berreó Stefan.

Y Jürgen advirtió:

—Tiene que aflojarlos, señor Bruhns..., no, en el otro sentido...

Ludwig hizo girar el tornillo hacia el otro lado y soltó una maldición, razón por la cual Edith lo regañó:

—¿Cómo quieres que el muchacho sea bienhablado si te oye decir esas palabrotas?

—Ay, soy un caso perdido —bromeó Jürgen.

—Mamá se refiere a mí. Pero me sé otras palabras mucho peores. ¿Quieren que se las diga?

—¡No! —exclamaron Edith y Ludwig al unísono, y se echaron a reír todos.

Nadie reparó en Eva, que seguía en la puerta. Vio que en una bandeja había cuatro copas de champán y en la mesa una botella sin abrir de vino espumoso de Rüdesheim. Sintió vértigo, pues sabía lo que eso significaba.

—Buenas tardes —saludó.

Todos la miraron, Jürgen incluso se puso un poco rojo. Sostenía el árbol con firmeza y sonreía.

—Hombre, por fin. Tenemos algo que celebrar —dijo su madre con gravedad—. Ludwig, el árbol ya está bien.

El aludido se levantó, lanzando ayes, y torció el gesto un instante cuando tuvo que ponerse recto. Después se acercó a la mesa, tomó la botella de espumoso y la abrió con facilidad. Acto seguido dijo:

—Bueno, pues llegó el momento. Ha pedido tu mano.

Y a Eva le dio la impresión de que a su padre le costaba contener las lágrimas. Jürgen le tomó la mano y le puso un paquetito en ella. Ludwig sirvió el vino y Stefan rezongó porque a él no le daban y se metió debajo de la mesa, ofendido, donde se solidarizó con *Purzel*, al que tampoco le estaba permitido tomar parte en la celebración. Ludwig levantó la copa como si estuviese agotado.

—Bueno, pues yo soy Ludwig.

—Edith.

—Jürgen.

Las copas tintinearon y, bajo la mesa, Stefan observó:

—Puaj. De todas formas, está asqueroooooso.

Eva dio un sorbo largo, el vino dulzón haciéndole cosquillas en la boca. Su madre la miró y le hizo un leve gesto de asentimiento, como si quisiera decirle: «Olvida mi escepticismo inicial. Todo irá bien».

El pequeño reloj de pesas del aparador sonó una vez. Ping. Las cuatro y media. Ludwig dejó su copa en la bandeja.

—Por desgracia, vamos a tener que dejarlo aquí, pero retomaremos la fiesta de compromiso.

Edith dejó asimismo su copa en la bandeja, le acarició la mejilla a Eva y sonrió.

—Pero ustedes pueden ponerse cómodos.

Los padres se prepararon para bajar a abrir el restaurante. Estaban de buen humor, aunque les esperaban

123

unas horas agotadoras. Eva tragó saliva y sonrió tontamente. A continuación, dijo:

—Por cierto, volví a pasar por las oficinas de la fiscalía.

Los padres se quedaron parados en la puerta. Jürgen iba a beber un sorbo de espumoso, pero se detuvo a mitad del movimiento.

—Lo voy a hacer, me refiero a que he dicho que me encargaré de la traducción. En el proceso.

Jürgen dio un trago generoso de vino y apretó los labios. A Edith y a Ludwig se les borró la alegría de la cara. Todos guardaban silencio, a la espera de que Eva dijese algo más, les diera una explicación. Pero se quedó callada, ya que no podía explicarlo. Le pasó por la cabeza el rostro del tal David Miller, que la había mirado igual: «¿Cómo es que ahora, de repente, quiere hacerlo?». Claro que de todas formas pensaba que era estúpida.

En ese momento Stefan gritó desde debajo de la mesa:

—¡¡Se cae!!

En efecto, el abeto se ladeaba de manera peligrosa. Jürgen dio un paso grande y veloz hacia él y logró atraparlo a tiempo, las agujas clavándosele dolorosamente en los dedos.

◆

Algo después, Eva y Jürgen estaban sentados frente a frente en la mesa de la sala de estar. A solas. Incluso *Pur-*

zel se había marchado, con la cola entre las patas. Se avecinaba tormenta. En efecto, Jürgen estaba más serio. No decía nada. El paquetito de la joyería Krohmer seguía sin abrir entre ambos, sobre el mantel de encaje de Plauen.

—No fue eso lo que acordamos, Eva.

—Tú sólo dijiste que no querías que lo hiciera.

—Y confiaba en que respetaras mi opinión.

Jürgen hablaba con frialdad, sin mirarla, y ella cada vez se sentía más angustiada.

—Jürgen, para cuando nos casemos, el proceso ya habrá terminado hace tiempo.

—No se trata de eso. Es una cuestión de principios. Quiero decir que si ya empezamos así...

—¿Qué? Entonces ¿qué?

Jürgen se levantó.

—Siempre he sido muy claro en cómo creo que se debe llevar un matrimonio. Me gustaría que el lunes renunciaras a ese trabajo.

Jürgen se fue. Estaba agitado, furioso y decepcionado. Para él había sido un gran paso decidirse a casarse. Había vencido su resistencia y se había arriesgado. ¡Y ahora ella le daba la espalda! Era preciso que pudiese fiarse de su futura esposa. Debía hacer lo que él dijera.

◆

Eva se quedó sentada a la mesa. Tomó el paquetito que contenía el anillo de compromiso y se puso a darle vueltas. De repente se puso de pie y salió en pos de Jürgen, a la calle. Estaba abajo, junto al coche, retirando con la mano la nieve que acababa de caer en el parabrisas. Eva se acercó a él y le entregó el paquetito con aire desafiante.

—Creo que se te olvidó esto.

Él lo tomó sin vacilar y se lo metió rápidamente en el bolsillo del abrigo. A Eva se le revolvió el estómago. De repente, la invadió un miedo cerval de perder a Jürgen. ¿O acaso lo había perdido ya? Le tomó la mano y se la agarró con fuerza.

—No sé cómo explicarte esto. Debo hacerlo. Y, a fin de cuentas, no será para siempre.

—Yo creo que sí.

—¿Por qué dices eso?

Ella intentó averiguar lo que pensaba mirándolo a los verdes ojos, que parecían como ensimismados y rehuían su mirada.

—Debes preguntarte algo, Eva: ¿qué importancia tiene para ti ese trabajo? Y ¿qué importancia tengo yo para ti?

Jürgen se soltó la mano y se subió al coche. Arrancó y se fue sin despedirse.

En el restaurante, Edith Bruhns estaba en la ventana, en las manos una bandeja de una marca de cerveza con vasos vacíos, contemplando la calle. Por la postura que

tenía Eva bajo la farola, Edith supo que su hija había
roto a llorar.

◆

Después de medianoche, Ludwig Bruhns abrió la ventana del dormitorio. Miró el silencioso patio interior, la
sombra que proyectaba el alto, firme abeto. Por la tarde
se había tomado tres analgésicos más cada dos horas.
Tenía ardor de estómago, necesitaba que el doctor Gorf
le recetara otra cosa. Por su parte, a Edith le dolían los
pies más que de costumbre, se estaba dando friegas con
una crema. El ligero olor a alcanfor y el frío aire nocturno disiparon un tanto el olor a cocina que siempre envolvía a Ludwig, aunque todas las noches se lavaba bien
con jabón el torso. Edith lo observaba: contemplaba las
estrellas por la ventana. Llevaba puesta la pijama un tanto deshilachada, de color azul claro con pequeños rom-
bos azul marino, que tanto le gustaba. Era incapaz de
desprenderse de ella, aunque Edith había tenido que me-
terle varias veces. Por ello, las mangas y las perneras le
quedaban cortas, y se le veían los tobillos. Sin embargo,
Edith no podía hacer nada con la tela raída de los codos,
las rodillas y el trasero. El tejido no tardaría en rajar-
se por esos sitios. De hecho, Ludwig le había propuesto
que le hiciera remiendos. Edith se rio a carcajadas: ¿una
pijama con remiendos? Eso no lo había ni siquiera en la
guerra. «Acabará cayéndose a pedazos. Desintegrándo-

se. Y tú te quedarás con cara de bobo», le dijo. Ludwig cerró la ventana y se metió en la cama. Edith se sentó delante del tocador, se limpió las manos con una toallita y abrió una cajita que contenía una crema amarillenta, de la que se extendió una gruesa capa en el rostro. Ya tenía algunas arrugas alrededor de la boca y los ojos, que intentaba hacer desaparecer con distintas cremas. Cuando se tendió en la cama junto a Ludwig, éste observó:

—Si salieras así a la calle, te arrestarían.

—Pues igual que a ti con tu pijama —repuso ella, como de costumbre.

Apagaron la luz a la vez y ambos se quedaron mirando la oscuridad, hasta que sus ojos se acostumbraron a ella y pudieron distinguir la sombra desdibujada que proyectaban los junquillos con forma de cruz de la ventana en el techo de la habitación. Siempre les había resultado tranquilizadora. Sin embargo, ese día la cruz se les antojaba amenazadora. Edith se levantó de pronto a correr las cortinas.

◆

«Oh, alegre, oh, santa, grata Navidad.» Sobre Eva atronaba el órgano de la iglesia de San Juan. El organista, el señor Schweinepeter —«que no tiene la culpa de apellidarse así»,[1] como decía su padre—, al parecer estaba sobrio

1. En alemán, «Peter el cerdo». (N. de la t.)

y tocaba debidamente. El pastor Schrader, que siempre tenía un aspecto un poco descuidado, como cada año ese día estaba extasiado con la Buena Nueva. La iglesia estaba completamente llena, aunque el número de protestantes no era demasiado elevado en el barrio. La familia Bruhns había llegado un poco tarde, Stefan había tenido que disfrazarse para la pastorela de Navidad y se había producido una pequeña pelea. De modo que no habían podido sentarse en el mismo banco y habían tenido que distribuirse por la iglesia. Annegret, delante de todo; Eva, unas filas detrás de sus padres, apretujada entre desconocidos. Así y todo, veía a su madre delante, que sin duda tenía el rosto demudado. A Edith se le humedecían los ojos siempre que escuchaba música de órgano, pero le daba vergüenza llorar en público, y luchaba como una chiquilla que quiere ser mayor y fuerte para contener las lágrimas, en vano. Eso era algo que siempre conmovía a Eva. Por lo general, esas lágrimas eran contagiosas, como los bostezos, pero a su juicio ya había derramado bastantes lágrimas esos últimos días. Había tenido que oír reproches, de su madre, y eso que en un principio estaba en contra de Jürgen. De su hermana, que no podía entender cómo podía poner en juego así su «carrera de esposa de empresario». ¡Y por un trabajo de traducción! Y de su padre, que parecía darle a entender con esa mirada rebosante de preocupación: «Eva, hija, estás cometiendo un error». Eva no creía que tuviera mucha fuerza de voluntad y seguridad en sí misma, pero justo esa vehemencia en los demás despertaba en ella una resistencia insospechada. No había llamado a Jürgen. No había renunciado al trabajo con la fiscalía. Ahora estaba sentada allí con obstinación, siguiendo la pastorela de Navidad que se desarrollaba ante el altar y que el pastor Schrader había ensayado con los colegiales de la parroquia. Como cada Nochebuena, a José o a María no se les entendía nada. Sólo se oía con claridad al posadero, que no dejaba entrar a la sagrada pareja: «No, aquí no hay sitio para ustedes. Váyanse por donde vinieron». El posadero era Stefan, y Edith le había enseñado a hacer que su voz sonara más clara. Aunque nunca había podido ir a una escuela de arte dramático, sabía hacerlo intuitivamente. Le había puesto una bata gris y un viejo sombrero beige, pero Ludwig se metió por medio, pues a fin de cuentas él sabía de esas cosas, y le había dejado a Stefan su gorro de cocinero. Edith no lo veía adecuado: «Un cocinero no tiene por qué ser también el posadero. De ese modo sólo conseguirás confundir al público. Y en la Biblia no dice nada de un cocinero». Pero Stefan le dio la razón a su padre, y ahora el alto y blanco gorro destacaba entre los disfraces en tonos tierra de los demás actores. Las otras madres habían confeccionado a sus hijos capas con cortinas viejas y escogido camisas de los padres que recogían con cintos. María daba la impresión de ir enfundada en el vestido de boda estrechado, amarillento, de su madre. Algunos niños llevaban gorros demasiado grandes, que se les caían constantemente y les tapaban los ojos. Otros, que era probable que hiciesen de ovejas, se habían echado un pellejo por los hombros. «Pero ¿no era eso lo que llevaban los pastores? Según la tradición», pensó Eva. Las historias navideñas nunca le parecían tan confusas, largas y menos apasionantes como en la pastorela de Navidad, y sin embargo al final todo cobraba sentido en el altar. Los niños disfrazados se disponían en círculo alrededor del pesebre que habían construido, se arrodillaban en el frío suelo de la iglesia y hacían una profunda reverencia. Y es que allí delante, tendido en la paja, estaba el Niño Jesús. Un milagro.

◆

Estuvieron un rato frente a la iglesia, aunque Stefan quería irse a casa. Pero los Bruhns eran gente respetada y querida en el barrio. Al persistente toque de las campanas de la bulbosa cúpula blanca, felicitaron las Pascuas a amigos y conocidos. Después, la familia se fue a casa andando. Todavía había nieve en las calles y en los rincones de los portales, pero hacía más calor; la nieve ya no crujía bajo los pies, era más bien un chapoteo. Se tomaron del brazo para que nadie resbalara solo, «si caemos, caeremos en familia», como dijo, risueño, Ludwig. Salvo Stefan, que hablaba como una cotorra y relataba los contratiempos que habían vivido entre bastidores en la sacristía, nadie dijo nada más.

◆

Por consideración a Stefan, los regalos se dieron antes de cenar. Las numerosas velas bañaban la sala de estar en una luz dorada, el árbol olía a resina y a bosque oscuro, las tiras plateadas titilaban, las cuatro luces de la pirámide estaban encendidas y los pastorcillos y los Reyes Magos tenían más prisa que nunca. Como de costumbre, la sagrada familia esperaba en vano. A Stefan, en cambio, lo colmaron de regalos: con los dos carrillos llenos de chocolate, recibió una escopeta de su padre, el libro del pequeño detective sueco de Annegret y un grueso suéter azul marino de su madre. «Así te pareces al abuelo Bruhns. Al abuelo lobo de mar.» Eva le compró un juego de construcción, con el que al día siguiente el niño levantaría la casa de los Schoormann, en cuanto hubiese cazado unos gorriones con la escopeta en el patio. Por último, Stefan tomó el paquetito alargado que le había enviado su abuela desde Hamburgo. Contenía un muñequito uniformado que llevaba una mochila en la que había un paracaídas de tela. Un paracaidista que ahora Stefan jalaba sin cesar desde cada silla y *Purzel* intentaba atrapar. A Annegret le hizo ilusión un elegante monedero de piel de color vino. A Eva le tocó un delicado pañuelo de seda azul con lunares amarillos. Se lo pondría en primavera, cuando el sol empezara a calentarlo todo. Un domingo que fuese de paseo por la florida ciudad. Sin Jürgen. Eva se levantó, pues le costaba hacerse a la idea, y se puso a recoger los papeles de regalo y a doblarlos cuidadosamente uno por uno. Ludwig aprovechó la oportunidad para pedir disculpas a Edith por la lavadora, que no había llegado a tiempo, pero el aparato tenía trece programas de lavado, y se podía seleccionar la temperatura. Edith replicó que eso no habría pasado si la hubieran pedido a Schoormann.

—¡Pero si no tienen lavadoras! —exclamó Eva, y dejó los papeles en el aparador y se fue a su habitación.

◆

Eva encendió la lámpara de la mesilla de noche y se sentó en la cama. Las cosas eran como siempre, los rituales, los tiempos, sólo aquí y allá desplazados unos minutos, como antes, cuando llegaron tarde a la iglesia. *Purzel* había vomitado, para no variar, ya que había aprovechado un momento en que nadie lo observaba para atacar los coloridos platos que había bajo el árbol. Todo era como siempre. Eva se tumbó en la cama y cerró los ojos. Tuvo un sueño recurrente, que hacía mucho que no tenía. Entra en una habitación alargada, de techos altos, con el suelo azul y las paredes de azulejos azules claros. En las paredes largas hay sillas giratorias, tapizadas de un material azul marino brillante, y frente a cada silla, en la pared, hay un espejo redondo. En uno de los lados cortos de la estancia se ven dos lavabos. En un rincón aguardan tres criaturas singulares, con una cabeza enorme, hueca, que parecen saludar a Eva. Ella se sienta en una de las sillas y se voltea hacia el espejo, pero en el espejo no hay nadie. Y de pronto siente un dolor abrasador en la cabeza. Grita.

Eva abrió los ojos. Lo extraordinario del sueño era que, precisamente en ese punto de la cabeza, sobre la oreja izquierda, tenía una cicatriz, una calva de tres centímetros en el cuero cabelludo. Su madre le había dicho que se había caído de pequeña. Eva oyó que le llamaban. Era su madre: cenarían salchichas con ensalada de papa.

◆

En la villa de los Schoormann, Jürgen estaba sentado solo en un sillón del salón. La criada, la señora Treuthardt, tenía libre desde mediodía, así que no había comido ni bebido nada. Había apagado todas las luces y miraba la resplandeciente noche. Estaba sentado sin más, contemplando esa estampa serena, que no había cambiado desde hacía más de una hora. Era como si hubiese entrado a robar en la casa y, sobrecogido por la belleza del jardín, se hubiese arrellanado en un sillón. Sin embargo, Jürgen era ajeno a la magia de las vistas que se le ofrecían. Sopesaba qué hacer con la desobediencia de Eva. La Eva que conocía era muy distinta, indulgente, dócil y dispuesta a aceptar que, en el matrimonio, el marido tenía la última palabra. Ahora le enseñaba una faceta completamente diferente, era como una de esas mujeres avinagradas que se pelean con el esposo. Eva no había llamado, y era evidente que estaba decidida a no dar su brazo a torcer. Pero él tampoco podía hacerlo. No podía perder su credibilidad ya antes de casarse. Y, mientras pensaba en el tradicional equilibrio de poderes que se da en un matrimonio, fue consciente de cuál era el verdadero miedo que sentía: temía cómo saldría Eva del proceso. Se había enamorado de su inocencia, de su pureza, precisamente porque él no era inocente. ¿Qué efecto tendría en Eva el contacto con el mal? ¿Qué efecto tendría en él?

◆

El reloj de pie del pasillo dio las once. Iba atrasado un cuarto de hora, y Jürgen pensó que, si quería alcanzar sitio para asistir a la misa de gallo en la iglesia de Nuestra Señora, tendría que ponerse en marcha. Sin embargo, se quedó donde estaba.

◆

A medianoche, Annegret entró en la sala número uno, que estaba en penumbra. Tenía el turno de noche y había dejado a la familia después de cenar las salchichas con ensalada de papa. En la calle se oyó una sirena, quizá un abeto se hubiese prendido fuego. Le gustaba ese sonido, que decía: «La ayuda va en camino». Annegret fue a ver las cunas y escudriñó las caritas. La mayoría de los niños dormían apaciblemente. Se detuvo ante una de las cunitas. A los pies estaba el nombre: Henning Bartels. La señora Bartels estaba abajo, en maternidad, con fiebre puerperal. Henning, en cambio, pese a sus pocos días de vida, era un niño sorprendentemente robusto. Annegret se dio con la cuna como sin querer y Henning abrió un poco los ojos, sacudió los puñitos y bostezó, dejando a la vista una boca sin dientes. Annegret le acarició con suavidad la mejilla: «Ay, criaturita». Acto seguido, sacó algo del bolsillo del delantal: una jeringa reutilizable de cristal sin cánula. El cilindro, de diez mililitros de capacidad, estaba lleno de un líquido pardusco. Annegret se situó en un lateral de la cuna y deslizó la mano bajo la cabecita de Henning para levantársela un poco. Después le introdujo la jeringa entre los labios, hacia un lado, bajo la lengua, y deslizó el contenido despacio. El niño abrió más los ojos y comenzó a hacer ruiditos. «Está rico, ¿no? Bien dulce, ¿verdad?» Henning siguió mascullando y tragando. Algo de líquido se le salió de la boca, y Annegret sacó un pañuelo del bolsillo y le limpió con cuidado la carita. «Listo, todo en orden.»

◆

En el piso que había encima de La casa alemana, Edith y Ludwig se hallaban en la sala de estar. Las velas se habían consumido, sólo una lámpara de pie iluminaba cansada la estancia. Los padres de Eva estaban borrachos, algo que sólo se permitían muy de vez en cuando. En la radio emitían la misa de gallo de la iglesia de Nuestra Señora. «Porque nos ha nacido un niño, nos ha sido dado un hijo que tiene sobre los hombros la soberanía, y que se llamará maravilloso consejero.» Edith Bruhns escuchaba la música de órgano que sonaba y las prometedoras palabras del sacerdote, el «gloria», y por fin pudo llorar a gusto, sin que nadie la viese. También Ludwig lanzaba un suspiro de vez en cuando, aunque no estaba prestando atención. Pensaba en las Navidades de su infancia, en su isla natal, en Santa Claus, que cruzaba la helada marisma en la oscuridad deslizándose en un trineo tirado por caballos. En el pescante había antorchas encendidas, y Santa Claus lanzaba con brío desde el trineo un saco lleno de regalos a los Bruhns. Un año, Ludwig se subió de un salto atrás, en los patines, se agarró bien y fue con él hasta la casa de al lado. Allí Santa Claus lo descubrió y lo regañó a base de bien. Ludwig reconoció la voz de Ole Arndt, un mozo de la granja vecina. Y después le vio también la nariz azulada bajo el blanco algodón de la barba. A partir de ese momento Ludwig pensó que ya era mayor. Pero sólo un año después estalló la primera guerra mundial: sus dos hermanos mayores no volvieron de Francia, y su madre murió de pena. Cuando también su padre perdió las ganas de vivir al cerrar su tienda de comestibles, Ludwig empezó a cocinar, con catorce años. Para su hermana pequeña y

137

para su padre. Ahí fue cuando de verdad se hizo mayor. Llamaron a la puerta. Edith se limpió la nariz y miró a Ludwig con cara de interrogación y ojos llorosos. Éste se levantó lanzando ayes, como un escarabajo patas arriba. No hacía nada aún era un hombre joven y ahora los riñones lo estaban matando. «¡¿Son las doce y media?!».

◆

Eva se había quedado dormida en la habitación de Stefan. Había llevado a su hermano a la cama hacía una hora. El niño tenía el pequeño paracaidista en un brazo y la escopeta en el otro. Eva empezó a leerle el libro del muchacho sueco que quería ser detective, pero su hermano le pidió que le cantara algo. El villancico preferido de Stefan: *Venid, pastorcillos*. Le gustaba «por los saltitos que da la música». No hizo falta que cantara mucho, y después se quedó acurrucada junto al reconfortante cuerpecito.

Despertó al oír el timbre. *Purzel* se puso a ladrar como un loco. En efecto, abajo, en la puerta, había alguien. Eva se levantó y fue por el pasillo sin calzarse, únicamente con las medias. Tenía el chongo deshecho, y el cabello le caía por la espalda, largo y despeinado. Presionó el botón que abría el portal y entreabrió la puerta. *Purzel* salió y bajó la escalera disparado. Para entonces, Ludwig ya estaba en el pasillo. Iba en camisa y se tambaleaba un poco.

—¿Se puede saber quién viene a estas horas? Sólo puede ser Santa Claus.

Eva oyó que se cerraba la puerta de abajo y que alguien subía por la escalera dando zancadas mientras trataba de apaciguar a *Purzel*.

—Pero si ya me conoces.

Eva reconoció la voz y procuró arreglarse el pelo a toda prisa delante del espejo. En vano. Jürgen apareció en la puerta, sin sombrero, con el abrigo desabrochado, sin aliento, como si hubiese ido corriendo desde la ladera del Taunus. Ludwig lo miró un instante, resignado y aliviado al mismo tiempo, le felicitó las fiestas, dijo: «*Purzel*, ¡ven!», y padre y perro desaparecieron en la sala de estar. Eva y Jürgen estaban frente a frente en la puerta, mirándose en silencio. Ella procuraba no parecer demasiado feliz. Al final esbozó una sonrisita. Jürgen le acarició la melena suelta y dijo con seriedad:

—Feliz Navidad.

Y Eva lo hizo pasar jalándolo del cuello del abrigo.

—Feliz Navidad.

Y se besaron en el rincón del pasillo, junto al perchero, un beso largo y nada solemne.

SEGUNDA PARTE

«Juro por Dios Todopoderoso y Omnisciente que diré toda la verdad.»

Corría el día vigesimotercero de la vista, y la jornada empezaría con las declaraciones de los testigos que hablaban polaco. Eva ya no estaba sentada atrás de todo, en el extremo de los sitios reservados a los asistentes. Ahora ocupaba la mesa de los testigos, en el centro de la gran sala de la casa señorial. Se hallaba flanqueada por dos caballeros de cierta edad vestidos con sendos trajes oscuros: el traductor de checo y el traductor de inglés. Eva apoyaba la mano izquierda, en la que lucía desde no hacía mucho un anillo con una piedrita azul, sobre pesado libro negro que tenía grabada una crucecita dorada y mantenía la derecha en alto. Hablaba mirando al magistrado presidente, que se dirigía con amabilidad a ella, y a los dos jueces sustitutos. Los dedos le temblaban ligeramente en el aire. El corazón le latía deprisa y con fuerza, lo notaba en el cuello.

—Haga el favor de hablar un poco más alto, señorita Bruhns.

Eva asintió, tomó aire y comenzó de nuevo. Aseguró que traduciría con fidelidad y exactitud todos los documentos y declaraciones en lengua polaca que se presentaran en el proceso. No añadiría ni omitiría nada. Mientras hablaba, creyó percibir con el rabillo del ojo un movimiento de David Miller, que miraba hacia otro lado como con aire de desaprobación; el rubio, en cambio, siguió imperturbable su juramento. Eva también notó las miradas de la parte izquierda, del banquillo de los acusados. Algunos de los hombres y sus abogados defensores la observaban con benevolencia. Porque era una muchacha joven y sana, con el cabello fuerte y lustroso, porque parecía decente y honrada con su traje azul marino cerrado y sus zapatos planos.

—Lo juro por Dios Todopoderoso y Omnisciente —terminó Eva.

El magistrado presidente le hizo un breve gesto de asentimiento y después prestaron juramento los otros dos traductores. Eva se tranquilizó un tanto y reparó en el gran lienzo que había tras la mesa de los jueces. Ahora, de cerca, veía lo que decía: BLOQUE 11. CAMPO DE CONCENTRACIÓN. HORNO CREMATORIO. CÁMARA DE GAS. Abajo de todo se veía: EL TRABAJO LOS HARÁ LIBRES. A uno de los dos traductores le olía el aliento a alcohol. Seguro que era el checo. «Dios me libre de juzgar a nadie», pensó Eva, entre jocosa y desolada. Estaba segura de que a ella el aliento no le olía a nada, a limpio, ya que apenas había podido desayunar esa mañana (parecía que había pasado una eternidad, y sin embargo sólo habían transcurrido dos horas).

◆

A las siete y media Eva se había sentado con Annegret y Stefan a la mesa de la cocina y removía el café con la cucharita nerviosamente. Su madre subió del sótano con un tarro de mermelada en la mano, en cuya etiqueta decía: MORA, 1963. Le pasó el tarro a Annegret, que lo abrió con facilidad, sin levantar la vista del periódico que estaba leyendo. Al abrirlo se oyó un silbido, y Stefan pasó varios minutos intentando imitar el ruido. «Pfiiii- iffffff» fue lo mejor que le salió. Edith raspó con un cuchillo la capa de moho verde y blanco y la tiró a la basura. A continuación, se sentó a la mesa con los demás y le untó a Stefan una rebanada de pan con mermelada. Después se pusieron a recordar que a finales del verano del año anterior Edith había ido al monte en bicicleta, no muy lejos de allí, llevándose dos cubetas de hojalata colgadas de ambos lados del manubrio y otra grande en el portaequipajes. En la cima del monte Edith llenó las tres cubetas con las moras negras henchidas de sol que recogió. Cuando volvió de la excursión, las hermanas, que estaban en la sala de estar viendo el programa de televisión «Te invito el domingo», se levantaron de un salto asustadas: «¡Mamá! ¿Qué te pasó? ¿Tuviste un accidente?». Eva corrió hacia el teléfono, dispuesta a llamar

145

al médico, y Annegret fue a tomarle el pulso a su madre. Edith no entendía a qué venía tanto revuelo, hasta que se vio la cara en el espejo del pasillo: tenía un aspecto terrible, los labios y el mentón manchados de jugo de mora rojo negruzco, la blusa de color claro con manchas oscuras. Edith había estado comiendo moras mientras las recogía, y el pegajoso jugo le había corrido por la barbilla. Cuando se limpió con un pañuelo, no hizo sino empeorar las cosas. Era como si se hubiese caído de bruces y sangrara profusamente por la boca. En aquel entonces, en verano, las tres mujeres rompieron a reír, aliviadas. Esa mañana, durante el desayuno, nadie se reía. Junto al plato de Eva había una carpeta de cartón gris marengo, como si fuese una carta envenenada. Dentro estaba la declaración que el testigo Jan Kral había efectuado hacía dos años ante un juez de instrucción y que Eva traduciría ese día en el tribunal. Había leído con atención las hojas dos veces la noche anterior. De ser cierto lo que decía haber vivido y visto el señor Kral, era un milagro que siguiera vivo. Eva se preguntó qué aspecto tendría mientras bebía un sorbo de café. Encorvado y rebosante de tristeza. Al mismo tiempo, Stefan se quejaba del bocadillo que quería prepararle su madre para la escuela.

—Ese embutido no me gusta, es asqueroso.

—¿Salchicha ahumada?

—Eso es más asqueroso aún. ¡Puaj! Me pondré malo.

—Pues algo tendré que ponerte. ¿O es que quieres comer sólo mantequilla?

—Puaj, la mantequilla es asquerosa.

Entonces Eva tomó la carpeta y le dio con ella a Stefan en la cabeza, nada fuerte.

—Deja de portarte como si fueras un niño pequeño.

Stefan miró a su hermana con cara de sorpresa, pero ésta ya se había levantado y estaba saliendo de la cocina.

—¿No quieres llevarte un bocadillo, Eva?

—Puedo comer allí, mamá, hay una cantina.

Eva se puso el abrigo de lana en el pasillo y se miró en el espejo. Estaba pálida, casi blanca, sentía las rodillas como dos flanes; el estómago, como si un animal peludo se lo hubiese vaciado en ese momento. Mientras escuchaba la calma que reinaba en la cocina, el silencio de su madre y su hermana, admitió que lo que sentía desde hacía días era miedo. Había intentado averiguar a qué le tenía más miedo: ¿al hecho de tener que hablar delante de tantas personas? ¿A la responsabilidad de dar con la traducción adecuada? ¿A no entender a los testigos? ¿O precisamente a lo contrario, a entender a los testigos? Se guardó la carpeta en la cartera de piel que ella misma se había regalado hacía tres años, cuando obtuvo el certificado de intérprete. Se puso el sombrero y dijo adiós a los que estaban en la cocina. Sólo le contestó Stefan:

—Hasta luego.

◆

Era uno de esos días en los que no hacía ningún tiempo, el sol ni salía ni se ponía, días grises de principio a fin, en los que no hacía ni frío ni calor. La nieve no era más que un recuerdo. Eva fue a pie hasta la casa señorial, y con cada paso que daba el valor la iba abandonando más y más; cuando quiso llegar allí, se había escurrido por el sumidero como el agua del deshielo y prácticamente había desaparecido. Sin embargo, cuando entró en el abarrotado vestíbulo; cuando vio a los numerosos reporteros, dos hombres con pesadas cámaras; cuando reconoció a algunos de los acusados, que se estrechaban la mano; cuando reparó en los agentes de policía, que hacían un saludo militar al acusado principal, de pelo blanco; cuando vio la naturalidad con la que se movían esos hombres; cuando oyó su enérgica forma de hablar y, por otra parte, vio a las mujeres y a los hombres tensos, callados y asaltados por sombríos presentimientos, que estaban allí solos o formando pequeños grupos, entonces pensó que allí era donde tenía que estar.

◆

Ni siquiera alrededor de mediodía había claridad en la sala; los bloques de pavés, ligeramente empañados, dejaban pasar una luz gris mate. Un ujier encendió las luces del techo, las lámparas redondas suspendidas sobre las cabezas como grandes burbujas luminosas. El aire estaba viciado, a pesar de que había algunas ventanas abiertas en la pared de cristal. Olía a lana húmeda, a cuero y a perro mojado. Después de prestar juramento, los intérpretes tomaron asiento en el lado de la fiscalía. Eva se sentó en una silla justo detrás de David Miller. Sacó la oscura carpeta de la cartera y la dejó en la mesa. Miró la cabeza rojiza de David, el pelo algo largo de la nuca. Por detrás parecía un niño. Como Stefan, cuando de vez en cuando le salía la rabia infantil. David leía unos papeles que, tras examinar brevemente, pasaba al rubio. En el lado opuesto de la sala se levantó un hombre alto. Tras palparse los pliegues de la toga, sacó un reloj de bolsillo plateado con una leontina y lo abrió para consultar, un tanto distraído, la hora. Con sus rasgos poco marcados, su cara alargada y su corbata blanca, le recordó a Eva al conejo de *Alicia en el país de las maravillas*, un libro que ni a Stefan ni a ella les gustaba, ya que ese país de las maravillas estaba habitado en exclusiva por figuras hostiles. Era el abogado defensor de siete de los acusados. Solicitó que las esposas del número cuatro y del acusado principal pudieran testificar en la práctica de la prueba. Eva miró hacia donde estaban los asistentes para buscar a la mujer del sombrerito, que olía un poco a rosas, pero no fue capaz de distinguirla entre la multitud. El rubio se puso de pie y dijo que la fiscalía se oponía a dicha solicitud. No era de esperar que se produjese ninguna aportación al conocimiento de los hechos, ya que las esposas eran parciales. Además, podían negarse a declarar si con ello causaban algún perjuicio al acusado. El abogado defensor y el fiscal jefe se enzarzaron en una disputa sobre el número de testigos de descargo. Eva sabía que el primer testigo al que llamarían ese día sería Jan Kral. Se puso a hojear la carpeta y pensó que, en cualquier caso, la esposa de Jan Kral no podría testificar: se le había visto por última vez el 1 de noviembre de 1942.

El magistrado presidente decidió que la solicitud del abogado defensor se admitiese. Éste cerró el reloj satisfecho. El rubio se sentó, bebió un sorbo de agua, aunque no tenía sed, y cruzó los brazos. Sus compañeros se miraron. David Miller se inclinó hacia él y le dijo algo al oído, a lo que el rubio sacudió la cabeza con expresión adusta.

El magistrado presidente anunció:

—El juicio dará comienzo con la práctica de la prueba. Haga pasar al testigo Jan Kral.

El rubio se volteó hacia Eva para hacerle una señal, pero ella ya se había levantado y se dirigía hacia la mesa de los testigos. Un agente de policía hizo pasar a un anciano gallardo. Con su traje azul marino, Jan Kral parecía un hombre de mundo, un abogado o incluso una estrella de cine norteamericana. Eva sabía por el acta que trabajaba de arquitecto en Cracovia. Jan Kral se mantenía extremadamente recto. La joven lo vio e intentó captar su mirada, pero, en lugar de observarla a ella, el hombre miró fijamente a la mesa de los jueces a través de sus lentes cuadrados. Tampoco miró a la izquierda, hacia las mesas de los acusados. Cuando se detuvo justo al lado de Eva, ésta esperó que le fuera a dar la mano, pero él hizo caso omiso de ella y centró la mirada en el magistrado presidente, que le pidió que se sentara. Jan Kral tomó asiento en el lado largo de la mesa, de cara al tribunal. Eva no se sentó junto a él, sino en diagonal, en el lado corto, como le habían dicho. En la mesa había dos micrófonos, una sencilla jarra de agua y dos vasos. El juicio empezó con la toma de datos del testigo: nombre, fecha de nacimiento, lugar de residencia, profesión. Jan Kral, que hablaba un poco de alemán, contestó a las sencillas preguntas de forma escueta y en voz alta. Por el momento Eva no tenía que hacer nada. Movió el bloc de notas y el lapicero de manera que estuvieran bien alineados. Contempló de soslayo al testigo, de perfil, con los llamativos lentes. Jan Kral estaba ligeramente moreno y recién afeitado, tenía una pequeña cortada en el prominente mentón. Bajo la oreja derecha, Eva vio un resto de espuma de afeitar que se le había pasado por alto. Procuró respirar hondo y oler el astringente jabón.

◆

David Miller observaba a Eva desde donde estaba sentado; la veía medio de perfil desde atrás, los hombros delicados, el gran chongo, que seguro que era de verdad. No de esos que parecían abundantes, uno de esos curiosos con forma de dónuts que llevaban sobre todo las señoras mayores. Una vez más, verla lo puso furioso, sin saber

151

muy bien por qué. Frunció el entrecejo. Le dolía la cabeza, ya que la noche anterior había salido de manera desmedida con algunos compañeros de la fiscalía; los únicos que no los habían acompañado habían sido el jefe y el rubio. En la calle Berger, en la parte alegre, habían estado bebiendo primero en el Mokka-Bar, donde vieron a algunas mujeres que se desnudaban despacio al ritmo de la música. Después David se quedó solo y entró en un bar del que salía música de moda y se llamaba Bei Susi. En la barra había mujeres medio desnudas, y al cabo de veinte minutos se fue a una de las habitaciones de la parte de atrás con la que menos le recordaba a su madre. La habitación número seis, que olía demasiado a perfume, sin ventanas y con las paredes tapizadas. La mujer, que se llamaba Sissi, se desvistió deprisa y le abrió la bragueta. David frecuentaba las prostitutas, pero esas visitas no tenían nada que ver con el deseo. El acto sexual siempre era mecánico y poco placentero. Las mujeres no olían nunca como él esperaba. Pero después podía decirse que era un ser despreciable. Su madre se avergonzaría de él, y esa idea le deparaba una extraña satisfacción. La cama de matrimonio tenía un colchón tan blando que creyó que se hundiría y acabaría en Australia. O ¿cuáles eran las antípodas de esa ciudad alemana? Le vino a la memoria el globo terráqueo que tenía en su cuarto cuando era pequeño, que se desinfló cuando, siendo un niño, lo atravesó con una aguja de punto larga para averiguar qué había justo al otro lado de Boston.

«¿Por dónde saldría si excavara un túnel?» Se le volvió a pasar eso mismo por la cabeza mientras estaba encima de Sissi: se ahogaría en el océano Índico. Sissi olía un poco a moho y a algo dulce, a pasas, que no le gustaban, ya de pequeño las sacaba de todos los bizcochos. Cuando la penetró, pensó que seguro que había tenido más de un hijo. Para entonces, en la sala ya había terminado la toma de datos. David se concentró en la vista.

◆

—Señor Kral, ¿cuándo llegó exactamente al campo de concentración?

Ahora Jan Kral respondió en polaco. Hablaba deprisa, y sin que al parecer parara para respirar. «Menos mal que no habla en dialecto», pensó Eva, que iba tomando notas: gueto, vagón, cubeta, paja, hijos, tres días, hijo varón... Kral hablaba cada vez más rápido. Hombres. Oficiales. Camión. ¿Cuál había sido la última palabra? ¿Cruz Roja? Lo había dicho en alemán, ¿no? Eva no podía seguirlo, de manera que le pidió en voz baja:

—Por favor, señor Kral. Discúlpeme, pero habla demasiado deprisa. Haga pausas, se lo ruego.

El aludido enmudeció y ladeó la cabeza, mirando a Eva desconcertado, como si no entendiese quién era. Ella repitió en voz queda su petición, y el magistrado presidente se inclinó sobre su micrófono y preguntó:

—¿Hay algún problema?

Eva sacudió la cabeza, aunque se puso tan roja que seguro que incluso el público asistente se dio cuenta. Algunos de los acusados, cuyos rostros Eva veía, sonrieron y resoplaron; eran los incultos, el fogonero, el enfermero. Jan Kral comprendió cuál era el cometido de Eva y le hizo una breve señal de asentimiento. Empezó de nuevo, esta vez hablando más despacio. Tensa, Eva le miró los labios, que se desdibujaban ante sus ojos. Las manos se le quedaron frías. La sangre comenzó a agolparse en sus oídos, de manera que no entendía bien a Jan Kral. «No puedo hacerlo. ¡Tengo que salir de aquí! Me pondré de pie y me iré. Tengo que salir de aquí... corriendo...». Pero entonces vio que Jan Kral tenía pequeñas gotas de sudor en la frente, una tras otra. La barbilla comenzó a temblarle. Sólo ella podía verlo. Se avergonzó. ¿Qué eran sus nervios en comparación con el desamparo que sentía ese hombre? Se tranquilizó. Jan Kral dejó de hablar, se miró las manos, que descansaban en la mesa. Una gota de sudor le corría por la sien derecha. Eva consultó las notas que había tomado y tradujo lo que Jan Kral había dicho hasta ese momento. Se dio cuenta de que intentaba imitar su tono.

◆

—El 28 de octubre de 1942 me deportaron del gueto de Cracovia junto con mi mujer y mi hijo. Estuvimos tres días en un tren de mercancías, en un vagón cerrado. No había instalaciones sanitarias, tan sólo una cubeta en un rincón para ochenta personas. No teníamos comida ni agua. Durante el viaje murieron algunos, por lo menos diez personas. Sobre todo ancianos. Cuando llegamos, el 1 de noviembre, al muelle de carga, nos hicieron salir del vagón y separaron a los sobrevivientes: las mujeres, los niños y los ancianos a la izquierda; los hombres, a la derecha. Dos de los oficiales de las SS se pusieron a discutir si mi hijo, que tenía once años pero ya era fuerte, debía ir a la izquierda o a la derecha. Yo pensé que los de la izquierda irían a un campo de restablecimiento, y no quería que lo pusieran a trabajar, así que me metí por medio. Le dije a uno de ellos que mi hijo era demasiado pequeño, que no podía trabajar. El oficial asintió, y mi hijo subió a un camión con mi mujer. El camión era de la Cruz Roja, y eso me tranquilizó. Se fueron.

Eva dejó de hablar. El magistrado presidente se inclinó hacia delante para formular una pregunta, pero Jan Kral continuó de inmediato. Sólo pronunció unas frases rápidas, y hacia el final se atropelló. Entonces paró, como si hubiese terminado de hablar. Eva lo miró de reojo, la nuez sobre el cuello de la camisa blanca, almidonada. Vio que tragaba saliva, una y otra y otra vez. Eva dijo en voz baja en polaco:

—Por favor, repita la última frase.

Todo el mundo permanecía a la espera, alguien comenzó a golpear la mesa con los nudillos en señal de impaciencia. Pero Jan Kral negó ligeramente con la cabeza y contempló a Eva. Tras los lentes, tenía los ojos enrojecidos. El mentón le temblaba. Eva vio que no podía seguir. Repasó sus notas y consultó dos palabras en el diccionario: «*slup*» y «*dym*». Columna y humo. Después se acercó al micrófono y dijo lo que creía haber entendido al final:

—En el campo de concentración, después, por la noche, otro prisionero me señaló una columna de humo que se distinguía en el horizonte. Me dijo: «Mira. Tu mujer y tu hijo están subiendo al cielo».

Jan Kral se quitó los lentes y se sacó del bolsillo un pañuelo de cuadros planchado y doblado con pulcritud. Eva pensó: «Seguro que se lo ha comprado para el proceso». Kral se enjugó el sudor de la frente y después enterró su rostro en él.

◆

En un primer momento nadie dijo nada en la sala, incluso en el banquillo de los acusados reinaba el silencio. Algunos de los inculpados habían cerrado los ojos, como si dormitasen. El rubio anotó algo y preguntó:

—Señor Kral, ¿por qué pensó usted que su familia iría a un campo de restablecimiento?

Eva tradujo la pregunta. Jan Kral se sonó la nariz, tragó saliva de nuevo y contestó. Y ella tradujo:

—Uno de los oficiales de las SS que estaban en el muelle de carga me lo prometió.

—¿Quién? —quiso saber el rubio. Jan Kral no se movió—. ¿Es uno de los acusados? ¿Lo reconoce usted?

Jan Kral se puso los lentes y se volteó hacia las mesas de los acusados. Su mirada se detuvo un instante en el rostro demacrado del número cuatro. Después señaló al número diecisiete, al boticario con los lentes obscuros, que resopló como si le hiciera gracia, como si hubiese resultado elegido en un juego de sociedad para participar en alguna broma. Se puso de pie con suma tranquilidad y dijo lo que Eva tradujo a Jan Kral:

—Es mentira. Seguro que el testigo me confunde con otro.

El boticario volvió a sentarse, y su abogado, el Conejo Blanco, se puso en pie.

—Señor Kral, ha declarado usted que llegó al campo el 1 de noviembre de 1942, ¿no es así? Y ese día el acusado no se hallaba en dicho lugar, pues del 1 al 5 de noviembre estuvo en Múnich, donde se sometió a una operación quirúrgica. Existen documentos que lo atestiguan.

Eva tradujo, y Jan Kral replicó:

—Puede que llegáramos el 31 de octubre. Cuando uno está encerrado en un vagón, pierde la noción del tiempo.

El magistrado presidente se dirigió a uno de los jueces sustitutos:

—¿Existen partidas de defunción de la familia Kral?

El aludido cabeceó, y el abogado defensor apuntó:

—Quizá la historia entera sea mentira. Pongo en duda la credibilidad del testigo.

Eva tradujo esto a Jan Kral, que la miró y se puso completamente blanco. Entretanto, el rubio replicó con aspereza al abogado:

—No se registraron los nombres de numerosas víctimas, eso es algo que usted debería saber, letrado. Señoría, tenemos en nuestro haber el registro del testigo en el campo. —Para entonces, David Miller había localizado el documento correspondiente, que el rubio citó—: El 1 de noviembre de 1942 el testigo fue registrado en el campo de concentración como prisionero número 20 117. No pocas veces se registraba a los recién llegados al día siguiente, de manera que es perfectamente posible que llegara el 31 de octubre.

Eva realizó la correspondiente traducción para Jan Kral. El magistrado presidente preguntó:

—Señor Kral, ¿recuerda usted cuándo se llevó a cabo el registro a su llegada? ¿Fue el mismo día o después?

—No me acuerdo. —Y tras una pausa añadió—: Para mí, el 1 de noviembre es el día en que murieron mi mujer y mi hijo.

El abogado defensor dijo:

—Lo repito: en ese caso es imposible que viera al acusado en el muelle de carga, señor Kral.

Ahora el acusado número diecisiete se quitó los lentes de sol e hizo una señal con la cabeza al testigo, casi con amabilidad:

—Señor mío, lo siento mucho, pero yo nunca estuve en dicho muelle de carga.

Entre los asistentes se oyó un breve grito de indignación, cuchicheos. El magistrado presidente solicitó silencio y después pidió al testigo que describiera su llegada al campo de concentración punto por punto para poder determinar mejor la cronología de los hechos. Eva tradujo para Jan Kral, que la miró con cara de interrogación. Ella repitió la petición:

—Vuelva a contarlo todo.

El hombre empezó a temblar, era como si una mano gigante invisible lo hubiese agarrado y lo estuviese zarandeando. Eva se volteó hacia la fiscalía en busca de ayuda. El rubio vio que el testigo necesitaba un descanso y le hizo una señal al magistrado presidente.

◆

Una habitación de techos bajos y sin ventanas situada tras la sala, que por lo general se utilizaba de camerino para los artistas, hacía las veces de habitación de descanso para los testigos. En ella, el fiscal jefe, respaldado por David Miller, hablaba con Jan Kral, que había rehusado sentarse en una de las sillas. Estaba de espaldas a uno de los espejos iluminados, vacilante, la cara blanca. Daba la impresión de que el traje le quedaba demasiado grande, el cuello de la camisa demasiado ancho. Ya no había nada de esa gallardía inicial. Eva tradujo: su declaración era importante, debía hacer memoria. Pero Kral contestó que no se expondría de nuevo a esa situación. Había comprendido que con ello no les devolvería la vida a su mujer y a su hijo. David se mostró vehemente: Kral también tenía una responsabilidad para con las otras víctimas. Le puso una mano en el hombro, pero el rubio lo apartó. Jan Kral dijo:

—No pueden obligarme.

El rubio sacó una cajetilla de tabaco del bolsillo, que le ofreció al testigo. Kral tomó un cigarro. Él y el rubio se pusieron a fumar. Los cuatro guardaban silencio. Ante uno de los espejos había una bandeja con unos bocadillos del día anterior. Las rodajas de salchichón estaban onduladas y rezumaban grasa. Al igual que el resto, el espejo estaba rodeado de focos que arrojaban una luz blanca. Al parecer, uno de ellos estaba flojo y parpadeaba de manera alarmante. Eva vio que David estaba a punto de estallar de impaciencia y de irritación. Tenía ojeras, como si no hubiese dormido mucho. Dijo, esforzándose por contenerse:

—Señor Kral. No es sólo un testigo importante en lo que respecta al boticario. También lo es, sobre todo, para el acusado número cuatro. La Bestia...

—Señor Miller, ya le he dicho que... —lo interrumpió el rubio.

David le restó importancia con un gesto.

—Ya, ya. Señor Kral: fue usted uno de los pocos que sobrevivieron a las torturas que se aplicaron en el bloque once. ¡Es preciso que declare! —Y a Eva, con aspereza, le espetó—: ¡Tradúzcalo!

Eva iba a hacerlo, pero de pronto Kral cayó de rodillas como si fuese una marioneta a la que alguien hubiese cortado los hilos. Eva y David lograron atraparlo a tiempo y lo sentaron en una silla. Ella le quitó el cigarro a medio fumar y lo apagó en un cenicero. El rubio intercambió una larga mirada con David y después dijo en voz baja:

—Ya teníamos nuestras dudas cuando le tomamos declaración. Creo que no deberíamos seguir insistiendo, si ya se desmorona ahora. Estamos perdiendo el tiempo.

—Y a Eva—: No traduzca esto, señorita Bruhns.

David iba a decir algo, pero el rubio consultó el reloj, saludó con la cabeza a Jan Kral y se fue. David lo siguió malhumorado, sin decir nada más a Jan Kral o a ella. Dejó la puerta abierta. Eva estaba que echaba humo. ¿Cómo podían dejar esos dos a ese hombre tirado así, como si fuese un aparato estropeado? Se volteó hacia él, que estaba encogido en la silla.

—¿Le gustaría beber algo, señor Kral? ¿Un vaso de agua?

Éste rehusó.

—Gracias.

Eva lo observaba indecisa, y él tampoco parecía saber qué hacer a continuación. Era como si esperase a que alguien le dijera algo. Entonces Eva le puso la mano en el antebrazo, cosa que la sorprendió incluso a ella.

—¿Por qué no lo piensa bien?

Kral no miró a Eva.

—¿Cuántos años tiene usted? —Sin embargo, no esperó a que le contestara—. Alguien tan joven no debería ocuparse de los muertos. Debería vivir.

Acto seguido se levantó a duras penas de la silla, farfulló un saludo y salió de la habitación. Eva se quedó contemplando el foco titilante y se preguntó a quién culpaba Jan Kral de la muerte de su hijo: si a los hombres que estaban ahí fuera o a sí mismo.

◆

En la unidad de lactantes, en la que ese día, al igual que en el tribunal, estuvo encendida la luz todo el tiempo, Annegret preparaba a los niños para darles de comer por segunda vez. Depositaba a los pequeños bultos, que lloraban de hambre, en cochecitos de ruedas, que llevaba junto con la enfermera Heide hasta maternidad. La señora Bartels, una madre joven, ya estaba sentada en la cama de su habitación individual —el señor Bartels tenía dinero—, esperando al pequeño Henning. La señora Bartels volvía a tener buen aspecto después de haber estado postrada dos semanas con fiebre puerperal. No tardarían en darlos de alta a ella y a su hijo. Annegret sacó del cochecito a Henning, que lloraba a moco tendido, y se lo acercó al desnudo pecho de la madre. Henning dejó de llorar en el acto y comenzó a mamar, resollando. Annegret miró la cabecita, que se movía algo, y sonrió. La señora Bartels miró a Annegret y pensó que, aunque es-

162

taba algo gorda e iba demasiado pintada, le caía bien. Y eso habría sido así aunque no le hubiese salvado la vida a su hijo. Poco después de que éste naciera, a la señora Bartels le subió la fiebre; era impensable que le diera el pecho a su hijo, y las enfermeras tuvieron que alimentar al pequeño Henning con leche de fórmula con ayuda de una jeringa. Pero el día después de Nochebuena Henning de pronto empezó a vomitar violentamente y luego también tuvo diarrea. Perdía peso con cada día que pasaba, hasta que los bracitos se le quedaron tan delgados y blandos como un junco. Annegret le daba una cucharada de agua con azúcar cada media hora, que el pequeño devolvía de inmediato. Pero no se dio por vencida. Y al cabo de tres días, cuando pesaba un kilo y medio y estaba más muerto que vivo, Henning consiguió retener más el agua por primera vez. Después fue mejorando poco a poco, y ahora ya casi pesaba tanto como cuando nació. La señora Bartels no podía estar más agradecida, como volvió a decirle a Annegret ese día. Pero cuando ésta se disponía a marcharse, la señora Bartels la tomó por el brazo para retenerla y le susurró:

—Tengo que contarle una cosa, enfermera. Mi marido se siente desconfiado, cree que pudieron darle a Henning algo en mal estado aquí. Ha puesto una reclamación al hospital. Espero que no le cause a usted problemas. Lo sentiría mucho, cuando ha sido tan buena con Henning.

La señora Bartels miró a Annegret con cara de disculpa, y ésta le sonrió para tranquilizarla.

—No pasa nada. Si yo fuera su esposo, haría lo mismo. Vendré a buscar a Henning dentro de media hora.

Annegret se fue, y cuando salió al pasillo, la sonrisa se le borró de la cara. Y pensó, no por primera vez: «Tengo que dejar de hacer eso».

◆

A la hora de comer, la mayoría de los participantes en el proceso fue a la cantina de la casa señorial. La fiscalía al completo, los observadores, los testigos y sus familiares tomaron albóndigas en salsa de alcaparras o *gulasch* y comieron en mesas largas en la práctica e impersonal habitación. También algunos de los abogados defensores, entre ellos el Conejo Blanco, buscaban un sitio con su bandeja. En una mesa de un lateral estaban algunos de los acusados, saciando su hambre como los demás. No hablaban, o se limitaban a comentar en voz baja el pronóstico del tiempo, el espantoso tráfico que había o la carne, que en opinión de todos estaba seca o incluso chiclosa. Eva se dirigió con su bandeja hacia una mesa que ocupaban las demás mujeres, las secretarias y estenotipistas. Una mujer joven de mejillas sonrosadas y enfundada en un traje de color claro, a la que Eva ya había visto en las oficinas de la fiscalía, le sonrió como invitándola a que se sentara. Eva se acomodó frente a ella y se puso a comer las albóndigas, que su padre jamás habría permitido que salieran templadas de la cocina. Además, no tenía mucho apetito. Hasta el descanso habían declarado dos testigos más, ambos polacos. Sin embargo, ambos hablaban alemán lo bastante bien para poder prescindir de la ayuda de Eva, que así y todo permaneció sentada a su lado, para echarles una mano si era preciso. Sólo tuvo que traducir una palabra: «bastones». Y es que, en lugar de macanas, eso era lo que llevaban los oficiales de las SS que se encontraban en el muelle de carga para infundir una falsa seguridad a los recién llegados cuando bajaban de los vagones. Pero cuando alguien hablaba, formulaba una pregunta o se rebelaba, cuando los niños lloraban, los bastones se utilizaban como si fuesen mazos hasta que volvía a reinar la calma. Los dos testigos habían visto al acusado número diecisiete en el muelle de carga. Uno de ellos también señaló al acusado principal, afirmando que se encontraba en dicho lugar, pero al igual que el boticario, aquél demostró que se hallaba lejos de allí. Y que menos aún había tomado parte en las denominadas «selecciones». Eva miró hacia la mesa del extremo, que estaba envuelta en humo de tabaco. Pensó que daba la impresión de que todos los acusados decían la verdad. Parecían sorprendidos. Incrédulos, casi indignados de que se les creyera capaces de examinarles la boca y tocarles los bíceps a las personas, de separar a los que podían trabajar de sus parientes y romper para siempre las familias. Negaron de forma creíble haberse encargado de que quienes les parecían inútiles fueran de inmediato a las cámaras de gas. Eva dejó los cubiertos. A veces, diez mil personas al día. Eso dijo el testigo Pavel Pirko, que trabajaba en el comando de limpieza en el muelle de carga. Eva buscó en la cantina al hombre menudo, socarrón, que lo había relatado todo con la misma jovialidad que si refiriese a una excursión en barco por el Rin, pero no lo vio. Sólo vio a David Miller en el otro extremo de la habitación, que comía a toda prisa y distraídamente y, después, con la boca llena, le hablaba a un compañero. Eva intentó imaginarlo: diez mil mujeres, niños y hombres. Diez mil personas debilitadas que fueron subiendo en camiones y desaparecieron. Pero lo único que pudo imaginar fue su esperanza de darse una ducha caliente y comer un poco de pan.

◆

En la calle Berger, Edith, la madre de Eva, había bajado al sótano de La casa alemana cargada con la ropa sucia. Con su delantal de cuadros azules, estaba delante de la flamante lavadora, observando el primer lavado. La caja blanca cerrada bombeaba y daba sacudidas como si en ella palpitase un gran corazón. Edith era incapaz de apartar la mirada, aunque tenía bastante que hacer en la cocina. Abrigaba la vaga sensación de que anunciaba la llegada de nuevos tiempos. «O, mejor dicho, lo proclama a voz en grito», pensó al ver ese monstruo que habían tenido que bajar tres hombres al sótano. Hasta ese día, cada martes cocía delantales, manteles, paños de cocina y servilletas en una gran tina, los sacudía y los removía con un palo de madera largo, y finalmente sacaba de la lejía la ropa empapada, lo que hacía que se le saltaran las lágrimas. Ahora estaba allí plantada y no tenía nada que hacer. Se sentía inútil, y exhaló un suspiro. El cabello le empezaba a ralear y le estaban saliendo las primeras canas; su cuerpo había perdido las formas, se desdibujaba, era más fofo y blando. A veces, por la noche, antes de ponerse la crema en la cara, Edith se sentaba delante del espejo y se estiraba la piel hasta dejarla como era antes, sin arrugas. A veces pasaba varios días sin cenar para poder volver a ponerse la falda de terciopelo, pero después tenía más arrugas en las mejillas. «A partir de cierta edad, la mujer ha de saber si quiere ser una vaca o una cabra.» Edith había leído eso una vez en una revista femenina. Sin lugar a dudas, su madre era una cabra, pero Edith no era capaz de decidirse. Sobre un escenario podría ser ambas cosas. Y más: amante, hija, madre, abuela. Con maquillaje y pelucas podría hacer de lady Macbeth, Julia, la Juana de Arco de Schiller... El hilo de sus pensamientos se vio interrumpido cuando oyó que se abría la puerta del sótano. Ludwig entró, con su filipina blanca.

—¿Se puede saber qué haces, mamá?

Edith no contestó, y Ludwig vio que estaba revuelta por dentro. Como la lavadora.

—El propósito del aparato es que puedas aprovechar el tiempo para hacer otras cosas.

—Me gustaba lavar la ropa, me gustaba remover las tinas, me gustaba restregar en la tabla de lavar, me gustaba escurrir la ropa y separarla. No sé si podré acostumbrarme a esta cosa.

—Te acostumbrarás, ya lo verás. Y ahora ven, que estoy ahí arriba solo con la ensalada de papa.

Ludwig se disponía a marcharse cuando Edith dijo de repente:

—¿No deberíamos hablar con ella?

Él miró a su mujer y negó con la cabeza.

—No.

Edith guardó silencio un instante, en la lavadora el tambor giraba cada vez más deprisa sobre su propio eje. Bum, bum, bum.

—Ahora vive en Hamburgo. Es comerciante y tiene un buen negocio.

Ludwig supo en el acto a quién se refería Edith.

—¿Cómo sabes eso?

—Lo dice en el periódico. Y su mujer también está en la ciudad.

La lavadora silbó una vez ruidosamente y después empezó a bombear y a resollar. El matrimonio se quedó mirando el aparato en silencio.

◆

Tras escuchar la declaración de otro testigo, una mujer que cuando tenía trece años vio a su madre y a su abuela por última vez en el muelle de carga, el magistrado presidente dio por concluida la jornada. Eva fue al baño de señoras, donde tuvo que esperar a que quedara libre un cubículo. Al igual que después de una representación teatral, las mujeres hacían cola. Sólo que ese día no se hablaba animadamente de las actuaciones. Estaban calladas, se sujetaban la puerta con educación y se pasaban la toalla; se saludaban con una inclinación de cabeza. Eva también se notaba como aturdida. Cuando se desocupó un cubículo, se encerró dentro y tuvo que pararse un momento a pensar qué era lo que había ido a hacer allí. Después abrió la cartera y sacó un vestido estampado de color claro que llevaba doblado. Se quitó la falda oscura, el saco. El espacio era reducido, y no paraba de darse golpes contra las paredes. Cuando se metió el vestido por la cabeza, estuvo a punto de caerse. Lanzó una imprecación en voz queda e hizo contorsiones para llegar a la cremallera en la parte alta de la espalda, pero al final logró subirla. Entretanto, el baño se había quedado vacío, y al otro lado de la puerta no se oía nada. Eva dobló la ropa de trabajo e intentó meterla en la cartera, pero no pudo abrochar la hebilla, de modo que la dejó abierta. Cuando iba a abandonar el cubículo, oyó que se abría la puerta del baño. Alguien entró, sorbió por la nariz, quizá estuviese llorando. Después se sonó. Olía ligeramente a rosas. Se abrió un grifo, se oyó correr el agua. Eva esperaba con la cartera tomada del brazo tras la puerta, conteniendo la respiración. Pero pasaron minutos y el agua seguía corriendo, de manera que abrió la puerta y salió.

Delante de uno de los lavabos estaba la esposa del acusado principal, lavándose las manos. Llevaba de nuevo el sombrerito de fieltro, el bolso de mano marrón oscuro en el alféizar de la ventana. La mujer se daba unos toquecitos con los dedos húmedos en el enrojecido rostro. Eva se situó a su lado, en el otro lavabo. La mujer no levantó la vista, sino que permaneció completamente inmóvil. A todas luces, ahora Eva era su enemiga. Se lavaron las manos la una junto a la otra con jabón duro, que no hacía espuma. Eva miró con el rabillo del ojo los arrugados dedos de la mujer, esa alianza que el trabajo había desgastado. «Yo conozco a esta señora. Me dio una bofetada. Justo con esa mano», pensó, y la asustó el absurdo pensamiento. Sacudió la cabeza para ahuyentarlo, cerró el grifo y se dispuso a salir. Pero de pronto la mujer le cortó el paso, mientras el agua seguía corriendo de fondo.

—No crea todo lo que cuentan ésos. Mi marido me ha dicho que quieren que les den indemnizaciones, quieren dinero. Cuanto peor sea lo que cuenten, más dinero les darán.

La mujer tomó el bolso del alféizar y, antes de que Eva pudiera decir algo, salió del baño. La puerta se cerró. Eva vio el grifo abierto y lo cerró. Se miró en el espejo y se llevó la mano a la mejilla, como si sintiera un golpe que había recibido hacía tanto tiempo.

◆

Después de recoger el abrigo, el sombrero y los guantes en el guardarropa, en un vestíbulo casi desierto, salió de la casa señorial. Eran casi las cinco. El gris diurno había dado paso directamente al gris azulado del crepúsculo. Los faros de los coches que pasaban dibujaban franjas de luz alargadas en la neblina de la tarde. La casa se hallaba en una calle muy transitada.

—Hoy ha hecho un buen trabajo, señorita Bruhns.

Eva volteó. Detrás estaba David Miller, que, como de costumbre, no llevaba sombrero y fumaba. Ella sonrió, sorprendida de que hubiera salido ese halago de su boca. Pero entonces David añadió:

—Me ha pedido que se lo diga el fiscal jefe.

David se apartó y se unió a dos caballeros de la fiscalía que salían del edificio. Eva se quedó allí plantada, algo ofendida. ¿Por qué era tan expresamente maleducado con ella ese Miller? ¿Porque era alemana? Pero a todas luces no tenía ningún problema con el resto. Por lo menos, no con sus compañeros. Ni tampoco con las estenotipistas. La bocina de un coche la arrancó de sus pensamientos. Jürgen se había detenido en segunda fila. Con el motor en marcha, se bajó del coche amarillo y le abrió la puerta del acompañante. Eva se subió. En el coche se dieron un beso fugaz, con timidez, en la boca. A fin de cuentas, estaban comprometidos. Jürgen se incorporó al tráfico. Eva, que durante el trayecto por lo general comentaba animada y deshilvanadamente, como si fuera una niña pequeña, lo que veía a izquierda y a derecha de la calle, guardaba silencio. Daba la impresión de que no veía a las personas que se dirigían a casa a esa hora, cargadas con bolsas de la compra, jalando niños a los que llevaban tomados de la mano, que se paraban una y otra vez delante de los iluminados escaparates. Jürgen le lanzaba miradas escrutadoras, como si buscara un cambio visible, una marca que le hubiese dejado el día. Pero parecía la misma de siempre. Entonces le preguntó:

—¿Qué?, ¿estás nerviosa?

Eva volteó hacia él y se obligó a sonreír. Asintió.

—Sí.

Y es que se proponían hacer una cosa que casi parecía prohibida.

◆

Veinte minutos después, el coche entró en otro mundo, a juicio de Eva. Franquearon una puerta de metal alta y blanca, que se abrió y se cerró después de que pasaran ellos como por arte de magia; subieron por un camino que parecía no tener fin y estaba adornado por farolas de mediana altura. Eva escudriñaba la oscuridad, más allá de los árboles y los arbustos aún pelados, y distinguió amplias extensiones de césped. Pensó en lo bien que podría jugar allí futbol Stefan. Y pensó en las dos macetas que su padre subía del sótano todos los años en primavera, en las que su madre plantaba geranios rojos para que adornaran la entrada del restaurante. La casa apareció ante ellos de repente, como si saliera del suelo. Era grande, moderna y blanca. Parecía impersonal como un garaje, cosa que curiosamente la tranquilizó. Jürgen se detuvo delante y le tomó la mano un momento.

—¿Lista?

—Lista.

Se bajaron del coche. Jürgen quería enseñarle la casa que muy pronto también sería suya. El padre de Jürgen y Brigitte seguían en la isla del mar del Norte. Y, mientras daban su paseo diario por la playa antes de cenar, haciendo frente al fuerte viento, no sospechaban que a esa misma hora su hijo guiaba a su atractiva prometida por las habitaciones de la propiedad. Jürgen incluso le abrió el dormitorio del padre, austero pero distinguido. A Eva la sobrecogió la cantidad de habitaciones, la amplitud, los elegantes colores. Miró hacia arriba, a los altos techos que tan importantes eran para su padre, le explicó Jürgen, porque necesitaba sentir aire sobre su cabeza para pensar. Los tacones de Eva resonaban con claridad en los lisos suelos de mármol y se hundían en las gruesas alfombras de lana de color crema. También los cuadros de las paredes le resultaron muy distintos del paisaje de las Frisias que colgaba en su hogar. Contempló una casa de formas nítidas, perfiladas en negro, a orillas de un mar extrañamente agitado, pero que estaba pintado mal a propósito. Eva se dio cuenta de eso. Y pensó en las vacas de su casa. Cuando tenía seis o siete

173

años, les puso nombres a todas. Intentó acordarse de ellos, y se los enumeró a Jürgen:

—*Gertrud, Fanni, Veronika...*

—Buenas noches, señor Schoormann. Señorita...

Una señora rechoncha de mediana edad con una batita beige entró en la habitación. Llevaba una bandeja con dos copas en forma de cáliz. Jürgen las tomó y le ofreció una a Eva.

—Señora Treuthardt, ésta es Eva Bruhns.

La aludida miró descaradamente a Eva con sus ojos algo saltones.

—Bienvenida, señorita Bruhns.

Jürgen se llevó un dedo a los labios y le dijo:

—Shhh. Pero es un secreto. Ésta es una primera visita, extraoficial.

La señora Treuthardt apretó los ojos como si estuviese confabulada con él, haciendo lo que con toda probabilidad pretendía ser un guiño, y dejó al descubierto una hilera de dientes pequeños y sanos.

—¡Dios me libre! Nadie sabrá nada por mí. Me pondré a preparar la cena, si le parece bien.

Jürgen asintió, y la señora Treuthardt se dispuso a irse.

—¿Quiere que le eche una mano en la cocina, señora Treuthardt? —preguntó Eva con educación.

—Sólo faltaba que los invitados tuvieran que cocinar —exclamó, y se marchó.

Jürgen dijo a Eva, risueño:

—Es algo tosca, pero hace muy bien su trabajo.

A continuación brindaron y bebieron. El líquido, frío y burbujeante, tenía un sabor acre y a levadura, pensó Eva. Jürgen aclaró:

—Es champán. Y ahora, ¿te gustaría ver el colmo de la decadencia? Toma la copa.

Eva lo siguió con curiosidad. Enfilaron un pasillo con azulejos del «ala oeste», como la llamó irónicamente Jürgen. El inquietante olor que Eva había percibido durante todo ese tiempo y que había creído que era cosa de su imaginación se volvió más intenso. Jürgen abrió una puerta, encendió las luces del techo y ella entró en una habitación amplia, revestida con azulejos azules celestes: la piscina. En el lado largo derecho, un gran frente acristalado permitía ver el jardín verde oscuro. Un par de luces de exterior aisladas dibujaban círculos de luz brumosa. «Esto parece un acuario descuidado en el que hace mucho que no hay ningún pez», pensó Eva. En cambio, el agua de la piscina se veía limpia. Estaba intacta, con su superficie espejada.

—¿Quieres nadar?

—No, no, gracias.

A Eva no le apetecía desvestirse y mojarse. Jürgen parecía desilusionado.

—Es que no traigo traje de baño.

Entonces él abrió un armario empotrado en cuyas perchas había al menos cinco modelos distintos.

—Eso no es ningún problema. Y te dejaré sola.

Eva iba a rehusar de nuevo, pero él continuó:

—Francamente, Eva, tengo que hacer una llamada. Y puede que tarde un poco. En la ducha, ahí, hay gorros de baño.

Jürgen tomó un traje de baño de una percha, se lo dio a Eva y se fue. Ella se quedó sola. Vio que del fondo de la piscina subían burbujitas. Como en la copa de vino, que aún sostenía en la otra mano. «Pero ¿qué digo?, si ésta es una copa de champán.» Bebió otro sorbo y se estremeció un tanto.

◆

Diez minutos después, descendía por la escalerilla metálica de la piscina con el traje de baño rojo claro, que le quedaba algo estrecho. Se había metido la abundante melena como buenamente había podido en un gorro blanco de goma, y ahora bajaba peldaño a peldaño, con cuidado. Creando pequeñas ondas, el agua la envolvió, más caliente de lo que esperaba. Cuando le llegó por el pecho, se separó de la escalera y se puso a nadar. Se tumbó de espaldas. Confiaba en que no le entrase agua en el gorro. Cuando se le mojaba el pelo, tardaba media hora en secárselo con la secadora. Extendió los brazos y las piernas y, flotando en el agua, se quedó mirando los tubos fluorescentes del techo, que emitían un zumbido. Qué extravagancia, nadar en una casa ajena. Con champán caro en el estómago. Con un traje de baño que no era suyo. Eva

176

jamás se habría visto abandonando su vida anterior para venirse a ese sitio con Jürgen. Pero así eran las cosas. No pudo hacer menos que pensar en Jan Kral, que quizá ya estuviese camino a su casa. Quizá en ese preciso momento sobrevolara la casa con la piscina, rumbo a Polonia. Atravesando Viena. Eva había hecho ese mismo viaje en una ocasión, hacía dos años, para asistir a un congreso de economía en Varsovia. Allí había perdido la inocencia. Se dio la vuelta y se sumergió de cabeza. Bajó hasta el fondo de la piscina y notó que el agua le iba entrando despacio en el gorro. Pero aguantó abajo hasta que no pudo más.

◆

En su sala de estar y despacho, Jürgen caminaba arriba y abajo por la gruesa alfombra, sin hacer ruido. No estaba llamando por teléfono, le había mentido a Eva. No tenía que hablar con nadie. Quería comprobar cómo se sentía teniendo a Eva al lado, en alguna parte, en otra habitación, sin que la viera. ¿Cómo sería vivir allí con ella? Tuvo que admitir que le gustaba saber que estaba en casa. Era como un pequeño órgano nuevo que insuflaba vida a un cuerpo viejo.

◆

Más tarde, Eva y Jürgen estaban sentados a la larga mesa de comedor en diagonal.

—No, enfrente no, Eva, ésta no es una cena de postín —bromeó Jürgen.

Ella llevaba el pelo suelto y todavía húmedo. «Tiene un algo pecaminoso —pensó Jürgen, que la observaba de soslayo—, algo que incita al desenfreno.» Pero se prohibió en el acto el deseo de besarla. No en la casa de su padre, antes de que éste supiera de la existencia de Eva. Comieron el ragú de ciervo que había preparado la señora Treuthardt, y Jürgen habló extensamente del famoso arquitecto que construyó la casa, ocho años antes, «a modo de reflexión sobre los primeros trabajos de Mies van der Rohe». A Eva le vinieron a la cabeza los tapetes de ganchillo que había en su casa e intentó imaginar al arquitecto en su sala de estar. Al cabo, preguntó a Jürgen qué diría el arquitecto si fuera allí de visita y de repente hubiera tapetes de ganchillo en los muebles, por todas partes. Él la miró con cara de no entender la pregunta.

—Te advierto que ése es mi ajuar: cincuenta y seis tapetitos de ganchillo, cada uno para lo suyo.

Jürgen lo entendió y repuso, sumamente serio:

—Los tapetes de ganchillo también obedecen al principio arquitectónico de la simetría.

Se echó a reír como un niño al que le hubiera salido una agudeza, y Eva se rio con él, y más incluso cuando supo que el arquitecto se llamaba Egon Eiermann.[1] Y

1. En alemán, «hombre de los huevos», «que vende huevos». (N. de la t.)

¿qué cara pondría el señor Eiermann si de pronto descubriese en su casa el paisaje de las Frisias con su arrebol encendido sobre la chimenea? ¿Si viera las vacas? Pero, mientras se reían, Eva vio a su padre, que a veces contemplaba el cuadro en casa y respiraba hondo. Sentía nostalgia. Y vio a su madre, que le limpiaba el polvo al marco con cuidado, pues el cuadro había sido caro. Por eso colgaba en la pared. Eva se puso seria, casi triste.

—Es como si estuviera traicionando a mis padres.

Jürgen también dejó de reírse y le tomó la mano.

—No tienes por qué avergonzarte de tus padres.

◆

Después de cenar fueron a la sala de estar y al despacho de Jürgen. Éste puso un disco y se sentó con Eva en el amplio sofá gris. Ella pensó, no por primera vez, que el jazz no le decía nada. No sabía cuándo empezaba o terminaba una canción. Y lo del medio tampoco lo entendía. Le gustaba la música en la que sabía cuál era el sonido siguiente antes de que sonase, y ése no era el caso con el jazz. Eva pidió a Jürgen que le sirviera un poco más de vino, que le nublaba gratamente la razón y hacía que en la habitación todo pareciese más bello incluso, la cálida luz, la alta librería, ese escritorio en el que reinaba un desorden agradable, delante de las ventanas de suelo a techo. Eva pestañeó con indolencia y cerró los ojos. Vio personas con maletas. Había mucha gente, hombres de uniforme daban órdenes sucintas de malas maneras. Una anciana con una estrella amarilla en el abrigo se sacó algo del bolsillo, se lo puso en la mano a una mujer más joven y dijo: «No pierdas la dignidad». Después se llevaron a la anciana, y la joven se miró la mano. Eva abrió los ojos y se sentó recta. No quería pensar en lo que había relatado ese día la testigo, ni en lo único que le había quedado de su abuela, que después le robaron en el campo de concentración.

—Y, dime, ¿qué habitación me toca?

Jürgen, que había apoyado la cabeza en el respaldo y escuchaba la música mientras fumaba, repuso con aire ausente:

—El cuarto de la plancha... ¿Lo quieres ver? ¿Y la cocina? Es, sobre todo, grande...

—No me refería a eso. Yo también necesito un escritorio.

—Podrás utilizar el mío cuando tengas que escribir una carta.

Jürgen se levantó y le dio la vuelta al disco. Eva se percató de que le dolía el estómago. No digería bien la caza. Además, la señora Treuthardt había asado demasiado la carne de ciervo. Los trozos, de por sí oscuros, casi eran negros. Le pesaban en el estómago como si fuesen carbón. O como al lobo las piedras en lugar de los cabritillos, el cuento que le había leído ese día a Stefan, aunque ya era mayor. Jürgen volvió a sentarse con ella y le puso en el regazo un grueso álbum de fotos.

—Me gustaría enseñarte fotos de mi madre.

Eva intentó pasar por alto el dolor de estómago y se puso a hojear el álbum. La madre de Jürgen era una mujer delicada, de cabello negro, que en casi todas las fotografías aparecía borrosa. En una se veía al matrimonio riendo, con el pequeño Jürgen en medio. Delante de una cervecería al aire libre. Eva reconoció a Jürgen por la mirada grave. Y conocía ese sitio.

—La sacaron en la cima del monte. Delante del establecimiento.

—Sí, fue en el verano del 41, dos días después arrestaron a mi padre.

—¿Por qué?

—Era comunista. No volví a verlo hasta cuatro años después.

Jürgen enmudeció y apagó el cigarro en un pesado cenicero de cristal. Era evidente que no quería decir nada más al respecto. A Eva le dio la sensación de que se arrepentía de haberle enseñado el álbum.

—Tu madre es guapa. Y parece simpática. Me habría gustado conocerla.

Siguió pasando hojas, pero ya no había más fotos. Cayó una que estaba suelta. Eva la tomó. Era una postal en la que se veía un paisaje de montaña. Le dio la vuelta, el dorso estaba lleno de una letra apretada. De niño.

—«Querida mamá...».

Antes de que pudiera seguir leyendo, Jürgen se la quitó.

—Me enviaron al campo, a Algovia —contó, y tras una pausa añadió—: Desde entonces no soporto el olor a vacas y leche de vaca.

—¿Tan mal te fue allí? —quiso saber Eva.

Jürgen metió la postal en el álbum, que cerró y que dejó en la mesa de cristal.

—Quería estar con mi madre, tenía la sensación de que debía protegerla. Así son los niños. Después murió.

Eva le acarició la mejilla, y él la miró y de pronto le empezaron a sonar las tripas. El maldito ragú de ciervo. Eva se puso roja como un tomate. Qué vergüenza. Jürgen esbozó una pequeña sonrisa y la besó. Resbalaron por el sofá, la respiración más acelerada, se miraron, sonriendo cohibidos, y se besaron de nuevo. Jürgen le pasó la mano por el desnudo brazo, le acarició con cuidado el cabello, que ya casi estaba seco y olía ligeramente a cloro. Eva le sacó la camisa del pantalón y metió ambas manos debajo. Pero de pronto él se apartó.

—¿Es que quieres seducirme?

—¿O tú a mí? —rio Eva.

Pero él espetó, furioso:

—¡Ya sabes lo que opino! Antes de que estemos casados...

—Pero ¿no es un poco anticuado?

Eva quería volver a abrazarlo. No porque sintiera deseo; sencillamente le habría gustado consumar el acto sexual de una vez por todas, estrechar el último vínculo, una suerte de demostración del compromiso, a su modo de ver. Pero Jürgen le agarró con fuerza la mano, y ella se asustó al ver su mirada huraña. Durante un breve instante pensó que quería pegarle. Se sentó recta y no dijo nada. La música terminó con un tono largo, que cada vez era más lento. El disco se acabó, y Eva dijo:

—No te entiendo.

—Te llevaré a casa.

◆

Mientras iban en el coche por la ciudad nocturna y Eva intentaba reprimir el ruido de su estómago, que iba peor, en las oficinas de la fiscalía todavía se veía luz. En la sala de reuniones, David Miller y los demás pasantes preparaban las preguntas y los documentos para el siguiente día de práctica de la prueba. En su despacho, fumando, el rubio estaba sentado con el fiscal general al mortecino haz de luz de una lámpara de mesa y hablaba en voz baja de los rumores que circulaban de que el magistrado y los jueces habían recibido amenazas de antiguos compañeros de las SS de los acusados. Y en el hospital, Annegret terminaba su turno. Atravesó la placita de delante, un viento glacial le daba en la cara. ¿Volvería a helar? Ésa era la pregunta que se habían planteado las compañeras de Annegret en el descanso. A ella el tiempo le era indiferente, casi nunca tenía frío, y ni siquiera ese día se abrochó su abrigo azul marino, que más parecía una tienda de campaña. Iba a ir hacia la izquierda, a la parada del tranvía, pero entonces vio que al parecer alguien la esperaba: el doctor Küssner estaba apoyado en su coche oscuro, del que se separó al verla llegar. En un primer momento ella hizo como si no lo viera, pero él la saludó con el brazo y después incluso la llamó en voz baja:

—¿Enfermera Annegret?

Ella se acercó y no dijo nada, permaneció a la espera mientras el viento le sacudía el abrigo abierto. Küssner, cohibido, dijo algo así como que se acababa de enterar por casualidad de que iban en la misma dirección y que la acompañaría con mucho gusto. Annegret lo dejó hablar. Sabía que ése sería el principio de una nueva aventura. Ya había visto hacía tiempo las miradas que le echaba y las indirectas que le lanzaba, del tipo «mi esposa nunca tiene tiempo para mí». Además, desde hacía algunos días, las cartas hablaban con un lenguaje inequívoco, y el rey de diamantes había aparecido donde debía. Siempre era igual.

Annegret se subió en el coche del doctor Küssner.

—¿Quiere irse ya a casa? ¿O le gustaría tomar algo?

No esperó a que le contestara; arrancó y siguió hablando nerviosamente.

—Permítame que le diga de nuevo lo bien que se las ha arreglado con el pequeño Bartels. Pese a todo, su padre ha escrito a la dirección. Y ellos me están colmando la paciencia, pero no podemos hacer otra cosa que tener higiene, higiene, higiene... ¿O acaso estamos pasando algo por alto?

Pero en lugar de dar una sencilla respuesta, a Annegret le sucedió algo inusitado: empezó a sollozar. Parecía un gato enfermo en una cañería de desagüe. Su redondo rostro se tiñó de rosa, gruñía y lloraba. No resultaba lo que se dice atractiva. El doctor Küssner redujo la velocidad, sin dejar de mirarla. Al final se detuvo junto a una acera y puso las intermitentes con cierto desamparo. No era eso lo que tenía en mente. Pero Annegret no paraba. Nunca había tenido una sensación tan fuerte de que había echado a perder su vida. De que ésta había terminado antes de empezar. Al final, el doctor Küssner le ofreció su pañuelo, limpio, que le había planchado su mujer, y dijo:

—Estamos interrumpiendo la circulación.

Annegret no pudo evitar sonreír y se tranquilizó.

—Ya estoy bien. Me gustaría comer algo. En alguna tabernita.

◆

Entretanto, Jürgen había llevado a Eva a casa. Al despedirse quedaron para el fin de semana: querían ir de excursión, algo sin planear, por el monte Taunus, a pasear un poco.

—Si el tiempo lo permite —precisaron casi al mismo tiempo. Después se despidieron, ambos desencantados y escépticos.

Cuando entró en el oscuro pasillo de su casa, Eva vio

que por debajo de la puerta de la sala de estar salía luz. Al otro lado reinaba un extraño silencio. Llamó con suavidad y nadie le contestó. Cuando entró, se asustó: su padre estaba tendido en la alfombra, los pies y las pantorrillas apoyados en el sillón de su madre. Tenía los ojos cerrados.

—Papá, ¿qué te pasa?

—La espalda me está matando. No se lo he dicho a tu madre, está durmiendo.

Eva cerró la puerta sin hacer ruido y se acercó a él.

—¿No te quedan pastillas?

Ludwig abrió los ojos, rojos y fatigados.

—Me destrozan el estómago.

Eva se sentó en el sofá con el abrigo puesto y observó a su padre; le dio pena. Casi sintió ella el dolor de espalda.

—Esto me lo recomendó la señora Lenze. A su marido también le duele la espalda a menudo: tumbarme en el suelo y poner las piernas en alto..., al parecer, así se relajan las vértebras, los malditos discos intervertebrales... —Ludwig lanzó un ay y no miró a Eva ni le preguntó, como solía hacer, qué tal le había ido el día: «¿Y bien? ¿Ha pasado hoy algo importante?».

Eva pensó en los dos padres a los que había conocido ese día y dijo de golpe:

—Hoy conocí a dos hombres que perdieron a su familia.

Ludwig se quedó quieto un instante y después levantó las piernas del silloncito y se puso de lado a duras penas, luego a cuatro patas y, por último, de rodillas. Soltó una imprecación. Aún sin mirar a Eva, reflexionó:

—En la guerra, muchos perdieron a su familia, a sus hijas y, sobre todo, a sus hijos.

—Pero esto... esto es algo distinto. Allí seleccionaban a las personas...

Ludwig se puso de pie haciendo un último esfuerzo y se irguió.

—Sí, me alegro de que no tuviera que ir al este. Pero bueno, hija, ahora dime: ¿cuántas habitaciones tienen los Schoormann? —preguntó con un tono repentinamente jovial.

Eva lo miró desconcertada mientras él apagaba la lámpara de pie, jalando dos veces el cordón: una vez para cada foco. Clac. Clac. La habitación quedó a oscuras. De la calle entraba un poco de luz, su padre parecía un gran fantasma negro.

—Papá, en ese campo de concentración mataban a miles de personas en un solo día. —Eva se dio cuenta, sorprendida, de que en su voz casi había un tono de reproche.

—¿Quién lo dice?

—Los testigos.

—Después de tantos años, seguro que la memoria falla.

—¿Tú crees que esas personas mienten? —Ahora Eva estaba asustada, rara vez había visto a su padre tan a la defensiva.

—Yo ya dije en su momento lo que opinaba de que hicieras esto. —Ludwig hizo ademán de salir, abrió la puerta.

Eva se levantó, lo siguió y dijo en voz baja:

—Pero tendrá que salir a la luz lo que pasó. Y habrá que castigar a los criminales. No pueden seguir libres como si no hubiesen hecho nada.

Para mayor confusión de Eva, Ludwig repuso:

—Sí, eso es verdad.

Y la dejó en la oscura sala de estar. Eva pensó que su padre nunca le había parecido tan raro. Y que era una sensación espantosa, que confiaba en que se le pasara pronto. Entonces oyó un ruido a su espalda, una especie de arrastrar rítmico. Después un gemido. Era *Purzel*, que estaba sentado en la alfombra, moviendo el rabo.

—*Purzel*, bonito..., ¿quieres volver a salir? Anda, vamos.

◆

Ante la casa, Eva esperaba a que *Purzel* hiciera sus necesidades. El dolor de estómago se le había pasado. Tomó aire con fuerza, lo expulsó y siguió el aliento con la vista; respiró hondo de nuevo y exhaló una nube mayor aún. *Purzel* olisqueaba aquí y allá, en su farola también, pero no hacía pipí. Eva pensó: «Le pasa algo». Se envolvió más en el abrigo. Esa noche helaría. Ya se estaba formando escarcha en los coches que había estacionados. Como una capa de azúcar glas. Sólo uno tenía la oscura carrocería limpia. Dentro del vehículo había dos personas, cuyas cabezas se fundían en una sola una y otra vez. Eva reconoció a su hermana, Annegret, que se besaba con un hombre. Se dio media vuelta y jaló la correa de *Purzel*, que no había hecho lo que había bajado a hacer, para meterlo en casa. Seguro que era otro casado.

◆

Ya eran más de las dos. Eva se había echado una segunda manta por encima, pero no entraba en calor. Volvían a asaltarla las imágenes. Su padre boca arriba; Jürgen, rechazándola; el testigo sentado encorvado en el camerino, como un pajarito que se ha estrellado contra un cristal y no sabe si morirá o vivirá; la mujer joven del muelle de carga, que abre la mano cuando su abuela ha desaparecido y dentro ve un trozo de jabón; la esposa del acusado principal en el baño, que se lava a su lado las manos. Eva trataba de poner en orden sus sentimientos, lo ajeno, el amor, el miedo, la incredulidad, el extraño vínculo. Al igual que sus padres y su hermana, aún estuvo un buen rato despierta. Sólo Stefan dormía profundamente, atravesado en la cama; delante, en la alfombra, ejércitos de soldados caídos y migas de bizcocho. Cuando se quedó dormida, alrededor de las cuatro, Eva soñó con la señora Treuthardt, que preparaba ragú de ciervo en una cacerola gigantesca en una cocina descomunal. Junto a la cacerola había un montón de trozos de carne casi tan alto como la propia señora Treuthardt. Eva le dijo:

—Es demasiado para dos personas.

Y la señora Treuthardt replicó, con impaciencia:

—Venga a que se lo enseñe. Mire.

La señora Treuthardt tomó un pedazo de carne del montón y lo dejó caer en la enorme cacerola, y luego otro y otro más. Uno tras otro.

◆

No volvió a caer una helada de cuidado, aunque eso era lo que todo el mundo esperaba. El invierno se fue discretamente, «a la francesa», como decía el padre de Eva. Y ahora todo el mundo confiaba en que llegase una primavera en condiciones. Eva iba de martes a jueves a la casa señorial; los lunes los pasaba en las oficinas de la fiscalía, traduciendo documentos escritos. A diferencia de lo que acostumbraba, soñaba mucho. Por la noche se topaba de nuevo con las personas con las que había compartido la mesa de los testigos. La mayoría hablaba con ella y no le daban tiempo para que se expresase.

De manera inaudita, el campo de concentración comenzó a resultarle familiar: los bloques, las secciones, los acontecimientos. En casa no tenía a nadie con quien pudiera hablar de ello. Ni sus padres ni Annegret querían saber nada del proceso. Ni siquiera leían los artículos que se publicaban casi a diario en el periódico. Eva empezó a escribir en un cuaderno azul lo que había oído por el día. La sensación que había tenido en un principio de que algo la unía al campo de concentración, de que reconocía a algunas personas, a la esposa del acusado principal, había desaparecido. Trabó amistad con las otras mujeres, que trabajaban de secretarias de la fiscalía o de estenotipistas en el juicio. A la hora del almuerzo comían juntas en la misma mesa y hablaban de moda o de salones de baile. No comentaban lo que se decía en la sala.

Por la tarde, Eva hablaba por teléfono con Jürgen cuando él no iba a buscarla y salían a dar un paseo en coche. Para entonces, su padre y su madrastra ya habían vuelto de la isla, y no se habían dado cuenta de que Eva había estado en la casa. A la señora Treuthardt no se le había soltado la lengua, ahora le guiñaba el ojo a menudo a Jürgen, como le contaba éste a Eva, y disfrutaba visiblemente siendo su cómplice. La enfermedad de su padre no había empeorado; al contrario, el aire de mar le había «limpiado el cerebro», como decía repetidas veces, según Jürgen. Para bien y para mal, se inmiscuyó en la creación del nuevo catálogo. Jürgen prefería a una mujer con un abrigo de visón en la portada.

—Tenemos que alejarnos de tu visión comunista de lo barato, padre.

Pero Walther Schoormann decidió que la portada la ocuparían unos niños jugando en la nieve.

—Los niños son el futuro. Claro que de eso, al parecer, tú no entiendes nada, Jürgen.

Ése fue el mordaz diálogo que mantuvieron. Eva esperaba todos los días que Jürgen se decidiera a presentarles a su padre y a la mujer de éste, pero la invitación no llegaba, y ella no se atrevía a preguntar. Iban a bailar o al cine, se besaban cuando nadie los veía. A veces Jürgen le ponía una mano en la cadera o en el pecho, pero Eva albergaba la sensación de que como pareja no tenían más futuro. Una tarde vieron una película sueca sobre la que todo el mundo hablaba abriendo mucho los ojos y tapándose la boca con la mano, las estenotipistas y las secretarias en el tribunal y las enfermeras alrededor de Annegret en el puesto de control. La película era para mayores de dieciocho años, y Eva, que quería verla a toda costa, seguía con creciente excitación a la trama de una mujer que no mostraba ninguna inhibición en lo tocante al sexo. Cuando se vieron por segunda vez los pechos desnudos de la mujer en los tres metros de ancho de la pantalla, Jürgen se puso de pie y se fue del cine. Eva salió tras él, enfadada, y se le unió en el portal a oscuras de la armería Will.

—¿Es el cura que aún hay en ti? Eres mojigato, Jürgen. ¡Estás reprimido!

Él adujo que el sexo que se veía en la película no tenía nada que ver con la intimidad ni con la realización que él creía que debía proporcionar. Nada que ver con el amor. Eva repuso:

—Y yo creo que para eso necesitas el matrimonio, ¿no es así? ¿Ahora, de repente, mencionas el amor? ¿Entonces podremos hacerlo? Claro que quizá no me encuentres atractiva. Te agradecería que me dijeras la verdad.

A continuación la llamó *calenturienta*. Y, aunque según su diccionario esa palabra ni siquiera existía, Eva se puso furiosa. No podía creer que tuviera que suplicarle a un hombre que se acostara con ella.

—¡Me estás humillando!

—Te lo estás haciendo tú misma.

Esa tarde, cuando volvió a casa después del cine, Eva llamó a la puerta de la habitación de su hermana. Annegret, con las experiencias que había tenido, acabó opinando que Jürgen era marica, y Eva no pudo por menos de pensar si podría vivir con eso. Esa noche lloró mucho, pero a la mañana siguiente Jürgen se presentó con flores y con tan mala cara que lo perdonó. Lo miró a los ojos y se convenció de que la amaba y la deseaba. Sin duda había algo que lo cohibía, pero Eva apartó el pensamiento, tal vez se tratara de otra cosa.

◆

Una madrugada llegó un primer viento primaveral tibio del oeste a la ciudad, en la que aún reinaba la oscuridad de la noche. En la pensión Zur Sonne, el húngaro Otto Cohn estaba despierto desde hacía rato; cada pocos minutos tomaba el reloj de bolsillo, que había dejado en la mesilla de noche, lo abría y miraba la hora. Los caballeros de la fiscalía volvían a hacerlo esperar, ya que por desgracia todo se estaba alargando más de lo previsto. Porque en el orden de las comparecencias se habían producido cambios. Llevaba muchos días aguardando pacientemente, pero ése ya no podía más. Tras las cortinas anaranjadas poco a poco iba amaneciendo, un primer pájaro empezó a gorjear. El ave repetía siempre los mismos tres tonos, seria y persistentemente. Fiu fa fi. Fiu fa fi. Cuando el reloj dio las siete, el húngaro se levantó. Como cada noche, había dormido vestido. Como cada mañana, se puso el sombrero negro de ala estrecha y sacó de la maleta una bolsita de terciopelo azul marino con caracteres hebreos. Se miró en el espejo y constató, satisfecho, que la barba le había crecido y ya le llegaba por debajo del cuello de la camisa. Cuando, poco después, cruzó la recepción con el abrigo puesto y, al pasar, dejó la pesada llave en el mostrador sin saludar, el propietario de la pensión no lo detuvo para invitarlo a desayunar en la pequeña habitación que había detrás de recepción. Sólo lo había hecho los primeros días: «El desayuno está incluido en el precio». Todas ellas en vano. Después de que, una vez más, Cohn abandonara la pensión sin desayunar, el propietario le dijo a su mujer, que salía de la cocina con una cafetera llena de café recién hecho, que seguro que ese cerdo judío iba otra vez a rezar. Su esposa lo aplacó: ya habían sufrido bastante, no era preciso seguir molestándolos. Había leído en el periódico que, nada más llegar, a las personas «las *secta-*

194

riaban, o como se diga». Unas para morir y las otras para trabajar, donde, a pesar de todo, también morían poco después. Y no se lo merecían. Su marido se encogió de hombros. Él no se metía con el judío. Incluso lo estaba hospedando. ¡Desde hacía semanas! Aunque seguro que después tendrían que despiojar la habitación. «En el fondo eres un buen hombre, Horst», afirmó su esposa, y desapareció en la habitación de los desayunos. El propietario de la pensión no tuvo claro si estaba siendo irónica. Sin embargo, no creía que fuese lo bastante importante para seguir dándole vueltas. Tenía que mirar la propuesta de un fontanero para instalar lavabos en cuatro habitaciones. Y el fontanero había fijado un precio exorbitado. Y eso que eran amigos.

◆

Entretanto, el húngaro había llegado a la sinagoga que se hallaba en el barrio de Westend. Saludó con una inclinación de cabeza al vigilante uniformado que guardaba la puerta y entró en la sala de oración, encalada y de techos altos. Había más de una docena de ancianos. El recitador, un hombre menudo y enérgico tocado con un sombrero negro, entonaba la plegaria en hebreo ante la comunidad:

יִגְדַּל אֱלֹהִים חַי וְיִשְׁתַּבַּח, נִמְצָא, וְאֵין עֵת
אֶל מְצִיאוּתוֹ:
אֶחָד וְאֵין יָחִיד כְּיִחוּדוֹ, נֶעְלָם, וְגַם אֵין
סוֹף לְאַחְדוּתוֹ:
אֵין לוֹ דְּמוּת הַגּוּף וְאֵינוֹ גּוּף,
לֹא נַעֲרוֹךְ אֵלָיו קְדֻשָּׁתוֹ:
קַדְמוֹן לְכָל דָּבָר אֲשֶׁר נִבְרָא, רִאשׁוֹן וְאֵין
רֵאשִׁית לְרֵאשִׁיתוֹ:
הִנּוֹ אֲדוֹן עוֹלָם, לְכָל נוֹצָר.
יוֹרֶה גְדֻלָּתוֹ וּמַלְכוּתוֹ:
שֶׁפַע נְבוּאָתוֹ נְתָנוֹ,
אֶל אַנְשֵׁי סְגֻלָּתוֹ וְתִפְאַרְתּוֹ:
לֹא קָם בְּיִשְׂרָאֵל כְּמֹשֶׁה עוֹד, נָבִיא וּמַבִּיט
אֶת תְּמוּנָתוֹ:

«Alabado sea Dios. Él es el Eterno Soberano que rei-
nó. Antes de que todo ser fuera creado. Al tiempo en
que todo fue hecho según Su voluntad. Él era ya reconocido como Rey. Y, al fin, cuando todo dejará de ser, Él
solo reinará imponente. Él fue y Él es y Él será en glorio-
sa majestuosidad. Él es Uno y no hay otro que pueda
comparársele ni colocarse a Su lado. Él es sin comienzo
ni fin. Poder y dominio le pertenecen.»

Uno de los que oraban era un hombre joven con una
kipá bordada en el cabello pelirrojo, que en la nuca le
había crecido demasiado. El húngaro lo reconoció: trabajaba para la fiscalía. El pelirrojo siempre miraba a su
alrededor y copiaba el comportamiento de los otros fie-

les. El húngaro sacó de la bolsita de terciopelo el manto de oración, se lo puso y comenzó a recitar el correspondiente versículo. Mientras lo hacía, empezó a imprimir al torso un leve balanceo rítmico. Pero ese día no rezaba con la comunidad. Pedía perdón a Dios por lo que pensaba hacer. Lo que debía hacer.

David Miller no reparó en el húngaro. Tampoco él seguía al recitador, que ahora decía: «¿Acaso ante ti no son todos los héroes nada; las celebridades, como si nunca hubieran existido; todos los sabios, mentecatos; los juiciosos, sin juicio? Pues casi todas sus obras son necias, y los días de su vida fútiles ante ti, y el hombre no aventaja a la bestia, pues todo es fútil».

David Miller tampoco oraba con la comunidad. Pedía a Dios que sobre los acusados cayera una venganza atroz. En particular, sobre el de rostro macilento, el que tenía cara de chimpancé, el acusado número cuatro. La Bestia.

◆

Aunque le habían pedido que fuera sólo por la tarde, media hora antes de que empezara la vista Eva ya ocupaba su sitio en las filas que había tras la mesa de la fiscalía. Disfrutaba del aire casi religioso que se respiraba en la sala. Todavía no había muchas personas, y las pocas que preparaban la jornada, disponían los documentos y las actas en las mesas del tribunal, se movían con tiento y sin hacer ruido, a lo sumo hablaban entre susurros. También la luz era baja, como en una iglesia. Los altos focos, que desde hacía algunos días habían colocado en cada uno de los rincones de la sala para reforzar la luz natural y la iluminación del techo y ayudar al magistrado a percibir los más mínimos matices en los gestos de los acusados, todavía no estaban encendidos. Eva llevaba un traje gris perla nuevo de un tejido ligero, que le había costado casi cien marcos. Pero ahora ganaba ciento cincuenta marcos a la semana. Y con el traje azul marino rompía a sudar deprisa. La mayoría de las veces la calefacción estaba demasiado alta en la sala, y además las numerosas personas, casi siempre unas doscientas, caldeaban el aire con sus cuerpos y consumían el oxígeno. A partir de mediodía, pese a la altura del techo, pese a esas ventanas que siempre se mantenían abiertas y aunque los ujieres apagaban los radiadores, en la sala hacía un calor asfixiante. En la zona destinada al público incluso se habían desmayado algunas mujeres. «Claro que quizá se deba a las atrocidades que describen los testigos», pensó Eva mientras sacaba de la cartera los dos diccionarios. En algunos casos, no entendía por qué asistían al proceso. Para entonces, ella ya estaba familiarizada con los periodistas, en su mayor parte hombres jóvenes, despeinados, con el traje cubierto de polvo, a los que se identificaba por sus blocs de notas, por el extraño desinterés que reflejaban sus caras, y también con las esposas de los acusados principales, el número cuatro y el número once, que no se perdían un solo día de la vista. Otros asistentes debían de ser familiares de los fallecidos. O amigos. Escuchaban los relatos con los ojos muy abiertos, asustados, sacudiendo la cabeza, llorando e incluso prorrumpiendo en exclamaciones airadas contra los acusados cuando éstos afirmaban una y otra vez: «Yo no sabía nada», «Yo no vi nada», «Yo no hice nada», «Eso escapa a mi conocimiento». También estaban los hombres que lo seguían todo sin mostrar emoción alguna, pero cuyas simpatías sin duda estaban con los acusados; hombres que en los descansos estaban juntos y que, cuando el acusado principal pasaba a su lado, entrechocaban los tacones automáticamente. Pero también había algunas personas a las que Eva era incapaz de ubicar. Algunas acudían todos los días y escuchaban con atención cada palabra. Eva instó a Jürgen a que fuera algún día, pero éste alegó que tenía mucho que hacer con el catálogo de otoño/invierno. Eva sabía que era una excusa, pero lo entendía, y en último término también entendía a su propia familia. ¿Por qué exponerse por propia voluntad a ese pasado? «Pero ¿por qué estoy yo aquí?», se preguntaba Eva. Y no sabía la respuesta. ¿Por qué quería oír la declaración del húngaro al que acompañó aquella vez a su pensión? ¿Por qué quería saber, debía saber, qué le había pasado? Eva había vuelto a verlo una y otra vez en el vestíbulo desde el día que se inició el proceso. Con su sombrero negro, alto, y el rostro barbado. No había podido seguir la vista en calidad de testigo, pero a menudo se quedaba sentado en el vestíbulo las horas que duraba la jornada, junto a la puerta de la sala, en una sala que llevaba hasta ese sitio, como si montase guardia. Él y Eva se habían mirado en alguna ocasión en los descansos, pero el hombre no le había dado a entender si se acordaba de ella.

◆

Uno de los ujieres llevó una mesa con ruedas junto con un técnico. Sobre ella descansaba un aparato rectangular de cuya parte delantera asomaba un tubito con una lente. Era como un carro de combate en miniatura sin las orugas. Un episcopio. Eva lo sabía por el instituto femenino, cuando en clase de geografía el profesor proyectó en la pared fotografías de otros pueblos. Sobre todo, salvajes desnudos delante de sus cabañas humeantes. «Esta raza, ¿es más parecida a los monos o a las personas? ¿Señorita Bruhns?» El señor Brautlecht era muy dado a formular esa clase de preguntas. A veces, antes de que llegara, Eva y sus compañeras encendían el aparato e introducían debajo fotografías recortadas de periódicos de las estrellas por las que bebían los vientos. Hombres jóvenes posando de manera frívola con zapatos puntiagudos. En comparación con ellos, los pigmeos pintados que les enseñaba el señor Brautlecht no eran nada. Eva esbozó una leve sonrisa al recordar aquello y vio que el técnico situaba la mesa frente a una pantalla blanca que habían colgado junto al plano del campo de concentración. Con el cable en la mano, buscó un enchufe entre las mesas de los acusados. Probablemente quisieran ahorrar tiempo con el aparato. Hasta ese momento, las fotografías y las pruebas pasaban de forma sucesiva por el tribunal, la defensa y la fiscalía, lo cual era un trabajo prolijo. El técnico encendió el aparato, y en la pantalla apareció un recuadro de luz temblorosa. A instancias del técnico, el ujier situó un papel en la ventana de cristal del proyector y cerró la tapa. En la pantalla aparecieron unas palabras poco nítidas. El técnico hizo girar la lente y las letras se volvieron más borrosas aún.

—No la necesitábamos hasta esta tarde, ¿no? —Miller pasó por delante de Eva y fue hasta su mesa, en la segunda fila.

—Buenos días, señor Miller —le contestó ella.

—Ya veremos si lo son.

A Eva le dieron ganas de decirle sus verdades, pero no se le ocurrió nada. David sacó unas carpetas de colores de la cartera, que dejó en la mesa siguiendo un orden preciso. Al hacerlo se le cayó al suelo una tela redonda, bordada. Una gorrita que David metió en la cartera.

—¿Se puede saber qué tiene usted contra mí?

David no se volteó hacia ella, sino que continuó ordenando sus papeles.

—¿Por qué cree que tengo algo contra usted?

—Ni siquiera me da los buenos días.

David seguía sin dignarse mirarla.

—No sabía que era importante para usted: muy buenos días, señorita Bruhns.

◆

Para entonces, el técnico había logrado dotar de nitidez a la proyección: Rogamos que no arrojen al retrete pañuelos higiénicos. Se puede atascar. Estos letreros estaban en todos los baños de señoras de la casa señorial, sobre el retrete. El ujier y el técnico sonrieron.

El fiscal jefe, que ya lucía su armadura, la toga negra, se acercó y saludó a Eva con un gesto breve pero cordial. El cabello claro, que era fino como el de un bebé —según Annegret, se llamaba «cabello de ángel»—, parecía húmedo. ¿Había empezado a llover? Los ladrillos de vidrio no permitían saberlo. David le entregó una carpeta al rubio.

—Si no logramos aplicársela hoy al boticario... Ésta es la orden de detención. ¡Ése no sale hoy de aquí libre! Y si nuestro hombre de la Luna no la dicta, entonces...

El rubio movió la mano en señal de rechazo.

—¿Entonces? Entonces lo detendrá usted mismo, ¿no? Le he pedido que sea circunspecto en varias ocasiones, señor Miller, y aun así sigue comportándose como si fuese el héroe en una película del Oeste.

El rubio dejó plantado a David y cruzó la sala hacia el magistrado presidente, que acababa de entrar por una puerta lateral acompañado del joven juez sustituto. En efecto, su rostro parecía más una luna llena que nunca. Eva pensó: «Nuestro hombre de la Luna es una descripción adecuada». Sonrió. David volteó la cabeza y contempló un instante a Eva:

—¿Se puede saber por qué me mira así?

Era evidente que le fastidiaba que hubiera sido testigo de la reprimenda.

—Yo no lo miro de ninguna manera.

—No estoy ciego.

—Creo que sufre usted de una arrogancia desmedida, señor Miller.

Eva había leído una vez un artículo sobre enfermedades mentales y se había topado con esa locución. Furioso, David se puso a hojear un acta. Una de las estenotipistas apareció por la puerta de la sala, la señorita Schenke. También ella lucía un traje nuevo, ceñido, rosa mate. Sonrió a Eva cuando ocupó su sitio, y ella le devolvió la sonrisa. La señorita Schenke no le caía especialmente bien, tenía en la mirada algo taimado, «algo católico», como diría su padre. Sin embargo, le caía bien David Miller, cosa que constató, para su sorpresa, en ese mismo instante. Le miró la cabeza, que tenía inclinada sobre la carpeta. Lamentaba lo que había dicho, y sintió la necesidad de ponerle la mano en el hombro, como si fuese su amiga.

◆

Poco después, como de costumbre, tomaron asiento primero los asistentes, luego la fiscalía y, por último, los acusados y sus abogados defensores, flanqueados por ocho agentes de policía. Después entró el tribunal, y la sala entera se puso en pie. Los agentes de policía se situaron detrás del banquillo de los acusados, parecían más bien una guardia de honor. Como todos los días de la vista, no había un solo asiento libre en la zona reservada al público. Otto Cohn, completamente erguido, estaba en la mesa de los testigos, en la que se apoyaba un tanto con tres dedos de la mano derecha. El sombrero negro, largo y de ala estrecha lo hacía parecer más alto de lo que era. Se había negado a quitárselo. Llevaba los zapatos de piel finos, sin calcetines, como pudo ver Eva, y el abrigo raído. La barba le recordaba a la joven al abeto que su padre y Stefan habían subido al desván el día después de Reyes, para quemarlo en el patio en primavera. Eva pensó: «Da la impresión de que no se ha bañado desde que hablé con él en el mercado de Navidad. ¿Por qué no se habrá afeitado al menos?». Casi le dio vergüenza ajena el descuidado aspecto del hombre, aunque no lo conocía de nada. No podía sospechar que Otto Cohn quería no sólo que lo oyeran y lo vieran, no, también quería que los criminales que ocupaban el banquillo de los acusados lo olieran. Habló en voz alta en alemán. Con un fuerte acento, pero se le entendía bien. Insistió en hacerlo. «¡Para que ésos me escuchen de una vez!» Y habló deprisa. La señorita Schenke y las otras dos mujeres ape-

204

nas podían seguirle el ritmo con los pequeños aparatos en los que tecleaban. Como un torrente que se precipita sobre las rocas, contó que lo deportaron por ser judío de Hermannstadt, la ciudad rumana que por aquel entonces pertenecía a Hungría, con su mujer y sus tres hijas pequeñas, en septiembre del 44.

—Cuando llegamos al muelle de carga y bajamos, había un sinfín de personas que caminaban hacia delante. Yo iba con mi esposa y mis tres hijas y les dije: «Lo principal es que estamos los cinco. Todo irá bien». Apenas lo hube dicho, un soldado se interpuso entre nosotros: «Los hombres a la derecha y las mujeres a la izquierda». Nos separaron. No tuve tiempo de darle un abrazo a mi esposa. Ella me pidió: «Ven a darnos un beso». Quizá el instinto femenino le dijese cuál era el peligro que nos amenazaba. Corrí con ella y besé a mi mujer y a mis tres hijas y después me volvieron a empujar hacia el otro lado y seguimos adelante. Avanzando en paralelo, pero separados. Entre las dos vías. Entre los dos trenes. De pronto oí: «Los médicos y los boticarios que vengan aquí». Me uní a ese grupo. De Hermannstadt éramos treinta y ocho médicos, algunos boticarios. De repente, dos oficiales alemanes se dirigieron a nosotros. Uno, un hombre alto, apuesto, que parecía joven, nos preguntó con amabilidad: «¿A qué universidad fueron los caballeros? Usted, por ejemplo; usted, por ejemplo». Yo contesté: «A la de Viena»; el otro: «A la de Breslavia», etcétera. Al segundo oficial lo reconocimos de inmediato, y susurramos entre nosotros: «Ése es el boticario». Solía estar con nosotros, los médicos, de suplente. Le dije: «Señor, tengo dos hijas gemelas, necesitan recibir más cuidados. Con su permiso, haré lo que usted quiera, pero permítame estar con mi familia». Entonces me preguntó: «¿Gemelas?». «Sí.» «¿Dónde están?» Las señalé: «Van ahí». «Llámelas», me dijo. Y yo llamé a mi esposa y a mis hijas por su nombre. Ellas se voltearon, vinieron con nosotros y el boticario las tomó de la mano, a mis dos hijas, y nos llevó con otro médico, que estaba de espaldas. Me pidió: «Vamos, dígaselo». Y yo dije: «Capitán, tengo dos hijas gemelas», e iba a seguir hablando, pero él se me adelantó: «Luego, ahora no tengo tiempo». Me despachó con un movimiento de la mano. El boticario dijo: «Tendrán que volver a su fila». Mi esposa y mis tres hijas siguieron su camino. Yo empecé a sollozar, y él me dijo en húngaro: «*Ne sírjon*, no llore. Sólo se van a duchar. No se preocupe, créame volverá a verlas dentro de una hora». Yo regresé con mi grupo. Y no volví a verlas nunca más. El boticario era el acusado número diecisiete, el que está ahí. El de los lentes oscuros. En ese segundo incluso le agradecí de corazón el gesto al boticario. Pensé que quería hacerme un favor. Sólo después me enteré de que darle gemelos a ese médico significaba que los utilizaría para sus experimentos. También averigüé por qué al médico no le interesaron mis hijas: eran bivitelinas, no idénticas, sino muy distintas. Una era muy delicada y...

El magistrado presidente lo interrumpió con su voz estridente:

—Señor Cohn, ¿está usted seguro de que el acusado número diecisiete es el boticario con el que habló en el muelle de carga?

En lugar de responder, Otto Cohn se metió la mano en el bolsillo del abrigo, rebuscó un poco en él y sacó algo. Eran dos fotografías. Fue hacia delante, hacia la mesa de los jueces, y dejó allí las fotos. El magistrado presidente le hizo una señal al ujier que se ocupaba del manejo del episcopio. Éste avanzó con seriedad y tomó las fotografías. Después encendió el aparato y colocó ceremoniosamente la primera en la ventana. Hizo girar un poco el objetivo y la imagen, de tamaño sobrenatural, apareció en la pantalla blanca para que todos la vieran. Eva ya había visto esa fotografía de pasada, en la maleta abierta en el cuartito de la pensión. Ahora pudo verla bien. Era una familia en un jardín, un día cualquiera. Al lado sonó la campana de la escuela. Las ventanas de la pared de pavés estaban abiertas, pero en el patio de la escuela que había tras la casa señorial reinaba el silencio. Eva sabía que los niños estaban de vacaciones. El día anterior habían subido a un tren a Stefan para que fuera a Hamburgo a ver a su abuela: con advertencias y con un paquete de provisiones que habría dado para efectuar cinco viajes.

Otto Cohn miró la imagen y recordó que su hija mayor, Miriam, no quería salir en la fotografía. Su esposa y él la convencieron y la sobornaron con una tableta de chocolate con avellanas. En la imagen se veía que la niña tenía los cachetes completamente llenos. Apretaba la boca y conseguía esbozar una sonrisa graciosa. Cohn pensó que lo que tenía pensado hacer estaba bien.

El magistrado presidente volteó hacia el banquillo de los inculpados.

—Acusado, ¿conoce a esta familia?

—No.

El boticario abrió un periódico y se puso a leer, como si aquello no fuese con él. El ujier colocó la segunda fotografía en el aparato. Incluso estando borrosa, se reconocía al acusado número diecisiete en el mismo jardín. Después de que el ujier dotara a la imagen de nitidez, se veía a Otto Cohn y al boticario a la luz de lo que probablemente fuese un sol poniente. Tras haber hecho un buen negocio, delante de una buena copa de vino. Uno al lado del otro.

—Acusado, ¿reconoce esta fotografía? ¿Admite conocer al testigo? ¡Quítese los lentes de sol!

El boticario se quitó los lentes de mala gana y se encogió de hombros, como si aquello le fuera indiferente. Se inclinó hacia su abogado y ambos hablaron algo en voz baja. Eva vio que el Conejo Blanco parecía desconcertado. Se levantó.

—Mi cliente desearía no manifestarse a ese respecto.

Entonces el rubio se puso de pie y leyó la orden de detención que tenían preparada.

—La declaración del testigo es incuestionable: la participación del acusado en el proceso de selección en el muelle de carga ha quedado demostrada...

Eva vio que le temblaban los papeles que tenía en la mano. David también se dio cuenta y volteó un instante hacia ella. Se miraron, estaban los dos igual de tensos.

—Con la venia, señoría, conforme a nuestra legislación, solicitamos la pena privativa de libertad para el acusado —continuó el rubio—. Solicitamos la ejecución de la prisión preventiva.

Silencio.

◆

El magistrado presidente se retiró a deliberar con los jueces sustitutos. Casi nadie aprovechó los quince minutos de receso para ir al baño o tomar un refresco en el vestíbulo. Eva tampoco se movió de su sitio. Delante de ella, David escribía con furia en una libreta. Los asistentes permanecían a la espera sin decir nada o hablando en voz baja entre ellos. El rubio, en la puerta abierta de la sala, hablaba con el fiscal general, que en ese proceso, o al menos ésa era la impresión que le daba a Eva, era como el hombrecito de las casitas meteorológicas, que aparecía en escena y desaparecía tras la puerta de su casita, donde permanecía días sin que nadie lo viese. Ambos hombres contemplaron a Otto Cohn, que se había sentado. Había dispuesto la silla en la mesa de los testigos de forma que pudiese mirar directamente a los acusados, que aprovechaban el descanso para dormitar o examinar documentos. El boticario no prestaba atención a Cohn. Volteó hacia atrás apoyando el brazo extendido en el respaldo de la silla de al lado y le dijo algo al hombre con cara de ave rapaz, el acusado principal, que, como de costumbre, en las pausas breves permanecía sentado inmóvil y tieso, pero observando con atención a las personas de la sala. Hizo un gesto de asentimiento al boticario, dijo algo y los dos hombres parecieron relajados. Eva no podía apartar la vista del boticario, que parecía una rana. Una rana gorda y satisfecha, que croaba algo al que había sido su superior. Lo miraba fijamente, y de pronto él volteó hacia delante y miró a la cara a Eva. También el acusado principal fijó su atención en ella. Ambos la escudriñaban desde el otro lado de la sala. Eva contuvo la respiración, como si le llegara un mal aliento. El boticario le hizo una reverencia, un gesto irónico. Ella echó mano deprisa del diccionario general y se puso a pasar hojas con diligencia. Leyó cómo se decía «cruce de semáforos» en polaco.

◆

Cuando el tribunal hubo tomado asiento y volvió a reinar el silencio en la sala, el magistrado presidente anunció que daría curso a la solicitud de la fiscalía. Habida cuenta de que existían suficientes pruebas de cargo para sustentar la «complicidad en delito de asesinato», se dictaría la detención y la prisión preventiva del acusado número diecisiete al término de la jornada. El boticario se puso los lentes de sol y cruzó los brazos por delante del caro traje. Sin decir nada. Algunos de los inculpados protestaron, entre ellos el principal.

—¡No hay fundamento!

El rubio ni se movió, pero Eva vio que cerraba la mano derecha en un puño un instante bajo la mesa. Entre los asistentes algunos aplaudieron. Obedeciendo a un impulso, David Miller se volteó hacia Eva y le musitó:

—Y esto sólo ha sido el principio.

Ella asintió. También se alegraba, como si fuese una victoria. Después, el magistrado presidente, que había seguido el proceso con cara inexpresiva, pidió a Otto Cohn que relatara su llegada al campo de concentración y los meses que siguieron. Cohn se levantó, volvió a apoyar tres dedos en la mesa y contó todo cuanto había vivido. Estuvo hablando más de una hora, y nadie lo interrumpió más que para formularle alguna que otra breve pregunta. Veía a menudo al acusado principal, el oficial adjunto del comandante del campo, que recorría los caminos montado en su bicicleta, de bloque en bloque; había oído hablar del acusado número cuatro, que era temido por todos, al que llamaban «la Bestia». Vio que el enfermero, el acusado número diez, atravesaba con un bastón el cuello a un prisionero que estaba en el suelo y

211

después hacía fuerza en ambos extremos y estrangulaba al hombre hasta matarlo.

—¡Ésa es una sucia mentira! —exclamó el hombre al que sus pacientes llamaban cariñosamente «papá» cuando entraba en sus habitaciones, les llevaba el desayuno o les cambiaba un vendaje.

Eva se dio cuenta de que sentía ganas de vomitar. Entretanto, Cohn siguió hablando sin parar de las cosas que no había en el campo de concentración: pan, calor, protección, tranquilidad, descanso y amistad. Y de las que, en cambio, había en abundancia: suciedad, gritos, dolor, miedo y muerte. Cohn, que sudaba, se quitó el sombrero, dejando a la vista su incipiente calvicie, que hacía que su barba pareciese tanto más excesiva.

—El día de la liberación yo estaba desnudo, pesaba treinta y cuatro kilos, tenía erupciones cutáneas de un gris negruzco por todas partes, tosía pus. Cuando me miraba, era como si viese una radiografía de mi persona: un esqueleto andante. Pero me juré que sobreviviría, porque debía contar lo que había sucedido.

Cohn dejó el sombrero en la mesa y se limpió las gotas de sudor de la frente con la manga del fino abrigo. David pensó que incluso ahora parecía que iba a morir, aunque no estaba flaco. Cohn miró a los acusados como si esperase una respuesta, pero los hombres no dijeron nada. Sólo el enfermero se levantó, se infló y gritó hacia todas partes:

—¡Lo que dice no es verdad! ¡Yo nunca hice algo así!

No soy capaz. Pregunten a mis pacientes, que me llaman «papá» porque soy bueno con ellos. Pregúntenles.

Entre los asistentes se oyó un murmullo de indignación, y el magistrado presidente pidió encarecidamente silencio. Eva seguía luchando contra las náuseas, tragaba y tragaba saliva, pero tenía la boca seca y el corazón le latía más deprisa. El abogado defensor se levantó y preguntó a Cohn quién era ese prisionero al que al parecer su cliente había matado con un bastón. Y cuándo se suponía que había sucedido tal cosa. Cohn no recordaba el nombre, ni tampoco la fecha, pero lo había visto. El letrado tomó asiento de nuevo, satisfecho, sacó el reloj de bolsillo de los pliegues de la toga y lo miró.

—No hay más preguntas.

Cuando tampoco la fiscalía formuló más preguntas, el magistrado presidente dijo al testigo que podía retirarse. Eva se sintió aliviada de que a continuación se hiciese un descanso, respiró por la boca y siguió tragando saliva. Pero entonces Otto Cohn levantó la mano.

—Debo decir una última cosa. Sé que todos los caballeros que se encuentran presentes en esta sala dicen que no sabían lo que pasaba en el campo de concentración. Sin embargo, yo lo sabía todo al segundo día de estar allí. Y no sólo yo. Había un muchacho, tenía dieciséis años. Se llamaba Andreas Rapaport, y estaba en el barracón once. Escribió con sangre en la pared, en húngaro: «Andreas Rapaport, vivió dieciséis años». Fueron a buscarlo dos días después, y me gritó: «Doctor, sé que voy a

213

morir. Dígale a mi madre que pensé en ella hasta el final». Pero no se lo pude decir, porque la madre también murió. Ese muchacho sabía lo que pasaba en ese sitio. —Cohn dio unos pasos hacia los acusados y blandió los puños—. ¡Ese muchacho lo sabía! ¡¿Y ustedes no?! ¡¿Ustedes no?!

A Eva, Cohn le parecía una figura bíblica. Como el Dios iracundo. De haber sido ella uno de los acusados, le habría temido. Sin embargo, esos hombres trajeados, con sus corbatas discretas, se limitaron a mirarlo con desprecio, risueños o indiferentes. El acusado número cuatro, la Bestia con cara de chimpancé viejo, incluso se tapó la nariz con la mano, como si quisiera protegerse de un mal olor.

—Gracias, señor Cohn, no hay más preguntas. Su presencia ya no es necesaria. —El magistrado presidente se había inclinado hacia el micrófono. Cohn volteó la cabeza, parecía confundido, como si de pronto no supiera dónde estaba—. Puede retirarse.

Entonces hizo un breve gesto de asentimiento, dio media vuelta y se dirigió hacia la salida. Eva se dio cuenta de que había dejado el sombrero en la mesa. Sin pensarlo, se levantó y fue hacia delante cuando el juez sustituto anunciaba el descanso. Tomó el sombrero y salió al vestíbulo detrás de Cohn.

◆

Algunos reporteros ya estaban frente a las tres pequeñas cabinas telefónicas que se habían instalado para el proceso. Las cabinas estaban ocupadas, una de ellas parecía blanca debido al humo del tabaco, dentro no se veía al fumador. Sin embargo, al pasar por delante, Eva oyó que decía: «Sí, lo que te estoy diciendo: han detenido al boticario... Se encargaba de la selección». Olía un poco a la comida que se había servido en la cantina, a papas y hojas de col rellenas, que había casi a diario. Eva seguía sintiéndose indispuesta, pero durante un instante olvidó las náuseas.

—¡Señor Cohn! Espere, se le olvidó el sombrero...

Pero era como si él no la oyese. Fue hacia la salida, hasta la puerta de cristal de doble hoja, la abrió con facilidad y salió. Eva vio por la ventana que Cohn seguía andando, sin detenerse. Recto, paso a paso. Ella se apresuró a abrir la pesada puerta. Salió a la placita que había ante la casa señorial y vio, horrorizada, que Cohn iba directo a la ancha, transitada calle sin mirar a izquierda o a derecha.

—¡¡Señor Cohn!! ¡Deténgase! ¡Alto!

El aludido no reaccionó, caminaba como los muñecos de hojalata de cuerda de Stefan. Un títere. Eva quiso ir más deprisa, pero la falda nueva era tan estrecha que no le permitía dar pasos más grandes. Tropezó. Ahora Cohn estaba entre los coches estacionados. Ella casi le había dado alcance. Entonces el anciano siguió hacia la calzada, hacia el tráfico, como si se metiera en un río turbulento, un segundo antes de que Eva pudiera agarrarlo de la manga del abrigo. Eva oyó el choque. Un coche blanco embistió a Cohn con el cofre. El hombre se tambaleó, giró sobre sí mismo y cayó hacia delante como si fuese un saco. Eva se mareó, como si quisiera acompañarlo en la caída, y después se arrodilló a su lado y lo puso boca arriba con manos temblorosas. Para entonces, el coche se había detenido unos metros más adelante, las ruedas chirriando; otros coches tocaban la bocina, algunos conductores bajaban la ventanilla y le gritaban, ya que tenían que esquivarla. No veían al anciano que estaba tendido en la carretera. Tenía la cara blanca, los ojos cerrados, y Eva le pasaba la mano por la frente.

—Señor Cohn, ¿me oye...? Hola, abra los ojos... ¿Me oye?

Le tomó la mano y le tomó el pulso, pero sólo oía su propio corazón. Alguien se arrodilló a su lado en el asfalto. David.

—¿Qué pasó?

Le levantó un poco la cabeza a Cohn. Para entonces, el conductor del coche blanco se había bajado, era un hombre muy joven, novato, y se acercó a ellos. Horrorizado, clavó la vista en el hombre con barba que había perdido el conocimiento.

—¿Ha muerto? Dios mío, vaya golpazo. Pero ¡yo no tengo la culpa!

Entonces, de la comisura de la boca de Cohn salió un hilito de sangre, que fue a parar a la enmarañada, sucia barba. Eva se levantó, se alejó un poco y apoyó la mano derecha en la trasera de un coche que estaba estacionado y se llevó la otra, en la que todavía sostenía el sombrero, al estómago. Era como si fuese a hacer una reverencia después de una representación, pero vomitó a pequeños tropiezos en el asfalto. David apareció a su lado y le ofreció un pañuelo. «¡De papel! Típico de los estadounidenses —pensó ella confundida—. Uy, no, que es canadiense.»

Y, por primera vez, él la miró con amabilidad.

◆

Veinte minutos después, una ambulancia con una luz azul y una sirena aullando serpenteaba por el tráfico de mediodía rumbo a la casa señorial. En la calle, alrededor del hombre, se había concentrado la gente. Algunos cuchicheaban que el hombre olía que apestaba, que era un vagabundo. Además, era probable que estuviese borracho. Un agente de policía con un bloc de notas ridículamente pequeño hablaba con el conductor novato, que sacudía la cabeza una y otra vez. Un segundo agente instó a los reporteros, que habían salido de la casa señorial ávidos de noticias, a que se abstuvieran de tomar fotografías. Eva volvió a arrodillarse junto a Cohn y le tomó la mano, que estaba laxa y fría. No se dio cuenta de que el acusado principal estaba justo detrás de ella, mirando al húngaro con severidad con su cara de ave rapaz.

—En esta calle hay mucho tráfico. Aquí debería haber un paso de cebra —comentó a su esposa, cuya nariz bajo el sombrerito parecía un poco más puntiaguda que de costumbre.

La ambulancia se detuvo junto a ellos, la sirena enmudeció y Eva observó con impotencia que un médico examinaba brevemente a Cohn y después dos enfermeros lo colocaban con rapidez en una camilla y lo subían a la ambulancia.

—¿Es grave? —preguntó al médico.

—Ya veremos.

—¿Puedo ir con ustedes?

El médico miró a Eva.

—¿Quién es usted? ¿Su hija?

—No, soy..., no soy pariente suya.

—Lo siento, en ese caso no.

—¿Adónde lo van a llevar?

—Al hospital.

Uno de los enfermeros cerró las puertas. La ambulancia se fue y pronto dejó de verse. Sólo se estuvo oyendo un buen rato la sirena. La gente se dispersó. David facilitó al policía del bloc de notas minúsculo el nombre y la dirección de Cohn, y después el agente se volteó hacia Eva:

—¿Usted vió lo que pasó?

Anotó el nombre de Eva, que explicó que el propio Cohn había provocado el accidente. En ese momento un camión pasó rozándolos a gran velocidad. El policía no entendió lo que dijo, y ella tuvo que repetir la frase:

—Él mismo ocasionó el accidente.

El agente le dio las gracias y se fue con su compañero. Eva se percató de que seguía con el sombrero en la mano.

◆

Después del descanso para comer, durante el cual nadie habló del accidente, como si fuese un acuerdo tácito, Eva tradujo la declaración de un prisionero polaco que había trabajado de capo en el depósito de efectos personales. El anciano contó que a las personas que llegaban al campo de concentración se les despojaba de todo cuanto tenían de inmediato. El testigo enumeró la cantidad de divisas, joyas, pieles y títulos que se acumularon en el campo a lo largo de esos cinco años. Recordaba con exactitud la mayoría de los números, y aunque eso fue lo primero que Eva dominó en polaco, tuvo que concentrarse para no cometer ningún error. Olvidó temporalmente a Cohn. Pero, por la tarde, cuando poco antes de la seis entró en su casa de la calle Berger, dejó el sombrero negro en el pasillo, en el estante del perchero, y fue directa al teléfono, sin quitarse el abrigo y sin encender la luz. En la penumbra, marcó el número del hospital. Mientras escuchaba por el auricular y esperaba a que le contestaran, vio que en la madera, a la puerta de la sala de estar, había un pequeño charco con un reflejo. No se veía a *Purzel*, que tampoco la había recibido como acostumbraba. Al otro extremo de la línea se oyó una agradable voz de mujer:

—Hospital, admisión.

Eva preguntó por un anciano llamado Otto Cohn, húngaro, al que habían ingresado a mediodía. Había sufrido un accidente al lado de la casa señorial. ¿Cómo se encontraba?

Sin embargo, la amable dama se negó a facilitarle información a Eva, y entonces ésta pidió que le pusieran con la unidad de lactantes, con su hermana.

◆

En la crepuscular sala de curas de la unidad de lactantes, el doctor Küssner y Annegret se hallaban enzarzados en una pelea. Sólo tenían encendida la lámpara que había sobre la camilla de reconocimiento, que por lo general iluminaba a los pequeños pacientes. La camilla vacía parecía triste y abandonada. Ambos estaban furiosos, pero susurraban para que fuera, en el pasillo, nadie supiese que estaban discutiendo.

—No te entiendo, Annegret. Es algo que ocurre en contadas ocasiones.

La esposa de Küssner se había ido de improviso con sus dos hijos a ver a un pariente, pasaría dos noches fuera, y sin embargo Annegret se negaba a verlo esa noche.

—No quiero.

—No tiene por qué ser en mi casa, aunque tampoco pasaría nada porque una enfermera fuera a verme para hablar conmigo.

Annegret se apoyó en el armario donde estaba la enorme báscula con la inexorable regla graduada y los fríos platillos metálicos, el instrumento más incorruptible de la puericultura. Cruzó los robustos brazos.

—Hartmut, no quiero en lo más mínimo amoldar mi vida a la suya. Quedamos el jueves, antes no puedo.

—Eres más terca que una mula.

El doctor Küssner se acercó a ella y le acarició con cierta torpeza el pelo, que acababa de teñirse de rubio y casi parecía blanco.

—¿Es que no ves que me gustaría disfrutar de estos momentos de libertad? ¿Contigo?

—Pues divórciate y así serás libre para siempre.

Annegret no lo decía en serio, pero quería oír cómo reculaba Küssner y empleaba las frases que tantas veces había oído pronunciar a hombres casados.

—Ya te dije que necesito tiempo.

«Sí, ésa es una de las frases preferidas», pensó ella satisfecha. Sonrió. Küssner le levantó el uniforme, le metió la mano entre las piernas y allí la dejó, inmóvil. No era un amante experimentado. Annegret le retiró la mano y se separó de él, que se sentó en uno de los taburetes giratorios de metal. De pronto, parecía exhausto.

—Pensé que sería más fácil.

—¿Tener una aventura? Sólo necesitas un poco de práctica. A fin de cuentas, las personas son máquinas.

221

Todas ellas pueden encender o apagar sentimientos. Sólo hay que saber a qué interruptor hay que dar.

Küssner la miró.

—Me preocupo por ti.

Annegret iba a hacer una mueca burlona, pero vio, asustada, que era cierto, que Küssner sentía preocupación por ella. Fue hacia la puerta.

—De ti quiero compromisos, Hartmut, no sentimientos.

Él se levantó e hizo un gesto con el que parecía que se daba por vencido.

—Muy bien, pues nos vemos el jueves, como siempre.

—Y no se te ocurra enamorarte de mí —advirtió ella con seriedad.

Küssner rio como si hubiera entendido y fue a decir algo, pero en ese momento la puerta se abrió. Annegret y el médico estaban a bastante distancia, la situación no era comprometedora, como constataron aliviados los dos. La enfermera Heide miró y dijo con desaprobación, como era su estilo:

—Es su hermana, al teléfono.

Y Küssner se dirigió a Annegret en un tono marcadamente neutro:

—Puede irse, enfermera, no tengo nada más que decirle.

◆

Annegret enfiló el pasillo —ya habían encendido la luz nocturna— para contestar el teléfono. El auricular estaba en el mostrador. Lo levantó armándose de valor, pues no era habitual que Eva la llamase al hospital.

—¿Está bien papá?

—Sí, Ännchen, no te preocupes. Es sólo que necesito tu ayuda.

Annegret se apoyó en el mostrador, tras el cual había tomado asiento la enfermera Heide. Tomaba datos de tarjetas sanitarias y se esforzaba en dar la impresión de estar ocupada. Annegret escuchó, sorprendida, que Eva le pedía que preguntara por alguien que estaba en traumatología.

—No sé de quién me hablas, Eva. ¿Quién sufrió un accidente? Otto ¿qué? ¿Quién es ese señor?

—Un testigo. En el proceso.

Annegret no dijo nada. Clavó la vista en la pared, detrás de la enfermera Heide, donde se hallaba el horario con los turnos del mes siguiente. Los días estaban señalados con claridad con celdas de colores. Las suyas eran azules claras, como las pulseritas de los infantes varones que tanto le gustaban. Desde hacía dos días, en la sala uno había un niño especialmente rico. Michael. Al nacer había pesado casi cinco kilos.

—Iré a ver —afirmó Annegret.

—Gracias. Por favor, llámame en cuanto sepas algo.

Annegret colgó, y la enfermera Heide le dirigió una mirada inquisitiva con su cara avinagrada. Ella no le hizo caso. Se fue y se detuvo en la puerta de la sala uno. Ninguno de los niños que estaban allí, a oscuras, lloraba. Hasta que les dieran de comer, Annegret tenía media hora. Pasó por delante de la cuna de Michael y le acarició la cabecita. Estaba despierto, mirándola con sus ojos negros y moviendo los puños de forma descontrolada.

◆

En casa de los Bruhns, Eva fue al trastero, detrás de la cocina, por la cubeta y el trapeador, y limpió el charco que había dejado en el pasillo *Purzel*. Seguían sacándolo a la calle las mismas veces, pero de un tiempo a esa parte se hacía pipí más a menudo en casa. Ya tenía once años, probablemente fuese un síntoma de vejez. Eva intentó no pensar en el número que montaría Stefan cuando tuvieran que ponerle la inyección al perro. Lavó y escurrió el trapeador y consultó el reloj. Ya hacía media hora que había llamado a su hermana. Una consulta así no debería tardar tanto, ¿no? Justo entonces sonó el teléfono. Eva corrió al pasillo y contestó. «¡¿Eva Bruhns?!» Pero era Jürgen, que llamaba desde Berlín Occidental. Había ido allí a pasar unos días, para visitar una fábrica en Berlín Oriental en la que se confeccionaba ropa de cama. Jürgen parecía de buen humor. Le contó que estaba sorprendido para bien de la calidad del género de Berlín Este. Confiaba en poder comprar a buen precio la ropa de cama. El Muro seguía resultando angustioso. Para cenar había tomado una carne de ternera hervida excelente. Se alojaba en un hotel en la avenida Ku'damm, desde el que se veía la derruida iglesia luterana Gedächtniskirche. En su opinión, era un error no reconstruirla.

—Esos monumentos conmemorativos no son necesarios, ya los lleva la gente en el recuerdo. En el alma.

Pero Eva se notaba impaciente, no estaba para escuchar sus disquisiciones filosóficas.

—Jürgen, perdona, pero estoy esperando una llamada.

—¿De quién?

—Te cuento con tranquilidad cuando vuelvas, ¿vale?

Él no dijo nada, y Eva vio literalmente su expresión de recelo, los ojos oscureciéndosele, pero al mismo tiempo era demasiado orgulloso para formularle más preguntas. Jürgen era un hombre celoso, de eso ya se había dado cuenta ella un par de veces en el salón de baile, cuando la sacaban a bailar otros hombres. Pero le resultaba halagador, puesto que significaba que era importante para él.

—Bien, en ese caso, cuelgo. Que pases una buena noche.

En efecto, estaba dolido. Eva contestó:

—Sí, nos vemos mañana. Que descanses.

Esperó a que Jürgen colgara, pero entonces volvió a oír su voz:

—Por cierto, mi padre y su mujer quieren conocerte. Saldremos a cenar el viernes. Al Intercontinental. ¿De acuerdo?

Eva se quedó perpleja, pero después repuso con alegría:

—Sí, claro. ¿Qué les dijiste?

—Que quiero casarme contigo.

Jürgen sonó extrañamente frío cuando lo dijo, pero a Eva le dio lo mismo.

—¿Cómo? Y ¿qué te respondieron?

—Lo que te acabo de decir: que quieren conocerte.

Jürgen colgó, y Eva tardó un instante en comprender del todo que por fin había dado «el gran paso», como lo llamaba ella para sus adentros. El miedo de que Jürgen pudiera echarse atrás por fin se había desvanecido. Los Schoormann sabían que ella existía. Que era la novia de su hijo. Llamó a gritos a *Purzel*, puesto que en casa no había nadie a quien poder abrazar para expresar su alegría. Pero el perro no acudió. Eva fue a la sala de estar y se puso de rodillas. En efecto, *Purzel* estaba debajo del sofá, en el sitio de siempre, una mancha negra con dos ojos brillantes. Teniendo en cuenta que a veces podía ser tremendamente taimado y darle un buen pellizco a alguien cuando menos se lo esperaba, sabía a la perfección cuándo había hecho algo mal.

—Anda, sal, no te arrancaré la cabeza.

Purzel no se movía, pero ella le veía el blanco de los ojos. Eva metió la mano y jaló su collar despacio para

226

sacarlo de debajo del sofá. Luego lo tomó bajo el brazo. El teléfono volvió a sonar, y Eva salió al pasillo con *Purzel* y contestó por segunda vez. Ahora era Annegret. Había hablado con el médico jefe de traumatología.

—El tal Cohn está bien.

Eva lanzó un suspiro de alivio.

—Qué bien, porque la cosa pintaba fatal...

—Sólo fue una conmoción cerebral.

—¿Puedo ir a verlo? Tengo su sombrero...

—Lo dieron de alta. Lo pidió él.

—¿Cómo? Bueno... Gracias, Ännchen, me alegro mucho..., gracias...

Clac. Annegret le colgó. O la llamada se cortó. Eva estrechó a *Purzel* contra sí, que movió las patas de mala gana.

—¡¿Qué me dices?! ¡Hoy es mi día de suerte! —Dio media vuelta en el pasillo con el perro y le dio un beso en el duro pelo negro—. Y no le diré a nadie lo que hiciste. Te lo prometo.

Entonces *Purzel* intentó morder en la cara a Eva, que lo dejó en el suelo.

—Eres un bruto y siempre lo serás.

◆

En el hospital, la enfermera Heide y una compañera llevaban a los lactantes con sus madres en los cochecitos. Annegret se ocupaba de Michael, cuya madre, debido al

227

difícil parto, no tenía leche, y además estaba demasiado débil aún para darle el biberón. En el puesto de control, Annegret puso cuatro cucharadas de leche en polvo en un biberón de cristal y le añadió agua caliente de una cacerola. Después sacó del bolsillo del delantal la jeringa de cristal, que estaba llena de un líquido pardusco. Introdujo el contenido despacio en el biberón, enroscó el chupón y lo agitó bien. Después entró en la sala uno, sacó a Michael de su cunita y se sentó con él en un cómodo sillón que había junto a la ventana. El bebé movía la cabecita con impaciencia y pegaba la boca al uniforme de Annegret, que sonrió: buscaba el pecho de su madre. Comprobó la temperatura de la leche de fórmula llevándose el biberón a la mejilla y después le introdujo el chupón de goma en la boca al niño, que empezó a beber en el acto, con fuerza y regularidad, haciendo ruiditos. Annegret lo miró, sintiendo el cuerpecito caliente que confiaba en ella. Y la invadió una gran calma, por sus extremidades corría una miel densa, dorada y cálida. Lo olvidó todo, olvidó que antes le había preguntado a la enfermera jefe por Otto Cohn en traumatología. Olvidó que la enfermera, que era mayor que ella y a la que conocía de pasada, la llevó por el pasillo hasta una habitación especial, donde le comentó el trabajo que les había dado el paciente. Estaba sucio a más no poder. Olía mal. Annegret también olvidó que la enfermera abrió la puerta de la habitación sin ventanas en la que había un crucifijo en la pared: allí había un bulto en una camilla, tapado con una sábana blanca. La enfermera le dijo que una costilla le había perforado los pulmones. Se había ahogado cuando los compañeros lo cargaron. Annegret, que contemplaba a Michael, que bebía dichoso, no pensó más en la pregunta que le formuló la enfermera: «¿Lo conocías?». Annegret olvidó que se acercó a la camilla, que junto a los pies tapados del cadáver vio las escasas pertenencias que tenía el hombre: una cartera gastada de la que asomaban unos cuantos billetes nuevos, un reloj de bolsillo aplastado, con las manecillas paradas en la una menos diez, y dos fotografías viejas.

◆

Por la noche, justo cuando iba a salir del despacho, David supo por el fiscal jefe que el testigo había fallecido debido al accidente. Ambos hombres permanecieron en la puerta, frente a frente, mirándose en silencio un buen rato. La alegría que les deparó la detención del boticario se había visto empañada por ese dejo amargo. Después el rubio pidió a David que se ocupase de las formalidades. En Budapest, Cohn no tenía a nadie que pudiera pagar el traslado del cuerpo a su país. Debían tramitar un entierro de beneficencia. David prometió que se encargaría de todo, naturalmente. El rubio lo siguió con la mirada mientras enfilaba el pasillo despacio y desaparecía al fondo por la puerta de cristal. No podía evitarlo: le tenía afecto a ese joven.

Cuando salió del edificio de oficinas y lo envolvió el húmedo aire nocturno, David notó que las piernas le pesaban más que de costumbre. Cohn debía de haber muerto mientras la señorita Bruhns y él estaban arrodillados a su lado. Su alma se había escurrido entre ambos y había subido al cielo. O desaparecido en un sumidero. Dependiendo de la idea que uno tuviese de la eternidad. David estaba cansado, pero no quería volver aún a su pensión. Giró a la izquierda, para ir a ver a Sissi. Sabía que su turno en Bei Susi no empezaba hasta las diez, así que todavía podrían pasar algo más de una hora juntos. Después de haberla conocido, David no había vuelto al local, sino que había frecuentado otros y a sus respectivas damas. Sin embargo, no hacía mucho había ido a comprar tres naranjas a una frutería fría y estrecha, ya que estaba resfriado y no se le iban de la cabeza las advertencias de su madre sobre las vitaminas. Mientras una dependienta muy abrigada, cuyas manos estaban enfundadas en sendos mitones de lana, introducía la fruta en una bolsa de papel con cuidado, como si fuesen huevos, en la tienda entró una mujer delgada y un tanto apesadumbrada. Se quitó los guantes despacio y comprobó el estado de las papas que había en las cajas dándoles la vuelta. Llevaba las uñas pintadas de un rojo vivo, que no armonizaba con su palidez.

—A estas papas les cayó una helada.

—Oiga, usted, a mi género no se le puede poner ni un pero.

Era extraño, pero la mujer le resultaba familiar a David. Se quedó mirándola fijamente mientras pagaba las naranjas, estrujándose los sesos para averiguar de qué podía conocerla. ¿De la casa señorial? ¿De la fiscalía? No parecía una de las estenotipistas, ésas eran mayores. ¿O acaso limpiaba en las oficinas? Al percatarse de que la miraba, ella se volteó hacia él y le dio los buenos días. Entonces percibió el olor ligeramente dulzón: era Sissi, con la que se había acostado. A la que había penetrado, en la que se había derramado. David se puso tan rojo como su pelo, y Sissi se rio y su rostro se llenó de numerosas arruguitas que en el oscuro cuarto del burdel no había visto. Le llevó a casa las papas como el escolar que quiere ganarse unas monedas, y desde entonces fue con frecuencia a visitarla. En el departamentito, que daba a un patio trasero y ocupaba con su hijo de catorce años —«un accidente de trabajo», según dijo ella—, se sentaban a la mesa de la cocina a hablar y a fumar. A veces veían la televisión en el nuevo aparato de Sissi, del que no podía estar más orgullosa. Eran como dos perros amigos que se caían bien y andaban juntos tranquilamente. No se acostó con ella una segunda vez. Le habría resultado inapropiado, ahora que conocía a Sissi en su vida buena. Ella no quería saber nada del proceso. También lo había pasado mal en la guerra, y sobre todo después de la guerra, cuando los rusos llegaron a Baulitz, donde tenía una pequeña granja con su marido. A la salida del pueblo.

◆

Esa noche, Sissi se dio cuenta de que David no estaba tan tranquilo como de costumbre. Parecía asustado y empezó a hablar ya en la puerta: del tráfico, del tiempo, del extraño olor que había en la parte delantera del edificio. Mientras Sissi le daba la espalda en la estrecha cocina y empezaba a lavar medias, David se sentó a la mesa, bien tieso y apoyado en la pared, y se puso a charlar. No de Cohn, sino de él. De su hermano mayor y de él, a los que deportaron de Berlín juntos y llevaron a un campo de concentración. Su hermano formaba parte de la Resistencia y acabó en el departamento político. Allí, durante un interrogatorio, lo torturaron de tal forma que acabó muriendo de las heridas que le ocasionaron. Y le llamaron a él, el hermano pequeño, para que lo sacara de allí. No lo reconoció. El interrogatorio lo dirigió el jefe del departamento político. El acusado número cuatro. El que tenía cara de chimpancé viejo. Cuando David terminó de contar la historia, Sissi volteó hacia él y se puso a colgar las medias escurridas, pero todavía húmedas, en una cuerda que había tendido de lado a lado en la cocina. David esperó a que ella expresara algo, pena u horror. Sin embargo, Sissi tan sólo preguntó, sin mirarlo:

—¿Se lo contaste a tu jefe?

David calló un momento, dolido, pero después espetó con desmedida severidad:

—No sabes lo que dices. Si lo hiciera, saldría por la puerta.

Explicó que, si había intereses personales por medio,

no le permitirían colaborar en el proceso. Se llamaba parcialidad. Había tenido que tomar una decisión, y había decidido no ser testigo, sino probar la culpabilidad de los autores. Al lado sonaba una música que iba *in crescendo* dramáticamente. El hijo de Sissi estaba acurrucado en la salita, que hacía las veces de dormitorio, delante de la televisión, viendo una película policíaca. David enmudeció. Se oyeron disparos, gritos. Sissi siguió tendiendo medias. David pensó que no debía de haber contado bien la historia. Carraspeó y añadió que no le había dicho eso a nadie. Lo cual era mentira, ya que había salido dos veces con la señorita Schenke, la simpática estenotipista, y la segunda le confió la historia. Con la condición de que guardara el secreto. Desde entonces, en la vista, la señorita Schenke siempre lo miraba a través de la sala con compasión. Y no sólo ella, las demás señoritas también se mostraban más cohibidas con él, a excepción de la señorita Bruhns. Al parecer, la señorita Schenke no le había contado aún su experiencia a ella. Para entonces Sissi ya había colgado sus catorce medias. Algunas puntas goteaban, y el agua iba a parar con suavidad al suelo de piedra y al muslo de David. Sissi dijo que le dolía la cabeza. Que no era bueno acordarse de las cosas malas.

—¿Sabes? —dijo mientras le abría un botellín de cerveza a David—. Yo tengo aquí dentro una habitacioncita. —Se señaló el vientre, justo debajo del corazón—. Ahí lo tengo metido todo, he apagado la luz y he cerrado la puerta. Ese sitio a veces me oprime, y tomo una cucharadita de bicarbonato. Sé que sigue ahí, pero, por suerte, ya no sé lo que hay dentro. ¿Cinco rusos? ¿Diez rusos? ¿Mi marido muerto? Y ¿cuántos hijos muertos? Ni idea. La puerta está cerrada y la luz apagada.

◆

La mañana siguiente, nada más desayunar, Eva metió el sombrero de ala estrecha en una bolsa de papel grande y se fue a la pensión Zur Sonne. En recepción no había nadie; en una habitación situada detrás, a la izquierda, se oían voces y ruidos de platos. Los huéspedes estaban desayunando, la propietaria de la pensión iba con una cafetera entre las mesas, de un lado a otro. Al propietario no se le veía por ninguna parte. Eva, que se acordaba de cuál era la habitación de Cohn, subió al primer piso y recorrió el pasillo, oscuro y alfombrado. Se detuvo ante la puerta número ocho y llamó con suavidad.

—¿Señor Cohn? Vine a traerle una cosa.

Al no recibir respuesta, llamó de nuevo, esperó y finalmente entró. La habitación estaba vacía, la ventana abierta de par en par, que daba a un muro cortafuego alto; las vivas cortinas ondearon con la corriente. A pesar del aire fresco que llegaba de fuera, en el cuarto persistía un olor acre, penetrante. «Como a gas, o al cloroformo que utiliza el dentista para que la gente no sienta

234

dolor», pensó Eva, y se tapó sin querer la nariz y la boca. Salió al pasillo.

—¿Se puede saber qué está buscando, señorita?

El propietario de la pensión se acercó a ella.

—Quería ver al señor Cohn.

El hombre la escudriñó con unos ojos un tanto hinchados.

—¿No fue usted la que vino con él? ¿Es usted familiar suyo?

Eva negó con la cabeza.

—No, sólo tengo una cosa suya...

A modo de explicación, levantó la bolsa de papel, que sin embargo al hombre no le interesaba. Entró en la habitación.

—Pasó aquí semanas —constató, y cerró la ventana—. Ésos no saben nada de higiene y cuidados corporales. Y ahora tendré que sacar los piojos de las rendijas. Y eso no se hace con bonitas palabras; se hace fumigando.

—¿Se marchó?

El hombre se volteó hacia ella.

—No. Murió, lo atropellaron.

Eva se le quedó mirando fijamente y sacudió la cabeza.

—Pero... si sólo..., si sólo tenía una conmoción cerebral.

—Qué sé yo. Hoy, temprano, vino un fiscal, o algo por el estilo, un pelirrojo, y se llevó su maleta. La habitación está pagada, eso sí, pero el que tendrá que pagar para librarse de los piojos seré yo, cómo no. ¿O es que piensa pagarlo usted?

Eva dio media vuelta y echó a andar por el pasillo despacio, sin contestarle, en la mano izquierda la bolsa de papel. Con tres dedos de la mano derecha se apoyó ligeramente en la pared. Tenía la sensación de que necesitaba un asidero.

◆

Media hora después, cuando entró en el pasillo de la casa de los Bruhns, Eva oyó, sorprendida, que de su habitación salía ruido. Voces y risas. Su madre y su hermana estaban delante del armario abierto, rebuscando entre su ropa. Ya habían sacado dos de sus mejores vestidos, que habían colgado, uno junto al otro, en la puerta del armario. Eva las miró desconcertada.

—¿Qué están haciendo aquí?

—Queríamos ayudarte —alegó Annegret, sin voltearse hacia ella.

—Estamos echando un vistazo para que esta noche vayas lo mejor vestida posible, hija. Es preciso que estés resplandeciente para los Schoormann —añadió Edith.

Eva protestó:

—Pero no pueden entrar en mi habitación sin más y abrirme el armario...

Ambas pasaron por alto sus objeciones, y Annegret

236

señaló un vestido recto azul marino que colgaba en la puerta:

—Yo voto por éste, que hace muy buen cuerpo, y mamá por el marrón claro. Pero ya sabes que mamá tiene un gusto algo ordinario.

Edith le levantó la mano de broma a Annegret.

—Tú, cuidado con lo que dices.

—Mira el trapo viejo que llevas. —Annegret le jaló a Edith la bata azul de cuadros que llevaba a diario cuando no estaba en el restaurante.

—Pues mira que tú con esos pelos, que parecen algodón dulce... Eso es antinatural...

—¡Basta! —exclamó Eva, con tal seriedad que Edith y Annegret dejaron de pelearse.

Luego depositó la bolsa de papel con el sombrero en la cama y se sentó pesadamente al lado. Edith le dirigió una mirada escrutadora y después le tocó la frente con el dorso de la mano.

—¿Estás enferma?

Annegret le restó importancia.

—Bah, bobadas, mamá. Son sólo los nervios de si superará la prueba en la corte. Y claro que lo harás, Evchen. Pronto entrarás a formar parte de la crema y nata.

Annegret sonrió con cierta malicia y se volteó de nuevo hacia el armario. Eva se quedó contemplando la ancha espalda de su hermana.

—Me dijiste que Otto Cohn sólo tenía una conmoción cerebral.

Annegret, que estaba poniendo un saco blanco sobre el vestido azul marino para ver cómo quedaban los dos colores juntos, se detuvo en mitad del movimiento.

—¿Cómo dices?

—¿Quién es ese Cohn? —preguntó, desconcertada, Edith.

—Murió —dijo Eva a su hermana, sin hacer caso a su madre. Annegret colgó de nuevo el saco blanco.

—Yo sólo te dije lo que el médico jefe me dijo a mí.

—Pues debía de estar más grave. Debió de morir en la calle, después de que saliera de su hospital. ¿Cómo pudieron dejarlo marchar?

—¿Cómo quieres que lo sepa? ¡¿Qué me importa a mí eso, Eva?! —Annegret volteó deprisa y lanzó a su hermana una mirada rebosante de furia e indignación, abriendo tanto los ojos que pareció que bizqueaba un poco. Eva recordó que, cuando eran más pequeñas, Annegret a veces ponía esa cara. Y lo hacía siempre que se la acusaba de haberse comido algo de la despensa. Se asustó al comprender que Annegret mentía.

—¿Podrían decirme de quién están hablando? —preguntó impaciente Edith mientras le quitaba la pelusita al vestido marrón claro con un cepillo.

—Un testigo del juicio, mamá. Ayer...

—Ah, eso —la cortó sin miramientos su madre mientras levantaba la mano en la que sostenía el cepillo con gesto de desagrado. Era evidente que no quería saber nada más al respecto.

Eva observó a las dos mujeres, que le dieron la espalda y volvieron a ocuparse de los vestidos como si ella no estuviera. De pronto, Eva dejó de sentirse a gusto en su propia habitación. Se levantó.

—¿Les importaría irse?

Las dos se dieron la vuelta, se quedaron perplejas un instante, vacilaron. Acto seguido, Edith le puso a Eva en la mano el vestido marrón.

—Hazme caso y ponte éste, es discreto y elegante, con él parecerás una muchacha formal. Te lavarás el pelo, ¿no?

Edith salió sin esperar a que le contestara. Annegret también fue hacia la puerta, encogiéndose de hombros con pesar.

—Sólo queríamos darte un consejo. Pero si no lo quieres, allá tú.

Y salió también.

Cuando se quedó sola en su habitación, Eva volvió a colgar los vestidos en el armario y cerró las puertas. Sacó el sombrero de la bolsa de papel y se puso a darle vueltas en la mano. El negrísimo terciopelo estaba raído en algunos puntos, el forro violeta se había desprendido. La cinta interior, en su día de listas azules y blancas, tenía un brillo sucio y negruzco debido al sudor y a la suciedad. En la etiqueta de tela que llevaba cosida, bordado, decía: «Sombreros Lindmann. Hermannstadt. Teléfono 553». Eva echó un vistazo a su alrededor y después apartó un par de libros del estante y dejó el sombrero en el sitio que quedó libre.

Por la tarde, poco antes de las siete, el coche de Jürgen se detuvo debajo de la farola que había ante la casa. Bajo el abrigo de lana, Eva no llevaba ni el vestido azul marino ni el marrón claro. Al final se había decidido por uno de seda granate con un escote pronunciado, el más elegante que tenía. Sin sombrero, con el chongo más alto que de costumbre. Los zapatos de tacón la hacían parecer más alta aún, como constató Jürgen, sorprendido, cuando le abrió la puerta del coche. También se percató de que Eva no parecía nada nerviosa y bromeó al respecto. Ella no dijo nada. Se notaba rara, aturdida, desde por la mañana. Como si estuviese envuelta en algodón. Jürgen, en cambio, tenía los nervios de punta: encendió un cigarro que fumó mientras conducía, algo que Eva no lo había visto hacer nunca. Fueron escuchando las noticias por la radio, en silencio. El locutor informaba que en varias ciudades de Estados Unidos se estaban celebrando manifestaciones a favor de la igualdad racial. En San Francisco y en el estado de California habían sitiado el hotel Sheraton porque, en la contratación de personal, la dirección discriminaba a los ciudadanos negros. Habían detenido a más de trescientas personas. Al parte meteorológico, que prometía temperaturas primaverales por encima de los doce grados para el fin de semana, siguió un programa de música: «El cajón de los discos del vier-

240

nes», que Eva escuchaba todas las semanas cuando no salía. El joven locutor informaba soltando gallos que los Beatles habían lanzado un nuevo sencillo, que a continuación los oyentes podrían escuchar en exclusiva. «*Can't buy me lo-ove! Lo-ove! Can't buy me lo-ove!*», gritaban entusiasmados los cantantes por el pequeño altavoz sin preludio musical alguno. Al cuarto «*love*», Jürgen apagó la radio. Ya habían discutido una vez por culpa de los Beatles. A Eva le gustaban sus canciones. La música le parecía animada y los cuatro jóvenes ingleses, descarados y atractivos. Jürgen afirmó que esa música era únicamente ruido sin control. Eva repuso que él era tan estirado como sus propios padres. Esa noche no quería enredarse en otra pelea, así que no dijo nada, pero para sus adentros se propuso comprar el nuevo sencillo en el departamento de música de Hertie. Ya esos pocos compases le habían sentado bien y le habían levantado el ánimo.

◆

Poco después vieron delante el hotel Intercontinental, que se alzaba como un muro infranqueable ante el vespertino cielo rojo oscuro.

—¿Has estado aquí alguna vez? —preguntó Jürgen. Eva negó—. Setecientas habitaciones. Todas ellas con su baño y su televisión.

Jürgen fue directo al edificio, y durante un breve instante ella pensó que se empotrarían en la fachada, pero entonces el coche descendió y recorrieron una empinada rampa que llevaba al estacionamiento subterráneo, bajo el hotel. Eva no había ido nunca bajo tierra en un coche. Daba la impresión de que el techo descendía; al pasar, tan sólo había un puñado de luces, y las coloridas señales y líneas que se veían en el suelo de hormigón se le antojaron ilegibles y misteriosas. Se agarró con fuerza al asidero que había sobre la puerta. Jürgen sorteó con seguridad el laberinto de columnas y se estacionó junto a una puerta de acero en la que decía: Acceso al hotel. Ayudó a Eva a salir del coche y la retuvo un instante, y ella pensó que quería besarla, pero en vez de eso le pidió:

—Por favor, no hables del proceso. Mi padre podría alterarse. Ya sabes que pasó años encarcelado.

Ella se quedó estupefacta. Desde que acudía regularmente a la casa señorial, Jürgen no había vuelto a hacer mención a su trabajo, y sin embargo a todas luces lo tenía más presente de lo que ella pensaba. Asintió.

—No, claro. ¿Se encuentra bien ahora?

Jürgen afirmó con la cabeza, sin mirarla. Subieron al ascensor, completamente cubierto de espejos. El panel cobrizo que se veía junto a la puerta mostraba veintidós botones luminosos. Jürgen pulsó el último. Mientras el ascensor subía, Eva contemplaba, fascinada, las imágenes que les devolvían los espejos de ellos dos como pareja, reflejados una y otra vez en cajitas grandes que se volvían más pequeñas, cerca y cada vez más lejos. Vio que hacían buena pareja: Jürgen, con su cabello negro y su abrigo de lana azul marino; ella, con el abrigo de cuadros de color claro y su pelo rubio cobrizo. Como marido y mujer. En una de las imágenes captó la mirada de Jürgen, y no pudieron evitar sonreír. El ascensor se detuvo unas cuantas veces y subieron otros huéspedes. Estaban algo apretados. Al cabo se oyó el ping del ascensor, se iluminó la lucecita del último piso y las puertas se abrieron al restaurante, en la azotea. Eva, Jürgen y los demás huéspedes se acercaron primero a las ventanas panorámicas para disfrutar de las vistas.

—Las luces de las casas parecen estrellas caídas del cielo —comentó ella en voz baja.

Jürgen le acarició la mejilla un instante y replicó:

—No te preocupes, Eva. Creo que mi padre hoy tiene un buen día.

Pero más bien daba la impresión de que lo decía para tranquilizarse a sí mismo y no a ella. Eva le apretó la mano. En el guardarropa los saludó con una pequeña inclinación de cabeza un empleado ataviado con un traje oscuro. El director y su esposa los estaban esperando en el bar Manhattan. Después ayudó a Eva a quitarse el abrigo. Jürgen reparó en el pronunciado escote.

—¿Era necesario? —musitó. Ella se estremeció, fue como si le hubiese propinado una bofetada. Se llevó la mano al escote—. En fin, ya no se puede hacer nada.

Jürgen le ofreció el brazo, que ella aceptó de mala gana. Adiós a la armonía.

Ante el óvalo cromado de la barra del concurrido bar, sentado en uno de los taburetes giratorios, se encontraba Walther Schoormann. Brigitte, con un elegante vestido negro cerrado hasta el cuello, estaba delante de él, quitándole una mancha del cuello del saco, que le quedaba grande, con una servilleta humedecida con agua. Un hombre enfundado en un esmoquin tocaba una música animada, pero suave, en un piano de cola negro.

—Brigitte, deja eso ahora.

—Pero si en casa no estaba. ¿Se puede saber cómo te la hiciste?

En ese momento Walther Schoormann vio entrar a su hijo. De su brazo iba una joven guapa, quizá no especialmente distinguida, pero que parecía formal. El vestido que llevaba tenía una elegancia un tanto barata, y el escote era demasiado pronunciado para la ocasión, pero su mirada no era calculadora, como pudo apreciar, aliviado, Walther Schoormann. Por su parte, Brigitte Schoormann pensó: «Tiene un pelo precioso, fuerte, pero el peinado es espantoso, muy rancio. Sin embargo, el escote es atrevido. Una contradicción interesante». Eva se percató de las miradas penetrantes, escrutadoras de ambos. También ella se formó una impresión nada más acercarse: le caían bien los Schoormann. Él era veleidoso y desabrido, sin duda, a juzgar por cómo estaba apartando a su mujer, pero parecía jovial, vivo y atento. En modo alguno enfermo. Y aunque su esposa no torció el gesto, no dijo nada. Sin embargo, a Eva le dio la impresión de que era una persona que se esforzaba por ser justa.

—Encantada de conocerla, señorita Bruhns.

Y Eva supo que Brigitte lo decía de verdad. Se estrecharon la mano. Y sólo entonces reparó Eva en la música. El pianista estaba tocando *Moon River*, de la película *Desayuno con diamantes*, que Eva había ido a ver al cine hacía un año con Annegret. Las dos hermanas se habían pasado la última media hora llorando sin parar.

Eva lanzó un suspiro sin querer, y la tensión que sentía disminuyó. El mesero llenó de champán las cuatro copas que descansaban en la barra, o al menos eso fue lo que supuso que era ella, y brindaron de pie. Eva dio un buen trago a la copa, sí, era el mismo sabor seco que había probado por vez primera a escondidas en casa de Jürgen. Miró a éste, que tenía la vista clavada en su escote. La joven se llevó la mano a la desnuda piel. Después fueron a la mesa, vestida de manera solemne en un reservado cuyas paredes estaban recubiertas de madera. Eva se quedó prendada en el acto de la atmósfera cálida que desprendía la habitación, de la luz ligeramente anaranjada, que no sabía decir de dónde venía. Tras los cristales se veían, lejanas, las luces de la ciudad. Brigitte contó que disfrutarían de un menú francés de seis platos, y Walther Schoormann le retiró la silla a Eva.

—Siéntese aquí, a mi izquierda. Así podré oírla mejor. Jürgen, tú mejor a la derecha.

Sonrió a su hijo, que enseñó un instante los dientes de broma y se sentó frente a Eva.

◆

Ese viernes por la noche, La casa alemana estaba prácticamente completa. Tan sólo quedaban libres dos mesas reservadas, una de ellas por la Asociación Carnavalesca del barrio. Ludwig hervía, salteaba y asaba con ayuda de la señora Lenze, cuya herida del dedo, al cabo de algunas semanas, por fin había cicatrizado un tanto, y un joven ayudante que no hacía otra cosa que lavar platos y mascar chicle. Edith servía las mesas con la señora Wittkopp, una mesera que siempre estaba rabiosa, pero era eficiente, y que a sus cuarenta y ocho años todavía estaba soltera y seguiría estándolo. Tras la barra se afanaba el señor Paten, que trabajaba allí desde hacía años. No podían parar ni para tomar aliento, no había tiempo para que los Bruhns pudieran hablar un instante, aunque los dos sentían la necesidad de hacerlo como pocas veces. Sólo en una ocasión, cuando llevó a la cocina unos platos sucios, Edith encontró a solas a Ludwig. El lavaplatos estaba en el patio, mascando chicle y fumando, y la señora Lenze había ido al baño. Edith se acercó a su marido, que empanizaba filetes a una velocidad de vértigo y los iba echando a una gran sartén con grasa chisporroteante.

—Ya casi están, seis minutos. Cinco.

246

Edith no dijo nada, y al mirarla, Ludwig vio, consternado, que lloraba. Se volteó hacia ella y le pasó la mano embadurnada de harina por la mejilla, con cierta torpeza. Luego tomó un paño de cocina para quitarle las lágrimas y la harina de la cara.

—¿Qué pasa, mamá?

—Dentro de nada no seremos lo bastante buenos para ella.

—Mujer, qué cosas dices. Nuestra hija no se deja cegar tan fácilmente.

La señora Lenze volvió a la cocina. El dedo le dolía, no era el mismo desde que había sufrido el accidente. Edith se tragó las lágrimas que le quedaban por derramar y tomó cinco platos con ensalada de pepino, que llevó al comedor sosteniéndolos en perfecto equilibrio. Ludwig dio la vuelta a los filetes y soltó una imprecación: se habían tostado un poco de más.

—Bah, salen igual. No son precisamente para unas niñas —dijo en voz alta.

En el comedor, Edith distribuyó las ensaladas y tomó cubiertos limpios. Un señor vestido de forma elegante y una dama de igual guisa atravesaron la cortina de lana y se quedaron parados en la puerta. Edith miró y los reconoció en el acto. Les dio la espalda y tomó con fuerza del brazo a la señora Wittkopp, que iba a pasar por su lado en ese preciso instante con una bandeja.

—Diga a los señores que no hay sitio.

—Pero la mesa dos se va...

—Está reservada a las nueve.

La señora Wittkopp miró a Edith un instante desconcertada, ya que no era verdad, fue hacia los recién llegados e intentó que su gesto adusto reflejase pesar:

—Lo siento mucho, pero estamos completos.

El hombre con cara de ave rapaz replicó con amabilidad:

—Hemos oído hablar de sus exquisitos filetes. Qué lástima.

Después le cedió el paso a su acompañante y le dijo:

—Volveremos en otra ocasión, mamá.

Desaparecieron tras la cortina. Ninguno de los comensales reconoció al hombre, aunque a lo largo de esos últimos meses su fotografía había aparecido a menudo en el periódico; a fin de cuentas, era el acusado principal.

◆

En el hotel Intercontinental iban por el tercer plato: *coq au citron*. Eva no había comido nunca un pollo que supiera a limón. El sabor le recordó al detergente, pero siguió comiendo como si nada. En un primer momento la conversación giró en torno al catálogo, pero Brigitte exhortó a Walther y a Jürgen a que dieran con un tema que también les resultase interesante a las damas, de manera que hablaron del creciente tráfico que había en las calles. Brigitte, que estaba sacando la licencia de conducir, denominó las prácticas de conducción «misión infernal inaudita». Eva repuso que no sabía si le hacía falta la licencia. En opinión de Jürgen, no. La obstinación de Eva se impuso, y se disponía a decir que quizá se apuntaría a una autoescuela cuando Walther Schoormann le puso la mano en el antebrazo de sopetón.

—Mi querida señorita, dígame, ¿quién es usted?

Eva se quedó de piedra, y una oleada de calor la recorrió de abajo arriba. Alarmado, Jürgen dejó a un lado los cubiertos. Sólo Brigitte conservó la serenidad y respondió a Walther:

—Es la señorita Bruhns, la novia de tu hijo.

Walther Schoormann parecía confundido.

—Soy Eva Bruhns.

Él la miró, los ojos como de ciego, y repitió el nombre.

—¿Está usted casada? ¿Tiene hijos? ¿Trabaja?

—Soy traductora de polaco.

Jürgen miró a Eva y sacudió un poco la cabeza a modo de advertencia. Pero entonces Walther Schoormann, de pronto, asintió. Se echó hacia delante en la silla y dio unos golpecitos en la mesa con el dedo índice mientras decía:

—Naturalmente. He hecho averiguaciones sobre usted. Traduce usted en el proceso que se está celebrando en la casa señorial.

Eva miró a Jürgen sin saber qué hacer y contestó:

—Sí.

—Y ¿qué proceso es? —quiso saber Walther Schoormann.

Eva lo miró sin dar crédito. ¿De verdad no sabía de qué iba? ¿O quería ponerla a prueba? Jürgen le lanzó una mirada penetrante, y también Brigitte le dedicó una sonrisita como de súplica. Eva respondió intentando quitarle importancia al asunto.

—Bueno, es contra unos cuantos hombres, criminales de guerra, que en este..., en un..., que cometieron delitos en Polonia. Fue hace mucho tiempo y hay... —Se interrumpió en plena frase. No le parecía bien hablar con tanta ligereza del proceso.

Por suerte, el anciano volvió a centrarse en el pollo al limón. Dio la impresión de que había olvidado la pregunta. También Eva y Jürgen siguieron comiendo, en vilo. Brigitte comentó:

—Sí, la guerra fue mala, pero es mejor que hablemos de cosas buenas. ¿Tienes pensado llevar a la señorita Bruhns a la isla en Semana Santa? —Luego se volteó hacia Eva y añadió con amabilidad—: En mi opinión, es la época más bonita, cuando todo empieza a florecer y...

Entonces, de pronto, Walther Schoormann exclamó:

—¡No me quitarán nada!, ¡nada! —Se levantó de la silla—. Brigitte, tengo que ir al baño.

Eva miró a Walther Schoormann: una mancha oscura se extendía en el centro de sus pantalones. Brigitte se puso de pie.

—Vamos, ven conmigo, Walli, no pasa nada.

Brigitte rodeó la mesa y sacó a su marido del reservado. Jürgen echó un vistazo a la silla vacía, cuya tapicería de seda, al parecer, no había sufrido ningún daño. Eva se quedó inmóvil, sin saber qué hacer. El *maître* apareció sin hacer ruido e hizo una ligera reverencia.

—¿Retiramos los platos?

Jürgen hizo un gesto y repuso:

—Sí, por favor.

—¿Esperamos antes de pasar al plato principal?

Jürgen miró al hombre y le dijo:

—Tráigame la cuenta, por favor.

El *maître* pareció desconcertado, pero no hizo preguntas. Asintió y se retiró. Eva buscó con la mirada a Jürgen.

—Lo siento, pero tampoco iba a mentir...

—Eva, esto no es culpa tuya, en absoluto.

◆

Fueron al guardarropa y se reunieron con Walther y Brigitte en el ascensor. También ellos llevaban sus respectivos abrigos. Entraron los cuatro en el pequeño espacio revestido de espejos para bajar.

—¿También se estacionaron abajo?

—No —negó Brigitte—. Nosotros tenemos el coche en la puerta.

Jürgen pulsó el botón que había junto a la B y también el que había junto a la S. El ascensor pegó una breve sacudida y después no se sintió nada más. Esta vez Eva no miraba a los espejos, sino a la alfombra del suelo.

—Qué final más triste. —Después, al pasar por delante de Eva, Walther Schoormann dijo—: Estoy enfermo, señorita. Por eso me pasan estas cosas.

—Lo comprendo, señor Schoormann.

—Quizá habría sido mejor que hubiera venido a casa. Allí podría haberme cambiado de pantalón.

Eva esbozó una sonrisa insegura.

—Pues sí.

Cuando las puertas se abrieron en la planta baja, se dieron la mano. La despedida fue rápida, y Eva y Jürgen continuaron hasta el sótano.

◆

En el coche, Jürgen no hizo ademán de arrancar. Estaba sentado, inclinado hacia el volante y mirando el tacómetro, cuyo indicador no se movía. Empezó a decir que su padre siempre había sido imprevisible, que lo cierto era que la enfermedad no había cambiado nada, salvo que ya no tenía bajo control las funciones corporales. Cuando era pequeño, su padre lo apoyaba, aplaudía su comportamiento, pasaba horas pescando en el lago con él y, después, sin que viniera a cuento, lo humillaba y le pegaba. Siempre había podido acudir a él para hacerle toda clase de preguntas, por incómodas que fuesen, pero a veces también se ganaba una buena bofetada sólo por decir que el uniforme de las SA era «elegante». Su madre lo quería a pesar de los pesares; el padre le fallaba una y otra vez.

Pero sobrevivió a la guerra. Y tuvo que vivir con él. Jürgen se volteó hacia Eva, sus ojos parecían negros con la fría luz crepuscular del estacionamiento subterráneo. Jürgen dijo que se había dado cuenta de que ella le caía bien a su padre. Pese a todo, la velada había sido un éxito. Y le iba a ser completamente sincero: no podría haberse casado con ella si a su padre no le hubiese gustado. Eva vio que a Jürgen le empezaban a brillar los ojos. A continuación prorrumpió en sollozos y se tapó el rostro con las manos. Un hombre no lloraba. Y, cuando miró hacia el otro lado, avergonzado a más no poder y sin embargo sumamente aliviado también, ella pensó que no entendía a Jürgen, pero lo amaba. Le retiró la mano izquierda de la cara, que estaba humedecida por las lágrimas, y se la acarició. De modo que pronto viviría en esa casa que olía a cloro con Walther y Brigitte. Intentó imaginarse desayunando con los Schoormann, separando la ropa limpia con Brigitte o discutiendo en la cocina con la señora Treuthardt. Fue imposible. No obstante, cuando pensó en su casa, en esa vivienda que estaba encima del restaurante, poco aireada la mayor parte de las veces, en su familia, tampoco se instaló en ella la sensación de indolente seguridad de antes. Sin soltarle la mano a Jürgen, Eva miraba un muro de hormigón. Estaba bajo tierra, debajo de un edificio de veintiún pisos que tenía setecientas habitaciones y tantos otros baños, sentada en un coche que no se movía del sitio, y sin embargo tenía la impresión de que había emprendido un gran viaje.

♦

En plena noche, a Eva la sacó de la cama la necesidad de comer algo sencillo. Había estado el día entero con hambre, esperando cenar en un restaurante de lujo, y los pocos entrantes que había comido los había digerido hacía tiempo. Fue descalza a la cocina y se untó una rebanada de pan con mantequilla y se sirvió un vaso de leche. Ya en su habitación, se acercó a la ventana y se puso a comer a la luz de la farola. De vez en cuando bebía un poco de leche. Tras ella, en el techo de la habitación, la sombra de la farola titilaba. Don Quijote alzaba su lanza como cada noche. En el estante, como si fuese un animal doméstico nuevo que se estuviera acostumbrando a su entorno, estaba el sombrero. En la calle reinaba el silencio, no pasaba ningún coche, tan sólo había luz en dos ventanas del edificio de enfrente. Quizá hubiese alguien enfermo. Su madre siempre los cuidaba con mimo aunque tuviesen únicamente un resfriado mínimo. A Edith la fiebre le daba pánico, y el doctor Gorf a veces se veía obligado a acudir incluso en mitad de la noche para ver si sobre sus hijos pesaba la amenaza de la muerte. Eva siempre disfrutaba de esa sensación, ya que sólo estuvo enferma de verdad en una ocasión, cuando tenía cinco años. Le gustaba ver a su madre tan preocupada y deshecha. Y el alivio que sentía Edith cuando alguien volvía a comer o quería levantarse era absoluto. «Eso terminó», dijo Eva en voz alta. Se comió el resto del pan y bebió lo que le quedaba de leche. Los pies se le habían quedado fríos. Iba a meterse en la cama, bajo las dos mantas que necesitaba desde no hacía mucho, y se apartó de la ventana. Pero entonces vio otra luz con el rabillo del ojo. En la casa que tenía casi enfrente, un edificio nuevo de tres pisos, alguien había encendido la luz del pasillo. El cristal translúcido de la puerta dejaba pasar una leve luz anaranjada que a Eva no le resultaba familiar. Pensó que la lámpara debía de ser nueva. Nueva y ya iba mal, porque titilaba, como si no hiciera bien el contacto. Esperó a que saliese alguien de la casa, pero no salió nadie. Y la luz cada vez era más amarilla y más viva. Se movía. Eva aún tardó unos segundos en comprender lo que significaba ese titilar: fuego. El pasillo de la casa de enfrente, abajo, estaba en llamas. Eva se quedó de piedra un instante, pero después salió disparada de su habitación al pasillo y corrió al teléfono. Gritó: «¡¡Papá!! ¡Fuego! ¡Enfrente, en el número catorce!», marcó el 112 y facilitó la dirección dos veces, sin aliento, hasta que le entendieron al otro lado. La puerta del dormitorio y la de Stefan se abrieron, sólo la de Annegret permaneció cerrada; a todas luces, todavía no había vuelto del hospital. Ludwig, completamente despierto, preguntó:

—¡¿Dónde?!

—Enfrente, en casa de los Penschuk.

Ludwig salió de casa tal y como estaba. Stefan, a cuyo alrededor bailoteaba dando ladridos un atemorizado

255

Purzel, hizo ademán de seguirlo, pero Edith tomó a su hijo del cuello de la pijama.

—Tú te quedas aquí.

Entretanto, Eva colgó.

—Ya vienen. Ya vienen los bomberos.

Edith asintió, se echó por encima la bata y fue a la puerta, pero entonces lo pensó mejor y volvió, abrió el armario del pasillo, sacó unas mantas dobladas y bajó a la calle con su marido. *Purzel* también salió como una flecha por la puerta, y Stefan intentó ir detrás otra vez.

—¡Mamá! Yo también quiero ir.

Eva tuvo que sujetarlo con todas sus fuerzas, mientras el niño gritaba:

—¡Suéltame!

Eva lo atrapó y él se puso a dar patadas. Le dio una en el muslo que le hizo daño, y sólo se tranquilizó cuando su hermana lo llevó en brazos hasta la ventana:

—Desde aquí lo podrás ver todo.

◆

Eva y Stefan vieron por la ventana que su padre, con su pijama raída y unas pantuflas que estuvo a punto de perder, cruzaba la calzada lo más deprisa que podía gritando: «¡¡¡Fuego!!! ¡¡¡Fuego!!!». Vieron que abajo, en la puerta, pulsaba todos los timbres a la vez, se ponía a aporrear la puerta y tocaba los timbres de nuevo. Poco a poco se fueron encendiendo las luces en las casas. Edith cruzó asimismo la calle con las mantas y habló con Ludwig a la puerta, que le señaló el arco que llevaba al patio interior. Edith cruzó a la carrera el jardincito delantero y desapareció en el patio. Para entonces, el titilar que se advertía tras la puerta abarcaba el cristal entero. Arriba, en el edificio, se abrían ventanas. Alguien se asomó. Ludwig dijo a voz en grito algo que la gente no entendió; la persona que se había asomado a la ventana se retiró, apareció poco después y tiró algo que fue a parar al jardín. Ludwig se inclinó y lo buscó. Lo tomó y se acercó de nuevo a la puerta, que a todas luces abrió.

—¿Qué está haciendo papá? —preguntó asustado Stefan.

Eva no contestó; veía, sin dar crédito, que su padre empujaba la puerta. El fuego, ahora evidente, resplandeciente, blanco, con una humareda negra, avanzó hacia la puerta. Eva observó, sin saber qué hacer, que su padre vacilaba un instante y después entraba deprisa en la casa y era engullido por el humo.

—Dios mío, ¿qué está haciendo? —musitó.

Abajo, en la calle, un bulto surgió de la oscuridad: Annegret. Se detuvo y se quedó mirando la puerta abierta, de la que surgían nubes negras. Por el arco salieron a la calle tres vecinos envueltos en mantas que se sumaron a Annegret, todos ellos con la vista clavada en la puerta abierta. Al padre no se le veía ya.

—¡Ya vienen los bomberos! —exclamó Stefan, que temblaba de miedo en brazos de Eva.

Ella aguzó el oído, pero no oyó nada. Abrió la ventana y le llegó el olor a humo. Tela quemada. Piel de oveja achicharrada. Su padre había desaparecido en el pasillo en llamas.

—¡Papi! —gritó Stefan—. ¡Papi!

◆

Una media hora después, la familia Bruhns —Annegret con Stefan en el regazo— y los vecinos de cinco de los seis pisos (por suerte, el anciano matrimonio Penschuk estaba con su hija, en Königstein) del edificio de enfrente se encontraban sentados juntos en el comedor de La casa alemana. Todos ellos iban en pijama y camisón bajo las mantas que les había llevado la madre de Eva. Un niño pequeño berreaba medio dormido.

—Es como si les hubiera caído encima una bomba —constató Edith.

Eva y ella, con sendas batas, sirvieron té a los adultos y chocolate a los niños. A Ludwig lo recibieron como si fuese un héroe. Antes incluso de que entraran los bomberos, él, «jugándose la vida», una expresión que utilizaba una y otra vez, había sacado de la casa a la calle el cochecito infantil que estaba en llamas. Ahora, sentado a la mesa y arropado con la manta que asimismo le había dado Edith, tenía las manos metidas en una jofaina con agua con hielo. Pero las quemaduras sólo eran superficiales.

—Al ser cocinero, estoy acostumbrado a aguantar temperaturas más altas —comentaba también Ludwig por enésima vez.

Sin embargo, su nariz blanca le decía a Eva que su intervención no había estado exenta de peligro. Los bomberos habían llegado justo después; uno de ellos se había bajado del coche en marcha y había rociado de espuma con un extintor el cochecito incendiado, que rodaba despacio hacia La casa alemana. El cochecito se había quedado parado en mitad de la calle como si fuese un vehículo retorcido caprichosamente, del que todavía colgaban partes metálicas al rojo. Pertenecía a una familia joven que Eva no conocía aún; la mujer, de cabello oscuro, le dio las gracias por el té balbuceando en alemán. El niño dormía profundamente en sus brazos. Su marido, un hombre delicado, lanzaba suspiros, preocupado. Era probable que pensara cómo iba a pagar un cochecito nuevo. Edith le contó a Eva que los Giordano eran trabajadores italianos, de Nápoles, que todavía no conocían la ciudad.

—¿Pronuncié bien su apellido? —quiso saber Edith, y la señora Giordano sonrió.

Alguien franqueó la cortina de lana y entró en el comedor. Era el jefe de bomberos, con su uniforme azul marino. Stefan se incorporó en el regazo de Annegret y lo miró con devoción. Las conversaciones cesaron, sobre todo las que giraban en torno a quién podía haber provocado el incendio. ¿Los vándalos? ¿Algún loco? El

259

jefe de bomberos dejó escapar una tosecilla y dijo, con cierto tono de reproche, que el fuego había pasado al revestimiento de la pared. Que, dicho fuera de paso, era una cochinada, porque contravenía el reglamento de protección antiincendios. Todos lo miraron como si los hubiese atrapado in fraganti, y eso que ninguno de los allí presentes era culpable de las decisiones que tomaba el propietario del edificio de enfrente. El hombre hizo una pausa efectista y continuó diciendo que el peligro había sido conjurado. Podían volver a sus departamentos, si bien tendrían que ventilarlos bien. La señora Giordano lo tradujo en voz baja al señor Giordano, que profirió un suspiro tan hondo que los demás no pudieron por menos de reírse. Después aplaudieron. Ludwig sacó las manos del agua con hielo, se quitó la manta, fue tras la barra con su pijama preferida y repartió vasitos de aguardiente con prodigalidad para espantar el susto. Las señoras, tras hacerse de rogar, también bebieron; el único que rehusó la invitación fue el jefe de bomberos. Edith se bebió su aguardiente, se estremeció y afirmó en voz queda:

—Dios mío, cómo me alegro de que no le haya pasado nada a nadie.

Y Eva vio lo mucho que se alegraba también su padre de tan feliz desenlace para los vecinos de enfrente. Aunque ya se podía entrar en la casa, Ludwig invitó a una segunda ronda de aguardiente. Después de llenar los vasitos en la barra, brindó por los rescatados con una sonrisa radiante a más no poder. Eva se levantó y abrazó un instante a su sorprendido padre. Y a su madre, que observaba risueña, le dio dos besos. Annegret, por su parte, hizo una mueca de burla, a la que Eva respondió con una mirada terca. Sabía que la euforia era efecto del aguardiente en el estómago nocturno, pero también del amor.

◆

Pocos días después sucedió algo que afectó a Eva profundamente. Fue un jueves, en el tribunal. La primavera se había instalado hacía tiempo en la ciudad, la silueta de los árboles tras los bloques de pavés era verdosa. Esa mañana la sala estaba aquejada de cierta somnolencia. Incluso los acusados, por lo general beligerantes, parecían retraídos de una forma inusitada. El magistrado presidente tenía una expresión apesadumbrada en su cara de hombre de la Luna. David apoyaba la cabeza con pesadez en una mano, y casi daba la impresión de estar dormido. Incluso los niños, que durante el recreo salieron al patio, detrás de la casa señorial, parecían apagados, sus voces como las de un disco ralentizado. Eva tradujo la declaración de la judía polaca Anna Masur, una mujer de cabello oscuro que era un poco más joven que la madre de Eva, pero que parecía una anciana. Ésta saludó a Eva con una sonrisa amable al acercarse a la mesa de los testigos. Antes de cada una de las frases que traducía, le hacía un gesto de asentimiento con la cabeza, rebosante de gratitud. A Eva le caía bien esa señora de rostro chupado y mirada inexpresiva; parecía modesta, inteligente y educada. El magistrado presidente le preguntó su nombre, edad, profesión. Después quiso saber cuál era su número de prisionera, que no constaba en la documentación. Eva tradujo la pregunta, y en lugar de contestar, Anna Masur se levantó la manga del saco gris que llevaba, que le quedaba grande, y también la de la blusa, de color claro. Después le mostró el antebrazo a Eva, para que pudiese ver el número y decirlo. Cuando fue apareciendo bajo la manga, cifra tras cifra, a Eva la asaltó una sensación sumamente intensa, que nacía en lo más profundo de su estómago: «Yo ya he visto esto. Ya he vivido este mismo momento». Otro *déjà-vu*. Pero esta vez no se desvaneció, antes bien, se volvió más fuerte. Mientras Eva empezaba a decir los números en alemán, empequeñeció como Alicia al morder la seta mágica en el cuento que a Stefan y a ella no les había gustado y que no terminaron de leer. Eva se convirtió en una niña pequeña, y a su lado había un hombre con una bata blanca que se levantaba una manga y le enseñaba un número que tenía en el antebrazo. Habló con amabilidad a la pequeña Eva, que estaba sentada en una silla que se podía hacer girar. Olía a jabón y a pelo quemado. El hombre de la bata le dijo cuáles eran los números: 24 981. Eva veía su boca, los dientes amarillentos, la barbita, cómo iban formando los labios las palabras. En polaco. El hombre estaba delante de ella, clara e inequívocamente, y de pronto Eva sintió un dolor abrasador sobre la oreja izquierda que hizo que le dieran ganas de gritar, y en ese mismo instante lo supo: eso había sucedido.

—Querida, ¿se encuentra bien? —preguntó alguien con voz queda.

Eva sólo volvió en sí cuando Anna Masur le puso una mano con suavidad en el antebrazo. Buscó su mirada inquisitiva, que destilaba una amabilidad teñida de tristeza. Entonces oyó que el magistrado preguntaba:

—¿Necesita un descanso, señorita Bruhns?

Eva miró a David, que estaba medio de pie, preocupado e impaciente, como si contara con que ella fuera a desmayarse de un momento a otro. Pero Eva se repuso y dijo al micrófono:

—Gracias. Estoy bien.

Comenzó a traducir la declaración de Anna, que había trabajado de escribiente en el registro civil del campo de concentración. Su jefe era el acusado principal. Su cometido era redactar certificados de defunción, en ocasiones hasta cien al día. Y eso sólo de las personas que morían en el campo. En el registro no inscribían el nombre de los que iban a las cámaras de gas. Como causa de la defunción debían hacer constar cosas como «insuficiencia cardíaca» o «tifus», aunque las personas morían de disparos, apaleadas o torturadas.

—Sólo una vez me negué a poner como causa de la defunción de una mujer «insuficiencia cardíaca», y discutí con mi jefe, que está ahí sentado.

—¿Por qué precisamente con esa mujer? —quiso saber el magistrado presidente.

Eva tradujo la respuesta de la testigo:

—Era mi hermana, y yo sabía cómo había muerto por otra mujer que había estado con ella en la enfermería de la sección de mujeres.

Eva escuchó por boca de Anna el martirio que había sufrido su hermana, que tradujo con toda la calma de que fue capaz mientras Anna Masur le expresaba su gratitud asintiendo después de cada frase.

—Los médicos querían saber cómo se podía esterilizar a las mujeres de forma barata.

◆

Al término de la jornada, Eva se quedó sentada en su sitio mientras la sala se vaciaba poco a poco a su alrededor. Le dolía la cabeza, sobre la oreja izquierda le ardía la pequeña cicatriz alargada, cosa que no le sucedía desde hacía años. Seguía en la silla haciendo acopio de valor, sin saber exactamente para qué. Cuando ya sólo quedaban los dos ujieres, que iban pasando por las filas para ver si alguien había dejado olvidado un paraguas o unos guantes, Eva se levantó y fue hacia delante, hasta donde estaba la desierta mesa de los jueces. Allí olía de manera distinta, a mayor gravedad, a piedra, pero quizá fuese el polvo de los gruesos cortinajes azul cielo que cubrían el escenario que había tras la mesa. Eva se acercó como nunca antes al gran plano del campo de concentración, que no podría abarcar aunque extendiese los brazos. Leyó la familiar frase que coronaba la entrada. Siguió la calle central con los ojos y fue observando uno por uno los edificios de ladrillo, los bloques, los barracones contiguos; recorrió cada camino, dejando atrás las torres de vigilancia, hasta llegar a la cámara de gas, al crematorio, y desanduvo lo andado, como si buscara la respuesta a una pregunta que no llegaba a tomar forma. En la esquina superior izquierda, al otro lado de la alambrada exterior del campo, había dibujadas cinco casas muy juntas, de dos pisos y con forma de cubo, tan sólo esbozadas y sin colorear, a diferencia del resto del plano. Eva sabía que en la mayor de esas casas vivía el acusado principal con su mujer: el hombre con cara de ave rapaz y la señora del sombrerito. Hacía algunas semanas, en el juicio habían querido reconstruir el camino que hacía a diario para ir al campo de concentración, que según los testigos efectuaba en bicicleta. El fiscal rubio quería demostrar al acusado principal que, al hacerlo, debía pasar por la fuerza por delante del crematorio. Dos veces al día. Que era imposible que no supiese que allí se gaseaba a gente. El acusado principal permaneció tranquilo, como de costumbre, y se limitó a decir que el plano estaba mal. Eva clavó la vista en la casita que se alzaba junto a la del acusado principal. Le recordaba a algo, no la construcción en sí, sino el dibujo, lo puntiagudo del tejado, lo torcido de la puerta, las ventanas demasiado grandes. Eva vio a una niña de unos ocho años que, sentada a una mesa, hacía un dibujo así con un lapicero grueso. ¿Sería una amiga? ¿Su hermana? ¿Ella misma? Cuando los niños dibujan casas, ¿acaso no parecen todas iguales? No se dio cuenta de que, entretanto, David Miller había vuelto. Atravesó la sala sin hacer ruido, con un abrigo de color claro que estaba arrugado, como todo lo que llevaba. Miró a Eva desconcertado y se dirigió a su sitio. Tomó los dos textos legales que había allí y los hojeó deprisa; se arrodilló y miró debajo de las sillas. No le gustaban las carteras, así que llevaba el efectivo y los documentos de identidad sueltos, en los bolsillos. De camino a casa de Sissi, había querido comprar las primeras fresas de la temporada en la pequeña frutería, pero cuando había ido a pagar, el billete de veinte marcos que con toda seguridad tenía por la mañana no estaba. Todo lo que tenía para lo que quedaba de mes. David tampoco encontró el billete allí. Se levantó y miró a Eva, que seguía inmóvil delante del plano, como si esperase a ser absorbida por él. Vio su chongo, la espalda encorvada, las delicadas formas bajo el traje de color claro. «Es una mujer extraña. Y ¿se puede saber qué hace ahí?», pensó. A continuación, dijo:

—¿Podría prestarme veinte marcos, Eva?

Por la noche, Eva tuvo que echar una mano en el restaurante. El señor Paten iba todos los jueves por la tarde al centro de formación de adultos a aprender español. Cuando se jubilase, quería instalarse en Mallorca con su mujer. A Ludwig no le encajaba ninguna de esas dos cosas: que el señor Paten faltara todos los jueves y que dentro de tres años tuviera que buscarse a un nuevo empleado para que atendiese la barra. A lo largo de los quince años que llevaban trabajando juntos, Ludwig y el señor Paten apenas habían mantenido una conversación de carácter personal, y las frases que habían intercambiado («Ahora todo el mundo quiere cerveza tostada, señor Bruhns.» «Las modas. Por el momento sólo pediré cuatro barriles.») podían contarse con los dedos de las manos. Se entendían sin necesidad de hablar y confiaban ciegamente el uno en el otro. Eva llevaba una bata azul marino resistente a las salpicaduras de cerveza y servía Pils y limonada tras la maciza barra. Jalaba de forma mecánica los relucientes grifos y lavaba los vasos, los aclaraba y los secaba. Sonreía a los comensales y cambiaba impresiones sobre el incendio acaecido en la casa de enfrente, que podría haberles costado la vida a catorce personas, entre ellas, cinco niños. ¡Imagínese! Si el padre de Eva no hubiese actuado con tanta valentía, etcétera, etcétera. Eva sólo escuchaba a medias. No paraba de mirar el reloj, los minutos que faltaban para que cerrasen avanzaban lentos como la resina. Quería estar sola, quería pensar. En el hombre de la bata blanca que se había dirigido a ella. En el dibujo infantil. Quería escribir en su cuaderno azul lo que había contado Anna Masur sobre su hermana para no volver a pensar en ello. Edith se acercó, el rostro rojo como de costumbre a esa hora, los pendientes moviéndose cuando dejó en la barra la bandeja redonda con brío. Eva tomó los vasos sucios y depositó en la bandeja otros llenos. Le vinieron a la cabeza los dolores que su madre sentía en el bajo vientre cada cuatro semanas. Y que antes de que se operara, hacía un año, tenía que retirarse un día todos los meses al dormitorio, que previamente oscurecía. Se metía en la cama doblada en dos, con una bolsa de agua caliente en el bajo vientre, lanzando ayes, y vomitaba en una cubeta de hojalata. Edith sufría esos dolores a pesar de los calmantes que tomaba. Y eso sin el líquido preparado por unos químicos que unos médicos le inyectarían en el útero. Un líquido que poco a poco se iba solidificando en ella como si fuese hormigón. Eva apretó los labios. Edith escudriñó a Eva, que no miraba a su madre.

—¿Está todo bien entre Jürgen y tú?

Eva asintió débilmente.

—Me invitaron a que vaya a la isla en Semana Santa. Cuatro días.

—Y ¿ya fijaron el día de la boda?

Eva se encogió de hombros y vio que su padre salía de la cocina con la cara roja y el torso un poco encorvado por el dolor. Se acercó a una de las mesas, que ocupaba un grupo nutrido, alegre. Los Stauch eran clientes habituales. Eva vio que su padre le estrechaba la mano a la hija de los Stauch, decía algo y todos se reían. La joven se ruborizó. Probablemente la familia celebraba su vigesimoprimer cumpleaños. Edith tomó la bandeja llena de la barra.

—No te preocupes, Evchen, ése ya no se te escapa. Le caes bien a su padre.

Llevó la bandeja a la mesa de los Stauch y distribuyó los vasos mientras decía algo, con toda probabilidad había hecho un comentario irónico de lo que acababa de decir su marido. Lo agotador que era tener hijas adultas en casa, sin duda. Volvieron a oírse risas. Brindis. Eva sumergió los vasos sucios en el fregadero. Acto seguido notó un airecillo fresco en las mejillas. Alguien había abierto la puerta y entraba ahora por la cortina de lana de color vino. Era el acusado principal con su mujer. Eva se quedó de piedra, y los recién llegados se detuvieron allí para echar un vistazo y comprobar si había alguna mesa libre. En efecto, ese día el comedor no estaba como la última vez que habían ido, «lleno a reventar», como decía el padre de Eva, sino que había donde elegir. La señora Wittkopp, que estaba recogiendo una mesa que se había quedado libre junto a la ventana, levantó la cabeza. No reconoció al matrimonio, y se acercó con los platos sucios en el brazo.

—¿Son dos? Esa mesa está libre. Ahora mismo les llevo la carta.

La señora Wittkopp fue a la cocina, y Eva vio sin poder hacer nada desde su sitio, detrás de la barra, que el acusado principal seguía a su mujer a la mesa. La ayudó a quitarse el abrigo; ella se sentó en la silla que él le retiró y él fue al guardarropa, a la izquierda de la barra, sin mirar a Eva. Ésta vio su perfil de rasgos marcados; vio que tomaba una percha y, con movimientos pausados, colgaba primero el abrigo de su esposa y después el suyo. De cerca parecía mayor, la piel como pergamino arrugado. Uno de los dos borrachos que estaban sentados a la barra dio unos golpecitos en la madera y pidió cerveza, pero Eva permanecía como paralizada. El acusado principal volvió a su mesa y se sentó frente a su mujer. Estaba de espaldas a la ventana, de manera que podía ver el comedor entero. Los padres de Eva seguían en la mesa de los Stauch. El señor Stauch contaba una anécdota prolija, y ellos no se iban. Ninguno de los dos había reparado en los nuevos comensales. La señora Wittkopp salió de la cocina y les ofreció sendas cartas de color verde oscuro. Mientras les enumeraba con poco entusiasmo el plato del día —«Hoy tenemos unos riñoncitos excelentes»—, el acusado principal levantó la vista de pronto y miró a Eva directamente a la cara. Como ya había hecho en su día en el juicio desde el otro lado de la sala. A Eva le dieron ganas de vomitar. Quería darse la vuelta, que se la tragara la tierra..., pero entonces se dio cuenta de que no la reconocía. En ese entorno distinto era un rostro desconocido para él. Eva lanzó un suspiro de alivio y empezó a servir cerveza con manos temblorosas, sosteniendo el vaso ladeado y haciéndolo girar algo, para que tuviera la cantidad de espuma precisa. Lo hacía como siempre, como había aprendido cuando tan sólo tenía doce años y como podía hacer casi a ciegas.

—Por favor, señorita, ¿tiene una carta de vinos?

El acusado principal se dirigió a su madre, que acababa de apartarse de la mesa de los Stauch después de alborotarle el pelo al benjamín de la familia. Edith se acercó a la mesa de la ventana, en la cara su expresión amable y resuelta. Eva sabía que su madre contaría que los clientes siempre se sentían sumamente satisfechos con su selección de cinco vinos de la casa. Pero entonces Eva vio que se paraba y continuaba andando con una rigidez extraña. También el acusado principal y su esposa se quedaron mirando a Edith helados. Ésta se detuvo ante ambos y dijo de forma maquinal:

—Carta de vinos no tenemos. En la carta pueden ver nuestra...

Pero entonces el hombre con la cara de ave rapaz se puso de pie, tan alto y amenazador delante de su madre que por un instante Eva esperó que se separara del suelo, extendiese las alas y saliera volando. Sin embargo, hizo algo distinto: infló las mejillas, frunció los labios y escupió a los pies a Edith Bruhns. Su mujer se levantó asimismo y alisó los guantes con mano temblorosa, ya fuese de indignación o de rabia. Eva oyó que silbaba:

—Vámonos ahora mismo. ¡Robert, ahora mismo!

271

Para entonces, Ludwig, que también había logrado dejar a los Stauch, se disponía a volver a la cocina cuando le llamaron la atención las tres personas que estaban en una postura tan extraña. Como perros que se estuviesen acechando, cuanto más callados y quietos, tanto más feroz sería el ataque. Eva vio que su padre se ponía blanco. No cabía ninguna duda de que también él reconocía a esas dos personas.

TERCERA PARTE

El niño que lleva un uniforme que le queda grande tropieza en una alfombra que parece no tener fin. Un cielo anaranjado pende a tan poca altura que el niño casi puede tocarlo. Sin embargo, tiene la mirada baja. La alfombra se abomba y se le enreda en los pies; el niño se libera, sigue avanzando dando traspiés, el arma en ristre. No está solo. A su lado van otros niños que jadean, se caen, se levantan. Todos portan armas. Entonces el niño aguza el oído, a lo lejos se oye un retumbar y un traqueteo. Se detiene y clava la vista en la amplia línea del horizonte. Ante el cielo incandescente aparece una hilera de siluetas negras que se aproximan imparables. Son carros de combate, enormes y sin rostro; se abren camino por la alfombra en una fila interminable, cientos, miles, hacia los niños. El pequeño grita: «¡Atrás!». Pero los otros niños siguen avanzando como si estuviesen sordos y ciegos. Entonces ve cómo el primer carro arrolla a dos de ellos. Los engulle sin hacer ruido. El pequeño grita con más fuerza: «¡Vuelvan! ¡¡Den media vuelta!!». Agarra a uno de los niños que pasa por delante y camina hacia los carros de combate, que lo mira un instante. Es Thomas Preisgau, su mejor amigo. «Tenemos que volver, Thomas.» Pero éste se zafa de él y va directo a uno de los carros, que lo devora. El niño, flacucho, llora desesperado: «¡No! ¡¡No!!».

◆

—Mi niño, despierta, Stefan...

Stefan abrió los ojos y pestañeó. Alguien estaba inclinado sobre él y lo miraba con cara de preocupación.

—Estabas soñando.

Stefan reconoció aliviado la voz de su padre. Miró a su alrededor: estaba en su cama, en su habitación. Por la puerta abierta entraba luz. *Purzel* estaba sentado tieso a los pies de la cama, jadeante, como si hubiese estado corriendo con Stefan por el pantano. Ludwig le dio una palmada al perro en el hocico, que gruñó, pero aun así lo echó de la cama sin contemplaciones con un movimiento de la mano.

—Aquí no se te ha perdido nada, bicho.

Purzel se bajó de un salto de mala gana, y Ludwig le acarició la sudada cabeza a Stefan.

—Tenías una pesadilla.

—Papá, los llamaba, pero no querían hacerme caso.

—A veces uno sueña cosas feas. Pero ya pasó. Estás en casa y a salvo.

—¿Tú también sueñas cosas feas a veces?

Su padre no contestó. Le arregló la colcha, que se le había escurrido, y se la remetió bien. Después dijo:

—Te dejo la puerta abierta. Y ahora, a dormir.

Saltó por encima de *Purzel*, que seguía sin aliento, y de los juguetes que había desparramados por la alfombra, y salió. Stefan oyó que iba a su dormitorio. Dejó la luz del pasillo encendida. En la estrecha franja que se dibujaba en la alfombra se veían soldaditos caídos. Stefan había amontonado a unos cuantos. Quizá hiciese como que eran los muertos.

◆

En la habitación de al lado, Eva estaba tendida boca arriba en su cama, despierta, las manos entrelazadas. Había oído gritar a su hermano: «¡Vuelvan!». Iba a levantarse, pero entonces oyó que se abría la puerta de la habitación de sus padres y que alguien iba a ver a Stefan. Oyó hablar a su padre y a su hermano a través de la pared. Eran casi las cuatro de la madrugada. Eva no había podido quedarse dormida aún. Como si fuese una película breve y grotesca, no paraba de ver una y otra vez el incidente de esa noche. Todavía en el restaurante, después de que Edith hubiese cerrado la puerta cuando se marcharon las señoras Wittkopp y Lenze, Eva, que estaba limpiando las mesas, se volteó y les formuló la pregunta a sus padres. Aunque tenía el corazón acelerado y le daba un miedo

277

cerval lo que pudieran responderle, por fin dio rienda suelta al valor que llevaba reuniendo tanto tiempo.

—¿De qué conocen a ese hombre?

Su padre, que lavaba los grifos tras la barra, miró un instante a su madre, que le quitó el trapo a Eva, se dio media vuelta y repuso, mientras se alejaba, que no sabían por qué el hombre se había comportado de una forma tan rara. No lo habían visto en su vida, ni a él ni a su acompañante. Ludwig asintió, secó el fregadero y apagó la luz. Después habían salido por la puerta y fueron a la escalera, dejando en el comedor a su hija. Eva rompió a sudar y apartó las dos mantas de la cama. No recordaba que sus padres le hubiesen mentido nunca tan descaradamente. Se quedó mirando la sombra de don Quijote, cuya lanza titilaba de forma amenazadora. Estaba esperando para poder utilizarla. Por primera vez, se hallaba en contra de Eva. Los dientes le castañetearon y volvió a taparse. No se quedó dormida hasta las cinco y media, y fue un sueño ligero y febril. «Escupió a los pies a mamá. No le cae bien. Pero eso está bien. Está bien. Jürgen diría lo mismo: es una buena señal. Pero entonces ¿por qué mienten?» Eva volvió a abrir los ojos. Amanecía. Don Quijote había desaparecido del techo. En el estante descansaba el oscuro sombrero de Otto Cohn.

◆

278

«No puede ser.» Annegret, con su uniforme blanco, se acercó a la ventana que daba al patio interior en el puesto de control. Se echó la cortinilla verde por encima como si de una manta se tratase, como si quisiera envolverse en ella, como si quisiera desaparecer en ella como un niño que ha de ocultarse del mundo. El doctor Küssner se situó a su lado y, con delicadeza, intentó separarla de la cortina, que amenazaba con soltarse de arriba, de la varilla, mientras le hablaba para tranquilizarla. Le decía que a veces las cosas no estaban en su poder, que hacían todo lo que era humanamente posible, pero no podían obrar milagros. Que Annegret había hecho todo cuanto había podido. Dijo unas cuantas frases más por el estilo, hasta que de pronto ella se volteó, con expresión serena, y le espetó que dejara de decir sandeces. Se sentó a la mesa de fórmica que había en mitad de la habitación, en la que se veía un plato con galletas que era probable que se hubiesen puesto blandas y resecas por la noche, y añadió con amargura:

—¿Todo lo humanamente posible? Qué pobre suena eso.

Se tapó las orejas con las manos, como si no quisiera oír nada más. Küssner se quedó mirando la cabeza de Annegret por detrás, la pequeña cofia de enfermera, bajo la que se veía el pelo rubio blanquecino, que parecía algodón.

—¿Vienes?

Ella no contestó, y el médico le retiró las manos con suavidad de los oídos.

—¿Vienes a verlo conmigo?

Sin mirar a Küssner, Annegret repuso en voz baja:

—Lo siento, Hartmut, pero no puedo verlo.

Él vaciló un instante y se fue a ver al niño que agonizaba en la habitación número cinco. Annegret empezó a comerse las galletas.

Küssner recorrió el pasillo. El caso también le tocaba la fibra sensible a él. Hacía dos semanas a Martin Fasse, de nueve meses, lo había operado un cirujano experimentado debido a una estenosis congénita del esófago, una intervención complicada pero vital que el niño, que ya acusaba una fuerte desnutrición, resistió sorprendentemente bien. Durante diez días vieron que iba ganando peso. Sin embargo, hacía cuatro había empezado a sufrir de forma inesperada de diarreas y vómitos. La penicilina no surtía efecto, los antivirales no surtían efecto, el niño no retenía los reconstituyentes. Martin se iba debilitando poco a poco, e incluso Annegret, experta en mimar y alimentar a los pequeños, tenía una inusitada expresión de angustia en la cara. Esa noche casi no se había separado del niño, acercándole a la azulada boquita ya leche, ya agua, y, al final, tomando en brazos y estrechando con fuerza al pequeño, que gimoteaba y se quedaba frío, para que entrase en calor. Alrededor de las cuatro de la madrugada, Martin se quedó del todo quieto, y Küssner estuvo un buen rato buscando el latido del corazón en el hundido pecho con el estetoscopio. Ahora, al ir a entrar en la habitación, en la que sólo había tres cunitas para casos especialmente graves, vio ya desde la puerta que Martin había perdido la lucha. Küssner se acercó a él y auscultó por última vez el cuerpecito, ya frío. Consultó el reloj e hizo constar en el parte médico como hora de la defunción las cinco y media. Entretanto, pensaba que unas horas más tarde tendría que dar cuenta al director de ese caso adicional de diarrea infantil. El incremento de medidas de higiene tales como hervir dos veces los biberones y los chupones, cambiar a diario la ropa de cama, lavarse las manos antes y después de entrar en contacto con un paciente no había traído consigo ninguna mejora. Küssner no sabía qué hacer. Cuando, poco después, volvió al puesto de control, el plato de galletas estaba vacío. Annegret, delante de un armario, preparaba la comida de los niños a los que no podían amamantar. Repartía leche en polvo en biberones. El agua borboteaba en un recipiente.

—¿Quieres verlo por última vez?

Annegret sacudió la cabeza, y Küssner se acercó a ella, le dio la vuelta y la abrazó. Ella se puso rígida, pero no se resistió. Después Küssner dijo que esperaría hasta las siete para llamar a los padres. ¿Para qué sacarlos de la cama antes? Con semejante noticia. Annegret se separó del médico, se irguió, le acarició un instante la mejilla, con firmeza, y repuso que mantenía una buena relación con la señora Fasse, que llamaría ella. Volvió a darle la espalda al doctor Küssner y fue echando el agua caliente. Mirándola a la espalda, él pensó: «Ha llegado el día».

◆

Después de que, durante tres cuartos de hora, Küssner intentase aparentar competencia y seguridad delante del director del hospital, aunque esos incidentes lo desorientaban y lo entristecían, volvió agotado a su chalet de nueva construcción de las afueras de la ciudad. Se quedó parado en el pasillo, escuchando los sonidos de la casa. Los niños estaban en la escuela; bajo el perchero sólo se veían sus coloridas zapatillas de andar por casa. Ingrid se encontraba arriba, haciendo cosas con la radio puesta. Sonaba una canción de moda, y ella coreaba el estribillo: «Amo París». Küssner pensó en Annegret y en su rechazo de todo sentimentalismo, en la mueca de burla que hizo cuando le propuso viajar juntos precisamente a esa ciudad, la del amor. «El romanticismo es una máscara de falsedad», espetó. Küssner se volteó hacia el espejo y vio a un hombre cansado, que parecía mucho mayor de lo que era. Del cabello se había despedido hacía tiempo. No tardaría en engordar, desarrollaría arteriosclerosis, a los cuarenta y cinco años sufriría un infarto cardíaco, como su padre, que no había sido feliz en su matrimonio con su madre. Mientras seguía allí plantado, Ingrid bajó la escalera con un montón de ropa de cama sucia bajo el brazo, alegres ramilletes de florecitas sobre un fondo blanco. Caminaba con brío, rebosante de energía. Sonrió al ver a su marido. Como de costumbre, Hartmut Küssner pensó que tenía una belleza especial, imperecedera, y que era un milagro que hubiese escogido a un hombre tan corriente como él. No sonrió, y ella también se puso seria.

—¿Pasó algo?

—Tengo que hablar contigo, Ingrid.

Ella dejó la ropa limpia delante de la puerta que conducía al sótano y se volteó hacia él para dedicarle su atención, a la espera.

—Vayamos a la sala de estar.

—Me estás asustando. A saber qué se te habrá pasado por la cabeza esta vez. ¡No me digas que volvemos a mudarnos! Me gusta esto. Y a los niños también...

—Ya, lo sé.

El doctor Hartmut Küssner siguió a la sala a su mujer, que no tenía ni la menor idea de lo que se proponía.

◆

Esa mañana, también Eva hizo algo inusitado. Ese día no tenía que acudir a la casa señorial, de manera que fue a ver a Jürgen sin avisarle a su despacho, a la empresa Schoormann. Sólo una vez, a última hora de la tarde, él la había conducido por los desconcertantes corredores de los distintos pisos; vio habitaciones en las que no había nadie, donde había cajas de artículos apiladas hasta casi tocar el techo; una nave oscura con mesas interminables y cintas transportadoras, en la que a partir de las cuatro de la madrugada daba comienzo el envío de artículos. «A esa hora, con tanto zumbido, esto parece una colmena», comentó Jürgen. Subieron la escalera hasta la azotea, donde se besaron bajo un saledizo, porque empezaba a llover. En el despacho de Jürgen las gotas repiqueteaban cada vez con más fuerza contra el ventanal mientras Eva daba vueltas en el sillón de Jürgen y, sin querer, la falda se le iba subiendo cada vez más, hasta que quedaron al descubierto los muslos y el calzón. De pronto Jürgen se arrodilló en la alfombra, delante de ella, y apoyó la cabeza en su regazo con tanta fuerza que le hizo daño. Pero ella contuvo la respiración y aguardó pacientemente. Al cabo de unos segundos, sin embargo, él se levantó y le dijo que se iban. Ese día Eva vio en el acto que su visita le resultaba inoportuna. La saludó como si estuviera distraído y, mientras la ayudaba a quitarse el impermeable, rojo vivo y nuevo, dijo un tanto irritado:

—¿No nos vamos a ver esta tarde? —Eva se sentó en una silla, y Jürgen añadió—: ¿Qué es tan urgente?

La brusquedad de su tono la desconcertó.

—Necesito hablar con alguien, Jürgen.

—¿Quieres tomar algo? ¿Un café? Aunque tengo una reunión dentro de cinco minutos.

Eva vio que él se sentaba tras el ancho escritorio, de un negro reluciente, como si se tratara de un baluarte. Qué hundidos tenía los ojos y qué frío parecía cuando cruzaba los brazos así. En ese momento casi era como si no lo conociese, lo veía como a través de los ojos de sus padres: moreno, con el pelo negro, rico. Al reparar en su mirada de escepticismo, Jürgen abrió los brazos y lanzó un suspiro, risueño.

—Eva, ya que estás aquí, suéltalo.

Y, entrecortadamente, ella empezó a hablarle del encuentro en el acceso de la casa señorial, hacía meses; de la sensación de conocer de antes a la esposa del acusado principal. De su recuerdo nítido del hombre de la bata blanca, que le enseñó el número que llevaba tatuado; de que ya sabía contar hasta diez en polaco cuando era pequeña. De sus repetidas corazonadas de tener algo que ver con el campo de concentración. Y, por último, le contó el incidente del restaurante. Que sus padres le mintieron. Que esa mañana, en el desayuno, no fueron capaces de mirarla a los ojos...

—Espera... —Jürgen, que no la había interrumpido hasta ese momento, levantó la mano—. ¿Por qué no crees en tus padres?

—Y ¿qué otra cosa puede explicar el comportamiento de ese hombre? ¡Se conocen!

Él se levantó y se acercó a la pared, en la que, sujetos a un listón, en una larga hilera, se hallaban los esbozos de las páginas del catálogo.

—Bien, eso significa que no quieren hablar de ello.

—Y ¿se supone que yo debo dejar las cosas así?

Jürgen tomó una de las hojas de la pared. En ella se veían cajas blancas. A todas luces había hecho caso a la propuesta de la madre de Eva de incluir lavadoras entre su oferta de productos.

—Quizá vivieron algo parecido a lo que le sucedió a mi padre y no quieren recordar el dolor.

—Pero mis padres no eran comunistas...

—Tal vez lucharon con la Resistencia.

La idea hizo que a Eva casi le diera la risa.

—Eso es imposible, Jürgen.

Él afianzó la hoja en un sitio libre.

—Si no hablan del tema, ¿cómo lo vas a saber?

—Ellos siempre dicen: «Dejemos la política a los de arriba. Y nosotros, a pagar los platos rotos». Si conoceré yo a mis padres, Jürgen.

Éste volvió a situarse tras el escritorio.

—El cuarto mandamiento dice: «Honra a tu padre y a tu madre para que te vaya bien y tengas larga vida sobre la tierra».

—¡¿Por qué dices eso ahora?!

Jürgen no contestó. Se sentó. La primera vez que había oído los diez mandamientos, que le leyó su madre de la Biblia cuando era un niño, imaginó cómo honraría a sus padres: engalanándolos con guirnaldas de flores, arrodillándose ante ellos y regalándoles todo el chocolate que le daba la tía Anni. Le resultaba algo exagerado, pero si lo decía Dios... Para entonces Eva se había puesto de pie y se había acercado a él. Parecía furiosa, y él lo entendía.

—¿Qué tiene esto que ver con los diez mandamientos? Quiero saber qué hubo entre ese hombre y mis padres, ¿es que no lo entiendes? —Sin esperar a que le contestara, añadió—: No, cómo lo vas a entender. A fin de cuentas, no sabes nada de lo que yo sé, de lo que he oído, de la cantidad de cosas inconcebibles que pasaron. Los crímenes que han cometido esos hombres.

—Me lo puedo imaginar. —La cara de Jürgen adquirió una expresión de dureza. Miró a Eva con frialdad y se dio media vuelta.

Durante un instante ella pensó: «De viejo será así». Sintió que lo despreciaba.

—¡No, nadie se lo puede imaginar! No has ido ni una sola vez, no has escuchado ni una sola vez. Y ni siquiera me has preguntado nunca lo que vivieron esas personas. ¿Acaso crees que quieren recordar su dolor? Y a pesar de todo van. Y se plantan allí. En esa sala, en la que siempre hace demasiado calor, bajo la luz de esos focos. Y detrás tienen a esos cerdos trajeados, sentados cómodamente, que se ríen, miran hacia otro lado y dicen: «¡Mientes! ¡Eso es mentira! ¡Son todo calumnias!». O, peor aún. —Eva se cuadró e imitó el tono frío del acusado principal—: «Eso escapa a mi conocimiento». Y los testigos aguantan y, pese a todo, cuentan que los trataron como si fuesen animales, como ganado que va al matadero, como basura. Sufrieron dolores, unos dolores que ni tú ni yo somos capaces de imaginar. Los médicos hicieron experimentos con los prisioneros, experimentos médicos...

Jürgen se puso de pie.

—Eva, creo que ya basta. No estoy tan poco informado como crees, pero éste no es el lugar, y ahora tengo una...

Sin embargo, ya no había quien parara a Eva.

—Y escucha bien, Jürgen. Aunque los torturaron. No les daban de comer. Aunque en el campo de concentración todo estaba lleno de mierda...

Él rechazó con las manos el aluvión de Eva e intentó adoptar un tono burlón:

—Y ahora tú olvidas tus modales. ¿Te importaría moderar un...? —Señaló con un movimiento de la mano la puerta, tras la que trabajaba su secretaria, pero ella continuó:

—Aunque había cadáveres por todas partes, hedor y mierda. A pesar de todo eso, las personas querían vivir. —Eva se pasó ambas manos por la cara y profirió una suerte de alarido. Era la primera vez que sentía semejante arrebato de furia. Estaba en medio del espacioso despacho de Jürgen, en la alfombra de lana de color claro, y respiraba pesadamente.

Él dio un paso hacia ella.

—Sabía que esto te estaba afectando demasiado. Tu tejido nervioso no está hecho para esto.

Pero Eva retrocedió. Lo miró e intentó hablar con serenidad, pero le costaba. «Tejido nervioso.» Vaya tontería.

—Anteayer una señora de Cracovia contó que iban a deshacerse de los gitanos. Los prisioneros se enteraron e hicieron armas de hojalata. Afilaron la chapa para convertirla en cuchillos. Tomaron palos y tablas y se defendieron con ellos cuando llegaron los soldados de las SS. Mujeres, viejas y jóvenes, y hombres y niños lucharon a vida o muerte con desesperación, con todas sus fuerzas. Porque sabían que terminarían en las cámaras de gas. Las ametralladoras acabaron con todos ellos.

◆

Fuera, en la antesala, delante de la puerta tapizada, estaba sentada la señorita Junghänel a su mesa, una mujer de cabello cano, sencilla, a la que le faltaba poco para celebrar su vigésimo aniversario en la empresa, que ya había prestado muchos años de buenos servicios al padre de Jürgen y que estaba escribiendo a máquina una carta de carácter personal. Escribía a su casero para decirle que el joven que desde no hacía mucho vivía en la planta baja de su casa era insoportable. Tiraba la basura al patio, orinaba en el jardín delantero. Por las ventanas, abiertas, salía música hasta bien entrada la noche, y a un volumen ensordecedor. Olía que apestaba. Una vez incluso había intentado encerrar a un niño en su departamento. Ella escribía en nombre de todos los inquilinos de la casa, pero quería mantenerse en el anonimato, por miedo de incurrir en la ira del hombre en cuestión. La señorita Junghänel sacó el papel de la máquina y lo leyó por encima. Aparte de que en dos ocasiones había oído una música suave que salía de la planta baja, nada de lo que había escrito era cierto, pero ese hombre, cuya lengua no entendía, le daba miedo. Tenía que pasar por delante de su departamento varias veces al día, y no lo quería en el edificio. Mientras doblaba el papel, la señorita Junghänel pensó, de pronto, que había oído un grito en el despacho de su jefe. Aguzó el oído. A decir verdad, el grueso acolchado de la puerta hacía que eso fuese imposible. La mujer se levantó y se acercó a la puerta. Abrió ligeramente la boca, escuchó y no oyó nada. Debía de haberse equivocado. Se sentó de nuevo a su mesa y metió la carta en un sobre, en el que antes había escrito a máquina la dirección de su casero. A punto estuvo de cometer el error de escribirla a mano. De su puño y letra. Guardó la carta en el bolso. Ya la timbraría por la tarde en casa —ya que jamás le robaría un sello a su jefe—, y después, cuando hubiese oscurecido, la echaría al buzón que había dos calles más abajo.

◆

En el despacho de Jürgen reinaba el silencio. Eva estaba sentada en la silla, hundida. Había empezado a sollozar sin parar, y él le había propinado dos pequeñas bofetadas seguidas, que surtieron efecto. Jürgen se acercó a la ventana. Ninguno de los dos decía nada. Al cabo, Eva preguntó con serenidad:

—¿Por qué no vas a escuchar una vez?
—Porque ahí dentro está el mal.

Jürgen lo dijo desapasionado, sin emoción visible alguna. Contemplaba la ciudad: su despacho estaba en el décimo piso; tras los edificios altos, lejos, en el horizonte se distinguían las líneas onduladas del monte Taunus. Eva se enjugó el rostro con un pañuelo que él le había ofrecido, se limpió la nariz y se levantó. Tomó el bolso, que al entrar había dejado en el sofá de piel que había junto a la puerta, y se colgó el abrigo del brazo. Se tragó la mucosidad que tenía en la garganta, las últimas lágrimas, saladas, que le bajaban por la faringe desde la nariz y le abrasaban la garganta. Fue con Jürgen a la ventana y repuso:

—Eso no es verdad, Jürgen, ahí dentro no está el mal. Ni ningún demonio. Tan sólo hay personas. Y eso es precisamente lo malo.

Dio media vuelta y salió. Dejó la puerta abierta, saludó con un leve gesto de asentimiento a la señorita Junghänel, que se le quedó mirando con cara de curiosidad, y abandonó la antesala. Jürgen siguió junto a la ventana, mirando abajo, a la placita, donde las personas iban y venían como si fuesen moscas. Esperó hasta ver a Eva con su abrigo rojo vivo. Cuando apareció, echó a andar a buen paso a la izquierda y cruzó en diagonal, hacia el tranvía. Esperaba verla mucho más pequeña, pero parecía alta y erguida. La señorita Junghänel se asomó por la puerta y lo instó a que no olvidase su reunión con la dirección de la sección de moda. Ya llegaba cinco minutos tarde. Jürgen contestó que dijera que no iría. Ella se quedó mirando su espalda, sin entender nada, a la espera, y él corrigió: «Dentro de veinte minutos». La secretaria cerró la puerta, y Jürgen fue tras su escritorio y abrió un cajón. Sacó un pesado libro negro, en cuya parte de atrás estaban grabados en oro su nombre y la fecha de su comunión. Se limitó a sostener la Biblia en la mano, sin hojearla. Pensó en Jesús en el desierto, que fue tentado tres veces y resistió las tres. Pensó que él no lo había conseguido, que había sido débil. Que algo ajeno se había apoderado de su control. Lo había olido cuando estaba allí, en medio del campo, mirando a los ojos al moribundo: el intenso olor del fuego y el dulzón azufre. Sus manos se habían vuelto garras. Jürgen esbozó una sonrisita de cómica desesperación. Naturalmente, así era como los niños imaginaban al demonio, pero no por ello era menos verdad. A fin de cuentas, esa vivencia lo había inclinado a querer ser sacerdote, a estar cerca de Dios y a salvo.

◆

Esa mañana, como cada año por esa época, Ludwig Bruhns negociaba en un despacho de la cervecera Henninger los precios del barril para la temporada siguiente. Sentado frente a él estaba Klaus Hicks, de cuyo apellido —«hipo»— nadie se atrevía a hacer un chiste. Se conocían desde hacía años, siempre llegaban a un acuerdo y, durante el ritual del regateo, bebían varios vasitos de aguardiente. A partir de un determinado momento el señor Hicks se ponía melancólico y lamentaba que la ciudad hubiese prohibido los coches de caballos hacía años. «Menudos tiempos eran ésos, y menudos caballos; imponentes, sí, señor.» Sin embargo, ese día Ludwig rehusó incluso el primer aguardiente. El señor Hicks se asustó de verdad: no estaría Ludwig enfermo de gravedad, ¿no? Entonces ¿qué pasaba? ¿Todo bien con la familia? Ludwig asintió vagamente y lo atribuyó a su estómago, que de un tiempo a esa parte tenía delicado. A la misma hora, Edith estaba con la boca abierta en el sillón de su dentista, el doctor Kasper, un hombre ascético, de edad indeterminada. El doctor Kasper examinaba la dentadura de Edith con ayuda de un espejito y le pinchaba las encías aquí y allá con un ganchito. Después, con el pulgar y el índice, fue tocando y moviendo cada uno de los dientes de Edith. Reinaba el silencio, tan sólo se oía el borboteo de una tubería. Cuando hubo terminado, el doctor Kasper se echó un tanto atrás en su taburete y afirmó con gravedad:

—Señora Bruhns, tiene usted parodontosis.

—Y eso ¿qué es?

—Una inflamación de las encías, por eso le sangran al cepillarse los dientes. Y también tiene flojas algunas piezas.

—¿Sí?

—Por desgracia.

Edith Bruhns se irguió.

—Y ¿cómo es posible? Yo siempre me lavo los dientes. ¿Me faltan vitaminas? Y eso que como fruta.

—Es la edad. El climaterio. —Edith se quedó mirando fijamente al doctor Kasper. Esa palabra ya la había utilizado su médico de cabecera, el doctor Gorf, pero dicho por él parecía un resfriado que no tardaría en curarse y que no tendría consecuencias. Por boca del doctor Kasper, en cambio, parecía una sentencia de muerte.

—¿No se puede hacer nada, doctor?

—Use un enjuague bucal antiséptico. Pero al final habrá que extraerlas.

Edith se recostó de nuevo y se puso a mirar el techo.

—Las piezas.

—Sí. Pero ya existen postizos buenos. Ya no castañetean como antes de la guerra. Hoy en día esas dentaduras sólo se encuentran en el tren de la bruja... Con todo y eso, señora Bruhns, no es motivo para venirse abajo.

Sin embargo, Edith no pudo evitarlo. La vergüenza hizo que se tapara la cara con las manos, pero prorrumpió en sollozos desgarradores.

◆

En el piso que había encima de La casa alemana, Eva llamó con cuidado a la puerta de Annegret, y después echó un vistazo. Su hermana dormía con la luz crepuscular que dejaba pasar la persiana de tablillas amarillentas, de lado, como de costumbre, y encogida como un feto. En la habitación olía a cerveza y a papas fritas. Eva no quería saber por qué, y cerró la puerta sin hacer ruido. Fue a la sala de estar, seguida de *Purzel*, y se acercó al pesado y alto aparador. Cuando era pequeña jugaba a que ella era una princesa y el aparador su castillo, lleno de almenas, ventanas y torres. Ahora, al ir abriendo una por una las puertas y los cajones, la abofeteó el familiar olor a cigarros puros secos, licor dulzón y polvo. Conocía todos los manteles y las servilletas de tela blancos; las velas del árbol de Navidad, rojas y medio consumidas, en una caja; el cajón que contenía la cubertería bañada en plata, que a sus padres les parecía ostentosa, «como de reyes», de forma que nunca se utilizaba. Eva se arrodilló. En uno de los cajones de abajo sus padres guardaban documentos y álbumes. Hojeó un archivador en el que había facturas y certificados de garantía. El comprobante de mayor antigüedad era del 8 de diciembre de 1949, poco después de que sus padres abrieran La casa alemana. Se trataba de un recibo de compra y un certificado de garantía de un aparato de Strom-Schneider, en la calle Wiesbadener. Un calefactor eléctrico. Eva recordaba que el calefactor estaba colgado en el baño, encima de la tina. Cada vez que iba al retrete, Eva lo encendía jalando un cordón. Mientras se sentaba, seguía fascinada la gruesa resistencia gris del interior del aparato metálico, que se iba tiñendo de rosa poco a poco hasta ponerse roja. Un buen día, el calefactor desapareció de la pared. Eva no preguntó a qué se debía la ausencia, ya que estaba convencida de que había sido ella quien había estropeado el aparato de tanto encenderlo. En el cajón también había cinco álbumes de fotos. Tres de ellos eran de los últimos años, estaban forrados con una tela estampada clara; los otros dos, uno negro y otro verde oscuro, tenían las tapas de cartón. Eva tomó uno de los dos álbumes más antiguos, el verde oscuro. En él había fotografías de un viaje que hizo su padre de joven. A la isla de Heligoland, en el año 1925. Su padre tenía pecas y una sonrisa ancha en la cara. Era la primera vez que salía de casa. En una foto estaba al aire libre junto a un fuego, removiendo una cacerola que había encima. El vapor que salía de la cacerola le nublaba la cara, pero se lo reconocía por los pantalones cortos y la camiseta interior, que también llevaba en las demás instantáneas. Ludwig había contado que pasó diez días cocinando para treinta niños. Al final, éstos le concedieron una medalla hecha con papel de plata: «Cocinero jefe de Heligoland». La distinción también estaba en el álbum, a esas alturas completamente aplastada y gastada, la inscripción apenas legible ya. Eva se sentó en la alfombra, con *Purzel* tumbado a su lado, y se puso a ver el álbum negro. En la primera hoja, su madre, esmerándose por escribir con letras con adornos extravagantes, había anotado en el cartón negro con un lapicero blanco: «Ludwig y Edith, 24 de abril de 1935». En la hoja siguiente estaba la foto del día de su boda. Los padres de Eva se hallaban delante de una cortina de terciopelo, al lado de una columna baja de la que parecían brotar flores. Su madre estaba tomada del brazo de su padre, los dos risueños, Ludwig con cara de incredulidad; Edith, de alivio. Llevaba un vestido blanco, con vuelo por debajo del pecho, que no lograba disimular por completo la barriguita. En el pasado, Annegret había tocado tanto esa parte que el papel fotográfico estaba gastado en el vientre de Edith: «¡Y ésa soy yo!». Eva continuaba pasando hojas, rascando mecánicamente al perro, que seguía a su lado, y contemplando las familiares, mudas estampas. El banquete se celebró en un restaurante de Hamburgo. Resultaba fácil diferenciar la refinada familia de Edith, de ciudad, de los rubicundos isleños Bruhns. Aunque los padres de Edith no aprobaban la elección de su hija, tras la boda el joven matrimonio se instaló en dos habitaciones de su vivienda de Rahlstedt. Ludwig trabajaba de temporero, en el mar en verano y en las montañas en invierno. Ganaba un buen dinero, pero no lograba encontrar un empleo fijo. El matrimonio siempre pasaba meses separado, algo que los hacía infelices a ambos. Poco después de que naciera Eva, en la primavera del año 1939, en veinte minutos, en la valiosa alfombra de sus abuelos, por fin se les presentó la oportunidad de arrendar un restaurante en Cuxhaven y vivir allí como la familia

que eran; Ludwig tenía casi treinta años, Edith veinti-
tantos. «Pero entonces estalló la guerra y lo cambió
todo.» Ésa era una frase que Eva había oído a menudo
a sus padres. Poco después de que empezara la con-
tienda, Ludwig fue reclutado y pasó a las cocinas del
ejército, sirvió primero en Polonia y después en Francia. Tuvo suerte, ya que no le tocó ir al frente; a veces
las cacerolas le pasaban volando por la cabeza, pero
nunca resultó herido de gravedad. En un primer momento Edith se quedó con las dos niñas en casa de sus
padres, en Hamburgo. Se las arreglaban bien, tenían
bastante comida. Sin embargo, cuando los ingleses comenzaron a bombardear las ciudades, Edith envió a
sus hijas, de ocho y cuatro años, a Juist, con la familia:
con la tía Ellen y el abuelo lobo de mar. Por lo visto, así
era como lo llamaba la pequeña Eva, aunque ella no se
acordaba. Conocía al abuelo con los bigotes de morsa
sólo por las fotografías de la boda. En todas las fotos
daba la impresión de estar llorando. Eva ya casi había
llegado al final del álbum. En las últimas instantáneas,
Edith y Ludwig bailaban. En lugar del velo, su madre
llevaba un gorro de dormir y su padre uno con una
borla, una antigua costumbre, según explicó su madre:
a medianoche, la novia se quitaba el velo, ponían sendos gorros de dormir a la pareja y se leía un poema en
voz alta. Éste también estaba en el álbum, en una hoja
doblada:

Oigan las lejanas campanadas,
la boda ha concluido,
pero comienza un nuevo día
y están felizmente casados.
Bella novia, permite que pronuncie estas palabras,
a esta hora, en este sitio:
retírate el velo que hoy te engalanó
y te colmó de dicha el día entero.
Quítate este tocado, esta corona.
Que bajo este ornamento moren
la alegría y el contento
hoy y siempre.
Y tampoco para ti, novio,
vengo con las manos vacías.
Te traigo este gorro que ves,
que orna al buen esposo
que no piensa en diversiones,
cuyos pasos siempre le guían temprano a casa.
En adelante evita la compañía del seductor
y ponte en la cabeza este gorrito.

Los invitados formaban un grupo alrededor de los recién casados y aplaudían con manos movidas, los rostros tenían un brillo blanco y algunos ojos se veían achispados. Únicamente los padres de Eva parecían nítidos y sobrios, como recortados, y, abrazados, se miraban a los ojos.

—Se hace mayor. —Annegret estaba en la puerta, en

299

bata, con un vaso de leche en la mano, y señalaba a *Purzel*, que tenía la lengua fuera—. Seguro que tiene una insuficiencia cardíaca.

—Bobadas —repuso Eva, aunque hacía tiempo que pensaba lo mismo. Le acarició la cabeza al perro, que intentó morderle la mano.

»Ännchen, ¿te acuerdas del tiempo que pasamos en Juist?

—Sí, pero ahora no...

—¿Cómo es que sólo hay estas fotografías? ¿Y ninguna de durante la guerra?

—En la guerra la gente tenía cosas más importantes que hacer que sacar fotos.

—¿Nos bañábamos en el mar?

Eva no quería que Annegret se fuera, pero ésta se dio media vuelta en la puerta y dijo:

—He pasado una noche espantosa.

Y se marchó. Eva cerró el álbum y lo metió en el aparador. Por último, sacó una carpeta de cartón amarillo que estaba a la derecha de los álbumes. En ella, sus padres guardaban algunos de los dibujos que habían hecho ellas de pequeñas. Eva la abrió. En el primer dibujo se veía la casa, más pequeña, que se alzaba junto a la del acusado principal. Tenía un tejado puntiagudo, una puerta torcida y unas ventanas demasiado grandes. Al lado de la casita había dos niñas con unas trenzas separadas en la cabeza, una niña alta y la otra baja, tomadas de la mano. Tras la casa habían pintado dos gruesas líneas anaranjadas que subían hacia el cielo. Alguien podría pensar que eran producto de la fantasía infantil, pero Eva sabía lo que eran. Se apoyó en el aparador que en su día fue su castillo.

◆

A última hora de la tarde, Eva fue a las oficinas de la fiscalía. Confiaba en que la mayoría de quienes trabajaban allí se hubieran ido ya de fin de semana y que nadie viera lo que se proponía. Existía un listado con el nombre de los oficiales que habían estado en el campo de concentración. Comprendía más de ocho mil nombres y se hallaba archivado en dos clasificadores voluminosos que Eva había visto a menudo, cuando el magistrado presidente comprobaba la declaración de un testigo. ¿Se encontraba en el campo de concentración este o aquel oficial cuando sucedió un incidente determinado? Con frecuencia, gracias a esa lista incorruptible se había demostrado la falsedad de algunas declaraciones, y cada una de esas veces había supuesto un momento humillante para los testigos, que quedaban como mentirosos sólo porque no recordaban el mes o la época del año en que habían sufrido su tormento. Hasta entonces, Eva les había tenido miedo a esos dos archivadores, pero jamás se le habría ocurrido que su propia vida pudiese guardar algún vínculo con esa lista. Recorrió el pasillo desierto, que se le antojó interminable, al final del cual se abría la puerta de la estancia donde estaban los archivos. Se detuvo delante y le vinieron a la cabeza todas las puertas prohibidas de los cuentos que, desde hacía algún tiempo, Stefan ya no quería oír. Entró y cerró. Tras orientarse en el cuarto sin ventanas, pasó revista a las estanterías y, más deprisa de lo que le habría gustado, dio con los dos clasificadores grises. Sacó el que decía: «Personal SS/Campo de concentración, A-N»; lo llevó con suma delicadeza, como si pudiera romperse en sus manos, hasta una de las mesas que habían unido en el centro y lo dejó encima. En el pasillo, al otro lado de la habitación, seguía reinando el silencio. Eva se planteó si no sería mejor dejar de nuevo en su sitio el archivador con el mismo cuidado, salir del cuarto, volver a casa a darse un baño y arreglarse para ir al cine con Jürgen a ver *El tesoro del lago de la Plata*. Pero entonces oyó risas suaves al otro lado de la pared. Allí estaba la cocinita. Probablemente la señorita Lehmkuhl, una de las secretarias, estuviese coqueteando con David Miller o con algún otro de los pasantes. Eva aguzó el oído: más risas. Era la señorita Lehmkuhl, una mujer risueña, sin preocupaciones, que ya tenía mala fama. Las compañeras contaban algunas cosas... Eva abrió el archivador y fue bajando con el dedo índice por el listado hasta llegar a la B-Br. Fue pasando páginas y mirando los nombres. De arriba abajo. Brose. Brossmann. Brosthaus. Brücke. Brucker. Bruckner. Brückner. Brüggemann. Brügger. *Bruhns*.

En ese momento, la puerta se abrió de sopetón. Entraron dando tumbos dos personas, empujándose y jalándose el uno al otro mientras se besaban ruidosamente, David Miller le desabrochaba con torpeza la blusa a la señorita Lehmkuhl, que volvía a reírse, esta vez con suma claridad. David la tendió en la mesa... y entonces vio a Eva. Al otro lado, inmóvil, delante de un archivador abierto y con una expresión de profundo espanto en la cara. David se irguió despacio, jaló a la señorita Lehmkuhl y esbozó una sonrisa cohibida.

—Perdone, es que la cocina es muy estrecha.

—Sólo queríamos tomar un acta... —mintió, mal, la señorita Lehmkuhl.

Eva cerró el archivador y dijo en voz baja:

—Yo ya me iba.

Devolvió el clasificador a su sitio, David siguiéndola con la mirada. La señorita Lehmkuhl comentó nerviosa:

—No lo irás contando por ahí, ¿no, Eva? Sólo estábamos jugando...

Ella se fue sin contestar y cerró la puerta al salir. La señorita Lehmkuhl se encogió de hombros, miró a David y dijo:

—¿Por dónde íbamos?

Sin embargo, él se apartó de ella. Se acercó a la estantería y sacó el archivador cuyo contenido había afectado de tal modo a Eva.

◆

El lunes era el día que cerraba el restaurante, y para la familia Bruhns ese día significaba cenar juntos. Annegret procuraba organizar sus turnos en el hospital de forma que tuviese libre la tarde del lunes. Los Bruhns cenaban a las seis y media en la cocina: pan con embutido y queso. A veces, alguna conserva de pescado. Para Stefan, la madre abría un tarro de pepinillos en vinagre, que le encantaban al niño, y el padre preparaba una generosa cantidad de su famosa ensalada de huevo duro con mayonesa y alcaparras, que también estaba en la carta de La casa alemana. Claro que Ludwig sólo utilizaba eneldo fresco para la familia. «Cueste lo que cueste.» Esa tarde habían abierto la ventana que daba al patio interior, ya que para ser principios de mayo la temperatura era inusitadamente suave. Entró el gorjeo de un mirlo solitario. Todos estaban sentados ya a la mesa, sólo faltaba Stefan. Edith lo llamó:

—¡Stefan! ¡A cenar!

Annegret se sirvió un poco de ensalada en su plato y le habló a su padre de un médico del hospital, un cirujano de cierta edad que había padecido durante años de los mismos problemas de espalda que tenía su padre y al que había salvado la vida un corsé. Ahora casi no sufría dolores. El padre bromeó diciendo que cómo iba a llevar un corsé siendo un hombre, pero agradeció la información. Quizá con una de esas cosas pudiera acabar con los dolores y volver a servir comidas a mediodía. Edith, que sólo tomó dos rebanadas de pan sueco, ya que estaba engordando cada vez más, explicó risueña que ella se encargaría de atárselo por la mañana y desatárselo por la noche. Cuando era pequeña tenía que cerrárselo a su abuela, así que seguro que también sabría hacerlo ahora.

—Lo que uno aprende de pequeño no se olvida. Y nunca habría pensado que podría poner en práctica precisamente eso de nuevo. —Se rieron todos, a excepción de Eva, que observaba en silencio a sus padres y a su hermana, que se divertían imaginando a su padre con un corsé. Ese día, éste no había mirado aún a Eva ni una sola vez. La madre, en cambio, le lanzaba de vez en cuando un vistazo rápido, cargada de preocupación. Ahora le acarició la cabeza—: Es el embutido italiano que tanto te gusta.

Eva apartó la cabeza como una niña obstinada y se enfadó consigo misma. ¿Qué quería decirles? ¿Qué quería preguntarles? Estaba con su familia en la cocina, el lugar más íntimo del mundo, y no podía pensar con claridad.

—Mami. —Stefan apareció en la puerta con un aspecto muy distinto del habitual, la cara congestionada y los ojos muy abiertos, con expresión horrorizada. Repitió—: Mami. —Parecía profundamente triste. Los cuatro comprendieron en el acto que debía de haber pasado algo malo. Se pusieron de pie uno tras otro, como en cámara lenta, y Stefan dijo—: No se levanta.

◆

Pocos minutos después, todos estaban en la habitación de Stefan, entre los soldaditos de la alfombra, mirando al perro muerto, delante de la cama. Stefan sollozaba e intentaba explicar lo sucedido:

—Se hizo caca ahí y yo lo regañé y también le pegué un poco y entonces él se cayó y movió las patas de forma rara y después... y después...

El fuerte llanto impidió que se oyera el resto, que no hubo manera de entender. Ludwig abrazó al niño, que pegó el rostro al reconfortante vientre de su padre. El llanto sonaba amortiguado, pero no menos desesperado por ello. Edith salió, y Annegret se arrodilló en la alfombra, dejando escapar un ay, y examinó el peludo cuerpecito negro como estaba acostumbrada a hacer. Respiración, pulso, reflejos. Acto seguido, se levantó.

—Fue el corazón, seguro.

Stefan lanzó un aullido y Eva le acarició la cabeza.

—Ahora *Purzel* está en el cielo de los perros. Hay una pradera sólo para perros...

Su padre añadió:

—Donde puede pasar el día entero jugando con otros perros...

Annegret revolvió los ojos, pero no dijo nada.

Por su parte, Edith volvió a la habitación con papel de periódico, con el que retiró de la alfombra los últimos desechos de *Purzel*.

◆

Tras envolverlo en una manta vieja, tendieron a *Purzel* en una caja de cartón que procuró Ludwig, en la que decía: «Harina para salsas Pronto, la única que no forma grumos». La familia añadió toda clase de ofrendas funerarias: la madre llevó una rodaja de embutido italiano; Annegret ofreció un puñado de caramelos de frutas, los verdes, que no le gustaban y que había apartado por ese motivo. Eva sacó de debajo del sofá, en la sala de estar, el juguete preferido de *Purzel*, una pelota de tenis mordisqueada. Stefan estuvo pensando un buen rato, sin dejar de hipar y sollozar, si meter en la caja su carro de combate de cuerda, pero al final se decidió por diez de sus mejores soldados, que protegerían a *Purzel* en caso de que en el cielo de los perros también hubiese perros malos. Después dejaron que Stefan eligiera quién quería que durmiese con él en su habitación. El niño dijo: «Todos juntos». Tras discutirlo, finalmente fue Eva quien durmió con él, abrazada al cuerpecito del niño mientras éste sorbía por la nariz y lloraba dormido. La caja, atada con una cuerda, estaba ante la cama. Edith escribió en la parte de arriba con una pintura azul oscura: «*Purzel*, 1953-1964». Eva hundió la nariz en el pelo de Stefan, que olía a hierba. Cerró los ojos y vio la lista, el archivador abierto en el cuarto sin ventanas. Por debajo de «Anton Brügger» estaba el siguiente nombre: «Ludwig Bruhns, suboficial de las SS, cocinero, Auschwitz, 14/09/1940-15/01/1945».

◆

En el baño, Edith se cepillaba los dientes en el lavabo con los ojos cerrados, para no tener que verse la cara en el espejo. Cuando escupió, la espuma era sanguinolenta. Por su parte, Ludwig estaba sentado en la sala de estar, en su rincón del sofá, delante de la televisión, de la que había retirado el tapete de ganchillo. Pasaban «¿Cuál es su fuerte? Aficiones y talentos, con Peter Frankenfeld». Pero Ludwig no veía que en la pantalla un hombre enseñaba su sótano, que tenía completamente lleno, del suelo al techo, de búhos de mentira de todo tipo. Ludwig pensaba en su hija Eva, que esa tarde había estado sentada a la mesa como si fuese una extraña.

◆

A la mañana siguiente, temprano, cuando hasta el mirlo solitario dormía aún, enterraron a *Purzel* bajo el abeto negro del patio interior. Ludwig hizo un agujero, luchando contra algunas raíces, que cortó golpeando con energía con la pala. De vez en cuando paraba para llevarse la mano a la espalda. Después Stefan no quiso soltar la caja, pero Eva logró quitársela a la fuerza, pero con delicadeza. El padre cantaba una canción en voz baja: «Acepta a este perrito, que fue bueno y fiel». Los demás lo acompañaban, aunque no conocían la melodía que al parecer seguía el padre. De vuelta al piso, Edith le pasó a Stefan el brazo por los hombros y le dijo que tendría otro perro, pero el niño repuso con seriedad que no querría nunca a otro, que sólo quería a *Purzel*. Eva se quedó un tanto rezagada y fue la última en entrar en casa. No quería que su familia viese cómo lloraba la muerte de ese perro que había disfrutado de una vida de lo más satisfactoria, al que se le perdonaba todo.

◆

Un rostro común y corriente. Estaba sentado entre la Bestia y el enfermero, pero no hablaba con nadie. Era como si se hubiese escurrido dentro del traje oscuro que llevaba. El acusado número seis era el más discreto de todos los que ocupaban el banquillo. El día septuagésimo octavo del juicio, uno después de la muerte de *Purzel*, se centró en el cometido que desempeñaba en el campo de concentración. El hombre se quitó los lentes de concha y los limpió con parsimonia con un pañuelo blanco mientras Eva traducía la declaración del polaco Andrzej Wilk, un hombre de tez grisácea que andaba en la cincuentena y olía a aguardiente. Estaban sentados de través a la mesa de los testigos, los dos vasos y la jarra de agua delante, además de los diccionarios de Eva y un bloc para tomar notas. Wilk contó que el acusado había matado a prisioneros en la denominada enfermería. Los conducían hasta una sala de consulta, donde los obligaban a sentarse en un taburete. Tenían que levantar el brazo izquierdo y taparse la boca con la mano para ahogar el grito que se esperaba que dieran y para que el acusado llegara con la aguja al corazón de su víctima. El testigo dijo en alemán: «Los "pinchaban", como decíamos nosotros». Después continuó en polaco, y Eva tradujo:

—Primero hacía de enfermero y después de portador de cadáveres. Así que una de mis obligaciones era quitar de allí a las personas que asesinaban. Sacábamos a los muertos de la habitación en la que los asesinaban y los llevábamos al sótano pasando por los lavabos. Y por la noche los cargábamos en los carros y los llevábamos al crematorio.

El magistrado presidente se inclinó hacia delante.

—Señor Wilk, ¿se encontraba usted en la habitación en la que el acusado ponía esas inyecciones?

—Sí, a medio metro o un metro de él.

—Aparte de usted y el acusado, ¿quién más estaba en la habitación?

—El otro hombre que cargaba con los cadáveres.

—¿A cuántas personas dieron muerte de esa manera en su presencia?

—No las conté, pero yo diría que entre setecientas y mil. Unas veces se hacía a diario, de lunes a sábado, y otras tres veces, o dos veces a la semana.

—¿De dónde llegaban las personas a las que se daba muerte allí?

—Del bloque veintiocho del campo. Y en una ocasión llevaron a setenta y cinco niños. Polacos, de entre ocho y catorce años.

—Y ¿quién mató a esos niños?

—El acusado de ahí. Junto con el acusado número dieciocho. Antes les dieron una pelota a los niños, con la que estuvieron jugando entre los bloques once y doce.

Se hizo una pausa, todos prestaron atención sin querer al patio de la escuela que había detrás de la casa señorial. Pero a esa hora allí no se oía nada, pues los niños estaban en clase. Sólo la sombra de un árbol se movía con suavidad detrás de los ladrillos de vidrio. El acusado se había puesto los impolutos lentes. Los vasos reflejaban la deslumbrante luz de los focos. Andrzej Wilk permanecía en su sitio, completamente tranquilo. Eva esperaba la siguiente pregunta del magistrado, que hojeaba una carpeta. El joven juez sustituto le señaló algo en un documento. Eva se dio cuenta de que rompía a sudar. En la sala siempre hacía un calor asfixiante, pero ese día Eva tenía la sensación de que allí no había nada de aire. Bebió un poco de agua del vaso que tenía en la mesa, pero después fue como si tuviese la boca más seca aún. El magistrado presidente formuló la siguiente pregunta, contemplando con su bondadosa cara de hombre de la Luna a Eva.

—¿Su padre también estuvo en el campo de concentración?

Ella miró al magistrado y se quedó completamente blanca. A su lado, el testigo, que había entendido la pregunta, contestó en alemán:

—Sí.

Eva bebió otro sorbo de agua que apenas pudo tragar. La figura del magistrado presidente se fue desdibujando ante sus ojos, como si desapareciese tras la pared de cristal. Pestañeó.

—Y ¿qué suerte corrió su padre?

El testigo respondió en polaco.

—El acusado lo asesinó delante de mis propios ojos. El 29 de septiembre de 1942. Por esa época ponían inyecciones a diario.

Wilk siguió hablando mientras Eva clavaba la vista en su boca e intentaba entender lo que decía. Pero también la boca perdió su forma, las palabras se derramaban.

—Yo estaba en la sala de consulta... acusados, esperábamos... la puerta... mi padre... Siéntese. Le van a poner una inyección... contra el tifus...

Eva le puso una mano en el brazo a Andrzej Wilk, como si quisiera agarrarse a él, y le pidió en voz baja:

—Por favor, repita lo que acaba de decir...

El testigo dijo algo, pero no era polaco. Eva, que no había oído nunca esa lengua, se dirigió al magistrado presidente, que se había desvanecido por completo:

—No lo entiendo... Señoría, no lo entiendo...

Se puso de pie, la sala empezó a dar vueltas a su alrededor; cientos de rostros giraban y, al mismo tiempo, vio que el suelo de linóleo se le echaba encima. Después, todo se volvió negro.

◆

Cuando abrió los ojos de nuevo, Eva estaba en un pequeño sofá de la habitación de descanso que había tras la sala, en el poco iluminado camerino de artistas, con sus espejos con luces. Alguien le había desabrochado los botones de arriba de la blusa. La señorita Schenke le puso un paño mojado en la frente. Al no escurrirlo bien, el agua se le metió en los ojos. La señorita Lehmkuhl, que la abanicaba con una carpeta, comentó:

—Ahí dentro hace un calor infernal.

David, apoyado en la puerta abierta, parecía preocupado de verdad. Eva se incorporó y dijo que ya se encontraba bien. David le indicó con un gesto que no se levantara:

—El testigo seguirá declarando en alemán. Lo habla bastante bien.

Un ujier apareció en la puerta e informó que el receso había concluido. La señorita Schenke y la señorita Lehmkuhl le hicieron una señal de ánimo a Eva y se fueron deprisa y corriendo. Eva quiso levantarse e ir tras ellas, pero las piernas le cedieron, como si tuviera las extremidades de un niño que intentaran sostener el cuerpo de un adulto. Respiró hondo. David entró en la habitación y tomó el último bocadillo de jamón que quedaba en uno de los platos que había delante de los espejos.

—Ludwig Bruhns es su padre, ¿no?

En un primer momento, Eva pensó que había oído mal, pero David siguió hablando:

—Trabajó de cocinero en el comedor de oficiales del

campo de concentración. ¿Cuántos años tenía usted en aquel entonces? —le preguntó.

Ella no respondió. La había desenmascarado. Buscaba la respuesta adecuada. Al final se dio por vencida y pronunció la frase que más se oía en la sala:

—Yo no lo sabía. —Y añadió—: No me acordaba de nada. De lo contrario, ¿cómo habría tomado este trabajo? Ni siquiera sabía que mi padre era de las SS.

David masticaba impasible, y Eva lo miró y se dio cuenta de que parecía satisfecho. Se enfadó y se puso de pie.

—Esto confirma sus sospechas, ¡¿no, señor Miller?! A fin de cuentas, siempre ha dicho usted que todos nosotros, cada una de las personas de este país, fuimos partícipes de todo. Salvo quizá sus compañeros de la fiscalía...

—Pues sí, eso es lo que opino —la interrumpió David—. El denominado Reich nunca podría haber funcionado a la escala a la que funcionó si no hubiese colaborado la mayoría.

Eva se rio, una risa desesperada.

—No sé qué hizo mi padre, aparte de freír huevos y preparar sopa. —Y agregó en voz queda—: Pero lo averiguaré.

David dejó en el plato el bocadillo mordisqueado y miró a Eva por el espejo:

—Domínese, señorita Bruhns. La necesitamos. —Se volteó y se acercó a ella—: Por mí nadie sabrá nada.

Eva lo observó; reparó en las grandes pupilas, distintas, que hasta ese momento sólo había visto tan de cerca en una ocasión, hacía meses, en el comedor de La casa alemana. Entonces aquello le extrañó, pero ese día esa diferencia en su rostro le resultó extrañamente familiar. Al cabo, asintió insegura y dijo:

—Andrzej Wilk me dijo esta mañana que le horrorizaba tener que hablar en alemán. Seguiré traduciendo.

◆

Unos días después, una mañana del sábado anterior a Pentecostés, cuatro personas caminaban por un aeródromo bajo un cielo azul claro. Un carrito portaequipajes los dejó atrás, empujado por un auxiliar de uniforme blanco que se detuvo junto a un pequeño avión plateado, un Cessna propiedad de Walther Schoormann.

—Un tiempo inmejorable para volar —comentó Jürgen a Eva.

A ésta, el vistoso pañuelo que llevaba en la cabeza, sobre el chongo, empezó a aflojársele y ondear al viento.

Brigitte iba del brazo de Walther Schoormann, que miraba a su alrededor con cara de curiosidad y sonreía como un niño, entusiasmado. Aunque no reconoció a Eva, la saludó con amabilidad diciendo:

—Ahora llevo pañal.

Fueron subiendo uno tras otro al aparato, y el auxiliar sacó las maletas del carrito y las colocó en la pequeña bodega, bajo la cabina. El piloto era un hombre cuyo rostro, tras unos lentes de sol de espejo y unos audífonos de gran tamaño, resultaba irreconocible. Le estrechó la mano a Jürgen y a Walther Schoormann y continuó revisando los indicadores, las palancas y los botones. Eva tomó asiento en la estrecha cabina, nerviosa. Había volado en una ocasión, a Varsovia, por trabajo, y no tuvo ningún problema en fiarse de un avión grande, panzudo. Pero ese aparato minúsculo parecía una maqueta, y no le daba ninguna sensación de seguridad. Eva le dijo a Jürgen, que se abrochó el cinturón de seguridad a su lado, que la palabra «*monomotor*» no le hacía ninguna gracia. ¿Y si ese único motor fallaba? Jürgen replicó con objetividad que el avión acababa de revisarse a fondo. La puerta se cerró, pero el avión no se movía. Walther Schoormann preguntó desde atrás por qué no se movían, y su hijo explicó que aún no tenían autorización. El piloto levantó tres dedos, que enseñó a Jürgen, y luego el pulgar. Eva sabía que tenían que esperar media hora. En esa media hora se suponía que surtirían efecto los somníferos que Brigitte había disuelto en el té de su esposo en el desayuno. Jürgen le había contado a Eva que la última vez que volaron de la isla a Frankfurt, cuando sobrevolaban más o menos Hamburgo, su padre quiso bajarse. Intentó abrir la puerta, algo no poco peligroso. Y por ese motivo Brigitte y Jürgen idearon ese plan. Mientras el miedo de Eva iba en aumento, Walther Schoormann se iba quedando dormido detrás de ella. Cuando echó la cabeza hacia atrás del todo, el piloto recibió por radio el permiso para despegar y puso en marcha el motor. Comenzaron a rodar hasta la pista de aterrizaje. Eva se agarró con las dos manos a los brazos de su asiento cuando el pequeño aparato aceleró. Y, cuando el motor empezó a aullar, un sonido cada vez más agudo, cuando las líneas de señalización de la pista empezaron a desfilar cada vez más deprisa bajo ellos, le dieron ganas de gritar. Jürgen le apartó la mano del brazo del asiento y se la tomó, las ruedas se separaron del asfalto: se elevaron, estaban volando. Dejaron atrás las casas, el tráfico y las personas de la ciudad y fueron cobrando altura en el azul celeste.

◆

El vuelo duró tres horas escasas. El ruido del motor era tal en la cabina que resultaba imposible mantener una conversación. Walther Schoormann dormía con la boca abierta, y Brigitte le limpiaba con un pañuelo la baba que le corría por la comisura de la boca. Jürgen leía documentos, señalando aquí y allá algo con un lapicero o efectuando alguna anotación. Eva vio que se trataba de contratos redactados en inglés. Brigitte sacó del bolso una revista, *Quick*, y se puso a leer. Eva contemplaba por la ventanilla el gran abismo que se abría abajo; seguía las oscuras líneas de los ríos; contaba las manchas verdes, los bosques, y se imaginaba paseando entre los árboles, pequeña e insignificante, y mirando hacia arri-

ba y viendo, a través de las copas, ese punto plateado que se deslizaba por el cielo sin hacer ruido. Eva
pensó que no estaría mal morir en ese instante. «Viví en
ese sitio, mi hermana vivió allí. Mi padre cruzaba esa
puerta a diario para ir a trabajar. Mi madre cerraba las
ventanas para que la casa no se ensuciara con el hollín
que salía por las chimeneas.» Hasta ese momento,
el único que lo sabía era David Miller. Y la mujer del
acusado principal, que había reconocido a Eva cuando
estaba tras la barra de La casa alemana. La miró con
abierto desprecio cuando, dos días antes, sus miradas
volvieron a cruzarse en la casa señorial. Y después la
mujer del sombrerito hizo un gesto con la mano como
para decir: «Ten cuidado, muchacha, no te vayas a ganar otra bofetada». Y de pronto Eva recordó. Era pequeña. Le picaba todo. Tenía picaduras de mosquitos
en los brazos y en las piernas; estaba en un jardín rodeado por un muro y se rascaba hasta sacarse sangre. En el
aire flotaba un olor dulzón, a quemado. En el jardín había rosales, en plena flor. Las flores amarillas y blancas.
Una niña alta con un vestido de hilo de rayas estaba en
medio del plantío, arrancándoles la cabeza a las rosas.
Era Annegret, que se reía, y Eva se reía con ella. Empezó
también a arrancar flores. Al principio le costó, pero
luego lo entendió. Se tiraban las flores la una a la otra, y
después les tocó el turno a los capullos. Sin embargo, de
repente Annegret dejó de hacerlo, se quedó mirando fijamente a algo que estaba detrás de Eva. Acto seguido

salió del plantío pegando un salto como un conejo, echó a correr por el jardín y desapareció en un arbusto. Eva se volteó despacio. Una mujer con una bata se acercó, tenía cara de ratón, de ratón furioso. Agarró a Eva por el brazo y le dio una bofetada. Y otra y otra más. Sólo entonces reparó Eva en que, además del olor a quemado, olía a las rosas que habían arrancado. En aquel entonces tenía cuatro años.

◆

En la casa de ladrillo con tejado de caña de los Schoormann, sobre cuya puerta principal se veía el número «1868» en hierro forjado, Brigitte mostró a Eva su habitación, en el ático, un cuartito con el tejado inclinado y cortinas de flores, papel pintado de puntos y una cama individual. Al hacerlo, Brigitte esbozó una sonrisilla irónica: «A fin de cuentas, todavía no están casados. —Y añadió en tono confidencial—: Jürgen está loco, pero por lo demás es un buen hombre». Se fue para ocuparse de su esposo, al que habían sacado medio dormido del avión entre todos, pero que ahora ya estaba completamente despierto y llamaba a su mujer atemorizado. Ésta dejó la puerta abierta. Por la ventana se veían las dunas, extrañamente áridas, recubiertas de hierba rojiza. Mientras tanto, Eva divisó una franja del mar del Norte, que en ese lado de la isla estaba embravecido y era peligroso. Jürgen metió la maletita de Eva y se acercó a la ventana.

Ella se apoyó en él, que le pasó un brazo por los hombros. Oía los latidos de su corazón, fuertes y agitados, como si hubiese estado corriendo.

—Jürgen, ¿por qué no vamos a la playa? ¿Crees que podrá bañarse uno en esta época?

—Lo siento, Eva, pero todavía no he terminado con los contratos, y tengo que enviarlos hoy sin falta por télex.

—¿En sábado?

Pasando por alto la pregunta, él se separó de ella y afirmó:

—Me alegro de que estés aquí. —Pero casi parecía enfadado.

—Jürgen, ¿no es un poco ridículo que durmamos en habitaciones separadas? Somos adultos. Y estamos comprometidos.

—No tengo intención de volver a hablar de ese tema contigo. Nos vemos luego.

Salió de la habitación, y a Eva le pasó por la cabeza que el día anterior había ido a buscarla a la casa señorial. La esperaba junto al coche y le hizo señas. Luego, cuando vio a David a su lado, bajó la mano despacio. David y ella no iban hablando, no se miraban, no se tocaban. Y, sin embargo, Jürgen debió de intuir que había algo que los unía, de lo que él estaba excluido. Eva vio la inseguridad que le provocaba. Lo ponía triste y celoso. Pero entonces ¿por qué se mostraba tan reservado? Jürgen seguía siendo un enigma para ella.

Eva se fue sola a la playa. Llevaba un bolso de tela de flores que le había regalado Brigitte, en el que había metido una toalla y ropa interior. Se había puesto el traje de baño debajo del vestido. Hacía un tiempo casi veraniego. Había alguna que otra nube blanca, henchida; el azul del cielo era vivo y pesado. Olía a florecitas, y entre la hierba se oían zumbidos. Cuando llegó a la amplia playa entre las altas dunas, Eva se quitó los zapatos. Iba sin medias, y fue descalza por la arena hacia el agua. Nunca había visto una playa tan grande. Aunque no eran pocas las personas que estaban sentadas o tumbadas en la arena o caminaban por la orilla, algunas incluso se metían en el agua, se sintió sola. Se detuvo y estuvo observando durante un rato el nacimiento y la muerte de las olas; cómo se agitaba el agua; cómo se acercaba, seguía creciendo y finalmente se doblaba en dos; cómo se derramaba clara y desaparecía, resplandeciente, en la arena. Su padre había crecido muy cerca de ese mar, pero a decir verdad sólo hablaba de los muertos, de los ahogados, de las víctimas que se había cobrado «ese titán colosal». De los padres de sus compañeros de escuela que eran pescadores y un día, después de hacerse a la mar, no volvían; de los hijos de dos vecinos, que se alejaron demasiado nadando. En una ocasión, Eva tenía quince años, fueron de vacaciones a Juist. Desde hacía algunos años el abuelo lobo de mar ya no vivía allí, y ellos se quedaron en casa de la tía Ellen, la hermana de su padre. Unos días antes, en una tormenta que estalló de repente, se había hundido una embarcación de recreo. Se ahogaron ocho personas y, menos a un niño de seis años, lograron encontrarlas a todas. Eva, a la que siempre le había gustado bañarse, no quiso meterse en el agua. Tenía miedo de que algo pudiera rozarla, de que ese niño se le enredara en las piernas, de que su rostro hinchado apareciera ante ella en una ola. Su padre le dijo que eso tampoco sería tan malo, ya que así los pobres padres por fin podrían enterrar a su hijo. Eva se avergonzó por pensar sólo en sí misma. Su padre era un buen hombre.

Siguió andando hasta que la primera ola le bañó los pies. El agua estaba fría como la nieve. Eva decidió pasear en lugar de bañarse. Continuó adelante, el sol dándole en el rostro, por la orilla, a veces entrando en las dunas, yendo y viniendo por las sendas de los conejos, y disfrutó deambulando por ese paisaje lunar. Sin embargo, de pronto se asustó: unos metros más adelante había algo de color claro tendido entre la oscura hierba de las dunas, un cuerpo inmóvil, y a su lado otro, y otro, y otro más, como si fuesen cadáveres, sólo que aún se movían. Eran personas que tomaban el sol desnudas. Eva se quedó impactada, dio media vuelta, cohibida, y fue hacia el mar. Y allí se topó con otra persona desnuda, que subía por la duna chorreando agua, corriendo, de forma que su miembro se movía hacia todas partes alegremente. Se puso roja de la vergüenza, se tapó los ojos con la mano y pasó por delante del hombre dando traspiés.

◆

Ya en casa, Brigitte puso la mesa para cenar en el zaguán. Tras ella se abría un amplio ventanal desde el que se veían las dunas y el mar. Unas vigas oscuras soportaban el bajo techo. En una chimenea de ladrillo rojo, ennegrecida de hollín por dentro, ardía un pequeño fuego, no para calentar la estancia, puesto que había calefacción central, sino para crear ambiente. Eva entró, sin aliento, y se quedó mirando un instante a Brigitte sin decir nada. Ésta le lanzó una mirada inquisitiva: «¿Qué ocurre?». Medio risueña, medio cohibida, Eva contó, balbuciendo, que en la playa había gente sin ropa ni traje de baño. Brigitte hizo un gesto con la mano como para restar importancia al hecho y siguió distribuyendo los platos. Ah, eso. Era la nueva moda. Por suerte, no había que seguirla si uno no quería. Romy Schneider, la actriz —Eva sabía quién era, ¿no?—, había estado en la isla una única vez y se había ido diciendo que era espantoso. En cada ola había un trasero al aire. Eva y Brigitte se miraron y se echaron a reír. Walther Schoormann entró en camiseta interior, el pecho hundido. Llevaba una camisa en la mano, con la que a todas luces no sabía qué hacer, y se acercó a Brigitte. Sólo de cerca vio Eva las líneas rojizas que le recorrían los hombros como si fuesen una red: cicatrices.

—¿De qué se ríen?

—De los nudistas. Eva tuvo un encontronazo.

—Lo siento, señorita —se disculpó Walther Schoormann—. Ahora, en mayo, empieza la actividad. Brigitte, para mí es un motivo para que vendamos la casa.

Brigitte ayudó a su esposo a ponerse la camisa mientras decía:

—Walli, ya hablaremos de eso. A fin de cuentas, tú te paseas por aquí medio vestido.

Walther Schoormann pasó por alto el comentario y se volteó hacia Eva.

—Ellos se justifican diciendo que no hay nada malo en mostrarse como Dios los creó. Y eso que casi todos son ateos.

Brigitte le abrochó la camisa.

—Tú también lo eres.

Eva no pudo evitar sonreír, y de pronto Walther Schoormann la miró con recelo.

—¿Usted no dirige un local? ¿Un local en la calle Berger?

Eva tragó saliva.

—Sí, mis padres, pero en la parte alta de la calle, no cerca de la estación.

El anciano entornó los ojos. No parecía satisfecho, de manera que Brigitte añadió:

—Es un restaurante, Walli.

Walther Schoormann se paró a pensar y acto seguido asintió diciendo:

—Al fin y al cabo, el hombre debe de comer.

◆

Por la noche, acostada en la estrecha cama de la pequeña habitación, Eva escuchaba el mar y pensaba en el hombre desnudo que había visto en las dunas. Tuvo que admitir que ver lo que vio la había estimulado, el hombre era atractivo y tenía un aspecto saludable y despreocupado. Eva pensó en lo mucho que le gustaría estar tendida junto a Jürgen. Notaba que de la vagina, como respetuosamente llamaba para sí a sus partes, le subían pequeñas oleadas agradables; introdujo una mano entre las piernas y cerró los ojos. Vio que el mar la envolvía con un suave susurro, Jürgen la abrazaba, el agua la cubría, caliente... De pronto Eva tuvo la sensación de que no estaba sola. Abrió los ojos. En medio de la habitación, ante la puerta abierta, había un bulto oscuro. Inmóvil.

—¿Jürgen? —preguntó en voz baja.

—¡No me sacarán nada!

Era la voz enérgica de Walther Schoormann, que repitió la frase. Eva se incorporó en la cama, sobresaltada, y buscó a tientas el interruptor de la lámpara de la mesilla. Entonces se encendió la luz del pasillo y en la puerta apareció Brigitte.

325

—Walli, te equivocaste de habitación.

Sacó a su marido con delicadeza y cerró la puerta. Para entonces Eva había encontrado el interruptor. Encendió la luz y se quedó mirando un rato el techo inclinado. Se tumbó de lado y contempló el cuadro que colgaba en la pared de enfrente: una marina. Un barco luchaba contra unas olas monstruosas. Había peces volando por el aire. «No acabará bien, está claro.» Eva apagó la luz. No podía dormir. Le dio sed. Probablemente había comido demasiada de la, en palabras de Brigitte, «inaudita ensalada de arenque». Aguzó el oído y al final se levantó. Se puso la moderna bata, que había comprado expresamente para el viaje, y bajó sin hacer ruido a la cocina, donde se encontró a Brigitte. Estaba sentada en esa habitación revestida de azulejos azules y blancos, en el banco de madera de la mesa, iluminada por el tenue círculo de luz de una lámpara que colgaba del techo, delante un botellín de cerveza medio vacío, sin maquillar y con la cara abotargada, como si hubiera estado llorando. Eva hizo ademán de irse, pero ella la invitó a quedarse:

—Siéntate. ¿Quieres una cerveza? Aunque a esta hora ya no hay ningún vaso.

—De acuerdo.

Poco después, las dos mujeres brindaban. Brigitte comentó que le gustaba la bata de Eva y luego, de repente, contó que había perdido a toda su familia en un bombardeo en Dresde: a su padre, que había ido de permiso del frente; a su madre y a su hermano. Ella tenía doce años. Walther era su padre, su madre, su hermano, su amigo y su amor, todo en uno. Y ahora a menudo no era más que un niño. Era como si fuese a perder de nuevo a todos los miembros de su familia.

—Pero para él es aún peor. Procuro que no se me note, pero él se da cuenta de lo triste que estoy. Desde que nos conocemos sólo ha querido una cosa: hacerme feliz. Y ahora me hace un poco más infeliz con cada día que pasa. Y no puede hacer nada al respecto. Todo ese dinero de mierda no le sirve para nada.

Brigitte bebió un poco de cerveza y guardó silencio. Eva se aclaró la garganta y preguntó por qué Walther Schoormann decía siempre esa frase. Brigitte repuso que ella apenas sabía algo del tiempo que había pasado en prisión. Pero lo habían torturado. Brigitte se levantó y dejó los botellines vacíos en una pequeña despensa que había detrás de la cocina. «De pequeña yo estuve en ese campo de concentración con mis padres», le dieron ganas de decir a Eva. Le habría gustado contarle a Brigitte que su madre, desde que ella tenía uso de razón, se ponía mala cuando olía a quemado. El incidente de La casa alemana. Las rosas destrozadas. Que difícilmente podía ser ésa la razón de que el acusado principal, después de tantos años, aún estuviese tan enfadado como para escupirle a su madre a los pies. A Eva le habría gustado preguntarle a Brigitte qué debía hacer, si decir algo o callarse. Pero no dijo nada y se levantó de la mesa. En el zaguán, ambas mujeres se dieron las buenas noches. Eva subió despacio la escalera. Con cada escalón lo comprendía mejor: no necesitaba ningún consejo. Desde hacía meses se sentaba en una sala con personas que habían vivido y trabajado en el campo de concentración. Desde hacía meses oía lo que había sucedido en ese campo, día y noche. Por boca de los testigos salían cada vez más palabras; las voces recorrían a Eva y tomaban forma en ella como si de un coro se tratase: era el infierno, creado y explotado por personas. Y desde hacía meses oía decir a los acusados que no sabían nada. Eva no se lo creía. Nadie que estuviese en su sano juicio se lo creía. El miedo que tenía de que sus padres dijesen eso mismo —«No sabíamos nada»— era demasiado fuerte. Porque en ese caso se vería obligada a separarse de su padre y de su madre.

◆

Eva fue por el pasillo de arriba hasta su habitación, la madera crujiendo bajo sus pies desnudos. Cuando llegó a la puerta tras la que dormía Jürgen, se detuvo. Sin pararse a pensar, llamó con suavidad y entró. Distinguió la silueta de la cama bajo la ventana, que estaba abierta. Al otro lado, el cielo era de un azul oscuro. Se sentó en el borde del colchón. Jürgen dormía boca abajo, no le veía la cara bajo el cabello negro.

—¿Jürgen?

Eva le acarició la cabeza, y él se despertó, resopló y preguntó adormilado:

—¿Le pasa algo a mi padre? —Se volteó.

—No, pero no quiero estar sola.

◆

Silencio, la cortina se mecía despacio con la brisa nocturna. Eva hizo un ruidito, estuvo a punto de reírse, ya que oía literalmente los pensamientos de Jürgen. Al final él levantó la manta y ella se tendió a su lado. La abrazó. Jürgen olía a resina, a jabón y a sudor. Buscó con la mano derecha la trenza que Eva se hacía cada noche, y esa vez ella notó que los latidos de su corazón eran más fuertes, más rápidos que los suyos. Fuera, en las dunas, revoloteaba algo. ¿Un pájaro?

—¿Fue un pájaro? —inquirió.

En lugar de contestar, Jürgen se inclinó sobre ella y le dio un beso breve y firme en la boca; se tendió encima, le apartó la bata con las dos manos, le levantó el camisón, le bajó los calzones, se quitó el pantalón de la pijama y se metió entre las piernas de Eva. Jürgen se agarró el erecto miembro, maniobró con él, maldijo, no encontraba cómo entrar en Eva; al cabo la encontró y la penetró con furia. Ella contuvo la respiración. Él se movió un par de veces dentro de ella, le hizo daño; después lanzó un suspiro desesperado, gimió y se desplomó encima de ella. Permaneció así un instante, su cuerpo pesado, sollozando con suavidad. Eva le acarició la cabeza. Él se separó y se sentó en el borde de la cama, se restregó el rostro con las dos manos.

—Perdóname, Eva.

Ella vio que era como un niño, brutal y desvalido al mismo tiempo. Le acarició la espalda mientras sentía que el semen le salía del cuerpo, caliente. Como si su vagina llorara.

◆

David convenció a Sissi de que lo acompañase. Fueron paseando a pie, casi como si fuesen un matrimonio, por unas calles desiertas, debido a la festividad, hasta la sinagoga del barrio de Westend mientras David le explicaba lo que era la festividad de Shavuot. Sissi iba tomada de su brazo; llevaba su vestido decente, de un rojo pardusco, y un sombrerito nuevo cuyo tono violeta no combinaba mucho con él. David hablaba, como tantas otras veces, del judaísmo, su credo, como si leyera de un libro. Y Sissi no escuchaba. Calculaba mentalmente si podría pagar los estudios de su hijo, que quería seguir yendo a la escuela dos años más para aprender el oficio de agente de viajes. Y eso que Sissi podía hacer que entrase de aprendiz de carnicero ya mismo. Ganando ochenta marcos al mes. «No seré carnicero. ¡Por encima de mi cadáver!», había exclamado él indignado. Quería ir a una oficina, vender viajes en países extranjeros y no llevar un mandil de plástico y abrir animales muertos. Sissi lo entendía de sobra, pero económicamente la cosa iría muy justa. A fin de cuentas, tampoco es que tuviera tantos clientes, y eso que su experiencia compensaba el proceso de envejecimiento que empezaba a acusar. Pero ¿durante cuánto tiempo? David le estaba contando que en Shavuot se festejaba la entrega de la Torá al pueblo judío en el monte Sinaí. Con la lectura de los diez mandamientos se renovaba el vínculo con lo inefable. Lactantes, niños pequeños, ancianos, todo el que estuviese en condiciones de hacerlo debía tomar parte en esa festividad. Por tradición, se bebía leche y se comían dulces hechos con leche y miel:

—Porque la Torá es como la leche, Sissi. La leche que el pueblo de Israel bebe con avidez, como si fuese un niño inocente.

—Ah —replicó ella.

Para entonces había llegado a la conclusión con sus cálculos de que se arriesgaría. Aunque para ello necesitase cien marcos más al mes. Si era preciso, trabajaría también en la barra del Mokka. No necesitaba dormir mucho.

◆

En la antesala de la sinagoga, algunos miembros de la comunidad se apresuraban a entrar. Las paredes estaban adornadas con ramas de abedul y cintas de colores. Los hombres lucían kipás solemnes; las mujeres, ropa de domingo y pañuelos de seda en la cabeza. Con tanta finura, los niños apenas se atrevían a respirar. El ambiente era afable y alegre. El rabino Riesbaum, un hombre serio y de mirada franca que, a lo largo de los últimos meses, había sido de ayuda a David en todas las preguntas sobre religión que le había formulado, lo saludó afectuosamente. A Sissi le dirigió una breve ojeada escrutadora y después la saludó con una leve inclinación de la cabeza. David se puso su kipá violeta, tras lo cual Sissi, risueña, se señaló el gorrito que llevaba y comentó que parecían gemelos. Hizo ademán de entrar en la sala, pero David le indicó una escalera lateral. Las mujeres tenían que sentarse en el balcón de las mujeres. Sissi subió unos escalones y miró hacia arriba, al espacio que ya ocupaban mujeres, niñas y niños pequeños. Después volvió con David y le dijo en voz baja:

—Ahí arriba tendré delante una pared.

—Es la tradición.

—Pues a mí me parece absurdo. Me marcho.

Sissi dio media vuelta y echó a andar hacia la salida. David la agarró del brazo.

—Por favor, quédate, te gustará. Y después hay comida. Tortitas con requesón. Y pay de queso.

Ella se detuvo.

—¿Pay de queso?

David sonrió.

—Pay de queso y los diez mandamientos. De eso se trata.

Sissi vaciló, pero dio media vuelta y empezó a subir la escalera, un tanto a regañadientes. David entró en la sinagoga, tan familiar para él a esas alturas. Algunos hombres lo saludaron con cordialidad con la cabeza. Así y todo, se sentía como un impostor.

◆

Arriba, tras la pared, Sissi escuchaba con las demás mujeres las oraciones, los cánticos y la lectura de la Torá en una lengua extraña. El recitador cantaba en arameo:

> *El Señor preparará comida para los justos.*
> *Quiera que ustedes, los piadosos*
> *que escuchan la gloria de este canto,*
> *estén invitados a esta comunión.*
> *Quiera que sean dignos*
> *de sentarse en este salón*
> *porque han escuchado los diez mandamientos,*
> *que entonamos en Su gloria.*

La melodía hizo pensar a Sissi en un niño ensimismado que canta mientras juega. No entendía las palabras, pero se sabía los diez mandamientos. Le parecían acertados todos y cada uno de ellos. Sissi tenía una relación sencilla con Dios: la dejaba en paz, y ella a él. En su vida había obedecido casi todos los mandamientos.

Únicamente no había podido honrar a sus padres: no había llegado a conocer a su padre y a su madre.

◆

«¡¿Que te quieres divorciar?!». Annegret casi se atragantó con el pay de merengue que estaba comiendo. Estaba sentada con el doctor Küssner en la cervecería al aire libre Hausberg-Schänke, que estaba completamente llena y desde la que se divisaba la ciudad. Habían ido en el coche de Küssner, porque Annegret no pensaba dar ni un solo paso que no fuese necesario en su tiempo libre. En la mesa, ante ellos, había tazas de café, lecheritas y dos platos con pay, aunque al doctor Küssner no le gustaba lo dulce. Las mesas de al lado las ocupaban niños que berreaban o comían, parejas acarameladas, senderistas sudorosos y sedientos. A su alrededor, ese domingo, bullía la vida, pero Annegret estaba pasmada. Küssner, que la observaba, añadió:

—Ya he hablado varias veces con Ingrid, y poco a poco parece que lo va aceptando. Se quedará con los niños en la casa que tenemos. Ya sabes que a mí nunca me ha gustado esta ciudad. Es fea, y será cada vez más fea. Tengo la posibilidad de hacerme de un consultorio en Wiesbaden. Es una casa antigua preciosa, de estilo modernista, con un jardín grande. Está en una zona elegante, donde sólo residen personas cultivadas. Niños buenos, padres afables. Me gustaría vivir y trabajar allí contigo.

Annegret, que masticaba y tragaba, dejó a un lado el tenedor de postre y se levantó.

—Discúlpame un momento.

Se abrió paso entre las sillas y las mesas y entró en la oscura cervecería, donde sólo había algunas personas entradas en años que huían del sol. Siguió el letrero que indicaba dónde estaban los baños: fue por un pasillo que no estaba ventilado, atravesó un patio pequeño y bajó una larga escalera que conducía al sótano. En los baños había tres cubículos, de los cuales, por suerte, uno estaba libre. Annegret entró, alzó la tapa del retrete y vomitó un chorro de merengue y crema a medio masticar. Jaló la cadena y se oyó el borboteo del agua, pero el merengue volvió a subir, de modo que tiró de nuevo. Así y todo, los pegotes blancos flotaban en el agua como pequeños icebergs. Para entonces, de uno de los cubículos había salido una señora.

—¿Necesita ayuda?

—No, gracias.

Annegret se limpió la boca con un pañuelo ante el sucio espejo. A continuación sacó el labial del bolso y se pintó la boca con un tono anaranjado demasiado llamativo. Después se desenredó el pelo con un peine y, con el mango, estuvo un buen rato ahuecándoselo. Finalmente dejó caer la mano.

◆

335

Arriba, en la cervecería, Hartmut Küssner no se arrepentía de nada. Había tenido miedo de entablar esa conversación, casi más que de hablar con su esposa. Había temido que cuando le expusiera a Annegret cómo veía su futuro en común sintiera que se estaba equivocando. Pero no había sido así. Todo lo contrario. Cuando Annegret volvió, con el vivo color del lápiz de labios, el cabello rubio blanquecino más algodonoso que nunca, voluminosa y peleona con su primaveral vestido de flores de gran tamaño, la mirada tan atemorizada y vulnerable, supo que la amaba. Que quería ocuparse de ella, que quería cuidarla durante el resto de su vida. Annegret se sentó frente a él y, casi de inmediato, empezó a comer pay de nuevo. Con la boca llena, dijo:

—Lo siento. Cometiste un error, Hartmut. No me iré contigo a ninguna parte.

—A Bierstadt, en Wiesbaden.

—Adonde sea. A vivir contigo. Siempre he sido clara: tú y yo sólo tenemos una aventura.

—Eso es lo que dices siempre, pero a mí me da lo mismo.

Annegret levantó la vista. No pudo por menos de sonreír, muy a su pesar, al ver a ese hombre insignificante, sin arrugas y medio calvo que mostraba semejante fuerza de manera tan inesperada. Dejó el tenedor a un lado.

—Yo ya tengo una familia.

—En la que acabarás siendo una vieja solterona.

—Ya. —Annegret hizo una mueca irónica y añadió—: Pues esta solterona dice que no. Y ¿qué hará usted ahora, doctor Küssner? ¿Raptarme y encerrarme en el sótano de esa increíble casa modernista de Bierstadt, Wiesbaden?

El médico sacó del bolsillo del saco unos lentes de sol que ella no conocía y se los puso.

—Tal vez.

Annegret se rio, pero era una risa falsa.

◆

El vuelo de vuelta desde la isla fue, como constató después Brigitte, «de un malo inaudito». Empezaron ya metiéndose en unos nubarrones negros, porque en un principio al piloto le pareció un desafío emocionante, y después atravesaron una lluvia intensa que se convirtió en tormenta. El pequeño aparato se tambaleaba de tal forma que incluso Jürgen se agarraba de vez en cuando discretamente a su asiento. Por si eso no fuera poco, a Walther Schoormann no le hicieron efecto los tranquilizantes que había tomado por la mañana, lo cual no se puso de manifiesto, no obstante, hasta estar en el aire. Temía por su vida, aunque, por suerte, no se puso a dar puñetazos, sino a hablar sin parar. Sólo se entendían retazos de frases y palabras aisladas, pero el tema era evidente: el comunismo como único orden social humanista duradero. Eva escuchaba mientras era zarandeada; era el único pasajero que no tenía miedo, como si hubiese dejado de sentir.

◆

Más tarde, cuando abrió la puerta de casa, Eva esperó sin querer que la recibiera *Purzel* en el pasillo; sin embargo, lo único que pasó fue que Edith salió de la cocina. Le quitó a su hija el abrigo, empapado, pues llovía, y la saludó diciendo: «Vaya tiempecito nos has traído», una fórmula de cortesía que por lo general sólo utilizaba con desconocidos. Tampoco aguardó a que le respondiera, sino que siguió hablando y contó que el día anterior Stefan había desenterrado a *Purzel*. El padre, que salió de la salita con cara de haberse quedado dormido, añadió que Stefan se había dado cuenta de que le faltaban dos de sus mejores soldados para tener un «efectivo militar operativo» para enfrentarse a su amigo Thomas Preisgau, algo en lo que no había pensado cuando enterraron a *Purzel*. El niño estaba sentado a la mesa de la cocina, haciendo la tarea. Abrazó a Eva y le relató con elocuencia el nuevo estado en el que se encontraba *Purzel*, sus ojos, que sencillamente habían desaparecido, y el olor bestial. Al recordarlo, Stefan se tapó la nariz, mientras su madre volvía a los fogones, pues estaba preparando la comida, un guiso a base de restos de verduras y carne de la cocina de Ludwig. A decir verdad, a Eva le gustaba ese plato, que Ludwig llamaba «el pequeño gran puchero», pero en la mesa removió la comida en el plato sin apetito. Habló de la gran playa de la isla más septentrional del mar del Norte, a lo que Ludwig, patriota de Juist, comentó refunfuñando: esa playa era obra del hombre, «descargan arena de China cuando los turistas no miran». Después de comer, cuando estaban tomando el café, Eva repartió los regalos que les había comprado. Para Annegret, té de las islas Frisias orientales y una gran bolsa de azúcar cande, que ella apartó para la cena. Para sus padres, un azulejo azul y blanco en el que, con trazo delicado, una joven pareja patinaba sobre hielo. Se alegraron desmesuradamente, y Eva se percató de lo cansados que parecían ambos. A Stefan, Eva le puso en la cabeza una gorra de capitán azul con borlas. El niño le dedicó una sonrisa radiante y salió corriendo al pasillo, donde hizo un saludo militar ante el espejo y empezó a marchar arriba y abajo:

—Izquierda, derecha, izquierda, derecha, ¡firmes!

Eva le dijo:

—Stefan, es una gorra de capitán.

Su hermano se paró a pensar un momento y exclamó:

—¡Todo el mundo a babor! ¡Recojan los cabos! ¡Vía de agua en popa!

Y, mientras en el pasillo un barco amenazaba con hundirse, Eva y sus padres permanecían sentados a la mesa en silencio, Edith y Ludwig con las manos apoyadas en el hule. La lluvia que Eva había traído de la isla repiqueteaba en la ventana de la cocina. Bebió un poco más de café, que se le había enfriado y estaba insípido, y puso asimismo las manos en la mesa. «No hables. No te muevas. Aguanta la respiración hasta que se te pase. Y nadie saldrá herido.»

◆

David estaba nervioso. Había dormido mal y parecía enfermo. El rubio se percató en cuanto se dieron los buenos días en la sala. Le habría gustado ponerle la mano en el hombro, pero se limitó a comentar, con sorna, que por fin había llegado el gran día de David. Por fin se ocuparían del acusado número cuatro. Sin embargo, reaccionó con tanta seriedad al comentario que el rubio lamentó haberlo efectuado. Todavía no había descubierto lo que unía a David con ese acusado, con la Bestia, que para el fastidio de la fiscalía, seguía en libertad. Habían tenido que aplazar ya tres veces su ingreso en prisión por motivos de salud. Quince antiguos prisioneros habían sido citados a lo largo de los días siguientes para testificar sobre lo sucedido en el bloque once. Seis de ellos eran polacos y dependerían de la traducción de la señorita Bruhns. Ese día, Eva se presentó en la casa señorial como si no hubiera pasado nada. Saludó a la señorita Schenke y a la señorita Lehmkuhl y cambió impresiones con ellas sobre la falta de elegancia de las prendas impermeables. Seguía lloviendo, la ola de frío procedente del noreste se extendía. Dentro, en el vestíbulo calentado en exceso, tras los cristales empañados, los periodistas parecían inquietos: asediaban al fiscal general, a los fiscales y a los abogados defensores; se vigilaban mutuamente; discutían a voz en grito por las cabinas telefónicas. Dos de ellos llegaron a los golpes y los tuvo que separar un ujier. Los reporteros contaban con escuchar nuevas atrocidades y, por tanto, con conseguir una buena tirada. Los sitios destinados a los asistentes también estaban reñidos. La esposa del acusado número cuatro, la belleza marchita, ocupaba su lugar en primera fila, ese día más recta que nunca. Llevaba un traje sumamente elegante, el peinado pulcro y un maquillaje discreto. Eva, que la observaba desde el otro lado de la sala, pensó que parecía una antigua cantante de ópera que hubiera representado todos los papeles dramáticos: Ofelia, Leonor, Crimilda, pero sin que éstos hubiesen hecho mella en ella.

Se hizo el silencio, apareció el tribunal y se llamó a la primera testigo. Nadia Wasserstrom, que había trabajado de secretaria personal del acusado número cuatro en el campo de concentración. El rostro de chimpancé permaneció impasible cuando la mujer se acercó a la mesa de los testigos caminando despacio, con muletas. Eva la ayudó a tomar asiento y tradujo lo que la mujer recordaba. Cuando comenzó a hablar en polaco con claridad, sin titubear, sin pararse a buscar palabras, Eva fue traduciendo sus frases al mismo ritmo, para entonces ya sin ayuda de sus diccionarios, encontrando las acepciones, haciendo las pausas, y se percató de que algo había cambiado. Intentó averiguar qué era mientras traducía que el acusado, que dirigía el departamento político del campo con la graduación de sargento primero de las SS, ordenaba el fusilamiento de personas aleatoriamente en la pared negra y él mismo había disparado a hombres, mujeres y niños. Había inventado una especie de columpio en el que colgaban a los prisioneros cabeza abajo. En esa posición indefensa, los interrogaba y los apaleaba y les daba latigazos, a muchos de ellos hasta matarlos. Mientras se referían estas cosas, el acusado número cuatro ladeaba la cabeza ya a la izquierda, ya a la derecha. En una ocasión le guiñó un ojo a su mujer, que esbozó una breve sonrisa. Cuando el magistrado presidente lo reprendió por ello y le preguntó qué tenía que decir a esas acusaciones, su letrado, el Conejo Blanco, respondió después de ponerse de pie: «Mi cliente rechaza de forma categórica las acusaciones. Él únicamente realizaba interrogatorios porque cumplía órdenes».

◆

Durante el descanso para comer, Eva se quedó en la sala. ¿Estaba enferma? Sudaba y se enjugaba la frente con un pañuelo. Sacó de la cartera un frasquito y lo abrió: aceite de menta, que llevaba siempre consigo desde que se había desmayado, y le había ido bien unas cuantas veces para combatir las náuseas. Lo olió y esperó a percibir el intenso olor a fresco, pero no notó nada. Debía de tener la nariz congestionada. Quizá fuera a atrapar una gripe. David tampoco se movió de su sitio. Miraba fijamente el banquillo de los acusados, vacío, y la silla del acusado, que en ese momento comía en la cantina, tras la sala, con los demás hombres en una mesa apartada, protegidos de curiosos y periodistas por agentes de policía.

◆

Tras el descanso, Nadia Wasserstrom siguió con su declaración. Eva traducía: «Una vez el acusado mató a golpes a un hombre muy joven, un judío alemán. Fue el 9 de septiembre del 44. Lo recuerdo muy bien, porque antes de someterse al interrogatorio se desmayó delante de mí, en la antesala. De hambre. A mí, una guardiana me había regalado un pedazo de bizcocho, y se lo di. Luego el acusado lo hizo entrar en su despacho para interrogarlo. Dos horas después, la puerta se abrió de nuevo. El joven colgaba del columpio. Ya no parecía un ser humano. Le habían quitado la ropa. Tenía el trasero y el miembro hinchados, sanguinolentos, abiertos; no era más que un bulto, un bulto sanguinolento. Luego llegó otro prisionero para sacarlo. Yo tuve que limpiar la sangre». Eva vio la imagen, estaba en la antesala y era consciente de cada detalle: los rasgos del muerto, la puerta abierta del despacho, el rastro rojo que llegaba hasta el columpio. Veía cada detalle y, sin embargo, era como si estuviese ciega. Miró por la sala como si buscase algo y se topó con la mirada inexpresiva de la mujer del acusado. Eva se asustó, pues fue como mirar un espejo. Y entonces supo lo que era distinto ese día: no sentía nada.

David se puso de pie, se inclinó hacia el micrófono del rubio y preguntó, aunque no le estaba permitido:

—El que tuvo que sacarlo era su hermano. Su hermano menor, ¿no es así?

Eva miró un instante al rubio, que asintió escuetamente, y ella se volteó hacia Nadia Wasserstrom:

—¿Era su hermano?

—Eso no lo recuerdo.

Sosteniendo un papel en alto, David insistió:

—Permítame que le enseñe esto, señora Wasserstrom. Fue lo que declaró el 10 de enero de hace dos años ante el juez de instrucción.

Eva habló en voz baja con Nadia, que sacudió la cabeza, y David perdió los estribos:

—¡Pues haga memoria! Vuelva a preguntarle.

—David, siéntese —silbó el rubio.

El magistrado presidente advirtió al mismo tiempo por el micrófono:

—No creo que eso tenga importancia.

El rubio agarró a David del hombro y lo obligó a tomar asiento, cosa que éste hizo de mala gana. Se pasó las manos por el cabello y, acto seguido, volvió a ponerse de pie de repente, atravesó la sala a la carrera, la zona destinada al público, y, tras subir los escalones que llevaban a la puerta, salió. Eva vio que el acusado también seguía los pasos de David y le dijo algo a su abogado, que se levantó: su cliente quería efectuar una declaración. El magistrado presidente se volteó hacia la cara de chimpancé e hizo un gesto. Adelante. El acusado se puso de pie y afirmó con voz meliflua:

—Ese día no estaba en el despacho. Celebrábamos el cumpleaños de nuestro comandante, que había invitado a unos veinte oficiales a una excursión en barco por el Sola y después a comer en el comedor de oficiales. Pregúntele a mi esposa, que también estuvo allí. O al oficial adjunto, aquí presente, que asimismo asistió con su esposa.

El magistrado presidente se volteó hacia los jueces sustitutos y deliberaron un instante. Pidieron a la mujer del acusado que se acercase. Ella se presentó y empezó a relatar, lenta y detalladamente, lo que ocurrió ese día. Eva, que había tomado asiento junto a la fiscalía con Nadia Wasserstrom, tradujo en voz baja a la testigo, que la escuchó con atención, pero sin perder de vista a la esposa del acusado. La belleza marchita recordaba numerosos pormenores, pero, sobre todo, la comida en el comedor de oficiales. Había cerdo asado. Con puré de papa y en-

345

salada de pepino. Para finalizar, la mujer abrió el bolso y sacó algo:

—Esta fotografía se tomó en el postre. ¿Desearía verla?

Mientras tanto, Nadia Wasserstrom dijo a Eva:

—Pues sería otro día. Otra fecha. Pero eso fue lo que sucedió, sólo que otro día.

Sin embargo, Eva no la oía, aunque la testigo le hablaba al oído. Eva miró la fotografía que sostenía en la mano la mujer del acusado: estaba segura de que en ella también aparecía su padre. Riendo entre los saciados oficiales y sus esposas. Pero a Eva le dio lo mismo.

◆

Por la tarde llovía. Cuando Annegret salió del hospital y fue a buen paso hasta la parada, el doctor Küssner la estaba aguardando. Al igual que la primera tarde que pasaron juntos, se apartó del oscuro coche y le cortó el paso. Tenía el abrigo empapado, a todas luces debía de llevar algún tiempo esperándola. Los últimos días, en el hospital, lo había estado evitando, y ahora él la agarró con tal fuerza del brazo y la llevó al coche con tal resolución que se habría armado un escándalo si Annegret hubiese intentado zafarse de él. La sentó en el asiento del acompañante, cerró la puerta y se sentó al volante. Annegret preguntó, con fingida sorna, si de verdad pretendía raptarla. El doctor Küssner pasó por alto la pregunta y le comunicó que se había ido de casa. Annegret repuso, furiosa: «¿Y eso a mí qué me importa?». Él contestó que abandonara de una vez esa postura malsana de que no le importaba nada. La enfermera Heide, que pasaba por delante del automóvil envuelta en una gabardina informe, oyó las voces. Miró un instante a través de unos cristales que empezaban a empañarse y reconoció a los que discutían. Vio confirmada la sospecha que abrigaba desde hacía tiempo y se fue a su casa satisfecha. Una vez más se ponía de manifiesto la maldad del ser humano.

En el coche, el doctor Küssner lloraba, torpe pero sinceramente, cosa que Annegret apenas podía soportar.

—¿Se puede saber a qué viene esto ahora? ¿Acaso crees que me puedes presionar así? ¿O lloras porque te arrepientes? Porque ya te he...

—¡Cierra el pico! —espetó Küssner, con inusitada procacidad. Se enjugó las lágrimas y se quedó contemplando la lluvia, que corría por el parabrisas—. Estoy triste porque le he hecho daño a mi esposa. Estoy triste porque ya no viviré con mis hijos. Y, a pesar de todo, sé que hago lo correcto. —Se irguió, hizo girar la llave en el contacto y arrancó el coche. Puso el limpiaparabrisas, que le permitió ver la calle, los transeúntes, las luces de los otros vehículos—. Vamos a Wiesbaden. Quiero enseñarte la casa.

Annegret agarró la manija de la puerta.

—No quiero ir.

Pero el doctor Küssner puso la direccional para incorporarse al tráfico.

—Te quiero.

Era la primera vez que alguien le decía eso a Annegret.

—No me conoces.

—¿Qué tiene que ver el amor con conocerse? —Küssner aceleró, y en ese preciso instante ella abrió la puerta para bajarse del automóvil en marcha. Küssner pegó un frenazo—. ¡¿Te volviste loca?!

Annegret se lastimó un pie y exclamó que era un cerdo egoísta, como todos los hombres, y cerró de un portazo. Se alejó cojeando, fuera de sí.

El doctor Küssner tocó el claxon dos veces y se fue. También estaba furioso, pero no tardó en calmarse. Fue él solo a Wiesbaden, firmó el contrato de arrendamiento del próspero consultorio de pediatría y el de la villa modernista con el jardín cubierto de maleza, y confió en tener un futuro en común con Annegret.

◆

Annegret entró en el departamento que estaba encima de La casa alemana. El tobillo apenas le dolía ya. Era dura. «¿Hay alguien?» Nadie le contestó. Colgó la gabardina mojada en el perchero y fue directamente a la habitación de su hermana. Se acercó a su escritorio, abrió el segundo cajón de arriba y sacó uno de los cuadernos azules. Se tumbó en la cama de Eva, extrajo del bolsillo del pantalón abotinado negro que llevaba un caramelo de fruta, que se metió en la boca, y empezó a leer: «Primero llevaban a las "duchas" a las mujeres y a los niños y después a los hombres. Para engañar a las víctimas y evitar que les entrara el pánico, habían puesto letreros: BAÑOS y SALA DE DESINFECCIÓN. De quinientos a setecientos adultos y niños de un transporte apiñados en alrededor de cien metros cuadrados. Por una abertura practicada en el techo se introducía Zyklon B dentro de un recipiente de malla y se descargaban en una columna de malla. Al otro lado de las cámaras de gas se oían primero gritos y después un zumbido de voces, como si fuese una colmena que se iba apagando poco a poco. La muerte sobrevenía entre cinco y quince minutos después. Tras airear la cámara durante treinta o cuarenta minutos, el comando especial debía sacar los cadáveres. Tenían que reunir las joyas, cortarles el pelo a los muertos y arrancarles los dientes de oro; tenían que separar a los niños de sus madres...». Annegret cerró los ojos y pensó en el pequeño Martin Fasse. Desde que había muerto, había logrado dominarse. En el trabajo ya ni siquiera llevaba consigo la jeringuilla, esa jeringa con el líquido pardusco que hacía que los niños se debilitaran, perdieran las fuerzas y estuviesen cansados. Annegret se quedó dormida: el caramelo a medio chupar se le cayó de la boca y fue a parar a la almohada; el cuaderno abierto, sobre el vientre. Así la encontró Eva cuando volvió a casa. Se quedó mirando a su hermana dormida, le quitó el cuaderno y la zarandeó por el hombro.

—¡¿Se puede saber qué estás haciendo aquí?! —Annegret pestañeó, se despertó y se incorporó. Eva siguió hablando, enfadada—: ¡¿Cómo se te ocurre fisgar en mis cosas...?!

—No estaba fisgando, estaba leyendo.

—Annegret, ¿podrías decirme por qué? ¿Por qué haces esto?

Ella hizo un gesto para quitarle importancia y se levantó de la cama, el colchón gimiendo. Se plantó delante del ropero de Eva, cuya puerta central tenía un espejo. Se atusó el pelo rubio blanquecino con el pulgar y el índice y repuso:

—Me entretiene. —Eva miró a su hermana por el espejo: debía de haber oído mal. Annegret continuó—: Es como en el hospital, ¿sabes? Los pacientes siempre intentan superarse contando historias malas.

—¡Éstas no son historias! Son cosas que sucedieron.

Eva no daba crédito.

—Todo el mundo quiere ser el que ha estado más cerca de la muerte. Entre los padres, los que gozan de más respeto son aquellos cuyo hijo está más enfermo. Y cuando muere, reciben la corona de oro.

—¡¿Se puede saber qué estás diciendo?!

Eva se mareó; era como si estuviese teniendo una pesadilla en la que personas conocidas cometían atrocida-

350

des. Annegret se volteó hacia ella y se acercó. El aliento le olía pastoso, a caramelo de frambuesa.

—A ver, Eva, tú no eres tan tonta, y el sentido común le dice a uno que esto son patrañas, que esta gente miente más que habla. Eso era un campo de trabajo...

—En el que se asesinó de forma sistemática a cientos de miles de personas.

Eva miró a su hermana, a la persona que conocía de toda la vida.

Annegret siguió hablando como si nada.

—Eran criminales, no se les iba a tratar con guantes de seda. Pero las cifras que dan son un disparate. He hecho un cálculo aproximado, a fin de cuentas sé algo de química. ¿Sabes cuánto Zyklon B de ése habría hecho falta para matar a toda esa gente? Habrían tenido que llegar cuatro camiones al día, cargados únicamente con...

Eva salió, dejando a Annegret con la palabra en la boca. Ésta fue tras ella y siguió diciendo que, desde el punto de vista logístico, ese supuesto exterminio masivo no habría sido posible. Eva entró en la sala de estar y abrió el aparador, sacó la carpeta de cartón amarillo y la abrió. Le enseñó a Annegret la hoja que había encima de todo.

—Esto lo dibujaste tú. —Annegret se calló y se quedó contemplando el tejado puntiagudo, la puerta torcida y las ventanas demasiado grandes, las dos niñas con trenzas y las dos columnas de humo en el horizonte. Se encogió de hombros, pero Eva vio claramente que la frente de su hermana se perlaba de sudor, que palidecía. Eva dijo—: Estas dos niñas somos nosotras. Estuvimos allí, Annegret. No muy lejos de nosotras murieron todas esas personas. Estuvimos allí y lo sabes.

Las hermanas se miraron a los ojos. Eva rompió a llorar, sollozaba. Annegret parecía cada vez más aturdida, como si alguien la hubiese despertado de un largo sueño comatoso. Dio un paso hacia Eva, como si fuese a abrazarla. Entonces se abrió la puerta de fuera y oyeron decir a su padre:

—Madre mía, qué manera de llover. Esto es el diluvio universal.

◆

Annegret le quitó el dibujo de la mano a Eva y empezó a hacerlo pedazos. Ludwig y Edith aparecieron en la puerta. Ludwig, que parecía más tieso que de costumbre, preguntó de buen humor:

—¿No ven nada que les llame la atención?

Edith, por su parte, vio en el acto que pasaba algo entre ellas. Sus ojos pasaron de Annegret, que seguía partiendo el papel en pedazos cada vez más pequeños, a Eva, que se limpiaba la cara. Tenía las mejillas congestionadas y el chongo se le había deshecho. Entonces entró en la sala de estar Stefan.

—¡Papi lleva *crosé*!

—Se dice corsé, renacuajo. Y se adapta bien. Creo que ya me está haciendo algo.

Edith espetó:

—Déjalo ya, Ludwig. Y tú, conejito, a tu habitación.

—¡¿Por qué?! Eva, ¿has estado llorando?

—Sí, por *Purzel*.

Eva tragó saliva y se controló. Por su parte, Edith empujó a Stefan hacia la puerta.

—A practicar el dictado. ¡Vamos! O te quedas sin pudin.

Stefan resopló y salió de la habitación. Los cuatro restantes se quedaron donde estaban. Ahora también Ludwig se asustó.

—¿Pasa algo importante? Dentro de media hora tengo que estar en la cocina.

Eva pensó: «Ya no puedo perder más», y preguntó:

—Papá, ¿qué se sentía dar de comer a los asesinos?

En ese momento Annegret dejó caer la lluvia de papeles en la alfombra en señal de protesta y se marchó.

Ludwig se sentó a la mesa. Reinaba el silencio. Sólo de vez en cuando se oía un suave repiqueteo en la ventana, cuando el viento arrojaba contra ella gotas. Edith se arrodilló en la alfombra y se puso a recoger los papelitos. Eva miró el cuadro de la pared e intentó acordarse del nombre de las vacas.

—¿Qué quieres saber, Eva? —preguntó Ludwig.

◆

«Una *bisita* al *zo* es para toda la familia. *Bemos* los animales y estamos *protejidos* de los animales peligrosos por *ballas*.»

En la habitación contigua, el cuarto de Stefan, Annegret ayudaba a su hermano con el dictado. A su lado, pronunciaba el texto con suma claridad. Stefan, inclinado sobre el cuaderno, escribía despacio, cometiendo numerosos errores.

—Zoológico, cariño. Con dos oes. Siguiente frase: «Se pueden ver cabras o caballos por todas partes, pero (abre interrogación) ¿dónde está la impresionante melena de un león y el vistoso pelaje de un tigre? (cierra interrogación)».

◆

«Fueron años felices», había empezado diciendo su padre. A Eva le resonaba esa frase en la cabeza como si de un eco se tratase mientras viajaba en el tranvía, agarrada a un asidero con la mano derecha. Iba camino a las oficinas de la fiscalía. Cuando estaba hablando con su padre y su madre del tiempo que pasaron en el campo de concentración, el teléfono había sonado en el pasillo. Era la señorita Schenke: había que traducir urgentemente un télex de Polonia. Pese a lo tarde que era, el tranvía estaba abarrotado. Eva iba apretujada entre cuerpos que respiraban, pero no notaba su roce. Veía a su padre, sentado a la mesa más recto que de costumbre. A su madre, con las manos entrelazadas a la espalda, apoyada en el aparador. «Fueron años felices», afirmó su padre, porque ese trabajo había sido el primero que le permitía estar con su mujer y a sus hijas. Vivían por vez primera como la familia que eran, en una casa amplia, con las necesidades cubiertas y protegidos. Sólo con el tiempo entendieron lo que pasaba en el campo de concentración. Los hombres que acudían al comedor de oficiales eran oficiales formales, no todos, naturalmente, también había algunos que bebían demasiado. ¿El jefe del departamento político? ¿El que tenía cara de chimpancé? Educado y discreto. A veces pedía las sobras. Para los prisioneros que trabajaban en su departamento. No, no sabían lo que hacía cuando trabajaba. No, los oficiales de las SS no hablaban de trabajo cuando comían. La madre de Eva afirmó que ni siquiera había estado en el campo. Se ocupaba de las tareas del hogar, lavaba y cocinaba. Cuidaba de sus hijas. Sí, también tenía que cerrar las ventanas. Olía mal cuando el viento soplaba del este. Y, sí, sabían que se quemaban cadáveres. Pero sólo después se enteraron de que mataban a las personas en cámaras de gas. Después de que terminara la guerra. ¿Por qué no pidió su padre el traslado? Lo solicitó dos veces. En vano. Sí, cierto, pertenecía a las SS desde antes de que estallara la guerra. Pero únicamente porque se sentía solo, porque pasaba mucho tiempo separado de la familia. No por convicción. Eva quiso saber por qué el acusado principal había escupido a los pies a su madre.

—Y ¿por qué fue tan hostil su mujer? ¿Qué tienen contra ustedes?

Edith repuso que no lo sabían. Y su padre repitió esa frase:

—No lo sabemos.

En el pasillo sonó el teléfono. Cuando Eva volvió a la sala de estar tras mantener una breve conversación e informó que tenía que ir a las oficinas, el padre la miró y dijo, como para poner punto final:

—No teníamos elección, hija.

◆

Eva se bajó en la parada más cercana al bloque de oficinas. No recordaba haber estado tan cansada en su vida. Tuvo que hacer un esfuerzo para no sentarse en una banca del parque y no volver a levantarse. Subió en ascensor hasta el piso octavo, llamó al timbre de la puerta de cristal y la señorita Schenke apareció al otro lado para abrirle.

—Oye, ¿te vienes después al Boogie?

Eva negó con la cabeza.

—Vendrán Lehmkuhl, Miller y ese otro pasante... ¿Cómo se llama, el que tiene las pestañas tan largas?

—El señor Wettke —contestó Eva.

—Ése.

En ese instante apareció en el pasillo el rubio, que se acercó a Eva a buen paso, el rostro sumamente tenso. Le entregó una hoja de papel fino con la tinta algo emborronada. Un télex. Eva leyó por encima el breve texto y lo tradujo: «El viaje ha sido aprobado por la máxima autoridad. Se expedirán visados para todos los solicitantes». Durante un momento dio la impresión de que el rubio iba a abrazar a Eva, después se limitó a hacer un gesto de asentimiento y le estrechó la mano con inusitada cordialidad.

—Gracias.

—¿Es todo?

—Todo, sí. Pero era importante. Se trata de la inspección ocular. Iremos a Polonia.

Eva cayó. Ya desde que los acusados alegaran por primera vez en la sala que no habían podido ver o saber esto o aquello, puesto que tenían el despacho en otra parte; después de que se afirmara repetidas veces que el plano del campo de concentración no era correcto, la acusación había presentado una solicitud a través del rubio para poder inspeccionar el campo. La defensa se opuso: Alemania y Polonia no mantenían unas relaciones diplomáticas fuertes; organizar un viaje así tras el Telón de Acero sería demasiado costoso. Sin embargo, el rubio se mantuvo en sus cabales, y finalmente se dirigió a las máximas instancias políticas de Bonn y Polonia. Para él, el télex que habían recibido ese día suponía el mayor logro del proceso hasta el momento. Parecía satisfecho. Eva preguntó en voz queda:

—¿Los acompañaré yo o hay alguien allí que pueda encargarse de la traducción?

El rubio la miró como si sólo entonces la reconociera.

—¿Puedo hablar un instante con usted, señorita Bruhns?

A Eva le sorprendió el tono personal. Lo siguió por el pasillo hasta su despacho. El abogado le señaló una silla y se quedó de pie junto a la ventana, de espaldas al patio, donde el siguiente rascacielos de la ciudad se alzaba hacia el cielo.

—Vino a verme su prometido.

Eva se sentó.

◆

Después de volver de la isla, a la mañana siguiente, Jürgen se presentó en las oficinas de la fiscalía. David Miller le abrió la puerta; se escudriñaron un instante. La antipatía fue mutua.

—La señorita Bruhns no se encuentra hoy aquí —informó David.

—Lo sé, me gustaría hablar con el fiscal jefe.

David vaciló y después hizo un gesto desmesuradamente servicial con la mano.

—Por favor, sígame.

David echó a andar y Jürgen fue tras él por el pasillo. Reparó en el pelo de David, demasiado largo en la nuca; en su saco de punto; en lo poco adecuados que eran sus zapatos, parecidos a tenis de deporte. «Qué tipo más desaliñado», pensó. Pero al mismo tiempo hubo de admitir que, sin duda, habría muchas mujeres jóvenes en las que causara impresión. En Eva, por ejemplo. David llamó a la puerta abierta de uno de los despachos e hizo pasar a Jürgen. En el suelo, ante la pared, estaba arrodillado el rubio, en mangas de camisa, pues el sol entraba con fuerza por la ventana y se había quitado el saco. Clasificaba documentos en carpetas de distintos colores. Eran contratos y resguardos de entrega de Zyklon B.

—Todos los que firmaron esto han muerto. Necesitamos las malditas autorizaciones para poder viajar —le dijo el rubio a David cuando entró en la habitación.

—Tiene visita —contestó David, y se fue.

El rubio ofreció asiento a Jürgen y se mantuvo a la espera, presa de la curiosidad. Jürgen se quitó el sombrero y dijo:

—Soy el prometido de la señorita Bruhns.

—Ya. —El rubio buscó la cajetilla de tabaco, que estaba debajo de los papeles que tenía en el escritorio, y le ofreció un cigarro—. Y, dígame, ¿de qué se trata, señor Schoormann?

Jürgen se sintió mal, pero ya era demasiado tarde.

◆

Sentada frente al rubio, Eva escuchó lo que decía:

—En su opinión, el trabajo la pone a usted demasia-

359

do nerviosa. No tiene usted un tejido nervioso estable. Pidió que prescindiéramos de sus servicios.

Eva tuvo la sensación de que caía a un vacío incierto. No daba crédito.

—Pero no lo habló conmigo. Y no pienso dejar el trabajo. Formo parte de este proceso. Soy la voz de esas personas.

El rubio hizo un gesto tranquilizador con la mano.

—Por desgracia, es él quien tiene el poder de decisión. Nosotros, como autoridad, incurriríamos en un delito si siguiéramos dándole empleo en contra de la voluntad de su futuro esposo. Lo siento.

Eva lo miró; iba a decir algo, pero se limitó a sacudir la cabeza en silencio. Notó que se mareaba. Se levantó y salió del despacho sin pronunciar palabra. Recorrió a buen paso el pasillo, que parecía no tener fin, y entró en el baño. La señorita Schenke y la señorita Lehmkuhl estaban ante el espejo, preparándose para ir al Boogie. Miraron un instante a Eva, que parecía desolada.

—¿Qué pasó?

Eva sacó el frasquito de aceite de menta del bolso y lo abrió. Esta vez, el fuerte olor le subió hasta la frente, las lágrimas se le saltaron y tosió.

—¡Ese cerdo! —espetó al cabo.

—¿Cuál de todos? —quiso saber la señorita Schenke mientras se perfilaba las cejas.

—¿Tu prometido? ¿Schoormann? —se interesó la

señorita Lehmkuhl—. Si no quieres saber más de él, avisa.

Eva se acercó a las dos mujeres, se contempló en el espejo y escudriñó su rostro amable y su peinado impecable. Acto seguido se llevó las manos al chongo, fue retirando uno por uno los pasadores y se soltó el pelo mientras profería un alarido furioso, desesperado, que pareció el grito de guerra de alguien que todavía lo estaba practicando. Las dos jóvenes se miraron extrañadas, y después la señorita Lehmkuhl sonrió y preguntó:

—Entonces te vienes con nosotras, ¿no?

◆

Tres horas después, Eva bailaba en medio de una enorme cubeta de hojalata negra que alguien removía vigorosa e incesantemente con una gran cuchara de metal. Ese alguien que, según el pastor Schrader, lo determinaba todo. El ruido era tal que Eva no podía pensar, y el sitio estaba tan lleno que no sabía dónde acababa su cuerpo y empezaba otro. El aire que respiraba era el que ya habían respirado otros. Los otros aspiraban su aliento. «*She loves you, yeah, yeah, yeah! She loves you, yeah, yeah, yeah! She loves you, yeah, yeah, yeah, with a love like that you know you should be glad! Yeah, yeah, yeah. Yeah, yeah, yeah, ye-ah.*» Eva estaba borracha y se sentía divinamente dando vueltas de la mano del señor Wettke por ese caldero de personas tan variopin-

361

tas, negras y blancas. De vez en cuando echaba una mirada a David Miller, que estaba sentado en un banco elevado en el borde de la cubeta de hojalata, besuqueándose con la señorita Lehmkuhl. Después Eva se sentó junto a David en el banco y ya no supo cómo ni cuándo había llegado hasta allí. Ni dónde estaba la señorita Lehmkuhl.

—¿Dónde está la señorita Lehmkuhl? —gritó al oído a David.

Él se encogió de hombros, también estaba borracho. A fin de cuentas, estaba celebrando su gran día. ¡Habían detenido a la Bestia! El tribunal por fin había revocado el «aplazamiento de la detención por motivos de salud». Por desgracia, no había podido ver la cara que ponía el chimpancé. Después de salir corriendo de la sala, había ido a la sinagoga. Se había sentado en el templo, que a esa hora estaba vacío, y se había quedado esperando al rabino Riesbaum. Quizá pudiera confiarle a él la verdad. La verdad sobre su persona, sobre su hermano. Sobre su familia. Sin embargo, al cabo de un tiempo recuperó el aliento, se tranquilizó y se marchó. Tras mirar a los que bailaban, a los soldados estadounidenses, a los civiles, gritó para hacerse oír con el ruido:

—El hombre al que mató a palos la Bestia era mi hermano. Y fui yo el que tuvo que sacarlo de allí. Mis padres ya habían muerto en la cámara de gas cuando llegamos nosotros.

Entonces se dio cuenta de que Eva apoyaba pesadamente la cabeza en su hombro. Se había quedado dormida. O desmayada. Lanzó un suspiro y la levantó del banco.

◆

Delante del Boogie, con la brisa de la noche estival, Eva despertó. David tenía su abrigo colgado del brazo izquierdo y la sostenía con el derecho.

—Le pediré un taxi.

La llevó hasta el borde de la acera y miró los coches que pasaban en busca de un letrero amarillo luminoso en el techo de alguno.

—Gracias —dijo ella con un hilo de voz. Entonces le vino algo a la memoria—: ¿Qué me dijo hace un momento de su hermano? —Levantó la cabeza e intentó reconocer el rostro de David, pero daba vueltas y no era capaz de detenerlo.

En ese momento, él levantó un brazo y lo agitó en el aire:

—¡Taxi! —Un coche se detuvo junto a la acera, y David metió a Eva en el asiento de atrás. Le puso el bolso en el regazo, le dejó el abrigo al lado y le dijo al taxista—: Calle Berger, 318.

Después cerró la puerta antes de que Eva pudiera volver a darle las gracias. Él se quedó mirando las luces traseras del taxi y pensó que ese día ella estaba distinta, pero no se le ocurrió a qué podía deberse. Acto seguido, se subió el cuello de la chamarra y echó a andar. A casa de Sissi.

◆

En el coche, el taxista, un hombre mayor, quiso trabar conversación con Eva buscando su cara en el retrovisor. «¿Quiere ir a La casa alemana? Porque cierra temprano. La cocina ya estará cerrada, eso seguro.» Ella consultó su reloj de pulsera, pero no fue capaz de ver la hora. El taxista continuó hablando: «¿Es recomendable, el Boogie? ¿No hay muchos negros? Porque las señoritas como usted deberían tener cuidado». Eva se inclinó hacia delante y dijo que quería ir a otro sitio. Le dio una dirección al taxista, que el hombre repitió desconcertado. Después puso la direccional, dio media vuelta y no hizo más preguntas. La noble dirección lo había hecho enmudecer.

◆

El médico estaba con Walther Schoormann, que había sufrido un ataque espasmódico. Durante la cena, Jürgen y él estaban hablando del nuevo surtido de productos, en particular de las lavadoras. ¿Debían venderlas incluyendo el montaje o no? ¿Valdría la pena ponerse en contacto con empresas de plomería y llevarse un porcentaje? A Walther Schoormann le repugnaba ganar dinero con los trabajadores, y se opuso a ello. No discutieron, al contrario, Jürgen se mostró de acuerdo con su padre. Entonces éste se cayó de la silla como una vela del candelero y empezó a sufrir fuertes convulsiones en la alfombra. Era como si lo hubiese poseído un demonio. Jürgen tuvo que salir de la estancia, ya que no podía soportar la estampa. Brigitte, junto con la sorprendentemente tranquila señora Treuthardt, quitó de en medio todo aquello con lo que su esposo pudiera hacerse daño y esperó a que acabara el episodio. El médico la había prevenido de que algo así podía suceder. Al cabo de tres minutos terminó todo, y ahora Walther Schoormann descansaba, exhausto, en la amplia cama de su dormitorio. Parecía asustado, pero lúcido, y hablaba con el médico de la necesidad de pasar o no la noche en el hospital. Al final decidieron que el médico se quedaría un rato con él. «Pero, ¡ojo!, que cobro por minutos, señor Schoormann.» Ambos se rieron. En ese momento sonó el timbre, y todos se miraron con cara de interrogación. ¿Quién sería a esa hora? Jürgen fue a abrir.

◆

Vio en el acto que Eva había bebido, y se apresuró a guiarla por el pasillo mientras anunciaba a los que estaban en el dormitorio: «Es Eva, que... que estaba por la zona». Jürgen cerró la puerta de su habitación al entrar y, con una mezcla de aversión y deseo, observó a Eva,

365

que con el cabello suelto, el maquillaje corrido y los ojos vidriosos se tambaleaba un tanto delante de él.

—Siéntate. ¿Quieres tomar algo?

—¿Tienes ginebra?

—Creo que ya está bien.

Eva se dejó caer pesadamente en el ancho sofá.

—Pues sí, ya está bien. Jürgen, lo nuestro se acabó.

De pronto Jürgen se sintió mal, pero se esforzó para que no se le notara nada.

—Ya. Y ¿cuál es el motivo?

—¡Tú! ¡Tú eres el motivo! ¿Cómo te atreves a ir a las oficinas a mis espaldas? No necesito tu tutela. Seré yo quien determine cuándo, cómo y dónde trabajo. Seré yo quien decida sobre mi persona y sobre mi destino.

No consiguió articular todas las palabras con claridad: la lengua se le trabó y balbucía algo. Pero lo decía en serio, y Jürgen se percató de ello.

—Te has enamorado de ese canadiense.

Ella lo contempló y profirió una imprecación ininteligible. Después dijo:

—Ésa es la única razón que entenderías, ¿no? ¡Qué estrecho de miras eres! —Le costó pronunciar la palabra «estrecho», más bien le salió «*etrechio*», pero estaba enfadada, triste y firmemente decidida—. Jürgen, necesito un amigo, ¿sabes? Y me he dado cuenta de que tú no lo eres.

—Pero soy tu futuro esposo.

—Y eso ¿qué significa? ¿Mi amo? ¿Mi señor? ¿Si me enseñas un palo debo saltar?

—Cuando nos conocimos, me dijiste que te gustaba dejarte guiar.

—La cuestión es por quién. Y tendría que ser alguien maduro y que se conociese a sí mismo, no un niño como tú.

—Eva, ¿a qué viene tanta impertinencia?

En lugar de contestar, ella se quitó con algo de esfuerzo el anillo de compromiso del dedo, lo dejó con un sonoro clic en la mesita de centro de cristal y se levantó.

—De todos modos, no podría vivir en una casa que apesta a cloro.

Ahora Jürgen tenía miedo. Se acercó a ella e intentó tomarle la mano, pero Eva la retiró.

—Es por lo que pasó aquella noche, ¿no?

Eva estuvo a punto de reírse, y luego dijo furiosa:

—He vivido cosas peores.

Jürgen se quedó perplejo; a ella casi le dio pena, pero no retiró la frase. Él hizo un último intento, igualmente pobre:

—Sólo quería protegerte. Estoy viendo cómo te está cambiando ese proceso.

—Sí, por suerte.

Eva tomó el bolso del sofá y la gabardina del respaldo del sillón y salió de la estancia tambaleándose un tanto. Jürgen la siguió hasta la puerta de la calle. Iba en silencio, pero en el pasillo, de repente, la adelantó con unos pasos rápidos y se plantó de espaldas a la puerta:

—¡Tú no te vas!

Eva lo miró a esos ojos verde oscuro, que brillaban desde las cuencas, y observó su cabello negro, que a esa hora de la noche se le había despeinado un poco y tenía dos cuernos demoníacos. En una ocasión había estado a punto de pegar a Eva, pero ese día ésta sólo sintió su miedo desesperado a que lo abandonara. Le habría gustado llorar, pero dijo:

—Que le vaya bien a tu padre. Y saluda de mi parte a Brigitte.

Pasando por alto a Jürgen, agarró la manija de la puerta. Él miró al suelo, se hizo a un lado y la dejó marchar. La puerta se cerró. Brigitte apareció en el pasillo y observó a Jürgen con curiosidad: «¿Qué quería?». Pero él se fue a su habitación sin contestar.

◆

Un día de finales de verano en el que zumbaban unas moscas especialmente gordas tras las ventanas cerradas, a la niña y a su hermana mayor se les permitió acompañar a su madre por primera vez a la peluquería. Sin embargo, la hermana mayor no quería ir. Estampó el pie en el suelo y, cuando la madre fue a sacarla de la casa, ella se agarró con ambas manos al marco de la puerta. Berreaba como si fuera una bebé, aunque ya casi tenía nueve años. Al final mordió a su madre en la mano, y ella le dio una bofetada, pero no insistió más en que la acompañase. La niña pequeña se volteó en la puerta y se llevó un dedo a la sien para dar a entender a su hermana que estaba loca. Su comportamiento se le antojaba completamente incomprensible. Por fin podían rizarse el pelo y oler a flores como las damas elegantes. Entusiasmada, la niña fue de la mano de su madre por una calle polvorienta. En los árboles frutales, las manzanas estaban rojas, pero todavía daban dolor de panza si se comían. Un grupo de hombres con trajes de rayas iba hacia ellas, acompañados por tres soldados. Uno de ellos saludó a la madre levantando un bastón. Los hombres de los trajes estaban delgados y tenían los ojos grandes y el pelo cortado de forma rara bajo las gorras. «También deberían ir a la peluquería», pensó la niña. «No los mires», advirtió la madre. A la niña le dieron miedo los hombres, que tenían la mirada perdida y se movían como si estuviesen vacíos por dentro. La niña y su madre llegaron a una barrera roja y blanca, y la madre tuvo que enseñar un papel en el que había una pequeña fotografía suya y después firmar algo. La niña estiró el cuello y vio un alambrado que no tenía fin. Le extrañó que no hubiese ni un solo pájaro posado en ella. Pasaron por la barrera y fueron andando hacia un arco en el que había algo escrito. La niña ya conocía las vocales «a» y «e», porque formaban parte de su nombre. «E-a-a-a-a-e», deletreó. Franquearon el arco.

La habitación azul claro olía a jabón. Un hombre con una bata blanca subió a la niña a una silla y la hizo girar unas cuantas veces. Era como si estuviese en un carrusel. Y, como por arte de magia, de pronto el hombre tenía en la mano unas tijeras y un peine. «Quiero rizos», dijo la niña. El hombre respondió algo en una lengua extranjera y señaló un lavabo. A la niña le dio miedo, porque cuando se lavaba el pelo le dolían los ojos, pero el hombre la llevó hasta el lavabo. Abrió el grifo y dejó que el agua caliente le corriera por el pelo, se lo lavó, se lo enjabonó y se lo aclaró. Era cuidadoso. Ni una sola gota de agua le salpicó en la cara a la niña, que durante todo el tiempo mantuvo los ojos bien cerrados.

◆

El hombre se apellidaba Jaschinsky. A Eva le vino a la memoria ahora. Se hallaba en la antigua peluquería del campo de concentración, junto al lavabo, que estaba roto, y lo recordó. Era un prisionero, lo sabía porque otra vez que fueron, cuando se le subió la manga de la bata blanca, Eva reparó en el número tatuado. Cuando lo indicó, el hombre le leyó los números en polaco, que Eva repitió para no olvidarlos. La siguiente vez quiso enseñarle al señor Jaschinsky que se acordaba de los números, pero él no se mostró tan amable como de costumbre. Por lo general tenía dos ayudantes, dos mujeres jóvenes que barrían el pelo y ponían tubos. Una de ellas tenía una cara graciosa, una nariz que apuntaba al cielo. Pero ese día no estaba. El señor Jaschinsky le lavó el pelo a Eva, y le entró jabón en el ojo izquierdo. Él no se dio cuenta. Normalmente Eva habría llorado, pero por algún motivo no lo hizo. Sin embargo, después, cuando fue a hacerle ondas con un rizador, le pegó el metal al rojo vivo contra el cuero cabelludo. Se oyó un chisporroteo y empezó a oler a quemado, a pelo y a piel. Eva soltó un alarido. La madre se desató en improperios, y el señor Jaschinsky se disculpó, con lágrimas en los ojos. Después la madre no volvió a llevar a la niña.

◆

Eva se llevó mecánicamente la punta de los dedos al lugar, por encima de la oreja, en el que tenía la cicatriz alargada bajo el pelo. Se avergonzó de haber gritado como una niña. ¿Qué era ese leve dolor en comparación con lo que habían tenido que soportar esas personas? ¿En ese sitio? Alguien apareció en la puerta abierta de la peluquería. «¿Por qué no viene usted? La necesitamos fuera. Estamos delante del bloque once.» Eva salió y echó a andar detrás de David Miller hacia la calle central del campo de concentración.

◆

Eva había llegado a Varsovia el día anterior, la única mujer entre veinticuatro caballeros, entre ellos, seis abogados defensores, el magistrado presidente y sus dos jueces sustitutos, el fiscal jefe, cinco fiscales más, David Miller y dos periodistas. Tras llegar al aeropuerto, emprendieron un viaje de siete horas en un autobús desvencijado por carreteras en mal estado. Cuando llegaron a la pequeña ciudad que daba nombre al campo de concentración ya era de noche. Tomaron habitación en un hostal sencillo de las afueras. Nadie habló mucho. Todos estaban cansados y alertas a la vez. Eva se instaló en su cuarto, pequeño, provisto únicamente de lo necesario. En la estrecha cama había una toalla doblada, deshilachada y de un color claro indeterminado, por la que casi se veía a través. Pensó: «Seguro que ya se utilizaba cuando el campo de concentración estaba en funcionamiento». Se tumbó en la cama, apagó la luz e intentó entender dónde estaba. *In situ*. Estuvo escuchando el sonoro tictac de su despertador de viaje y dio por sentado que no pegaría ojo, pero no tardó en quedarse dormida, y no soñó nada. El canto de un gallo la despertó por la mañana, antes de que sonara el despertador. Se acercó a la ventana y contempló el jardín que había en la parte trasera del hostal, donde el gallo correteaba con sus gallinas. Tras la cerca se extendía una pradera pantanosa, el horizonte bordeado por hileras de árboles, álamos, cuyas hojas irradiaban una luz amarilla con el sol matutino. Durante el desayuno, en un comedor en el que la frialdad del enlucido blanco recordaba más a la sede de un club de nueva construcción que a un restaurante, los representantes de la defensa se sentaron juntos a una mesa. El Conejo Blanco abría y cerraba más a menudo que de costumbre su reloj de bolsillo. En el otro lado de la habitación tomaron asiento los fiscales, alrededor del rubio; David, ensimismado, no probó la comida. El magistrado presidente se sentó solo a una mesa y, mientras comía su pan, hojeó algunos documentos. «Sin la toga parecen humanos. Como padres e hijos, esposos, amigos y amantes», pensó Eva mientras bebía el café aguado. Después de desayunar fueron a pie hasta la entrada del campo de concentración, dejando atrás viviendas unifamiliares, de las que salían niños con mochilas a la espalda, camino a la escuela, y talleres en funcionamiento. La conversación, en un primer momento animada, fue perdiendo fuelle, hasta enmudecer por completo. Delante de la puerta se reunieron con tres polacos, unos caballeros de cierta edad con sendos abrigos oscuros, uno de ellos representante del gobierno polaco y los dos restantes trabajadores del lugar conmemorativo, que los guiarían por él. Eva tradujo lo que le dijo el magistrado presidente, cuyo rostro visto de cerca ya no era como el del hombre de la Luna, sino común y corriente: «Queremos hacernos una idea precisa de las condiciones que imperaban en el campo de concentración y de exterminio de Auschwitz-Birkenau». Los trabajadores los miraron casi con expresión compasiva. Eva entró en el campamento junto con la delegación por el arco, con su inscripción. Los dos periodistas tomaron numerosas fotografías, igual que uno de los fiscales. El Conejo Blanco, con una cinta métrica en la mano, medía con pasos los caminos que había entre los distintos bloques junto a un compañero. Anotaba la distancia y el ángulo de visión. Quería poner en evidencia que el plano que se estaba utilizando en el tribunal era inservible. Eva tradujo las indicaciones de los trabajadores y miró a su alrededor sin reconocer nada. Hasta que entraron en una de las dos construcciones de ladrillo de dos pisos que se alzaban al lado de la carretera central del campo. «En este lugar se hallaba el registro civil del campo de concentración. Y aquí había una peluquería. En ella, peluqueros prisioneros cortaban el pelo de forma gratuita a los oficiales de las SS y a sus esposas.» Los caballeros sólo miraron de pasada la habitación con azulejos azules claros, pero Eva se quedó a solas en ella, contempló los espejos gastados y las sillas giratorias cubiertas de polvo y se acordó del señor Jaschinsky.

◆

Eva siguió a David hasta el bloque once. Casi iba corriendo, y ella apenas podía seguirle el ritmo. El grupo había doblado una esquina y no se veía, y durante un momento se quedaron solos en la carretera central del campo.

—Espere, David...

Eva le dio alcance y se tomó de su brazo. Él la miró de soslayo un instante.

—Dígame, Eva, ¿qué opina usted de que podamos caminar por aquí sin más? ¿Como personas libres? —No esperó a que le contestara—. ¿Qué hemos hecho para merecerlo? Me parece obsceno.

Se separó de ella, giró a la derecha y desapareció entre dos edificios de ladrillo. Eva fue tras él. Allí estaban los caballeros de la delegación, ante una pared. Parecían perplejos y avergonzados. Eva se acercó y el rubio se dirigió a ella. Quería que explicara a los trabajadores que, por desgracia, no se les había ocurrido llevar una corona. Eva vio que delante del muro había flores sueltas, ardían algunos cirios y habían depositado dos coronas, una de ellas con la estrella de David en el lazo. Eva tradujo, y uno de los trabajadores hizo un gesto indeterminado. Acto seguido, el magistrado presidente explicó que guardarían un minuto de silencio. Eva vio que el abogado defensor discutía brevemente con sus colegas, pero al final también se sumaron al resto con la cabeza baja y las manos entrelazadas o unidas y pensaron en lo que habían llegado a saber a lo largo de los últimos meses por boca de los testigos y en lo que habían visto éstos con sus propios ojos. En silencio, recordaron a las personas que tuvieron que colocarse delante de esa pared, cuyo cuerpo desnudo marcaban antes con un número de gran tamaño para después facilitar la tarea de identificar a los ajusticiados en el crematorio; en silencio, recordaron a los veinte mil hombres, mujeres y niños a los que fusilaron sin motivo.

◆

Aunque después hablaron, mientras continuaban por el bloque once; por la sala de interrogatorios de la Bestia; por la enfermería, donde se realizaban los experimentos; por la plaza, donde se efectuaba el recuento de prisioneros, donde las personas se desplomaban y morían a tiros y a palos; por los barracones, donde se hacinaban los prisioneros, donde perecían de enfermedades y de hambre, en el fondo los visitantes siguieron callados por dentro. No hubo uno solo que no saliera afectado. El cielo estaba despejado, como si no quisiera que nada permaneciese oculto. «Con este tiempo uno podría bañarse», comentó uno de los periodistas, y continuó tomando fotos. Uno de los trabajadores los llevó a uno de los barracones de madera. Recorrieron despacio el largo pasillo central; a izquierda y derecha se alzaban las literas de madera triples, en cuyos camastros las personas intentaban dormir, hallar un poco de paz, recuperar las fuerzas, por turnos, apiñados, unos sobre otros. En uno de los camastros del fondo el trabajador se agachó y señaló el espacio que quedaba sobre la litera inferior. Ellos lo imitaron y miraron por detrás. En un principio Eva no vio nada, salvo una pared de madera tosca, por la que en invierno debía de entrar el frío glacial, pero cuando siguió el dedo del hombre, distinguió la letra desvaída en la madera. Alguien había escrito algo en húngaro en la pared: «Andreas Rapaport, vivió dieciséis años». El trabajador lo leyó, y los visitantes, que estaban agrupados alrededor de la litera, repitieron en voz baja el nombre y recordaron al testigo que había hablado de Andreas Rapaport, que escribió su nombre en la pared con su sangre, que sólo vivió dieciséis años.

◆

Eva salió del barracón y rompió a llorar. No podía parar. El trabajador se acercó a ella y le dijo: «Esto es algo que he visto a menudo. Se puede saber todo sobre Auschwitz, pero estar aquí es muy distinto».

El único que se quedó en el barracón fue David, de pie delante de la litera de Andreas Rapaport. Después se arrodilló en el suelo y apoyó la mano en la madera.

◆

Por la tarde, tras hacer un descanso para comer del que Eva más tarde no se acordaba, visitaron el campo de exterminio, que se hallaba a dos kilómetros del de concentración. Eva llevaba consigo un cuaderno azul para, por la noche, en el hostal, anotar sus impresiones y, de ese modo, tal vez quitárselas de la cabeza. Pero después de que el grupo y ella pasaran varias horas en el lugar, recorriendo el edificio alargado con su significativa torre en el centro, bajo la cual discurrían las vías; después de que emprendieran desde el muelle de carga el último camino que tomaron las personas; después de que estuvieran en el bosque de abedules debajo de los árboles donde las personas pasaron los últimos instantes de su vida; después de que, al igual que ellas, oyeran los trinos de los pájaros en las copas, bajo el despejado cielo; después de que viesen la entrada a la cámara; después de que se diesen cuenta de la irreversibilidad; cuando Eva vio a David y al rubio juntos e inmóviles; al defensor, el Conejo Blanco, que al igual que el resto se conducía con suma humildad y ayudaba al magistrado presidente a sentarse en un tronco; cuando vio cómo lloraban los hombres, Eva supo que no encontraría palabras capaces de describir aquello.

CUARTA PARTE

Al anochecer, mientras los hombres se reunían en el comedor, Eva salió del hostal. Quería ir a ver la casa en la que había vivido cuatro años con sus padres. No había farolas, y fue dando traspiés por una noche cada vez más oscura. Llegó al límite exterior del campo de concentración, que siguió en dirección oeste. Cada cincuenta metros, en el alambrado había una señal con una calavera: ALTA TENSIÓN. PELIGRO DE MUERTE. Aunque sabía que el alambrado ya no estaba electrificado, Eva oía el zumbido de la corriente. El camino era de tierra, en una ocasión se cayó. La alambrada pasó a ser un muro de hormigón, y ella creyó que había ido en sentido contrario. Pero entonces vio luces delante, y al acercarse más divisó una hilera de viviendas aisladas. Una de las más pequeñas tenía un tejado sumamente puntiagudo. Eva se detuvo junto al seto bajo que rodeaba el jardín delantero y, por una gran ventana, percibió una habitación iluminada. Dentro había tres personas sentadas a una mesa, cenando. Un hombre, una mujer y un niño. Una familia. Eva continuó andando hasta la casa contigua, la que en su día habitaron el acusado principal y su mujer. Se encontraba a oscuras. Junto a la casa, donde antes estaba el huerto de rosas, había un coche en una superficie hormigonada. «Hola, señorita. ¿Busca a alguien?», dijo una voz en polaco. Ella se volteó y vio que el hombre que hacía un instante estaba sentado a la mesa había salido a la puerta. Parecía desconfiado. Eva fue hacia él y contestó que era alemana y que había acudido allí con una delegación... Quería dar más explicaciones, pero el hombre la interrumpió. Sí, ya estaban al tanto de la visita de Alemania del Oeste. Ahora su voz estaba teñida de curiosidad. Para entonces su mujer se había unido a él en la puerta. Eva observó que estaba embarazada. La mujer le preguntó si quería pasar, y aunque en un principio ella rehusó, la pareja insistió, haciendo gala de la proverbial hospitalidad polaca. Al final Eva entró en la vivienda, y lo primero que vio fue el año que había grabado en una piedra del suelo: «1937». Recordó que de pequeña solía pasar un dedo por los números. Y lo frío que notaba el suelo en las rodillas, incluso en verano. Sin duda, era la casa.

◆

El niño polaco apareció en la puerta, en la mano un trozo de pan, y miró a Eva con curiosidad. Tenía media melena, y Eva no sabía si era una niña o un niño. Lo saludó amablemente con una inclinación de cabeza y pasó a la sala de estar, donde le pusieron delante un generoso plato de guiso. Comió por educación. Papas con tocino y col. El niño sacaba juguetes de una caja que estaba debajo de la ventana: cubos de construcción, un vistoso muñeco de trapo, cuentas de madera que rodaron por el suelo. El hombre contó que era restaurador. Trabajaba allí desde hacía medio año. Su cometido consistía en conservar las pruebas, algo que no era sencillo: los ácaros devoraban el cabello, el óxido dañaba las monturas de los lentes, el moho o las sales del sudor humano descomponían los zapatos. La mujer propinó un golpecito de broma a su esposo y le dijo que dejara el tema mientras comían. Él se disculpó. Eva miró a su alrededor y no reconoció nada. «¿Han hecho reformas?» El hombre asintió y contó con orgullo indisimulado que ya nada era como antes. Había echado paredes abajo, puesto un suelo nuevo y cambiado las ventanas, empapelado y pintado. La mujer revolvió los ojos al recordar el caos y pidió a Eva que le hablara de Alemania del Oeste, si de verdad era tan buena como la describían, si todos eran tan ricos. El hombre se interesó por el proceso y quiso saber si los oficiales de las SS serían condenados a pena de muerte. Eva repuso que la pena de muerte ya no existía en Alemania, y la mujer dijo: «Es una lástima». Después comenzó a quitar la mesa. Eva también se levantó para despedirse. En el pasillo dejó de estar convencida de que ésa fuese la casa. Seguro que había otras que se habían construido ese mismo año, con ese año. Estrechó la mano al matrimonio, les deseó que les fuera todo bien y les dio las gracias. Entonces llegó el niño corriendo y le tendió la mano derecha, que tenía cerrada. Tras vacilar, Eva puso su mano bajo el puño. El niño abrió los dedos y dejó caer algo en su palma. Algo pequeño y rojo. El hombre miró:

—¿Se puede saber qué es eso?

La mujer también se encogió de hombros.

—No sé de dónde habrá salido. Creo que es un regalo para usted.

Sonrió, y Eva tragó saliva y le dijo al niño:

—Gracias.

En su mano estaba la parte que faltaba de la pirámide, el presente del rey negro, el paquetito de madera rojo.

◆

En el comedor flotaba el humo blanquecino de los cigarros; de una radio que no se veía salía una voz que nadie escuchaba. Olía a cerveza, aguardiente y sudor masculino. Los fiscales se habían sentado a una mesa con los abogados defensores, el único que no estaba era el Conejo Blanco. También el magistrado presidente se había ido a la cama. Contaban chistes y anécdotas jocosas del mundo que se hallaba al otro lado de las empañadas ventanas. El rubio había leído que la Liga Árabe había impuesto un boicot a las importaciones de la empresa de gabardinas londinense Burberry porque uno de los miembros de la junta directiva era judío. A raíz de dicho suceso, la firma comunicó que, de todas formas, en los países árabes apenas llovía. Hasta ese momento habían exportado una cantidad ínfima de gabardinas a dichos países, y podrían vivir con el boicot. Todos se rieron a carcajadas. David, que estaba con los hombres, no escuchaba. Miraba fijamente un cuadro que colgaba de una pared. Se trataba de un trineo jalado por cuatro caballos que se deslizaba por una llanura cubierta de hielo. El conductor empuñaba el látigo, los caballos se agitaban. El aliento salía de sus enormes ollares formando un vaho inquietante. Debían llegar a su destino. David cerró los ojos, echaba de menos los abrazos de Sissi, su pecho huesudo, su leve olor a moho y a algo dulce, a pasas, y eso que de niño no le gustaban. El rubio, que lo observaba, entrechocó con él su vaso de cerveza, y David abrió los ojos y bebió. Eva apareció en la puerta. Vaciló, y cuando pensaba irse a su habitación, uno de los jóvenes reporteros la vio y la invitó a unirse a ellos. «Señorita Bruhns, háganos compañía.» Ella entró en el comedor, respiró el familiar olor. Miró hacia la derecha, a la barra, y por un momento vio allí a su madre: sonriendo, con su «cara de azúcar», como decía Stefan, los ojos cansados pero nostálgicos. Y a su padre, que miraba desde la cocina, con el rostro rojo, escudriñando a los comensales. «¿Están todos satisfechos?».

Eva fue a la mesa donde estaban los hombres, que le hicieron sitio con diligencia. Se sentó y se vio frente a David. Se miraron. En medio del ruido que los rodeaba, que tenía por objeto ahuyentar los recuerdos de ese día, se reconocieron en su mutuo desamparo. Sonrieron a la vez, contentos de no seguir estando solos.

En ese instante el abogado defensor entró en el comedor y fue hacia ellos. El Conejo Blanco parecía desolado, como si tuviera las orejas agachadas, pensó Eva. Todos lo contemplaron con expresión inquisitiva, y él contó que le había desaparecido el reloj de bolsillo. Lo había dejado en el baño común, junto al lavabo, y se le había olvidado agarrarlo. Cuando, al cabo de media hora, se había dado cuenta, el reloj ya no estaba. El Conejo Blanco observó a los allí reunidos: ¿lo había tomado alguno de los caballeros o la dama? Todos negaron con la cabeza al unísono. Después se dirigió a Eva: ¿le importaría hablar con los propietarios del hostal para preguntarles por el reloj? Ella se puso de pie y se acercó a la barra, pero el propietario y su esposa se limitaron a encogerse de hombros. No sabían nada de ningún reloj. «No me lo trago», afirmó el letrado, y se sentó pesadamente en una silla junto a Eva. Uno de los periodistas contó un chiste sobre los polacos, que eran largos de manos, como todo el mundo sabía. Contaron algunos más, pero el abogado defensor no se rio, sino que se llevaba la mano una y otra vez al bolsillo del chaleco, sin dar crédito. Se volteó hacia Eva, que estaba sentada a su lado: el reloj se lo había regalado su madre cuando se presentó a la oposición. Era una mujer modesta, que había vendido sus joyas para comprarlo. Le había dicho que quería que su hijo tuviese un reloj que no lo avergonzara en el tribunal. Eva vio que el Conejo Blanco tenía lágrimas en los ojos. El rubio pidió otra ronda de Pils. Y vodka. Brindó de nuevo con David. Eva dio un sorbo a la cerveza y después se bebió de un trago el fuerte líquido, como el resto. Dos hombres entrados en años con sendos suéteres oscuros entraron en el comedor. Se sentaron a la barra, pero cuando se percataron de que en la mesa de Eva hablaban en alemán, uno de ellos se aproximó. Tenía la cabeza grande y, pese a su edad, parecía vigoroso. Preguntó qué se les había perdido allí. Eva tradujo, y lo invitaron a sentarse junto a ella. El hombre tomó asiento mientras el otro se apoyaba en la barra. El polaco dijo que no creía que precisamente los alemanes fuesen capaces de administrar justicia. Eva continuó traduciendo: «Ese proceso no es más que una farsa para tranquilizar su conciencia». En un primer momento los hombres que se hallaban sentados a la mesa se quedaron perplejos, se sentían ofendidos, pero después empezaron a hablar todos a la vez. Eva no sabía qué respuesta traducir primero. El polaco siguió hablando: él había sido prisionero, la culpa no podría ser expiada. Entonces David espetó, alzando demasiado la voz:

—Yo soy judío.

El polaco, que lo entendió sin necesidad de que Eva

lo tradujera, se encogió de hombros y balbuceó en alemán:

—¿Estuviste en el campo de concentración?

David palideció, y el rubio se irguió y lo miró atentamente, pero David no dijo nada. El polaco continuó:

—¿No? ¿Perdiste a algún familiar?

David empezó a sudar. El rubio iba a decir algo, pero el polaco se le adelantó:

—¿Tampoco? Entonces no tienes ni idea.

En ese momento David se levantó de sopetón y le propinó un empujón en el pecho al polaco, que se fue hacia atrás en la silla, pero no cayó al suelo. Algunos de los hombres se pusieron de pie alarmados, al igual que Eva. El hombre que estaba apoyado en la barra se acercó despacio, remangándose la camisa. El polaco se plantó delante de David con aire amenazador:

—¿Qué quieres? ¿Recibir una paliza? Porque no tengo ningún problema en dártela.

El rubio le puso una mano en el brazo.

—Le pido disculpas en nombre de mi compañero, cálmese, se lo ruego. Lo sentimos.

Eva tradujo y añadió en polaco:

—Tiene razón, no podemos reparar nada.

El polaco contempló a Eva y vaciló. David, en cambio, buscaba pelea.

—Vamos, y ahora ¡¿qué?! ¡Péngueme, adelante!

El rubio lo agarró del brazo.

—Déjelo, David. Pida disculpas a estos señores.

Pero él se zafó, dio media vuelta y salió del comedor. Eva miró al rubio, cuyo primer impulso fue seguir a David, pero se obligó a quedarse donde estaba y dijo:

—Vaya usted.

◆

Una luna llena iluminaba débilmente la carretera que pasaba por delante del hostal. Eva buscó a David, que parecía haber desaparecido. Sin embargo, entonces, en medio del silencio nocturno, oyó un golpe sordo y un ay. Siguió los sonidos, que la llevaron a la parte de atrás del hostal. David estaba junto a una pared, y cuando ella se acercó, se dio por segunda vez con la frente contra la misma. Profirió un lamento.

—¡David! ¡¿Se puede saber qué está haciendo?!

Lo agarró por los hombros y le tomó la cabeza, para retenerlo. Pero él le propinó un codazo, echó la cabeza atrás y se golpeó una tercera vez contra la pared. Gimió de dolor. Eva trató de interponerse entre él y el muro, pero David le gritó que lo dejara en paz y le dio una bofetada, que hizo que cayese cuan larga era. Se quedó un instante en el frío suelo, la mejilla le ardía, y de repente le dio todo lo mismo. Se levantó, se sacudió la falda y vio que él se daba otro cabezazo contra la piedra con todas sus fuerzas y se desplomaba de costado como un saco. Eva se arrodilló a su lado y lo puso boca arriba. La sangre le había oscurecido el rostro.

—¿David? ¡Di algo! ¡¿Me oyes?!

Él pestañeó.

—Me duele la cabeza.

Ella sacó un pañuelo del bolsillo de la falda, acomodó la cabeza de David en su regazo y le limpió como pudo la sangre. Él vio la silueta negra de su cabeza y, tras ella, sobre su hombro, la luna llena, que lo miraba con desprecio, como el magistrado presidente. Profirió un ruidito de insatisfacción y confesó:

—No tengo ningún hermano. Tengo dos hermanas mayores, que viven en Canadá. Al igual que mis padres y el resto de mi familia.

Eva escuchó a David, que siguió contando que los Müller habían emigrado en el 37 a Canadá, sin problemas; incluso pudieron salvar su fortuna. Hasta sus parientes se libraron del exterminio. David se incorporó y se apoyó en la pared. Eva se arrodilló a su lado y dijo que era una suerte que su familia y él no hubiesen perdido la vida. Sin embargo, David contestó que ella jamás entendería lo mal que se sentía. Él era judío porque sus padres eran judíos, pero nunca había sido creyente. Sólo allí, en Alemania, había intentado vivir conforme a su credo, pero ese Dios había desoído sus súplicas.

—Y sé por qué: ése no es mi sitio.

◆

Al alba, cuando el gallo salió del gallinero dispuesto a lanzar su canto matutino, Eva ayudó a David a ir a su habitación, que era igual de pequeña que la suya. Lo tumbó en la cama y tomó su raída toalla, que humedeció en el baño y con la que le refrescó el hinchado rostro. Se sentó en el borde de la cama y se paró a pensar en lo que le había contado él, y que hasta los que se habían librado, incluso sus hijos, y los hijos de sus hijos, tenían que vivir dolorosamente con ese lugar. Eva le tomó la mano y se la acarició, y él la atrajo hacia sí en la estrecha cama. E hicieron lo único con lo que quizá pudieran afrontar todo aquello: se amaron.

◆

La delegación, preparada para partir, estaba ante el hostal, bajo la fina lluvia que caía. Cuando Eva salió por la puerta con su maleta, con aspecto trasnochado pero debidamente peinada y con una blusa limpia, el rubio fue hacia ella.

—¿Dónde está David?

Eva se sorprendió. Cuando la había despertado el trajín que había ante la puerta de la habitación, David ya no estaba a su lado. Ella dio por sentado que lo vería delante del hostal. El rubio consultó el reloj: el autobús llegaría dentro de veinte minutos. El tiempo pasó y David no apareció. Eva fue de nuevo a su habitación, donde una camarera hacía la cama. La mujer miró a Eva con indiferencia: ya no era una huésped a la que había que tratar con amabilidad. Ella echó un vistazo a su alrededor, abrió el ladeado armario: allí no estaban ni su maleta ni su ropa. Preguntó a la camarera si había encontrado algo, pero la joven se limitó a encogerse de hombros. El autobús llegó y permaneció a la espera con el motor en marcha. El conductor metió las maletas en el maletero del vehículo, y los hombres fueron subiendo y ocupando sus asientos. El rubio, que esperaba junto al autobús, miró a Eva, que sacudió la cabeza desconcertada.

—Ha desaparecido. Y sus cosas tampoco están.

El abogado defensor, que fue el último en salir del hostal, pues insistió en desayunar como era debido, oyó el comentario de Eva y señaló con amargura:

—Le habrán echado mano los polacos.

Le dio su maleta al conductor y subió al vehículo. El rubio lo siguió, y Eva vio que hablaba con el magistrado presidente, que consultaba el reloj y decía algo. El rubio bajó y le dijo a Eva que podían esperar media hora más, a lo mucho. Debían tomar el avión, pues los visados expiraban. Parecía preocupado. Le ofreció un cigarro a Eva, que lo rechazó, y se encendió él uno y se puso a fumar. El conductor apagó el motor. Reinaba un ambiente apacible; el gallo cruzó la carretera pavoneándose, en medio de algunas gallinas, y desapareció con ellas al otro lado, entre la maleza. Eva miró al cielo. La llovizna era como una caricia en su piel. Siguieron esperando.

◆

Durante el vuelo de vuelta, Eva se quedó medio dormida. Sabía dónde estaba David: en una canoa en un ancho lago de Canadá en el que se reflejaba el cielo entero. Despertó y contempló las nubes. No pudo evitar pensar en *Toker*, el primer teckel que compró la familia. Ella tenía once años e iba a la escuela, en la que le costaba hacer amigas. Un día llevó a *Toker* consigo para romper el hielo, y funcionó. Pero cuando volvía de la escuela atropellaron al perrito. No tenía ni un año. En clase de catequesis, para recibir la confirmación, Eva preguntó al pastor Schrader:

—¿Cómo permite Dios que pase algo así?

El pastor la miró y repuso:

—Dios no es el responsable del dolor en el mundo, sino el hombre. ¿Cómo pudiste permitir que pasara algo así?

A partir de ese instante, a Eva dejó de caerle bien el pastor; imitaba su caminar ladeado cuando él no la veía; iba contando que no se bañaba, cosa que la gente se creyó, ya que siempre iba un poco desaliñado. Eva dejó de mirar por la ventanilla y pensó que a la semana siguiente iría a pedirle disculpas. Y entonces entendió por qué ninguno de los acusados admitía su culpabilidad. Por qué admitían únicamente haber cometido hechos aislados, o ni siquiera eso: ¿cómo podría soportar alguien ser el responsable de la muerte de miles de personas?

◆

En el aeropuerto, Sissi aguardaba al otro lado de la puerta en el vestíbulo de llegadas. Lo primero que quería decirle a David —se moría de ganas de hacerlo— era que a su hijo le habían puesto una buena calificación en el primer examen de alemán que había hecho en la escuela. Así que era listo, ella siempre lo había sabido. Sissi llevaba su traje decente bajo un abrigo nuevo, colorido como un papagayo. Le quedaba algo grande, se lo había regalado una compañera, pero Sissi se sentía guapa con él. Guapa y elegante. «Es perfecto para ir al aeropuerto», pensó. Los primeros pasajeros atravesaron la puerta corrediza eléctrica; eran casi exclusivamente caballeros con trincheras oscuras. Casados. Bien situados. Después salió una mujer joven con un chongo pasado de moda, sin duda de buena familia, la expresión del rostro como si estuviese efectuando un ejercicio de introspección. Quizá también albergase un cuartito cerrado en su interior. Pasó por delante de Sissi sin mirarla. Por la puerta corrediza ya no salían muchas personas. El vestíbulo de llegadas se quedó desierto; los viajeros, familias, amigos y matrimonios que se reunían se marcharon agarrados al estacionamiento. Sissi se quedó contemplando la puerta, que no volvió a abrirse.

◆

Un coche amarillo esperaba delante del aeropuerto. «Jürgen», pensó Eva, y se dio cuenta de que se alegraba.

Pero en el asiento trasero reconoció la figura robusta del fiscal general. Al volante se sentaba un chofer. El rubio se acercó y se ofreció a llevar a Eva al centro. Le cedió el asiento del acompañante, mientras él se instalaba atrás para informar a su jefe. El coche arrancó. El rubio contó que se podrían refutar las declaraciones de algunos testigos en lo tocante a distancias o ángulos visuales, pero que la mayoría se corroboraban. Además, las autoridades polacas les habían facilitado documentos adicionales de peso. Autorizaciones de transportes firmadas por el acusado principal. El rubio le entregó una carpeta al fiscal general, que éste hojeó. Eva miraba por el parabrisas y veía el tráfico cada vez mayor de su ciudad natal. Temía el reencuentro con sus padres, y agradecía cada semáforo en rojo que se encontraban. Cuando entraron en la calle Berger, el rubio informó asimismo de un suceso imprevisto: habían perdido a un miembro del grupo. El fiscal general supo en el acto de quién se trataba: ese judío canadiense. «¿Qué ocurrencia ha tenido esta vez?» El rubio contestó que antes de que saliera su vuelo en Varsovia habían dado parte a la policía judicial polaca. La policía organizaría una búsqueda.

◆

Ante La casa alemana, Eva se bajó del coche y se quedó sorprendida. Por las ventanas del restaurante se veían personas, comensales sentados a las mesas. Eva consultó el reloj: poco menos de las dos. La hora de la comida. Vio a su madre al otro lado del cristal: Edith, con un par de platos en el brazo, se había parado y miraba a Eva. Parecía asustada, como si temiese que ella no fuese a saludarla. Eva alzó ligeramente la mano y decidió acabar cuanto antes con el reencuentro, de manera que entró en el restaurante con la maleta en la mano. Edith sirvió los platos, y Eva se quedó parada en la puerta. En la barra había un cerdo rosa de porcelana, una novedad. Edith se acercó.

—Buenos días, mamá.

Edith fue a abrazarla, pero ella rechazó el gesto tendiéndole la mano derecha. Se estrecharon la mano. Después Edith le tomó la maleta y la llevó a la puerta que daba a la escalera. Eva la siguió. Al pasar vio que en la alcancía con forma de cerdito había una nota: «Familia Giordano». Edith comentó, volteándose hacia Eva:

—Sí, cosa de tu padre. Le aconsejé que no lo hiciera, pero ya sabes lo necio que es. —Se detuvo delante de la puerta, se aproximó a ella y susurró—: Y mira a tu alrededor: la acogida que tiene. Es un seguro a la vuelta de la esquina. Eso es lo que son esas tres mesas. De la barra me encargo yo, dicho sea de paso. —Eva continuaba sin decir nada—. ¿Ya comiste? Hay rollo de carne. La carne está... —La madre formó un óvalo uniendo el pulgar y el índice y se besó la punta de los dedos. Al hacerlo se le movieron los pendientes.

—Primero iré a darle los buenos días —decidió Eva.

Y echó a andar hacia la cocina, la madre pisándole los talones, como si tuviese miedo de que su hija pudiera cambiar de idea y salir corriendo. El padre estaba más tieso que de costumbre junto a los fogones, meneando una gran cacerola en la que doraba la carne. Mientras tanto removía la salsa en una cazuela ovalada. Burbujeaba. El vapor ascendía y envolvía al padre. La señora Lenze servía puré de papa en seis platos que se hallaban en fila en la mesa de servir y llenaba platitos con ensalada de pepino.

—Buenos días, señora Lenze; buenos días, papá.

La señora Lenze levantó la vista.

—Hombre, la niña. ¿Te gustó? ¿Recuperaste fuerzas al sol?

Eva la miró con cara de desconcierto, y Edith se apresuró a aclarar:

—En la playa, se refiere la señora Lenze.

El padre retiró la cazuela del fuego y fue hacia ella. Tenía mal aspecto, los ojos enrojecidos y el rostro morado, pero intentó esbozar una sonrisa radiante, rebosante de orgullo.

—Decidí arriesgarme. Este corsé vale su precio en oro. ¿Ya viste lo lleno que está el restaurante? Ya salieron dieciocho rollos de carne. —Eva se limitó a contemplar a su padre, no sabía qué decir—. Pero me queda uno para ti. Siéntate fuera. Tendrás el mejor, bien doradito. —Se volteó deprisa hacia los fogones.

En el comedor, Eva se sentó a una de las mesas del fondo. La madre pasó el paño por la oscura madera.

—Te traigo un cuartito de vino blanco. —Era una afirmación, no una pregunta.

Eva no dijo nada. Su madre fue hacia la barra y, de paso, tomó nuevas comandas. Eva observó a los comensales a los que alimentaba su padre; estaban de buen humor. Y le pasó por la cabeza que, cuando visitaron el campo de concentración, comieron en el que había sido el comedor de oficiales. Recordó que nadie comió mucho. Al salir, David le preguntó en voz baja y sin maldad si no quería ver la cocina. Eva sacudió la cabeza y salió corriendo al aire libre, donde constató que su angustia no hacía sino aumentar. Su madre le sirvió el vino y le puso el plato delante.

—Papá me pidió que te diga que el puré de papa tiene un montón de mantequilla —informó Edith.

Eva miró el plato, en el que había un rollo de carne en una salsa espesa con un montón de puré amarillo claro a un lado. El padre se asomó a la puerta de la cocina para observarla. La madre, que se hallaba tras la barra, también la contemplaba mientras tiraba cerveza. Eva tomó el tenedor con la mano izquierda y el cuchillo con la derecha. Introdujo el tenedor en el puré. Los dientes desaparecieron en la papa, en la que brillaba la grasa. Sacó el tenedor. Cortó una rodaja del rollo, que empezó a despedir vapor de dentro como si de un cuerpo vivo se tratase. Eva se llevó el trozo a la boca y aspiró con fuerza el olor de la carne. En su estómago se revolvió algo que le fue subiendo lentamente a la garganta. Dejó los cubiertos y bebió un poco de vino, que le supo a vinagre. Tragó saliva y más saliva. Vio con el rabillo del ojo a su padre en la puerta, que intentaba captar su mirada. Quería saber si la comida estaba rica. También la madre se acercó despacio. A Eva le dio la impresión de que los comensales de las otras mesas dejaban de hablar y de comer y asimismo la contemplaban expectantes. Le dieron ganas de exclamar: «¡Lo siento!». Pero tenía la boca llena de una saliva que no lograba tragar. En ese momento se abrió la cortina de lana de la puerta y entró Stefan. Llevaba la mochila de la escuela a la espalda y, cuando echó un vistazo y vio a Eva, comenzó a correr hacia su mesa, gritando:

—¡Volvemos a abrir a mediodíííííaaaa!

Como si a la familia le hubiese tocado la lotería. Edith lo agarró y le puso un dedo en la boca:

—¡Shhh! —Después lo llevó hasta la mesa de Eva y le quitó la mochila—. ¿Volviste a tener dictado?

Pero Stefan pasó por alto la pregunta, se limitó a enseñarle un instante los dientes y se colgó del hombro de su hermana.

—¿Qué tal las vacaciones? ¿Me trajiste algo?

Eva negó con la cabeza.

—Esta vez no.

Edith vio el plato de Eva. Por lo general se asustaba cuando los clientes dejaban mucha comida en el plato.

—¿Pasa algo?

Guardó silencio, con aire desvalido. Eva repuso:

—Que se lo coma Stefan. Yo no tengo hambre.

El niño protestó:

—¡No, hoy puedo comer pudin!

Eva se levantó y fue hacia la puerta que llevaba a la escalera.

—Me voy a acostar un rato.

Tomó la maleta y salió del restaurante. Stefan le dijo a su madre:

—Esta mañana me dijiste que a mediodía podría comer pudin si me daba mucha prisa.

Sin contestar, Edith tomó el plato de Eva y fue a la cocina. Ludwig esperaba detrás de la puerta. También él observó que Eva no había comido nada. Edith tiró la comida al gran bote de basura de hojalata con ayuda del tenedor. La señora Lenze la miró extrañada, pero no hizo preguntas. Ludwig, en silencio, se volvió y se acercó a los fogones. Movió las cacerolas a un lado y a otro, las removió y las meneó con diligencia. Pero Edith vio que sus hombros se estremecían, que estaba llorando.

Más tarde, Edith llamó a la puerta de la habitación de Eva. Entró y se sentó en el borde de la cama, evitando mirar el sombrero, que seguía en la estantería. Eva, que estaba tumbada encima de la colcha, no había dormido. No miró a su madre, que le puso la mano en el hombro.

—No puedes hacerle esto a tu padre. —Ella no contestó, y Edith continuó hablando—: Han pasado veinte años. Cuando supimos lo que había sucedido en ese sitio era demasiado tarde. Y nosotros no somos héroes, Eva,

400

teníamos miedo, teníamos hijos pequeños. Uno no puede rebelarse contra el pasado, no se puede comparar con la época actual. —Eva seguía sin moverse. Edith le quitó la mano del hombro y añadió—: Y no le hicimos daño a nadie. —Lo dijo como si fuese una pregunta. Eva miró a su madre de soslayo: parecía empequeñecida en el borde de la cama, olía a harina y a su caro perfume de París, que el padre le regalaba cada año por el aniversario de bodas. Le vio unas arrugas en el labio superior que antes no tenía. Pensó en el papel con el que soñaba su madre: *La doncella de Orleans*, de Schiller. Peleonera pero sin voluntad propia. Edith trató de sonreír—: Tu Jürgen llamó dos veces. ¿Se puede saber qué les pasa?

Por lo general, Eva le habría hablado a su madre de David, su extraño amigo, que había desaparecido sin más ni más. Y de Jürgen, con el que no quería vivir, pero al que probablemente amara. Siempre había confiado en ella. Su madre era la persona a la que más unida estaba. Eva contempló las manos de Edith, cuyos dedos eran demasiado cortos para tocar el violín, la alianza desgastada. Vio que las manos le temblaban un poco. Supo que su madre deseaba que, como antes cuando discutían, Eva le tomara una mano y le dijera: «No pasa nada, mamá». Pero no se movió.

◆

En el hospital, Annegret había retomado lo que ella denominaba su «mala costumbre». Tenía remordimientos de conciencia. Pero el doctor Küssner, que había presentado su dimisión, la importunaba, y su hermana la molestaba con sus mentiras. Por su parte, Annegret lo veía todo bien claro: necesitaba a esos lactantes que lloraban con voz lastimera, que sanaban con sus cuidados. Debía salvar vidas y que le dieran las gracias por ello. Eso era lo único que lograba proporcionarle esa paz profunda que le permitía soportar todo lo demás. Annegret volvía a llevar consigo la jeringa reutilizable de cristal llena del líquido pardusco contaminado con colibacilos, que o bien mezclaba con la leche o administraba directamente. Se hacía de esa solución de un modo especial que hasta a ella le daba asco. Pero era el más sencillo. Annegret pasó revista a las cunitas y observó a las criaturas con una mirada escrutadora. Se detuvo junto a una de ellas y miró al niño, que pataleaba y la contemplaba confiado. Aguzó el oído: sus compañeras habían ido a comer a la cantina. Un rayo de sol entró por la ventana y, como si de un reflector se tratase, bañó en una luz blanca a Annegret, que sacó la jeringuilla del bolsillo del delantal, se aproximó a la cabecita del pequeño y, con el dedo índice de la mano izquierda, le abrió la pequeña boca rosada para administrarle el líquido con la derecha. «Dentro de tres semanas te librarás de mí. Acabo de estar con el jefe.» El doctor Küssner, que había entrado, se acercó. Primero miró con cara de interrogación, y después alarmado, la mano que Annegret tenía en la boca del lactante. Ésta retiró la jeringa, e iba a me-

402

térsela en el bolsillo, pero el doctor Küssner le agarró la muñeca con fuerza y un movimiento rápido.

—¿Qué es eso? ¿Qué estás haciendo?

◆

El proceso se reanudó. Los días se repetían. En el patio de la escuela que había tras la sala los niños jugaban por la mañana. Los otoñales árboles, marrones, se mecían con familiaridad tras los bloques de pavés. No había nada que conmoviera a los acusados; el público asistente esperaba ansioso recibir nuevas sensaciones. Y los testigos seguían siendo los que más valor debían reunir para entrar en la sala. Daba la impresión de que no había cambiado nada. Pero, al igual que al cabo de cierto tiempo en la sala se colocaron focos para poder ver mejor el rostro de los acusados, la visita al lugar de los hechos convirtió en certeza aquello que hasta entonces sólo era imaginado. Auschwitz era real. La silla que había en diagonal a la de Eva seguía vacía. La señorita Lehmkuhl y la señorita Schenke abrieron los ojos como platos cuando Eva les contó que David había desaparecido y que hasta el momento la policía polaca no había dado con él. La señorita Lehmkuhl repuso, consternada: «Seguro que se habrá perdido». También el rubio miraba de vez en cuando el sitio vacío. Y la ausencia de David llamó la atención de otra persona. En un receso, el abogado defensor se acercó a Eva. El acusado número cuatro quería hablar con ella. Titubeando, Eva lo siguió hasta el otro lado y entonces vio desde más cerca la cara arrugada de chimpancé, que preguntó por el joven pelirrojo. ¿Había desaparecido? ¿Cuándo lo habían visto por última vez? ¿Dónde? ¿Qué medidas se habían tomado para encontrarlo? Eva imaginó perfectamente cómo realizaba sus interrogatorios el acusado. Lo miró furibunda y repuso:

—Eso no es de su incumbencia.

Cuando iba a marcharse, la Bestia la agarró con fuerza del brazo y dijo:

—Es un joven vehemente, como lo fui yo en su momento. Me preocupa.

A Eva le dieron ganas de escupirle a la cara, pero se limitó a decir con voz ahogada:

—No creo que a David le hiciera gracia que justo usted se preocupe por él.

Y se fue. Volvió a su sitio y pensó: «Es un criminal, un asesino múltiple».

No podía perdonarlo. Y ¿qué eran sus padres? ¿Qué debía perdonarles? ¿Tenía que perdonarlos? Eva flotaba como si estuviese en una burbuja, a través de la cual sólo veía a sus padres borrosos y oía sus voces amortiguadas. Deseaba que esa burbuja estallara, pero no sabía cómo lograrlo.

◆

Al final de otra jornada que, con la laboriosa revisión de papeles y contratos, se había alargado extraordinariamente, cuando la mayoría de las personas de la sala ya estaban pensando en la cena, el rubio presentó ante el tribunal los documentos que había recibido de manos de las autoridades polacas. Eran autorizaciones de transportes para suministrar Zyklon B, firmadas por el acusado principal. Con la instrucción sobrescrita: «Materiales para el asentamiento judío», que servía para enmascarar la verdad.

—¡¿Sigue afirmando que no sabía que se estaba gaseando a personas?! —graznó el magistrado presidente por el micrófono.

El acusado principal volteó la cabeza de ave rapaz hacia su abogado y ambos intercambiaron algunas palabras. De repente dio la impresión de que miraban un instante a Eva, pero seguro que ésta se equivocaba. Entonces se puso de pie el Conejo Blanco, que se levantó la manga de la toga con la mano derecha y consultó el flamante reloj de pulsera que lucía. Explicó que su cliente siempre había estado en contra de lo que sucedía en el campo de concentración. Había querido marcharse de allí y solicitado que lo enviaran al frente, en vano. Mientras tanto, el rubio espetó burlón:

—No pretenderá hacerse pasar ahora por un miembro de la Resistencia, ¿no?

Manteniéndose en sus cabales, el letrado añadió que quería llamar a declarar a alguien para demostrar cuáles eran las convicciones de su cliente.

—Solicito la comparecencia de la señora Priess...

—¿Priess? En su solicitud por escrito consta otro apellido —adujo el magistrado presidente.

—Un momento... —El Conejo Blanco se puso a buscar el nombre en un documento.

—Sí, Priess es el apellido de soltera.

Priess, apellido de soltera. Fue como si alguien le retirara a Eva la silla, el suelo, el mundo entero. La voz del abogado defensor se oyó con fuerza por los altavoces:

—Llamo a declarar a Edith Bruhns.

Eva se levantó y se agarró al borde de la mesa, todo daba vueltas. El rubio se volteó hacia ella y la miró con expresión inquisitiva, y Eva pensó, presa del pánico: «Seguro que a David se le fue la lengua». La había traicionado. Pero ¿por qué como testigo de la defensa? ¡No podía ser! Eva se sentó de nuevo y captó la mirada de uno de los asistentes. La esposa del acusado principal la contemplaba, asomada bajo el sombrerito como si fuese un ratón, un ratón victorioso. Mientras tanto, el magistrado presidente anunció:

—Se admite.

El rubio se inclinó hacia Eva:

—¿Bruhns? ¿Tiene algo que ver con usted?

Pero ella se limitó a clavar la vista en la puerta de doble hoja, que ahora un ujier abría.

◆

—Me llamo Edith Bruhns, de soltera Priess. Vivo en el número 318 de la calle Berger y soy propietaria de un restaurante.

—Señora Bruhns, ¿cuándo llegó usted al campo de concentración?

—En septiembre de 1940.

—Y ¿en calidad de qué?

—Acompañaba a mi esposo, que trabajaba de cocinero en el comedor de oficiales.

—¿Qué sabía usted del campo?

—Sólo que en él había prisioneros de guerra.

—Y ¿qué supo después, una vez allí?

Edith guardó silencio, y en la zona destinada al público Eva oyó que alguien pronunciaba dos palabras: «Puta nazi». Claro que quizá ella estuviese histérica. Delante, en la mesa de los testigos, a menos de tres metros, estaba su madre. No llevaba joyas. Se había puesto el traje negro, que sólo llevaba a los entierros. Estaba seria y pálida. Se conducía como si estuviese en un escenario, pero Eva vio que no estaba actuando, sino que se esforzaba por ser sincera. Tenía el bolso delante, el bolso que de pequeña tantas veces ella había vaciado, que sabía con exactitud qué contenía: un peine, un pañuelo, caramelos de eucalipto, crema de manos y un monedero con las fotografías más recientes de sus hijos. Eva tenía el corazón desbocado. La voz de su madre resonó en la sala entera:

—Supe que allí también había personas normales internadas. Me refiero a que no eran delincuentes.

—Y entonces ¿no quiso marcharse usted? Tenía dos hijas pequeñas.

—Sí —contestó Edith—, le dije a mi esposo que pidiera el traslado, pero eso habría implicado que lo llamaran a filas. A fin de cuentas, en aquel entonces hacían falta soldados. Él temía por su vida, y no seguí intentando convencerlo.

En una ocasión había visto cómo mataban a tiros a una mujer, ya que sucedió justo detrás de su jardín. La mujer probablemente quería escapar. Eva vio el jardín, el huerto de rosas de la vecina, el alambrado, la mujer que se desplomaba. Miró a su madre, en la sala, y no pudo evitar pensar en la última vez que habían acudido juntas a la casa señorial. La obra de teatro *El pantalón del general* no era más que un montón de obscenidades, pero no pudieron por menos de reírse, y la risa era contagiosa. Eso fue en otra vida. Ahora Edith contaba que sólo supo que se gaseaba a personas por la esposa del acusado principal. Eran vecinas. Y ella le llamó la atención sobre el olor. El magistrado presidente preguntó:

—Entonces ¿también conocía usted al acusado principal?

—Sí. Coincidíamos. Ya fuera delante de casa o en acontecimientos sociales.

En ese momento se levantó el abogado defensor, que buscó entre los pliegues de la toga el reloj de bolsillo que ya no tenía. Después echó un vistazo al de pulsera.

—Señora Bruhns, ¿coincidieron en la fiesta de Navidad que celebraron los oficiales del campo de concentración?

—Sí.

—¿Recuerda usted algún incidente en particular de ese día?

Eva vio que su madre bajaba la cabeza, empequeñeciendo como si fuese un niño que no quería que nadie lo viese, pero que sabía que lo habían descubierto.

—No sé a qué se refiere. —Edith torció el gesto, como hacía Stefan cuando mentía.

—¿No es cierto que al día siguiente presentó usted una denuncia contra el acusado principal ante la Oficina Central de Seguridad del Reich en Berlín?

—No lo recuerdo.

Edith miraba al frente, no había mirado ni una sola vez a Eva. En la sala se oyó un murmullo. Las manecillas del gran reloj de pared seguían avanzando ruidosamente. Las cinco. Por lo general, el magistrado presidente habría anunciado el aplazamiento de la vista hasta el día siguiente, pero en lugar de hacer eso preguntó, sin dar crédito:

—Señora Bruhns, ¿no lo recuerda? Lo que sí sabrá es lo que significaba una denuncia en aquella época.

El rubio se inclinó hacia Eva y le preguntó en voz baja:

—¿Es familiar suya la testigo?

La observó con insistencia. Eva palideció y sacudió varias veces la cabeza. El magistrado presidente, el hombre de la Luna, inquirió en voz alta:

—¿Por qué denunció al acusado principal, señora Bruhns?

Entonces Edith Bruhns miró a su hija a la cara, como si quisiera despedirse de ella.

◆

Eva echó a andar por la acera, junto a ella pasaba el tráfico vespertino, como un río de chapa sucio. Ahora la sala entera sabía que, en diciembre del 44, su madre había denunciado al acusado principal por criticar el discurso pronunciado por el ministro de Propaganda ante la milicia popular en Berlín. El acusado principal había dicho, entre otras cosas: «Ese agitador hará que Alemania se hunda». Su madre citó esa frase en el tribunal. Había redactado y enviado la carta conjuntamente con su marido, aunque por aquel entonces podría haber significado la sentencia de muerte para el acusado principal. A continuación se había abierto una investigación, tras la cual el acusado con cara de ave rapaz había sido degradado. Después llegó la paz. ¡La paz! Eva retrocedió espantada: quería cruzar una calle y ahora estaba justo delante del cofre del coche que había estado a punto de atropellarla. Se miró: no parecía haber sufrido ningún daño, y miró al conductor, que gesticulaba furibundo tras el parabrisas. El hombre se llevó el índice a la sien repetidamente, para darle a entender que estaba loca, y tocó el claxon varias veces con la otra. Luego se bajó del coche y fue a ver el cofre haciendo gestos amenazadores: «¡La voy a denunciar! ¡Si tiene un solo arañazo, la denuncio!». Eva vio que inspeccionaba la impecable carrocería, examinaba la pintura desde todos los ángulos posibles, por arriba y por abajo, y le pasaba la mano por encima, fuera de sí. Llevaba un sombrero de cuadros que le quedaba pequeño. Eva se recuperó del susto y se echó a reír. «Pues yo no le veo la gracia, señorita. ¡Acaba de salir de la fábrica!» Eva no podía parar de reír; siguió andando, tapándose la boca con la mano; se le salieron las lágrimas; tomó aire. Sólo se tranquilizó cuando llegó a La casa alemana. Se detuvo. En la otra acera, una señora de cabello oscuro empujaba un cochecito de niño y entraba en el portal de la casa de enfrente. Antes de que se cerrara la puerta, vio a Eva a lo lejos y la saludó amablemente con la mano. Era la señora Giordano. Estaba claro que la familia había podido comprar otro cochecito gracias al dinero que habían reunido en La casa alemana. Eva subió la escalera.

◆

Ya en casa, Eva fue a su habitación y sacó la gran maleta del armario. Tomó la bolsa de aseo del baño, metió ropa en la maleta, sus diccionarios, algunas de sus novelas preferidas, la carpeta donde guardaba su documentación y una fotografía que quitó de la pared, sobre su mesa. En ella estaba Stefan con *Purzel* en la cabeza. *Purzel* no parecía muy contento. Llamaron a la puerta. Ludwig, con la filipina blanca, entró; estaba sin aliento, como si hubiese salido corriendo de la cocina, y vio la maleta.

—Le dije a tu madre que te lo contara, pero me contestó que ni siquiera era seguro que la llamasen a declarar, en cuyo caso habría levantado la liebre sin necesidad. —Eva vio que su padre tenía pegado en la mejilla algo verde. Perejil, probablemente. Le dio la espalda y no contestó. Metió el sombrero y los cuadernos azules en la maleta y la cerró—. ¿Adónde piensas ir?

Eva pasó por delante de su padre sin decir palabra. Al salir al pasillo, se abrió la puerta de fuera y entró su madre. Estaba desolada, a todas luces había llorado. Reparó en la maleta que llevaba Eva.

—¿Por qué no hablamos, Eva?

Ella negó con la cabeza y fue hacia la puerta. Entonces su padre suplicó:

—Por favor.

Eva dejó la maleta en el suelo.

—No quiero seguir viviendo con ustedes.

Edith se acercó a ella y le dijo, desesperada y desvalida:

—¿Por declarar a favor del acusado principal? ¡Pero si está en la cárcel! Al fin y al cabo, mi declaración no le ha sido de ninguna ayuda. Y yo no podía pasar por alto el citatorio.

Eva miró sin dar crédito a su madre, que se hacía la tonta, que no quería entender.

—¡Hija! Haces como si... —empezó Ludwig—. Nos señalas como si fuésemos asesinos —balbució.

Eva miró a su padre, con su filipina blanca y su rostro rojo, flácido.

—¿Por qué no hiciste nada, padre? Deberías haber envenenado a todos los oficiales.

Edith fue a tomar el brazo a su hija, pero ésta se apartó.

—Si lo hubiera hecho, le habrían pegado un tiro, Eva. Y a mí también. Y a ti, y a Annegret.

El padre añadió:

—Y no habría tenido ningún sentido, hija. Habrían llegado otros. No te imaginas cuántos eran. Y estaban por todas partes.

Eva se puso hecha una furia.

—¿Eran? ¿Quiénes? Y ustedes, ¿quiénes eran ustedes? Ustedes formaban parte de todo aquello. También eran como ellos. Ustedes hicieron que fuera posible. No asesinaron, pero lo permitieron. No sé qué es peor. Díganme ustedes qué es peor.

Eva miró con cara de interrogación a sus padres, que estaban plantados delante de ella con cara de pena. Edith sacudió la cabeza, dio media vuelta y se fue a la cocina. Ludwig quiso decir algo, pero no encontró las palabras adecuadas. Eva tomó la maleta de nuevo, apartó sin esfuerzo a su padre y abrió la puerta de la calle. Salió de casa, bajó la encerada escalera dando traspiés, recorrió el pasillo y se marchó. En la acera vio a dos niños que iban hacia ella: Stefan y su mejor amigo, Thomas Preisgau. Stefan le preguntó:

—Eva, ¿adónde vas?

Ella abrazó a su hermano un instante y repuso:

—De viaje.

—¿Cuánto tiempo?

Eva no contestó, agarró la maleta y se alejó lo más deprisa posible. Stefan la miró asustado.

◆

Annegret, que estaba en su habitación, tumbada en la cama, con una bolsa de palitos salados en el vientre, lo había oído todo mientras masticaba. Cuando la puerta se cerró, se puso de pie; la bolsa, casi vacía, cayó al suelo, y ella se acercó a la ventana. Vio cómo se iba Eva. Su preciosa hermana pequeña. Aunque debería llorar, de pronto estampó la mano contra el cristal de la ventana, furiosa. «Si quieres irte, ¡vete!» Acto seguido, apoyó la frente en el frío cristal, sorbió por la nariz y pensó: «Me alegro de que se vaya; es ella la que no nos deja en paz, exagera lo sucedido en el pasado, se las da de moralista y es evidente que no tiene ni idea de lo débil que es la naturaleza humana». Cuando dejó de ver a Eva, se apartó de la ventana y tomó la bolsa. Se echó las migajas que quedaban en la mano y las lamió con la lengua, despacio, mientras recordaba la conversación que había mantenido con Hartmut Küssner después de que la atrapara in fraganti. Fueron a una de las salas de curas y Annegret confesó que a lo largo de los cinco últimos años había infectado a diecinueve lactantes y niños pequeños, todos varones, de distintas maneras con colibacilos para poder cuidarlos y devolverles la salud. El doctor Küssner se puso blanco, horrorizado y asqueado al mismo tiempo. ¡Había matado a un niño! Sin embargo, Annegret le juró que no tenía nada que ver con la muerte de Martin Fasse. A él no le había dado nada. Sólo escogía a lactantes de los que sabía que estaban bastante estables. ¡Tenía que creerle! Annegret suplicó, se jaló el pelo y finalmente se agarró a él cuando iba a salir para informar al director. Balbució que se iría con él, a Wiesbaden o a donde fuera. Viviría con él, le daría hijos, pero que no le arruinara la vida. El doctor Küssner se libró de ella y se marchó, pero al salir al pasillo fue a la izquierda y no a la derecha, a Administración. Desde entonces Annegret tenía miedo, pero hasta el momento no había recibido ningún citatorio. Sabía que Hartmut quería creer a toda costa que no era responsable de la muerte de ningún niño.

◆

En su despacho, el rubio estaba reunido con sus compañeros, preparando los escritos de acusación. Había tazas de café sucias encima de torres de archivadores, platos llenos a rebosar de colillas. Al otro lado de las ventanas se dibujaba el esqueleto gigantesco de la nueva construcción. Las lonas ondeaban al viento. La obra parecía abandonada, como si a los contratistas se les hubiese terminado el dinero inesperadamente. El rubio observaba a uno de los abogados más jóvenes, que hojeaba un código con diligencia, y se acordó de David Miller, de que cuando dio comienzo el proceso aseguró con vehemencia que pediría «la perpetua» para cada uno de los acusados, pues todos y cada uno de ellos habían asesinado. Sin embargo, el joven fiscal exponía ahora que, con seguridad, sólo se podía demostrar que habían sido cómplices de asesinato: según el Derecho alemán, los autores principales eran los comandantes en jefe del Reich. Además, todos los acusados alegarían que actuaban cumpliendo órdenes, lo cual era difícilmente refutable. Algunos colegas asintieron, y el rubio repuso que sí, que la petición de la pena perpetua no sería posible en todos los casos. Permaneció a la espera, pero nadie lo contradijo. David había dejado un vacío. En ese momento llamaron a la puerta, y poco después entró Eva.

—No quería molestar.

El rubio se levantó y le indicó que se acercara.

—Pase, señorita Bruhns, hemos terminado por hoy.

Los demás se pusieron en pie y fueron saliendo; cada uno de ellos saludó a Eva con amabilidad. El rubio le señaló una silla. Eva se sentó y dijo que lo sentía, pero que no podía seguir trabajando allí.

—¿Otra vez su prometido?

—No, es por mis padres.

Acto seguido, confirmó la sospecha que abrigaba el rubio, que ya tenía cuando declaró Edith Bruhns. Eva dijo que ya no podía mirar a nadie a la cara en el tribunal. Cargaba con la culpa de sus padres. El rubio replicó que, desde el punto de vista jurídico, eso era una tontería. No se podía acusar de corresponsabilidad a toda una nación. Además, sería difícil encontrar un sustituto para ella. Sin embargo, Eva permaneció firme y se puso de pie. El rubio no siguió insistiendo. En ese caso, sólo podía darle las gracias sinceramente por el buen trabajo que había realizado. Ella contestó que tenía una petición: si podía averiguar algo sobre un prisionero en concreto. Se apellidaba Jaschinsky, y su número era el 24 981. El rubio lo anotó y dijo que le llamaría.

◆

Eva bajó en ascensor. Cuando atravesaba el vestíbulo, vio fuera, ante la puerta de cristal, a una mujer flaca que llevaba un abrigo de colores llamativos y pasaba el dedo por los nombres que figuraban junto a los timbres. Eva la había visto una vez, delante de la casa señorial. Estaba allí un día, al término de la jornada, a todas luces esperando a alguien. Eva salió del edificio y le preguntó si podía ayudarla en algo. Sissi levantó la vista.

—¿Dónde están las oficinas de la fiscalía?

—¿A quién busca usted?

Pero Eva supo la respuesta al ver la expresión de preocupación en los ojos de Sissi.

◆

Ambas mujeres fueron dando un paseo por un parque, lejos de las calles. Caían las primeras hojas amarillas. Eva le habló del viaje. Le contó que había estado con David por la noche, que estaba desesperado y se quedó con él. No dijo que se habían acostado, pero tras mirar brevemente de reojo a Sissi se dio cuenta de que no podía engañarla. Sissi aclaró: «No somos pareja, pero me gusta y yo le gusto a él. Y no le incomoda que yo tenga un hijo. Eso vale mucho. —Tras una pausa añadió—: ¿Cree usted que se quitó la vida, allí? ¿O cree que volverá?». Eva guardó silencio y recordó el télex que había enviado la policía local polaca hacía dos semanas y que ella tradujo: en un pantano, no muy lejos del campo de concentración, se había encontrado el cuerpo de un hombre. Sin embargo, se hallaba en tal estado que era imposible identificarlo. Uno de los agentes incluso afirmó que llevaba allí años. Eva se negaba a creer que se tratase de David, y el rubio también tenía sus dudas. Le dijo a Sissi que David se había perdido en ese sitio, pero que acabaría volviendo.

Cuando llegaron de nuevo a la entrada del parque, Eva sonrió y comentó:

—Tiene que volver, ¿sabe? Me debe veinte marcos.

Pero, en lugar de sonreír, Sissi abrió el bolso, sacó el monedero y dijo:

—Puedo dárselos yo.

Sin embargo, Eva rehusó.

—No, gracias, no lo dije con esa intención.

Las mujeres se dieron la mano al despedirse. Eva se quedó mirando a Sissi, que fue calle abajo. Tardó un rato en dejar de ver el colorido abrigo. Subía y bajaba como si fuese un ramo de flores en el mar, hasta que una ola lo engulló.

◆

El otoño llegó. Eva se instaló en la habitación de una pensión que regentaban dos señoras entradas en años. A una de ellas, la señora Demuth, Eva no la veía nunca; en cambio, a la otra, a la señora Armbrecht, le despertaba una gran curiosidad esa señorita que estaba sola. El mobiliario de su cuarto había sido elegido al buen tanteo, sin ningún cuidado, y por la ventana sólo se veía un muro cortafuego encalado blanco. Sin embargo, a Eva no le importaba. Empezó a trabajar de nuevo en la agencia del señor Körting. De las señoritas que trabajaban con él hacía un año, sólo quedaba Christel Adomat, que tenía la nariz torcida y olía mal. Para entonces, las demás compañeras se habían casado. Eva ejercía de intérprete en reuniones y en conversaciones de negocios, y en una mesita estrecha de su habitación traducía contratos e instrucciones de uso. En una ocasión la llamaron para que acudiese a la empresa Schoormann, pero pidió a Christel que se ocupara ella. Eva intentaba no pensar más en Jürgen. Seguía el curso del proceso, compraba los periódicos, y de ese modo supo que la práctica de la prueba se había cerrado. En sus alegatos de conclusión, la fiscalía había solicitado la «perpetua» en catorce casos, entre otros, para la Bestia, el denominado «*Practicante*», el enfermero, el boticario y el acusado principal. La defensa, por su parte, pidió la absolución, sobre todo para quienes efectuaban las selecciones. Eva tuvo que leer el párrafo varias veces para entender lo que había dicho el Conejo Blanco: esos hombres habían contravenido sin ningún género de dudas la orden de exterminio y, gracias a la selección que efectuaron, les salvaron la vida a numerosas personas. Además se hizo alusión al hecho de que cumplían órdenes: los acusados eran soldados, actuaban según las leyes vigentes. En la sala común, amueblada, de la pensión, Eva siguió por televisión una entrevista al fiscal general. Éste afirmó: «Desde hace meses los fiscales, los testigos, el público asistente esperan oír una frase humana a los acusados. El aire se purificaría si de una vez por todas se oyera una frase humana, pero no ha sucedido, ni sucederá».

◆

El día que se iba a dar a conocer el veredicto, Eva, ante el espejo de su habitación, se abrochaba despacio el saco del traje que se había puesto. Tras ella, la señora Armbrecht pasaba su plumero preferido por los muebles con nerviosismo mientras preguntaba: «Sí, y usted ¿qué cree? ¿Qué penas les caerán? Lo único posible es la perpetua, ¡¿no?! ¡Que pasen la vida en la cárcel! ¿O no?». La señora Armbrecht se detuvo y miró a Eva en el espejo con cara de preocupación. Poco después de que ésta se instalara, le había preguntado por el sombrero negro, que había dejado en una de las baldas: «¿Era de su padre?». Y Eva le habló de Otto Cohn y del resto. Ahora se volteó hacia la señora Armbrecht y repuso que esperaba que el fallo fuese justo.

◆

Ante la casa señorial, a la que ese día daba la impresión de haber acudido la ciudad entera, el mundo entero, Eva iba arriba y abajo, un tanto apartada de la acera, pues no quería toparse con nadie. Consultó el reloj: las diez menos diez. Faltaban diez minutos para que el magistrado presidente diera comienzo al último día del proceso. Eva conocía a muchos de los que entraban en la casa: la esposa del acusado principal; la esposa de la Bestia; el testigo Andrzej Wilk, que tuvo que presenciar el asesinato de su padre. A las diez menos un minuto, Eva se dirigió hacia la entrada. El vestíbulo estaba lleno de periodistas y asistentes que se habían quedado sin sitio. La puerta de doble hoja de la sala ya se había cerrado. Un altavoz daría a conocer el veredicto. La caja gris, que habían colgado junto a la puerta, dejaba escapar un ruido de estática. Eva se quedó cerca de la entrada de cristal, en un hueco. Uno de los ujieres la reconoció y le indicó que podía pasar entreabriendo de nuevo la puerta, pero ella rehusó con un gesto. El hombre la miró desconcertado y acto seguido le señaló una silla que había junto a ella. Allí era donde solía sentarse Otto Cohn, como si vigilara lo que sucedía en la sala. Eva vaciló y después se acercó y tomó asiento. Sobre su cabeza, el altavoz crepitaba. Una voz anunció: «El Tribunal Supremo». A continuación, de la caja salió un arrastrar de sillas y un murmullo. Las personas que ocupaban la sala se levantaron por última vez: los acusados, los abogados defensores, los fiscales, la acusación particular y el público. Eva también se puso de pie sin querer de nuevo. La voz continuó: «Siéntense». Volvió a oírse un ruido de sillas y susurros. Después se hizo un silencio tenso incluso en el vestíbulo. Sólo se oía la estática del altavoz. Al otro lado de los ventanales, unos niños corrían por la placita. Eva recordó que estaban de vacaciones, y seguro que Stefan habría ido a Hamburgo a ver a la abuela. Entonces se oyó el vozarrón del magistrado presidente: «En el transcurso de los numerosos meses que ha durado este proceso, este tribunal ha revivido el dolor y el tormento que sufrieron las personas en ese lugar, y que siempre irán unidos al nombre de Auschwitz. Es probable que muchos de nosotros no podamos volver a mirar durante mucho tiempo los ojos alegres e inocentes de un niño... —la voz, que se había mantenido firme a lo largo de todos esos meses, comenzó a temblar— sin que nos venga al recuerdo la mirada vacía, inquisitiva y atónita de unos niños aterrorizados que vivieron sus últimos días allí, en Auschwitz». La voz se quebró. También en el vestíbulo algunas personas bajaron la cabeza o se cubrieron el rostro con las manos. Eva vio ese rostro familiar, el hombre de la Luna, que a fin de cuentas no era más que un ser humano. Un hijo, un esposo, un padre de familia. Había asumido un difícil cometido. Tras efectuar una pausa, el magistrado presidente continuó: la punibilidad de los delitos cometidos durante la época del nacionalsocialismo venía determinada por la legislación que estaba vigente entonces. Junto a Eva, un reportero citó: «Lo que ayer era justo no puede considerarse hoy injusto». La voz siguió: «Quienes tomaron parte en el holocausto serán juzgados en virtud de esos principios. Sólo los criminales excesivos, que mataron contraviniendo órdenes o *motu proprio*, pueden ser sentenciados a cadena perpetua. Quienes únicamente cumplieron órdenes son cómplices. A continuación, pronunciaré mi veredicto».

◆

Eva ya se había levantado de la silla que ocupaba junto a la puerta cuando en la sala se apagaron los focos. Los ujieres enrollaron el plano del campo de concentración, los técnicos desmontaron los micrófonos. El rubio fue el último en recoger las actas, y aún permaneció un rato en la sala. Se fumó un cigarro, cosa que estaba prohibida, pero ese día nadie le dijo nada.

Eva deambulaba por las calles. No tenía prisa en llegar a la pensión, y fue dando un rodeo. De pronto tuvo la sensación de que David caminaba a su lado. Estaba fuera de sí y arremetía contra ella:

—¡¿Presunción de inocencia?! ¡No doy crédito! En el caso del boticario, por ejemplo, que colaboró en realizar la selección en el muelle de carga y en administrar el gas venenoso; docenas de testigos han presentado pruebas. Y ¡¿sólo se le acusa de complicidad en delito de asesinato?! El acusado número dieciocho y el enfermero asesinaron a sus víctimas personalmente, disparándoles en la nuca. O los que introdujeron el gas en la cámara, ¡¿se supone que sólo son cómplices?!

Parecía como si casi tuviera que agarrarle la cabeza a David, mirarlo a los desiguales ojos y decir:

—Pero al menos al acusado número cuatro le dieron la perpetua.

Sin embargo, por lo visto no había forma de apaciguar a David:

—¡¿Disparar y gasear a miles de víctimas indefensas se castiga con cuatro o cinco años?!

Eva asintió.

—Tienes razón, David, ¡deben interponer un recurso de revisión!

Pero David ya no estaba allí. Eva siguió andando sola. También ella se sentía decepcionada y vacía.

◆

Por la noche, Walther Schoormann se hallaba sentado en un sillón en la sala de estar de su villa, mirando fijamente la televisión. En las últimas noticias se hablaba del fallo de la causa. Al lado, la señora Treuthardt quitaba la mesa y silbaba una canción de moda: *Du bist nicht allein*, No estás solo. El locutor leyó la sentencia: seis cadenas perpetuas, entre otros, para aquel al que llamaban la Bestia, que había dado nombre a un instrumento de tortura. El acusado principal formal, el oficial adjunto del comandante del campo de concentración, había sido condenado a catorce años. Por complicidad en el delito de asesinato. Se había absuelto a tres acusados por falta de pruebas. El fallo había desatado una indignación generalizada. Jürgen llegó de la calle y la señora Treuthardt salió al pasillo, donde le tomó el abrigo y la cartera. ¿Qué quería cenar? Sin embargo, Jürgen dijo que nada, que ya había cenado en la cantina. Fue con su padre y le puso un catálogo en el regazo. En la portada se veía a una mujer que estaba cambiando la cama con brío. Ante la cama, un niño jugaba con una muñeca.

—Nuestro catálogo especial: «Lavadoras». Recién salido de la imprenta. Y con un niño en la portada. —Walther Schoormann pasó las páginas maquinalmente, sin mirar. Por su parte, Jürgen se acercó a la televisión, la apagó y añadió—: Tenemos una tirada de cien mil ejemplares.

El padre repuso:

—Hoy me duele todo.

Se frotó el pecho y los hombros con ambas manos e hizo una mueca de dolor. Después empezó a arrancar páginas del catálogo, a estrujarlas y a limpiarse con ellas el torso, como si quisiera retirar suciedad. O sangre. Jürgen se acercó a él y le quitó el catálogo.

—Lo siento. ¿Quieres un calmante?

Walther Schoormann miró a su hijo.

—¿Por qué ya no viene esa joven?

—Me haces la misma pregunta cien veces al día —replicó Jürgen irritado.

—¿Por qué ya no viene?

—Rompió el compromiso, padre.

—¿Por qué?

—Porque la casa huele a cloro.

—Es verdad.

Jürgen salió, y en la puerta se tropezó con Brigitte, que llevaba una bata nueva, moderna, y una toalla a modo de turbante. A todas luces había estado nadando. Walther Schoormann añadió:

—Y mi mujer también huele a cloro.

Brigitte fue con él y le acarició la cabeza.

—¿Qué?, ¿has vuelto a tener un día bueno?

—Me gustaría tomar una pastilla.

Brigitte le dirigió una mirada inquisitiva.

—Ahora mismo te la traigo.

◆

Esa misma noche, el doctor Hartmut Küssner enseñó a Annegret la casa en la que vivirían en común. Recorrieron las habitaciones vacías de la villa de estilo modernista. Unos focos pelados daban luz desde el techo. Sus pasos resonaban; ante las ventanas, el jardín se hallaba a oscuras. Annegret dijo que apenas tenían muebles, así que ¿cómo iban a llenar los cuartos? Propuso dejar vacío el piso superior, y Küssner se mostró conforme. El consultorio de pediatría, en la parte delantera de la casa, estaba provisto de mobiliario de acero blanco. Olía mucho a alcanfor y a plástico. Annegret afirmó que las habitaciones le resultaban demasiado asépticas. Sería mejor que pintaran las paredes de algún color. «Lo que tú quieras», repitió el doctor Küssner. Era feliz. Hacía un par de días había ido al puesto de control de enfermería para despedirse, y después ya no soltó en ningún momento la mano de Annegret y le preguntó a ésta delante de la enfermera Heide si se iba a ir con él. No hizo mención ni una sola vez a las «faltas de Annegret», como las llamaba él en secreto. Y ambos lo sabían: no volverían a hablar del tema. Se casarían al año siguiente. Annegret seguiría estando gorda. Hartmut la querría siempre. Ella quedaría embarazada y, con treinta y pocos años, daría a luz a un muchacho, en cuyo parto su vida correría peligro. Los padres mimarían y descuidarían alternativamente a ese niño. En la pubertad, éste se teñiría el pelo de verde y una noche arrasaría con sus amigos el club de tenis, del que el padre sería miembro activo y la madre pasivo: lo destrozarían entero con sendos picos, cortarían las vallas y prenderían fuego a las redes. ¡Contra la burguesía!

◆

«Querida Eva: Quiero que sepas algo de mí, ya que no sabes quién soy en realidad...» No consiguió avanzar más. Jürgen ya no sabía cuántas veces había empezado a escribir esa carta. No lograba pasar de las frases iniciales. Arrugaba el papel y lo tiraba al bote de basura. Casi era medianoche. Jürgen estaba en su habitación, sentado a su escritorio. De camino a casa también él había escuchado la sentencia, en la radio. Podía imaginarse cómo se sentiría Eva. Llevaba algún tiempo con ganas de escribirle. Tomó otra cuartilla. «Querida Eva: He escuchado el fallo por la radio y...» En ese momento llamaron a la puerta. Entró Brigitte:

—Jürgen, no consigo meterlo en la cama.

Él se levantó y siguió a Brigitte hasta la sala de estar, parcamente iluminada, donde Walther Schoormann seguía sentado en su sillón, con la vista clavada en la televisión. Parecía una muñeca vieja.

—Vamos, padre, es tarde.

Jürgen fue a levantar a su padre, pero éste se aferró con ambas manos a los brazos del sillón. Brigitte intentó abrirle los dedos y Jürgen tomó a su padre por detrás, por las axilas, para incorporarlo.

—A la de tres —dijo en voz baja, y empezó a contar.

Brigitte jaló las manos de Walther Schoormann y Jürgen lo levantó, pero el anciano pegó un grito tan lastimero, como si le hubiesen causado un gran dolor, que los dos lo soltaron y él cayó en el sillón.

—¿Qué le pasa? —preguntó Jürgen a Brigitte por encima de la cabeza de su padre. Ella negó con desvalimiento—. Padre, ¿te duele algo?

Walther Schoormann repuso:

—¡No me sacarán nada!

Brigitte miró a Jürgen:

—Ya le he dado dos pastillas. No lo sé. No lo sé —repitió. Después se llevó una mano a la cara y admitió, desde lo más profundo del corazón—: No puedo más, Jürgen.

—Vete a la cama. Yo me quedo con él.

Brigitte recuperó la compostura, asintió y, tras exhibir su ya casi proverbial optimismo, se fue. Jürgen miró a su padre, que no apartaba la vista de la televisión.

A continuación se acercó al amplio ventanal y miró por él. En el jardín, un hongo había invadido algunas plantas leñosas y habían tenido que talarlas. Jürgen pensó: «Es como si el jardín tuviese caries». El padre preguntó:

—¿Por qué ya no viene esa joven?

Jürgen sacudió la cabeza, risueño y desesperado, y replicó:

—¿Sabes quién soy yo?

—Esto está muy oscuro. ¿Eres mi hermano?

Jürgen se acercó más a la ventana. Mientras hablaba, su aliento empañó el cristal.

—Maté a una persona. Una semana después de enterarme de que madre había muerto. Me fui de la granja. Quería llegar hasta ti y liberarte. Anocheció. Estaba en un sembrado y pasaron aviones volando bajo, los estadounidenses, se aproximaban a la ciudad de Kempten. Se oyeron las sirenas, y vi en el horizonte el fuego antiaéreo. Entonces un avión cambió de rumbo, estaba en llamas en el aire. Vi que de él caía un hombre. Se abrió un paracaídas, y el estadounidense cayó justo a mis pies. Lo tenía delante, y no podía levantarse: «*Help me, boy*». De la boca le salía sangre. Acto seguido me puse a darle patadas, primero en las piernas, luego en el estómago. Al final en la cara. Mientras lo hacía gritaba, con una voz que no conocía; lo pateé con todas mis fuerzas, y me divirtió, me divirtió tremendamente. Sentí que eyaculaba. Por primera vez. Y de pronto el hombre había muerto. Salí corriendo de allí y me escondí donde pude. Y al día siguiente volví corriendo. Siempre pensé que no fui yo, que fue el demonio. —Al ver que su padre no decía nada, Jürgen continuó—: Pero fueron mi impotencia, mi sed de venganza y mi odio. Fui yo y sólo yo.

Jürgen calló. Tras él, durante un rato, se hizo el silencio. Después dijo una voz:

—Hijo. —Jürgen se volteó. Walther Schoormann se había levantado del sillón y le tendía la mano—: Ayúdame. —Jürgen fue con su padre, le pasó un brazo por los hombros y lo condujo despacio hacia la puerta. De pronto el anciano se detuvo—: Por eso querías ser cura.

—Creo que sí.

En la puerta del dormitorio, Walther Schoormann miró a su hijo:

—Ser persona es difícil.

A continuación abrió y desapareció en su cuarto.

◆

A finales de noviembre, Eva vio en el periódico un anuncio del tamaño de una tarjeta postal: «Esta Navidad, ¡ganso! Restaurante La casa alemana. Cocina casera para familias y empresas. También abrimos a mediodía. Se recomienda reservar. Propietarios: Edith y Ludwig Bruhns. Calle Berger, 318, tel.: 0611 4702».

Eva recortó el anuncio, pero después no supo qué hacer con el papel. Lo dejó en la estrecha mesa que hacía las veces de escritorio y que había colocado delante de la ventana. Unos días después, el recorte desapareció. Quizá se lo llevara la señora Armbrecht o volara de la mesa con la corriente y el aire lo sacara. Pronto llegaría el primer domingo de Adviento, y Eva se planteó decorar su habitación con adornos navideños. Al final fue la señora Armbrecht quien decidió por ella, dejando unas ramas de abeto con una vela amarilla en la mesa de Eva. Cuando ésta traducía sus instrucciones de uso («Ponga en funcionamiento este aparato bajo supervisión de personal cualificado», «No cubra el interruptor principal»), la luz encendida desprendía un delicado olor a cera de abeja. A veces se veía obligada a apagarla, porque se ponía demasiado triste. En esas ocasiones, Eva maldecía el adorno y a la señora Armbrecht y las Navidades enteras. Una tarde llamaron a la puerta. La señora Armbrecht asomó la cabeza y anunció con voz meliflua que «un caballero había acudido a visitarla». Durante un breve instante, Eva confió en que fuese Jürgen, pero entonces en la puerta apareció una figura menuda con un gorro anaranjado. Eva abrió los brazos y Stefan corrió hacia ellos. Lo estrechó contra sí y aspiró su olor: el niño olía a hierba incluso en invierno.

—Es mi hermano —explicó a la señora Armbrecht, que estaba muerta de curiosidad. Ésta le hizo una seña con la mano y se retiró.

Stefan se paseó por la habitación y le echó un vistazo, pero salvo la fotografía en la que él estaba con *Purzel* encima no encontró nada de interés.

—*Purzel* ahora sólo será un montón de huesos, ¿no?

Eva le quitó el abrigo a su hermano y lo colgó en una percha detrás de la puerta. El niño se sentó en el único sillón que había y estiró las piernas. Miró a Eva.

—Estás delgada —comentó.

—Sí, es que no tengo mucha hambre.

—¿Crees que nevará pronto?

—Seguro —sonrió ella. Le preguntó si sus padres sabían que había ido a verla. Stefan se encogió de hombros: pensarían que estaba en casa de Thomas Preisgau, y eso que ya no era su mejor amigo—. ¿Por qué no? —quiso saber.

—Me dijo que sus padres no querían que jugara conmigo. Y el señor Paten ya no trabaja con nosotros, se ha ido.

Eva repitió, con aire pensativo:

—El señor Paten...

Pero no hizo más preguntas, y Stefan cambió de tema.

—Mamá me pegó.

Eva miró extrañada a su hermano: eso no había pasado nunca.

—Y eso, ¿por qué?

Stefan titubeó un tanto y después contestó:

—Porque le dije «abuelita desdentada». Ahora tiene unos dientes de quita y pon.

Se levantó para subirse a la cama, pero Eva se lo impidió, agarrándolo con fuerza.

—Stefan, no puedes decir esas cosas. Le haces daño.

433

—Sí, ahora ya lo sé —repuso el niño, impaciente. Acto seguido, se subió a la cama—. No está mal. —Comenzó a balancearse—. En Navidad me van a regalar una bici. Y Annegret un perro. Ya lo sé todo. Annegret vendrá con su marido. Ahora ella tiene marido y tú no. Es raro, ¿verdad?

—Sí. ¿Quieres galletas?

Stefan esbozó una sonrisilla, un tanto abatido, y después asintió.

Eva tomó una lata del estante en la que guardaba las galletas. Las había comprado hacía unas semanas, cuando la señorita Adomat y una compañera nueva fueron a tomar café con ella. Hablaron del regalo de aniversario de su jefe, el señor Körting (acabó siendo una mecedora de rejilla). Como sus dos compañeras estaban haciendo una dieta de adelgazamiento, sobraron muchas galletas. Stefan comió sin ganas una de las galletitas secas, y pese a todo tomó otra. Por educación. Eva miró a su hermano y se dio cuenta, sorprendida, de que estaba más mayor.

—Y dime, Stefan, ¿qué tal estás? —le preguntó.

—Este año papi no canta villancicos —respondió él.

—Bueno, de todas formas siempre los cantaba mal. —Eva se puso a cantar—: «Ha nacido un pastorcillo, es san-santísimo». —Pero al hacerlo se le formó un nudo en la garganta. Tragó saliva.

Stefan tampoco se rio, sino que se bajó de la cama. Se plantó en medio de la alfombra y miró a la cara a Eva:

—¿Qué hicieron papi y mami?

—Nada —contestó ella.

¿Cómo podía explicarle a su hermano la verdad que encerraba esa respuesta?

◆

Cuando Eva acompañó a Stefan a la puerta de la calle y le puso el gorro anaranjado, el niño dijo:

—No quiero ni la bici ni el perro. No quiero que me regalen nada, sólo quiero que vengas a casa en Navidad.

Ella lo estrechó un instante y abrió deprisa la puerta. El niño salió y bajó la escalera trotando. Eva vio cómo iba desapareciendo lentamente el gorro anaranjado.

◆

Unos días antes de Navidad, Eva recibió una carta de carácter oficial: le había sido concedido el visado que había solicitado para visitar durante cuatro días la capital de Polonia. Fue a una agencia de viajes; tras un escritorio en el que también ardía una vela de cera de abeja en medio de un arreglo de abeto, una señora entrada en años no paraba de sacudir la cabeza mientras ojeaba unas tablas y efectuaba unas llamadas telefónicas: imposible. Con tan poca antelación. Por Viena, desde luego, no. Los vuelos a esa ciudad estaban completos desde hacía semanas. ¿Es que no sabía que era Navidad? Eva no respondió a esa pregunta tan tonta, y al final la señora le organizó un viaje que, aunque engorroso, era factible. Eva hizo la maleta, que asimismo le supuso un desafío: nada de su ropa le quedaba bien. Las faldas se le caían, los sacos le hacían arrugas. El abrigo de lana de cuadros de color claro le quedaba enorme. Sin embargo, a Eva le gustaba esa forma lenta de ir desapareciendo; le gustaba pasarse la mano por el cuerpo y notarse cada una de las costillas. Le parecía que era lo suyo.

Voló en un avión completamente lleno a Berlín, al aeropuerto de Tempelhof. En la pensión Auguste, en una calle transversal a la avenida Kurfürstendamm, la propietaria la miró de arriba abajo: todas las mujeres que viajaban solas despertaban sus sospechas. Pero Eva ni se inmutó. En su habitación, se tumbó en la cama y escuchó con claridad las voces que se oían en el cuarto contiguo («Si no quieres comprarme la estola, allá tú. Pero por una vez quiero algo de verdad», dijo una voz de mujer). Eva se levantó y salió de la pensión. Siguió, sin pensar, a las personas y las luces y acabó en el mercado navideño, que se hallaba junto a las ruinas de la iglesia Gedächtniskirche. Se oía el villancico *O du Fröhliche*, Oh, tú feliz, y olía a comida por todas partes: salchichas a la parrilla, almendras garrapiñadas, pollo. Grasa. Eva se obligó a comprar una salchicha en un puesto. Se acordó del puesto de Schipper del mercado navideño de su ciudad natal, donde cada año comía una salchicha con Annegret, con la agradable sensación de hacer algo prohibido, pues su padre creía que el carnicero Schipper adulteraba sus productos. Frente a ella había dos ancianos menudos, que apenas llegaban a la mesa alta, algo de lo que, sin embargo, parecían hacer caso omiso. No hablaban, sino que comían concentrados las salchichas, mordiendo y masticando al unísono. Cuando a la mujer se le terminó la mostaza, el hombre le ofreció su plato de papel, en el que todavía había algo. Eva pensó: «Seguro que ha hecho ese gesto cientos de veces». No muy lejos de ellos, una charanga empezó a tocar: *Es ist für uns eine Zeit angekommen, Nos ha llegado el momento.* La anciana dijo:

—Es el villancico más bonito.

El hombre la miró y sonrió:

—Si tú lo dices...

La charanga tocaba bien, no como la que habían escuchado en su momento Jürgen y Eva, con la que no pudieron evitar reírse. Entonces la mujer empezó a cantar, con una voz baja, quebradiza: «Han llegado para nosotros unos días de gran felicidad. Caminamos por el nevado campo, caminamos por el vasto, blanco mundo. El riachuelo y el lago duermen bajo el hielo, el bosque sueña un sueño profundo. Bajo la nieve, que cae con suavidad, caminamos, caminamos por el vasto, blanco mundo. De lo alto del cielo, una calma luminosa colma de dicha los corazones. Bajo el estrellado firmamento caminamos, caminamos por el vasto, blanco mundo». Su esposo la miraba y escuchaba.

◆

De pronto, Eva supo lo que haría. Antes había pasado por delante de una cabina de teléfono. Fue hasta ella, entró, descolgó, introdujo unas monedas en la ranura y marcó un número que se sabía de memoria. Se oyó un chisporroteo y el teléfono empezó a sonar. Ella permaneció a la espera, escuchando los tonos. Al final se oyó una voz:

—Residencia Schoormann.

Era la voz segura de la señora Treuthardt.

—Buenas noches, soy Eva Bruhns...

—¿Qué desea?

—Me gustaría hablar con Jürgen.

—El señor Schoormann está de viaje. De negocios. No volverá hasta mañana. ¿Quiere hablar con la señora Schoormann?

—No, no, gracias. Pero ¿dónde está? ¿Podría llamarle por teléfono? —Se hizo una larga pausa—. Soy... era su prometida.

—Está en Viena. En el hotel Ambassador.

Parecía ofendida.

—Muchas gracias y...

Pero la señora Treuthardt ya había colgado. Eva se apoyó en la pared de cristal, en la cabina apestaba a orines y a ceniza húmeda. Contó las monedas que tenía y pidió a la centralita que la comunicara con el hotel Ambassador. En recepción comprobarían si el señor Schoormann se encontraba en su habitación. Volvió a oírse un chisporroteo y un teléfono que sonaba. Las monedas cayeron. Eva se disponía a colgar, ya tenía el auricular suspendido sobre la base, cuando oyó la voz de Jürgen:

—¿Sí? —Eva vaciló más aún. Jürgen preguntó—: ¿Quién es? ¿Brigitte?

Eva se llevó el aparato al oído de nuevo, el corazón latiéndole con fuerza.

—Soy Eva. —Jürgen no contestó—. Estoy en Berlín, camino de Varsovia. Hace un momento estaba en el mercado de Navidad y me dieron ganas de hablar contigo —dijo deprisa.

La última moneda cayó, y Eva introdujo un marco.

—¿Qué vas a hacer en Varsovia?

—Quiero visitar a una persona, un prisionero que estuvo en el campo de concentración. El fiscal jefe lo localizó y me llamó.

—Y ¿para qué? ¿Para qué...? —Se oyó un ruido de estática y después un eco: «¿Para qué? ¿Para qué?».

Eva no contestó, y metió otro marco.

—No tengo muchas monedas.

—¿Puedo llamarte yo?

Eva miró en la cabina y encontró en la parte inferior una placa de metal con un número grabado.

—Debe de ser éste. —Le dio a Jürgen el número y después ambos guardaron silencio. Eva añadió—: Todavía podemos hablar un poco. Queda algo de dinero.

—Sin embargo, los dos permanecieron a la espera, escuchando cómo se iba agotando el tiempo. Después cayó el resto del dinero, y Eva se apresuró a decir—: ¿Quieres venir a Varsovia? —Clic. Tututut. Eva colgó y se quedó esperando. Por el sucio cristal de la cabina telefónica contempló las luces de los coches que pasaban. Los faros eran estrellas que se iban apagando despacio. Finalmente el teléfono emitió un extraño crepitar. Eva tomó el auricular—: ¿Sí?

—Será difícil conseguir el visado.

Ella no dijo nada. Empezó a nevar.

◆

A la mañana siguiente, Eva se levantó a las cinco de la madrugada. Cruzar la frontera, le había dicho la señora de la agencia de viajes, le llevaría por lo menos dos horas. El tren que partía hacia Varsovia salía a las 10:35 de la estación Ostbahnhof. Eva se bajó del metro en la estación Friedrichstrasse. Funcionarios de aduana armados patrullaban por el lugar, escudriñando con atención a todo el mundo. En una caseta Eva tuvo que introducir sus papeles por una abertura angosta. El joven de uniforme que había tras el cristal examinó durante un rato exageradamente largo su identificación, el visado, la foto del pasaporte, y al final le indicó que pasara con un gesto impaciente. Eva recorrió pasillos revestidos con azulejos que parecían no tener fin. Olía como en el zoológico de su ciudad natal. Como en el espacio de los hipopótamos, donde los animales aparecieron de sopetón, como una mole enorme, de la porquería de salsa en la que estaban para abrir despacio la gigantesca boca, como si quisieran engullir a la familia Bruhns por completo.

◆

Eva salió por el lado este de las catacumbas y pestañeó al notar el frío aire invernal, como si hubiese pasado semanas bajo tierra. No había estado nunca en Alemania del Este. Le extrañó ver la vida, el ajetreo que reinaba. Allí también había cotidianidad. Para sus ciudadanos, la República Democrática Alemana era normal. Eva no pudo evitar acordarse de los dos abogados del Este que se habían personado como acusación particular en el proceso. Le dio la impresión de que actuaban como si tuvieran algún impedimento, como si tuvieran que imponerse especialmente. Siempre hablaban alzando la voz un poco más que el resto de los abogados, el tono siempre un poco más apremiante. Una hora después, el tren salía traqueteando de Berlín Este. Eva miró por la ventanilla e intentó no pensar en los otros trenes. En el horizonte daban vueltas unas grúas, como si el viento jugara con delicadeza con ellas.

◆

Tras cruzar la frontera con Polonia, los campos nevados se volvieron más extensos y los bosques, eternos.

441

Algo después, en el vagón restaurante, Eva se tomó una cerveza que su padre habría tirado a la cara al mesero, pues estaba agitada, amarga y caliente. Pero el mesero se mostró sumamente amable, se inclinó ante ella y movió la servilleta blanca. Cuando oyó que Eva hablaba polaco, se puso como loco de contento. Y cuando entraron en la estación de la capital, Eva conocía la historia de su vida y, sobre todo, la de su hermano, que tenía muy mala suerte en la vida. Las mujeres eran su perdición.

◆

El hotel era un rascacielos moderno. Eva ya se había alojado allí hacía dos años, cuando acompañó a la directiva de una empresa de maquinaria en calidad de intérprete. Una secretaria de dirección y ella eran las únicas mujeres. La secretaria la previno del gerente: lo intentaba con todas. Y, en efecto, por la noche, en el bar, el hombre no tardó en sentarse junto a Eva y empezar a contar chistes. Era divertido, y contaba los chistes tan bien que Eva no pudo por menos de reírse. Y de pronto tenía su lengua en la boca. Ella estaba muy alegre y borracha. Quería saber cómo era aquello de una vez por todas, y se llevó al gerente a su habitación. Fue su primera vez.

◆

Por la noche, Eva no podía dormir; su habitación estaba en el segundo piso, justo encima del vestíbulo. Oía la suave música de baile que sonaba en el bar contiguo. Recordó al señor Jaschinsky y que éste había perdido a su hija, la muchacha con la nariz graciosa. La Bestia la sometió a un interrogatorio, porque al parecer había desvelado secretos. Tres días después la fusilaron en la pared negra. Eva miró el techo gris nocturno de la habitación y echó de menos a su don Quijote. Si era completamente sincera, no sabía para qué había ido a esa ciudad. Cuanto más cerca estaba lo que se proponía, tanto menos entendía qué pretendía lograr con esa visita, por qué había emprendido ese viaje.

◆

Eva iba por la concurrida calle con sus numerosos comercios pequeños, dispuestos en fila como las perlas de un collar: zapatos, papas, carbón, leche. Hacía frío, el aire era de un gris neblinoso, la gente llevaba la cara envuelta en bufandas, oculta bajo gorros de pieles. «*Nevisquea*», pensó mientras miraba los números de los portales. Pero sabía que lo que caía no eran copos de nieve, sino partículas de hollín que lanzaban las innumerables chimeneas desde los tejados. La peluquería se encontraba en el número 73. Eva la vio en la acera de enfrente y se detuvo. Tenía el corazón desbocado. No había podido desayunar, y sentía el estómago como encogido. Salón Jaschinsky, decía en un letrero azul sobre la puerta. Era un establecimiento pequeño, tras cuyo escaparate colgaban dos fotografías en tonos pastel de una dama y un caballero con peinados que parecían como hechos de metal. Como cascos. En el salón se movían dos personas: una de ellas, una mujer joven con el cabello cardado que atendía a un cliente, y la otra, un hombre entrado en años, canoso, que barría. El señor Jaschinsky. Eva cruzó la carretera.

◆

Sobre la puerta sonó una campanita. La joven, que le afeitaba la nuca al cliente con una navaja, no levantó la vista cuando ella entró. El señor Jaschinsky se hizo cargo maquinalmente del abrigo y el sombrero de Eva y la condujo hasta uno de los sillones. Había un fuerte olor a jabón y a loción capilar, la peluquería estaba sumamente limpia. Eva se sentó y vio en el espejo a una niña pequeña que daba brincos en la silla, entusiasmada, y al señor Jaschinsky, que la observaba risueño. Se volteó hacia él. Ahora la miraba con expresión apagada a través de unos gruesos lentes que le agrandaban de forma considerable los ojos.

—¿Qué desea? —Eva repuso entrecortadamente que era alemana. El señor Jaschinsky, un tanto perplejo, le deshizo el chongo y comenzó a cepillarle el cabello con mano diestra—. ¿Lavar y cortar las puntas?

Eva se sentía como si estuviese desnuda, pero continuó con resolución:

—Nos conocemos. Cuando era pequeña, mi madre me llevó a verlo a usted. A la peluquería. En el campo de concentración.

El señor Jaschinsky siguió cepillándole el cabello, despacio, pero de pronto paró y se quedó observando la cicatriz alargada que Eva tenía sobre la oreja, donde no le crecía pelo. Dejó caer el cepillo y el rostro se le puso ceniciento, y por un instante Eva temió que fuera a desmayarse. La joven los miró, y Eva levantó la cabeza hacia el señor Jaschinsky y dijo en voz queda:

—Vine a pedirle perdón. Por lo que les hicimos. A usted y a su hija.

El hombre contempló a Eva, que no sabía lo que se le podía estar pasando por la cabeza al anciano. A continuación éste se dominó y cabeceó. Empezó de nuevo a cepillarle el cabello, con más firmeza que antes, y repuso:

—Me confunde con otro. Yo nunca estuve en un campo de concentración. Dígame qué desea.

Eva replicó:

—Deseo que me corte el pelo, que me rasure la cabeza, por favor.

El señor Jaschinsky se quedó helado. Dejó a un lado el cepillo. La joven, cuyo cliente había salido del establecimiento, se acercó y preguntó algo que Eva no entendió. El señor Jaschinsky la despachó con un movimiento de la mano y le dijo a Eva:

—No lo haré. No me quedaría satisfecho.

Fue al perchero a tomar el abrigo y el sombrero de Eva. Se aproximó a ella, que seguía en el sillón, y le ofreció sus cosas, mirándola con decisión. Ella asintió, se recogió el pelo y se levantó. Sonó la campanita que había sobre la puerta.

En el salón, la joven se situó junto al señor Jaschinsky, que fue hacia el escaparate y se quedó contemplando a Eva, que ya desaparecía entre la neblina con su abrigo de cuadros de color claro. Parecía perturbado y tenía lágrimas en los ojos. La joven nunca había visto así a su jefe. Preguntó desconcertada quién era esa mujer. Él no le respondió.

—¿Qué quería? —Le puso una mano en el brazo, y el señor Jaschinsky se calmó un poco—. ¿Qué quería de usted?

—Consuelo. Quieren que los consolemos.

Eva recorrió la calle, a su alrededor todo parecía más ruidoso y estridente que antes. La ciudad se le antojaba hostil. Apretó el paso. Se quedó sin aliento, continuó caminando. Los pies le dolían, el cabello se le deshizo bajo el sombrero. Jadeaba, el pulso le martilleaba. Anduvo y anduvo, como si huyese de algo, hasta que no pudo más. Se detuvo para tomar aire delante de un monumento que a todas luces celebraba a un héroe nacional polaco. Sentía el pecho dolorido, tosía, le dieron náuseas, tragó saliva. Sollozó con desesperación y se obligó a admitir lo que le había dicho el señor Jaschinsky en realidad, que no era: «No me quedaría satisfecho», sino: «No tiene usted derecho». Respirando pesadamente, clavó la vista en la figura de piedra, que estaba cubierta de una fina capa de nieve, como si fuese un glaseado. Sus ojos la miraban con frialdad. Eva comprendió que no sabía nada de la vida, del amor y del dolor de los demás. Quienes habían estado en el lado bueno del alambrado jamás entenderían lo que significaba haber sido prisionero en ese campo de concentración. Eva sintió una vergüenza infinita; quería llorar, pero no podía. De la garganta únicamente le salía un resuello. «Tampoco tengo derecho a llorar.» Cuando, unas horas después, se vio de nuevo en su hotel, el conserje tenía un mensaje para ella.

◆

A la mañana siguiente, Eva aguardaba en el vestíbulo dos del aeropuerto el avión procedente de Viena, que llegaba con retraso. Caminaba arriba y abajo ante la barrera, sin saber si se alegraba. Si había sido buena idea lo que tan espontáneamente había propuesto: «Ven a verme». Sin embargo, cuando se anunció en el tablón que el aparato había aterrizado y salieron los primeros pasajeros tras la pared azul claro, y cuando descubrió a Jürgen, la figura alta, oscura, se le antojó tan familiar que sonrió aliviada. Él también estaba emocionado con el reencuentro, Eva se dio cuenta cuando se miraron por encima de la barrera. Y, cuando lo tuvo delante, vio algo nuevo en sus ojos: sinceridad. Después de tanto tiempo, no sabían cómo saludarse. Al cabo, se estrecharon la mano. Jürgen pensó: «La redondez infantil de su rostro ha desaparecido». Preguntó: «¿Es que ya no comes?». Esperaron juntos por la maleta junto a la cinta. De una pequeña trampilla en la pared salían maletas rojizas, que a continuación daban vueltas como en un plato para tartas. La maleta de Jürgen no estaba entre ellas. Se dirigieron a uno de los mostradores, donde les pidieron que fuesen a tomar café y volviesen a preguntar una hora más tarde.

◆

Eva y Jürgen entraron en un café de aires futuristas, de cromo y cristal, desde el que se veía el aeródromo. Se sentaron juntos en un banco tapizado con polipiel plateada y estuvieron contemplando las vistas. Por el horizonte se deslizaban nubes claras, el cielo prometía nieve. Jürgen comentó que, en el avión, había leído en el periódico que habían atrapado a los que prendían fuego a los cochecitos infantiles en el barrio de Eva. Se trataba de un grupo de estudiantes, miembros de una asociación estudiantil, al parecer. Alegaron que con lo que hacían querían llamar la atención sobre el peligro que suponían los extranjeros, los trabajadores de otros países, la amenazadora mezcla interracial. Eva preguntó: «¿Los detuvieron?». Jürgen contestó que tendrían que pagar una indemnización por daños y perjuicios, pero no serían procesados. El incidente se calificó de chiquillada. Eva miró con incredulidad a Jürgen, que añadió que sí, que probablemente las influyentes familias de los estudiantes hubiesen tenido algo que ver. Eva bebió un sorbo de café, que con la luz del establecimiento parecía azul.

—Eso no está bien.

A continuación le contó a Jürgen que había ido a ver a Jaschinsky, lo que le dijo éste y lo que entendió ella. Jürgen repuso:

—No seas tan dura contigo misma, Eva. Eres muy valiente. —Ella lo miró y volvió a llamarle la atención que había cambiado. Parecía indefenso, como si se hubiese quitado una pesada armadura. Él le acarició la mejilla, el cabello—. La verdad es que me alegro mucho de que el señor Jaschinsky reaccionara así.

Eva quiso saber:

—¿Hasta cuándo te vence el visado?

—Me voy mañana por la mañana. Puede que sea la última Nochebuena que pase con mi padre. Brigitte y él no se han ido a la isla, por primera vez.

—¿Cómo está tu padre?

—Ya no habla. Bueno, sí, todavía dice dos frases: «Por favor, ayúdeme» y «No me sacarán nada». Como si fuese un agente secreto en una película. —Jürgen se rio, una risa extraña, desesperada. Eva no dijo nada. Él la miró—: ¿Y tú? ¿No quieres ir con tu familia?

—Stefan fue a verme y dijo que renunciaría a todos los regalos si iba yo. Mi vuelo sale el viernes.

—Pero entonces la Navidad habrá terminado. Podemos preguntar si hay algún asiento libre en el vuelo de mañana. Así volveremos a casa juntos.

En lugar de responder, Eva se metió la mano en el bolsillo del abrigo y sacó algo que dejó en la brillante mesa cromada. Era el paquetito de madera pintada de rojo.

—¿Qué es eso?

—El regalo del rey negro.

—Mirra —dijo Jürgen, y tomó el cubito rojo y lo hizo girar entre los dedos.

Eva le dijo lo que era, y al hacerlo vio a su madre colocando la pirámide navideña en el aparador de la sala de estar, añadiendo cuatro velas rojas para crear ambiente. Guardando silencio al hacerlo ese año, sin contar, por primera vez, la historia del paquetito que faltaba. Eva vio a su padre, sudoroso, preparando en la cocina el mejor ganso para la familia, a sabiendas de que su hija no se reuniría en torno a la mesa con todos a comerlo. Vio a su familia, que salía de la iglesia en Nochebuena, todos tomados del brazo, resbalando por las heladas calles. Todos menos ella. Por la noche sus padres se sentarían en la sala de estar hasta que el padre dijese: «Seguro

450

que viene el próximo año». Su madre se callaría y pensaría si su vida no se había acabado ya.

Eva quiso saber:

—¿Para qué sirve la mirra?

—Es una resina. Antes se utilizaba para embalsamar cuerpos. Y simboliza la naturaleza humana. Lo terrenal. Es amarga y curativa a la vez.

Eva se guardó el paquetito y tomó con fuerza la mano de Jürgen. Dijo que había una cosa buena:

—Nadie podrá acabar con el amor que siento.

◆

Era hora de ir a preguntar por la maleta extraviada, pero permanecieron un rato más sentados juntos en el café futurista. Se miraban de vez en cuando, pensando que les iría bien, mientras en el aeródromo unos aviones descendían y otros alzaban el vuelo tranquilamente hacia ese cielo que prometía nieve.

NOTA FINAL

Me gustaría dar las gracias a los colaboradores de la fundación Fritz Bauer Institut. El impresionante trabajo que realizan y, sobre todo, el extenso archivo con material del primer juicio de Auschwitz fueron indispensables para efectuar mis labores de documentación. En el transcurso de los años, las actas y las grabaciones de las declaraciones de los testigos (<https://www.fritz-bauer-institut.de/mitschnitt-auschwitz-prozess.html>) se convirtieron en el punto de partida y la inspiración de mi trabajo artístico. Los testigos que aparecen en la novela, todos los cuales son ficticios, ejemplifican la suerte que corrieron los sobrevivientes. Para darles forma empleé, parcialmente, fragmentos de citas originales. En otros casos opté por declaraciones cuya incorporación artística tiene por objeto dar cabida a la mayor cantidad de voces posible. Me quito el sombrero ante las personas que se expusieron de nuevo a las traumáticas vivencias que habían experimentado y se enfrentaron a los culpables durante el proceso. De ese modo ofrecieron al mundo

un testimonio vasto y efectivo de lo que sucedió en
Auschwitz.

◆

Se han empleado citas textuales de los siguientes partici-
pantes en el proceso:
Mauritius Berner
Josef Glück
Jan Weis
Hans Hofmeyer (magistrado presidente)
Fritz Bauer (fiscal general)
Hildegard Bischoff (testigo de la acusación)

ÍNDICE

«El nombre de Annette Hess garantiza una calidad excepcional.» *Stern*

«Desde la primera página *La casa alemana* crea una película en la mente del lector, y no te suelta hasta el último capítulo.» Claudia Voigt, *Der Spiegel*

«Escribe contra el olvido [...] y desde el corazón de una familia, por eso es capaz de llegar a tanta gente...» *Literatur Spiegel*

«Annette Hess transforma la historia contemporánea en un entretenimiento apasionante.» *Brigitte*

«Es de una autenticidad sobrecogedora: tiene una atmósfera de represión y olvido, de continuar con la fachada de la honestidad detrás de unas cortinas de encaje.» *Spiegel Online*

«Si quieres saber algo sobre el alma humana, puedes hurgar en los archivos de la guerra, hablar con testigos o sumergirte en el libro de Annette Hess.» *Myself*

«Un libro que hará reflexionar a muchos lectores.» *WO am Sonntag*

«Annette Hess hace que su protagonista se desnude emocionalmente capa por capa. [...] La novela muestra magistralmente las tragedias vividas en Alemania.» *Berliner Zeitung*

«Una maravillosa novela que llega en el momento adecuado.» Iris Berben

«Es capaz de explicar todo un mundo con un puñado de personajes [...] Hess logra que uno viva la historia contemporánea, la llena de vida.» Kester Schlenz, *Stern*

«Una novela serena que sin embargo no deja de emocionarte enormemente.» Bernhard Gelderblom

«Hess vuelve a dar en el clavo con el tema, la época... ahora, en la literatura.» *Rhein-Neckar-Zeitung*